NORA ROBERTS

NORA ROBERTS

KLUCZ ŚWIATŁA

PRZEŁOŻYŁA
BEATA DŁUGAJCZYK

Prószyński i S-ka

Tytuł oryginału
KEY OF LIGHT

Copyright © 2003 by Nora Roberts
Excerpt from *Key of Knowledge* copyright © 2003 by Nora Roberts
All Rights Reserved

Projekt okładki
Robert Pawlicki

Redaktor prowadzący serię
Ewa Witan

Redakcja
Lucyna Łuczyńska

Redakcja techniczna
Barbara Wójcik

Korekta
Katarzyna Wojnarowska

Skład i łamanie
Małgorzata Wnuk

ISBN 83-7337-549-X

Warszawa 2003

Biblioteczka pod Różą

Wydawca
Prószyński i S-ka SA
02-651 Warszawa, ul. Garażowa 7

Druk i oprawa
Drukarnia Naukowo-Techniczna Spółka Akcyjna
03-828 Warszawa, ul. Mińska 65

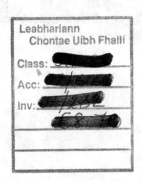

Ażeby tworzyć i tworząc wieść życie
Szersze, dlatego obłóczym jedynie
Fantazję w kształty, wiedząc, że w tym bycie
Zysk się nasz mieści, tak jak mój tu ninie.

Byron, „Wędrówki Childe Harolda" III,6
(tłumaczył Jan Kasprowicz)

Rozdział pierwszy

Nad górami szalała burza. Potoki wody siekły ziemię z odgłosem przypominającym uderzenie metalu o kamień, błyskawice pluły wściekłym ogniem artyleryjskim, konkurującym z głuchą kanonadą grzmotów. Powietrze zdawało się niemal skwierczeć mściwą złośliwością, gotującą się z całą mocą.

Nastrój Malory Price taka pogoda odzwierciedlała wręcz idealnie. Właśnie w tej chwili snuła ponure rozważania, co jeszcze w jej życiu może się schrzanić. Jakby w odpowiedzi na to jakże niemiłe i zgoła retoryczne pytanie, matka natura zademonstrowała całą swoją potęgę, pokazując, że świat potrafi być naprawdę paskudny.

Coś zazgrzytało złowieszczo w desce rozdzielczej jej kochanej, małej, wciąż jeszcze niespłaconej mazdy. Aby uregulować w terminie dziewiętnaście rat – tyle jeszcze pozostało – musiała pracować.

Nienawidziła swojej pracy.

Tymczasem nienawiść do pracy bynajmniej nie stanowiła części Życiowego Planu Malory Price, który zaczęła układać, mając zaledwie osiem lat. W dwadzieścia lat później z pierwotnego szkicu wyłonił się szczegółowy, ściśle uporządkowany schemat, z nagłówkami, podtytułami i systemem odsyłaczy, sprawdzany metodycznie pierwszego dnia każdego kolejnego roku.

Powinna kochać pracę. Podpunkt w rozdziale KARIERA określał to zupełnie jednoznacznie.

Od siedmiu lat pracowała w galerii, z czego trzy ostatnie na stanowisku kierowniczym, co ściśle odpowiadało założeniom Planu. Podobało jej się to – miała możliwość obcowania ze sztuką i niemal zupełnie wolną rękę w takich kwestiach jak urządzanie wnętrza, promocje, aranżacja wystaw i organizowanie wernisaży.

Z czasem zaczęła traktować galerię jak swoją własność i była przekonana, że również pozostali pracownicy, a także klienci i artyści odczuwają podobnie. Niewielki ekskluzywny salon należał co prawda do Jamesa P. Howarda, jednak jego właściciel nigdy nie kwestionował decyzji Malory, a podczas swoich, zresztą coraz rzadszych wizyt, nieodmiennie chwalił ją za nabytki, sposób urządzenie wnętrza i rosnącą sprzedaż.

W życiu wszystko powinno przebiegać perfekcyjnie i zgodnie z planem; inaczej nie miałoby ono sensu.

Ten układ zmienił się z chwilą, kiedy James, po pięćdziesięciu trzech latach wygodnego, starokawalerskiego bytowania porzucił ów stan i znalazł sobie młodą, seksowną żonę. Taką, dla której galeria stała się zabawką, myślała Malory, pogardliwie mrużąc stalowoniebieskie oczy. Nieważne, że pani Howard nie miała bladego pojęcia o sztuce, o prowadzeniu interesów, zarządzaniu personelem i reklamie. James swoją Pamelę ubóstwiał i to wystarczyło, by wymarzone zajęcie Malory przekształciło się w codzienny koszmar.

Poradziłabym sobie, myślała teraz, wpatrując się w ciemną przednią szybę, zalaną strugami wody. Miała już szczegółowy plan strategiczny. Pamelę należało po prostu przeczekać; nie tracąc opanowania, pokonać ten nieprzyjemny wybój na drodze, a dalej już wszystko potoczy się gładko.

No i proszę, całą znakomitą taktykę diabli wzięli. Poniosło ją, kiedy pani Howard zakwestionowała jej polecenie w sprawie ekspozycji szkła artystycznego i kiedy ujrzała swoją wypieszczoną pod każdym względem galerię wywróconą do góry nogami, zarzuconą kiczem i tandetą.

Wiele mogła znieść, ale przecież nie tak kompletnego braku gustu; tym bardziej że chodziło o przestrzeń, którą sama stworzyła, tłumaczyła sobie później.

Jednak zwymyślanie żony właściciela trudno było uznać za krok na drodze do umocnienia się na stanowisku, zwłaszcza jeśli przy okazji padły takie słowa jak „bez wyobraźni, szpanerska cizia".

Błyskawica rozdarła niebo nad wznoszącym się naprzeciwko szczytem. Malory zadrżała, widząc oślepiający blask i jednocześnie przypomniała sobie swój wybuch. Z jej strony było to cholernie kiepskie posunięcie; przekonała się na własnej skórze, dokąd może człowieka zaprowadzić zbytnia impulsywność i folgowanie temperamentowi.

A jeszcze na domiar złego wylała całą filiżankę cappuccino na nowy kostium Pameli od Escady. Ale to już był wypadek.

No, powiedzmy, że wypadek.

Lubili się z Jamesem, jednak Malory wiedziała, że jej egzystencja zawisła teraz na bardzo cienkiej nitce. Kiedy się zerwie, ona pójdzie na dno. W uroczym, malowniczym miasteczku, jakim było Pleasant Valley, galerie dzieł sztuki nie trafiały się na każdym rogu ulicy. Albo trzeba będzie zmienić zawód – choćby czasowo – albo wynieść się stąd.

Nie uśmiechało jej się ani jedno, ani drugie.

Kochała Pleasant Valley, otoczone górami zachodniej Pensylwanii, jego małomiasteczkową atmosferę i tę mieszaninę staroświeckości i wyrafinowania, przyciągającą turystów i tłumy wysypujące się z sąsiedniego Pittsburgha podczas weekendów.

Już jako dziecko – dorastała na przedmieściach Pittsburgha – wyobrażała sobie, że pewnego dnia zamieszka dokładnie w takim miejscu jak Pleasant Valley. Marzyły jej się góry, potężne, kładące się cieniem na wąskich uliczkach, niespieszne życie, sympatyczni sąsiedzi.

Decyzję, że pewnego dnia uczyni Valley swoim miejscem zamieszkania, podjęła, kiedy miała czternaście lat i spędzała w nim z rodzicami długi weekend. Zwiedzając galerię tamtego jesiennego dnia dawno, dawno temu, postanowiła też, że w przyszłości owa przestrzeń stanie się jej własną.

Oczywiście zgodnie z pierwotnym zamierzeniem w sali ekspozycyjnej miały wisieć jej obrazy, jednak ten punkt swojego harmonogramu ciągle zmuszona była przesuwać, gdyż pozostawał niewypełniony.

Nigdy nie będzie artystką. Musiała jednak otaczać się sztuką. Potrzebowała tego.

Nie, w żadnym wypadku nie chciała wracać do miasta. Pragnęła nadal zajmować swoje piękne, przestronne mieszkanie, usytuowane zaledwie dwie przecznice od galerii, z widokiem na Appalachy, trzeszczącą, starą podłogą i ścianami zawieszonymi starannie dobranymi dziełami sztuki.

Niestety, szansa, że jej się to uda, przedstawiała się równie mrocznie jak zachmurzone niebo.

Z pieniędzmi wcale nie poczynała sobie rozsądnie, przyznała teraz z ciężkim westchnieniem. Nigdy nie widziała sensu w tym, żeby leżały w banku, skoro mogły zostać zamienione na coś ładnego do oglądania albo do noszenia. W końcu niewydana forsa to tylko papier.

W banku miała debet. Znowu. Przekroczony stan konta na kartach kredytowych Ditto. Za to posiadała wspaniałą garderobę, pocieszyła się teraz, i zaczątek naprawdę dobrej kolekcji przedmiotów artystycznych, którą, aby zachować dach nad głową, zmuszona będzie wyprzedawać, sztuka po sztuce, i z pewnością poniżej ich wartości, jeśli Pamela zdecyduje się zadać ostateczny cios.

Ale może dzięki dzisiejszemu wieczorowi uda jej się zyskać trochę na czasie i podreperować pozycję. Nie miała najmniejszej ochoty na przyjęcie w rezydencji na Wzgórzu Wojownika. Co za pretensjonalna nazwa dla takiej starej, paskudnej rudery. W innych okolicznościach odczuwałaby dreszcz podniecenia na myśl, że trafia jej się okazja obejrzenia wnętrza ogromnego, starego domostwa, usytuowanego wysoko na grani, i otarcia się o ludzi, którzy mogli się okazać mecenasami sztuki.

Wystosowane przez nich zaproszenie – napisane ręcznie, eleganckim charakterem pisma, na grubym szarym papierze z godłem w formie ozdobnego złotego kluczyka zamiast nagłówka — brzmiało dziwacznie. Choć spoczywało teraz w jej wieczorowej torebce, stłamszone z puderniczką, szminką, telefonem komórkowym, nowym piórem, kartami wizytowymi i banknotem dziesięciodolarowym, doskonale pamiętała jego treść:

Będziemy zaszczyceni Pani obecnością
podczas koktajlu
godzina 8 wieczorem, 4 września
Wzgórze Wojownika
Ty jesteś kluczem. Zamek czeka.

Całkiem zwariowane, pomyślała, zaciskając zęby, kiedy samochód zarzucił, uderzony nagłym porywem wiatru. Przy jej szczęściu wpakuje się pewnie w jakąś oszukańczą piramidkę finansową albo w coś podobnego.

Rezydencja od lat była niezamieszkana. Wiedziała, że niedawno ktoś ją wynajął, ale nie znała szczegółów. Jakaś firma o nazwie Triada, przypomniała sobie teraz. Pewnie korporacja planująca otwarcie tu hotelu albo niewielkiego ośrodka wypoczynkowego.

Co oczywiście w żaden sposób nie tłumaczyło, dlaczego zaproszenie zaadresowano do kogoś, kto tylko kieruje galerią, a nie do jej właściciela i jego wścibskiej małżonki. Pamela dostała furii, że została pominięta – a to już było coś.

Mimo wszystko Malory najchętniej by je odrzuciła, choć tego wieczoru nie wybierała się na żadną randkę – ostatnimi czasy kolejny nieobecny element w jej życiu. Samotną jazdę przez góry, zwłaszcza w połowie normalnego tygodnia pracy, do domu jakby żywcem przeniesionego z hollywoodzkiego horroru, na zaproszenie, które wzbudziło w niej niepokój, trudno byłoby znaleźć na liście jej ulubionych rozrywek.

Nawet nie podali numeru telefonu, żadnego namiaru na siebie, co świadczyło o arogancji i bezczelności. Właściwie miała prawo zachować się równie impertynencko i po prostu zignorować zaproszenie, ale kopertę na jej biurku zauważył James. Perspektywa, że jego pracownica przekroczy próg Wzgórza Wojownika, wprawiła go w podniecenie; nalegał, by po powrocie opisała mu każdy szczegół wnętrza, kilkakrotnie przypominał, że podczas rozmowy ma od czasu do czasu wspomnieć o galerii. Przede wszystkim interes.

Faktycznie, gdyby udało jej się zdobyć nowych klientów, może zrekompensowałoby to kostium od Escady i komentarz o szpanerskiej cizi.

Samochód podskakiwał na wąskiej drodze, przecinającej mroczny, gęsty las. Do tej pory zawsze uważała, że lasy i wzgórza otaczające piękną dolinę czynią z niej prawdziwą Senną Kotlinę ze znanej legendy, teraz jednak deszcz, wicher i ciemność, owe mniej pogodne elementy starej opowieści, bynajmniej nie wpływały krzepiąco na stan ducha.

Jeśli stukanie w desce rozdzielczej oznacza coś poważnego, obecna wyprawa może mieć taki oto finał: samochód rozkraczy się na poboczu drogi, a ona, drżąc cała, skuli się w jego wnętrzu i wsłuchana w jęki zawodzącego wiatru będzie sobie wyobrażać Jeźdźca bez Głowy, wypatrując jednocześnie pomocy drogowej, na której wezwanie nie bardzo mogła sobie zresztą pozwolić.

Oby nic się nie zepsuło.

Wydało jej się, że przez drzewa i ulewę dostrzega błysk światła, jednak choć wycieraczki pracowały na najwyższych obrotach i tak nie nadążały z odrzucaniem na bok strug wody. Światło rozbłysło znowu i Malory mocniej zacisnęła ręce na kierownicy. Jak większość ludzi nie miała nic przeciwko potężnej, efektownej nawałnicy, pod warunkiem że mogła ją podziwiać, siedząc w zaciszu domowym z kieliszkiem dobrego wina.

Z pewnością była już blisko celu. Przecież droga nie mogła w nieskończoność piąć się w górę; musiała wreszcie zacząć opadać po drugiej stronie zbocza. Rezydencja Wzgórze Wojownika została usytuowana na samym szczycie górskiego grzbietu, strzegąc doliny poniżej albo królując nad nią – wszystko zależało od punktu widzenia. Malory przejechała już sporo mil, a nie minął jej żaden samochód.

Co dowodzi, że nawet półgłówek nie wybrałby się w taką drogę, pomyślała przelotnie.

Droga rozwidlała się, w prawo biegnąc między dwoma potężnymi, kamiennymi filarami. Malory zwolniła, obrzucając wzrokiem naturalnej wielkości posągi wojowników, wieńczące każdy z nich. Może sprawiła to burza, noc lub roztrzęsione nerwy, ale z włosami powiewającymi wokół srogich twarzy i dłońmi zaciśniętymi na rękojeściach mieczy, przypominali raczej żywe istoty niż figury wykute w kamieniu. Wydawało jej się, że w świetle błyskawic, nad szerokimi klatkami piersiowymi dostrzega prężące się mięśnie ramion.

Przez moment korciło ją, żeby wysiąść z samochodu i z bliska przypatrzyć się rzeźbom. Jednak kiedy mijała otwartą żelazną bramę, poczuła na plecach zimny dreszcz, więc tylko zerknęła do tyłu, patrząc na wojowników z pewnego rodzaju lękiem, ale i z podziwem dla kunsztu artysty.

Gwałtownie zahamowała i samochód zatańczył na wysypanym drobnym żwirem podjeździe. Kiedy spostrzegła wspaniałego rogacza, stojącego w aroganckiej pozie o stopę może od zderzaka, i ekscentrycznej budowli opodal, serce podeszło jej do gardła. W pierwszym odruchu pomyślała, że jeleń także jest rzeźbą, ale dlaczego ktoś miałby stawiać rzeźbionego jelenia na samym środku podjazdu, stanowczo przekraczało jej zdolność rozumowania. Z drugiej strony, określenie „zdrowy na umyśle" również nie pasowało do osoby, której odpowiadało usytuowanie domu na szczycie górskiego grzbietu.

W świetle reflektorów oczy jelenia rozbłysły niczym szafiry, a zwieńczona imponującym porożem głowa odwróciła się powoli. Królewski majestat, pomyślała Malory zafascynowana. Strugi deszczu spływały po sierści zwierzęcia, w świetle błyskawic równie białej jak tarcza księżyca.

Rogacz przypatrywał się Malory, a jego błyszczące oczy nie zdradzały ani strachu, ani zdumienia. Malował się w nich – o ile coś takiego było w ogóle możliwe – rodzaj pogardliwego rozbawienia. Wreszcie odwrócił się i odszedł, rozpłynął w potokach deszczu i rzekach mgły.

– No, no. – Odetchnęła głęboko, drżąc w ciepłym wnętrzu samochodu. – No, no – powtórzyła, przypatrując się budowli przed nią.

Znała ją ze zdjęć, z obrazów, nieraz podziwiała wspaniałą sylwetkę rysującą się na grani, która zamykała dolinę; zupełnie jednak czym innym było oglądanie rezydencji z bliska, w dodatku podczas szalejącej burzy.

Skrzyżowanie zamczyska, fortecy i domu duchów.

Kamienne ściany w kolorze obsydianowej czerni, wieże, szczyty, występy i krenelaże, piętrzące się jeden nad drugim, zupełnie jakby zręczne palce złośliwego dziecka ustawiły je tak dla kaprysu. Obmywaną deszczem ścianę czerni poprzecinały chyba setki wysokich wąskich okien, jarzących się światłem.

Rachunki za prąd najwyraźniej nie spędzały snu z powiek właścicielom.

U stóp budynku kłębił się biały opar niczym fosa mgły.

W kolejnym rozbłysku światła Malory ujrzała białą chorągiew ozdobioną złotym kluczem, która trzepotała na szczycie jednej z iglic.

Podjechała bliżej. Rzędy gargulców tuliły się do ścian, czepiały okapów. Deszczówka chlustała z powykrzywianych ust, przelewała się przez szponiaste dłonie, kiedy spoglądały z góry, strojąc grymasy. Malory zatrzymała samochód przy kamiennym, szerokim portyku i całkiem serio się zastanawiała, czy nie zawrócić i odjechać prosto w burzę. Ty tchórzu, ty idiotko, zaczęła sobie wymyślać, gdzie twoja brawura, gdzie zamiłowanie do przygody? Trochę pomogło, więc położyła dłoń na klamce. Szybkie stukanie w szybę przestraszyło ją tak, że krzyknęła.

Widok białej kościstej twarzy w obramieniu czarnego kaptura, która zaglądała do środka i patrzyła wprost na nią, sprawił, że krzyk przeszedł w zduszony jęk.

Gargulce nie potrafią ożyć, przekonywała samą siebie, ostrożnie opuszczając szybę, nie więcej niż na pół cala.

– Witam panią na Wzgórzu Wojownika. – Głos przedarł się przez zawodzenie deszczu, a powitalny uśmiech odsłonił rząd pięknych, białych zębów. – Proszę zostawić kluczyki w samochodzie, zaopiekuję się nim.

Zanim zdążyła pomyśleć o zablokowaniu zamków, mężczyzna już pociągnął za klamkę. Zasłonił ją od podmuchów wiatru i zaci-

nającego deszczu własnym ciałem i największym parasolem, jaki widziała w życiu.
– Przeprowadzę panią bezpiecznie do drzwi.
Z jakim akcentem mówił? Angielskim, irlandzkim, szkockim?
– Dziękuję.
Zaczęła gramolić się z samochodu, gdy poczuła, że coś przyciąga ją do siedzenia. Atak paniki ustąpił zakłopotaniu, kiedy uświadomiła sobie, że przecież nie odpięła pasów.

Z uczuciem ulgi schroniła się pod parasolem. Mężczyzna prowadził ją w kierunku dwuskrzydłowych drzwi wejściowych, wystarczająco szerokich, by pomieścić bliźniacze, odlane w srebrze, zmatowiałe kołatki w formie smoczych głów, rozmiarów tac do podawania indyka.

Ale przywitanie, przemknęło jej przez myśl, i w tej samej chwili jedno skrzydło drzwi otworzyło się, a ze środka buchnęło światłem i ciepłem.

Stojąca w progu kobieta miała proste, gęste włosy w kolorze płomienia, otaczające bladą twarz o idealnych proporcjach. Intensywnie zielone oczy rozjaśniał uśmiech. Wspaniałą sylwetkę spowijała długa szata z czarnej, lejącej się materii, między piersiami zwisał srebrny amulet z ogromnym, zielonym, przezroczystym kamieniem.

Kąciki ust, równie czerwonych jak włosy, uniosły się ku górze, kiedy kobieta wyciągnęła na przywitanie ozdobioną pierścieniami dłoń.

Wygląda zupełnie jak zjawa z legendy o podtekstach erotycznych, przemknęło Malory przez głowę.
– Witam, panno Price. Znaleźć się w centrum tej niesamowitej nawałnicy z pewnością nie należało do przyjemności. Niech pani wejdzie.

Ciepła i mocna ręka nie przestawała obejmować dłoni Malory, kiedy kobieta wprowadzała ją do holu.

Kandelabr z delikatnego niczym wata cukrowa kryształu rozsiewał migotliwe światło, które załamywało się na srebrnych ornamentach, mozaikę na podłodze tworzyły wyobrażenia wojowników z bramy i rozmaitych postaci mitologicznych. Najchętniej uklękłaby, żeby obejrzeć ją z bliska, ale przecież nie wypadało. I tak z trudem powstrzymała okrzyk zachwytu na widok obrazów, zdobiących ściany w bladozłotym kolorze.
– Niezmiernie mi miło, że zdecydowała się pani przyjąć nasze zaproszenie – mówiła kobieta. – Jestem Rowena. Zaprowadzę pa-

nią do salonu. Na kominku płonie ogień. Trochę wcześnie, jak na tę porę roku, ale przy takiej burzy... Czy dotarcie tutaj okazało się bardzo uciążliwe?

– Potraktowałam to jako rodzaj wyzwania, pani...

– Rowena, po prostu Rowena.

– Roweno, zanim przyłączę do reszty gości, chciałabym się trochę odświeżyć.

– Oczywiście. Tu jest garderoba. – Kobieta wskazała ręką w kierunku drzwi ukrytych pod szerokimi frontowymi schodami. – Pierwsze drzwi po prawej prowadzą do salonu. Nie musi się pani spieszyć.

– Dziękuję. – Malory wśliznęła się do środka. „Garderoba" stanowczo było zbyt skromnym określeniem na to obszerne, bogato zdobione wnętrze. Na marmurowym blacie stało pół tuzina lichtarzy, rozsiewających światło i aromat. Po obu stronach ogromnej umywalki wisiały ręczniki w kolorze burgunda, wykończone delikatną koronką w odcieniu écru, błyszczący złotem kran miał kształt łabędzia. Mozaika na podłodze przedstawiała siedzącą na skale uśmiechniętą syrenkę, która, spoglądając w stronę błękitnego morza, rozczesywała włosy o barwie płomienia.

Upewniwszy się dwukrotnie, że drzwi rzeczywiście są zamknięte, Malory opadła na kolana, żeby z bliska przyjrzeć się rękodziełu.

Rewelacja, pomyślała, wodząc palcami po kafelkach. Bez wątpienia antyk, a z jakim artyzmem wykonany.

Czy mogło istnieć coś wspanialszego nad umiejętność tworzenia piękna?

Wyprostowała się, umyła ręce mydłem lekko pachnącym rozmarynem, krótką chwilę poświęciła kontemplowaniu kolekcji nimf i syren Waterhouse'a*, porozwieszanych na ścianach, wreszcie sięgnęła po puderniczkę.

Z włosami niewiele mogła zrobić. Choć miała je ściągnięte do tyłu, zebrane na karku i spięte kościaną klamrą, wiatrowi i tak udało się rozburzyć ciemnoblond loki. Ale efekt jest niezły, oceniła, pudrując jednocześnie nos. Artystyczny nieład, zupełne przeciwieństwo wygładzonej elegancji rudej. Pasuje do całości.

Przejechała szminką po wargach, konstatując z satysfakcją, że

* John William Waterhouse (1849–1917), malarz brytyjski, wielki znawca kultury antycznej.

bladoróżowy odcień stanowił doskonały wybór. Delikatny i subtelny, doskonale współgrał z jej mleczną cerą.

Za wytworną garsonkę oczywiście przepłaciła. Ale w końcu kobieta ma prawo do kilku słabostek, rozgrzeszyła samą siebie, poprawiając wąskie satynowe klapy żakietu. Niebieski odcień harmonizował z jej oczami, a dopasowany krój podkreślał sylwetkę kobiety eleganckiej i profesjonalnej zarazem. Zatrzasnęła torebkę i uniosła podbródek.

– Okay, Mal, idziemy ubijać interes.

Opuściła garderobę, zmuszając się, żeby nie przemknąć na palcach z powrotem do holu, by podziwiać obrazy. Głośno zastukała obcasami po posadzce. Zawsze lubiła ten dźwięk, pełen mocy, prawdziwie kobiecy.

Znalazłszy się pod arkadowo sklepionym wejściem po prawej, zamarła z wrażenia. Nigdy przedtem nie widziała czegoś podobnego, nawet w muzeum. Antyki, wypolerowane tak pieczołowicie, że ich powierzchnie lśniły niczym zwierciadła; kobierce, draperie i poduszki o głębokich, intensywnych barwach, podkreślające artyzm mebli, stanowiły w równym stopniu jak rzeźby i obrazy arcydzieła. Na ścianie przeciwległej do wejścia malachitowy kominek, z paleniskiem tak szerokim, że śmiało mogłaby w nim stanąć i rozłożyć ramiona. Potężne kłody strzelały językami złotego i czerwonego ognia.

Ten pokój stanowiłby idealne tło dla pięknej kobiety z baśni. Malory chętnie spędzałaby w nim całe godziny, zanurzona w cudownej feerii barw i światła. Teraz w niczym nie przypominała zastraszonej kobietki, skulonej bojaźliwie w samochodzie.

– O tak, mnie też dopiero po pięciu minutach od chwili, kiedy tu weszłam, oczy przestały wyłazić z orbit.

Malory odwróciła się. W obramowaniu bocznego okna stała kobieta. Brunetka, z gęstymi ciemnymi włosami, kończącymi się na linii podbródka śmiałym modnym cięciem. Od Malory, liczącej dokładnie pięć stóp i cztery cale, dobre sześć cali wyższa, o bujnych kształtach, ubrana w eleganckie czarne spodnie i żakiet do kolan, nałożony na biały top.

W jednej ręce trzymała kieliszek szampana, drugą wyciągnęła przed siebie, zbliżając się do Malory. Miała głębokie, ciemnobrązowe, śmiało spoglądające oczy, wąski, prosty nos i szerokie usta, bez śladu szminki. Kiedy się uśmiechała, w policzkach delikatnie rysowały się dołeczki.

– Dana. Dana Steele.

– Malory Price. Miło mi cię poznać. Żakiet masz zabójczy.

– Dzięki. Ulżyło mi, kiedy zobaczyłam, że podjeżdżasz. Pięknie tu, ale od samotnego sterczenia w salonie ciarki już mi zaczęły chodzić po grzbiecie. Prawie kwadrans po ósmej – postukała palcami w tarczę zegarka. – Nie sądzisz, że pozostali goście powinni już się zjawić?

– A gdzie ta kobieta, która witała nas przy drzwiach? Rowena.

Dana ściągnęła usta, rzucając spojrzenie w stronę arkadowego wejścia.

– Przemyka tam i z powrotem, wygląda tajemniczo i zarazem wspaniale. Powiedziała mi, że niebawem dołączy do nas gospodarz.

– Gospodarz? Wiesz coś o nim?

– Tyle wiem, co i ty. Czy myśmy się przypadkiem nie spotkały? – zapytała Dana. – W Valley.

– Możliwe. Prowadzę tam galerię. – Na razie, dorzuciła w myślach.

– Jasne. Wpadam tam na wernisaże. A czasami zachodzę tak sobie poprzyglądać się eksponatom. Pracuję w bibliotece. Jestem dyplomowaną bibliotekarką.

Na wejście Roweny odwróciły się obie. „Przemyka" to doskonałe określenie, pomyślała Malory.

– Widzę, że dokonałyście wzajemnej prezentacji. Doskonale. Czego się pani napije, panno Price?

– Tego samego co Dana.

– Wyśmienicie. – Jej słowa jeszcze nie przebrzmiały, kiedy pojawiła się pokojówka, wnosząc dwa kieliszki szampana na srebrnej tacy. – Ufam, że nie pogardzicie też tartinkami. Rozgośćcie się, proszę, i czujcie swobodnie.

– Mam nadzieję, że pogoda nie zatrzymała w domu pozostałych gości – powiedziała Dana.

Rowena uśmiechnęła się blado.

– Nie wątpię, że wszyscy, których oczekujemy, wkrótce tu przybędą. A teraz wybaczcie mi, że opuszczę was na moment.

– Osobliwe. – Dana sięgnęła po pierwszą z brzegu tartinkę. Okazało się, że jej wybór padł na mus z homara. – Wyśmienite, ale osobliwe.

– Fascynujące. – Malory sączyła szampana, przesuwając palcami po brązowej figurce półleżącej wróżki.

– Ciągle zachodzę w głowę, dlaczego dostałam to zaproszenie.

– Dana sięgnęła po kolejną tartinkę. – Nikogo spośród pracowników biblioteki nie uhonorowano w taki sposób. Szczerze mówiąc, nie zaproszono nikogo, kogo bym znała. Zaczynam żałować, iż nie namówiłam brata, żeby przyjechał ze mną. Ten potrafi reagować niczym jakiś cholerny barometr.

Malory uśmiechnęła się mimo woli.

– Absolutnie nie zachowujesz się jak którakolwiek ze znanych mi bibliotekarek. Z wyglądu też nie przypominasz żadnej z nich.

– Wszystkie kreacje od Laury Ashley wrzuciłam do pieca lata temu. – Dana wzruszyła lekko ramionami, postąpiła kilka kroków do przodu i z irytacją postukała palcami w kryształowy kieliszek.

– No, daję im jeszcze dziesięć minut, a potem zabieram się stąd.

– Jeśli ty wyjdziesz, to ja też. Raźniej mi będzie stawić czoło burzy, jeśli ktoś jeszcze będzie jechał w stronę miasta.

– Zbliża się jakiś samochód. – Dana zmarszczyła brwi i podeszła do okna, obserwując deszcz, uderzający w szyby. – Parszywa noc. A dzień był jeszcze bardziej parszywy. Parszywa jazda tam i z powrotem tylko po to, żeby wypić dwa kieliszki wina i zjeść kilka kanapek, to już szczyt wszystkiego.

– Ty też miałaś parszywy dzień? – Malory wpatrywała się we wspaniały obraz, przedstawiający bal maskowy, który skierował jej myśli w stronę Paryża, choć nigdy nie była w tym mieście inaczej niż we śnie. – Przyjechałam tu z jednego tylko powodu. Miałam nadzieję, że uda mi się nawiązać jakieś kontakty, ze względu na galerię. Takie ubezpieczenie zawodowe – dorzuciła, wznosząc kieliszek. – Bo moja pozycja została ostatnio bardzo mocno zachwiana.

– Moja też. Padłam ofiarą cięć budżetowych i kolesiostwa, przez co zredukowali mi etat do dwudziestu pięciu godzin tygodniowo. Jak, do cholery, mam z tego wyżyć? Na dodatek gospodarz zapowiedział podwyżkę czynszu od pierwszego, ot tak sobie.

– W moim samochodzie coś stuka, a forsę na naprawę przepuściłam na te buty.

Dana zerknęła w dół, zaciskając usta.

– Rewelacyjne buciki. Dzisiaj rano wysiadł mi komputer.

Rozbawiona Malory uniosła brwi.

– Nową żonę mojego szefa nazwałam cizią i wylałam kawę na jej kostium od Escady.

– No dobrze, przelicytowałaś mnie – roześmiała się Dana, podchodząc bliżej. Trąciły się kieliszkami. – A co byś powiedziała, gdybyśmy tak udały się na poszukiwania naszej walijskiej bogini i wydusiły z niej, o co tu właściwie chodzi?

– To ten akcent? Walijski?
– Wspaniały, prawda? Ale zaraz, chyba...
Urwała, słysząc stukanie obcasów po posadzce.
Malory najpierw zwróciła uwagę na włosy. Czarne, gęste, przycięte krótko i idealnie równo, niczym pod linijkę. No i te jasne wielkie oczy o podłużnym kształcie, które kazały jej myśleć o nimfach Waterhouse'a. Z trójkątnej twarzy promieniowało podniecenie czy też zdenerwowanie. A może był to po prostu efekt doskonałych kosmetyków? Widząc, jak palce kobiety zaciskają się na małej, czarnej torebce, Malory przypisała ów blask raczej nerwom.

Nowo przybyła ubrana była w sukienkę w kolorze ostrej czerwieni, krótką, mocno przylegającą do ciała i odsłaniającą doskonałe nogi. Obcasy, których stukanie słyszały wcześniej, miały dobre cztery cale wysokości i wydawały się ostre jak sztylety.

– Cześć – zaczęła kobieta lekko zdyszanym głosem, lustrując spojrzeniem salon – no... ona powiedziała, że mam tu wejść.

– Dołącz do nas, na przyjęciu, jeśli można to tak nazwać. Dana Steele i jej równie skonsternowana towarzyszka tego wieczoru, Malory Price.

– Zoe McCourt. – Uczyniła kolejny, ostrożny krok, jakby obawiała się, iż zaraz ktoś jej powie, że nastąpiła pomyłka, i każe się wynosić.

– Boże drogi, zupełnie jak w filmie. Wszystko przepiękne, ale człowiek tylko czeka na pojawienie się tego niesamowitego faceta w smokingu.

– Vincenta Price'a?*. Nie, spokojnie – powiedziała Malory z uśmiechem. – Domyślam się, że ty też nie masz pojęcia, o co tu chodzi, podobnie jak my.

– Bladego. Sądzę, że zaprosili mnie przez pomyłkę... – urwała, wpatrzona w pokojówkę, która weszła do salonu z kolejnym kieliszkiem szampana na tacy. – Ach, dziękuję. – Ostrożnie ujęła kieliszek, uśmiechając się na widok jego musującej zawartości. – Szampan. To na pewno jakaś pomyłka, ale nie mogłam się oprzeć pokusie i przyjechałam. A gdzie pozostali goście?

– Dobre pytanie. – Dana przechyliła głowę, zafascynowana i zarazem rozbawiona sposobem, w jaki Zoe przymyka oczy i ostrożnie próbuje trunku. – Mieszkasz w Valley?

---

* Vincent Price (1911–1993) amerykański aktor filmowy, znany z licznych filmów grozy.

- Tak, od dobrych kilku lat.
- Trzy na trzy - mruknęła Malory do siebie. - A znasz kogoś, kto również został zaproszony na dzisiejszy wieczór?
- Nie. Prawdę powiedziawszy, wypytywałam różne osoby i pewnie dlatego wyleciałam z pracy. Czy tym jedzeniem można się tak po prostu częstować?
- Wylali cię z pracy? - Malory i Dana wymieniły spojrzenia. - Trzy na trzy.
- Carly, właścicielka salonu, w którym pracuję. Pracowałam - poprawiła się Zoe, podchodząc do tacy z tartinkami. - Usłyszała, jak rozmawiałam z klientką na temat tego przyjęcia, i wpadła w szał. Ludzie, ale to pyszne!

Zoe wyraźnie się odprężała. Nie mówiła już na przydechu, choć Malory nadal wyczuwała lekko nosowe brzmienie w jej głosie.

- Zresztą Carly od dawna chciała się mnie pozbyć. Kiedy ja dostałam zaproszenie, a ona figę, miała totalny odjazd. - Zoe zmarszczyła czoło i z błyskiem w złotych oczach sięgnęła po następną tartinkę. - A potem powiedziała, że w kasie brakuje dwudziestu dolarów. Nigdy nie tknęłam cudzej własności. Wiedźma. - Pociągnęła kolejny łyk szampana, tym razem z większą odwagą. - I w taki oto sposób znalazłam się na bruku. Zresztą to nieistotne. Znajdę sobie coś innego. Boże, jak ja nienawidziłam tam pracować.

Istotne, pomyślała Malory. Błysk w oczach Zoe, w którym było tyle samo strachu co gniewu, wskazywał, że to jest istotne.

- Jesteś fryzjerką?
- Tak. I kosmetyczką, jeśli pragniesz zrobić się na bóstwo. Nie jestem z tych, które otrzymują zaproszenia na przyjęcia w rezydencjach, więc myślę, że zaszła tu jakaś pomyłka.

Malory z namysłem pokręciła głową.

- Nie sądzę, aby ktoś taki jak Rowena kiedykolwiek w swoim życiu popełnił pomyłkę. Na pewno nie.
- No nie wiem. Chciałam zrezygnować, ale potem pomyślałam, że może trochę się rozerwę. W dodatku mój samochód nie zapalił i musiałam pożyczyć wóz od niani.
- Masz dziecko? - zapytała Dana.
- Już nie takie dziecko. Simon ma dziewięć lat i jest wspaniały. Nie martwiłabym się tak o pracę, gdyby nie on. Ale nie ukradłam tych pieprzonych dwudziestu dolców ani nawet dwudziestu centów. Nie jestem złodziejką.

Zmitygowała się nieco, oblana rumieńcem.

– Przepraszam, bardzo przepraszam, zdaje się, że bąbelki za bardzo rozwiązały mi język.

– Nie przejmuj się. – Dana pogładziła ją po ramieniu. – Chcesz usłyszeć coś dziwnego? Skończyła mi się praca, skończyła mi się forsa i pojęcia nie mam, co dalej. A Malory wyleci z pracy lada moment.

– Naprawdę? – Oczy Zoe wędrowały od jednej do drugiej. – To niewiarygodne.

– I nikt z naszych znajomych nie otrzymał zaproszenia na dzisiejszy wieczór. – Dana zniżyła głos, zerkając ostrożnie w stronę drzwi. – Wiele wskazuje, że tylko my w tym tkwimy.

– Ja jestem bibliotekarką, ty fryzjerką, a Malory prowadzi galerię dzieł sztuki. Co mamy wspólnego ze sobą?

– Wszystkie straciłyśmy pracę – Malory zmarszczyła czoło – albo jesteśmy bliskie jej utraty. Już samo to jest dziwne, jeśli pomyśleć, że populacja Valley wynosi około pięciu tysięcy mieszkańców. Jakie jest prawdopodobieństwo spotkania się trzech kobiet, borykających się z identycznym problemem, tego samego dnia w tym samym miejscu? Dalej, wszystkie mieszkamy w Valley i jesteśmy mniej więcej w tym samym wieku. Ja mam dwadzieścia osiem lat.

– Dwadzieścia siedem – rzuciła Dana.

– Dwadzieścia sześć, w grudniu dwadzieścia siedem. – Zoe zadrżała. – Tych podobieństw robi się zbyt wiele. – Jej oczy rozszerzyły się, kiedy spojrzała na wpół opróżniony kieliszek. Pośpiesznie odstawiła go na bok. – Myślisz, że dodali czegoś do szampana?

– Nie sądzę, aby planowali nas uśpić i wykorzystać jako białe niewolnice – skonstatowała Dana sucho, ale sama także odstawiła kieliszek. – W końcu ludzie wiedzą, dokąd się wybrałyśmy. Mój brat wie i koledzy z pracy.

– Mój szef, jego żona, twoja była szefowa – Malory zwróciła się do Zoe – twoja opiekunka do dziecka. Poza tym jesteśmy w Pensylwanii, na litość boską, a nie na przykład, no nie wiem... w Zimbabwe.

– Proponuję, abyśmy udały się na poszukiwanie tajemniczej Roweny i spróbowały czegoś się dowiedzieć. Najlepiej trzymajmy się razem, zgoda? – Dana popatrzyła na Malory, a potem na Zoe. Zoe przełknęła ślinę.

– Skarbie, od tej chwili jestem waszą najlepszą przyjaciółką.
Dla przypieczętowania swoich słów ujęła za rękę najpierw
Danę, a potem Malory.

– Cieszę się, że was poznałam.

Ich ręce nadal były połączone, kiedy odwracały się ku mężczyźnie, który pojawił się w wejściu.

Uśmiechnął się, wkraczając do środka.

– Witam panie na Wzgórzu Wojownika.

Rozdział drugi

Przez krótką chwilę Malory zdawało się, że ożył jeden z posągów wojowników strzegących bramy. Nowo przybyły miał te same piękne, męskie, zdecydowane rysy, tę samą mocną budowę. Burza czarnych włosów spływała falą do tyłu, odsłaniając ostro rzeźbioną twarz. Oczy miały ciemnoszafirową barwę nocnego nieba. Kiedy na nią spojrzał, Malory poczuła, że oblewa ją fala gorąca.

Nigdy nie należała do histeryczek. To przecież niemożliwe, napomniała się. Ale ta burza, ten dom, wzrok tego mężczyzny... przez moment wydawało jej się, że potrafi wniknąć w jej umysł i odczytać każdą myśl.

Wzrok mężczyzny powędrował dalej i wrażenie minęło.

– Jestem Pitte. Cieszę się z waszego podziwu dla miejsca, które obecnie stało się naszym domem.

Ujął wolną rękę Malory i podniósł do ust. Jego dotyk był zimny, gest uprzejmy i pełen godności.

– Panna Price.

Poczuła palce Zoe rozluźniające uścisk, kiedy Pitte zwrócił się do niej i uniósł jej dłoń. – Panna McCourt. – Na koniec ujął rękę Dany. – Panna Steele.

Nagle rozległ się grzmot. Malory podskoczyła, a jej ręka sama wyciągnęła się do Zoe. To zwyczajny mężczyzna, perswadowała sobie w duchu. To zwyczajny dom. Najwyższy czas opanować emocje i wziąć się w garść.

– Pańska posiadłość jest zachwycająca, panie Pitte – udało jej się wykrztusić.

- Niewątpliwie. Zechcą panie spocząć. Moją towarzyszkę zdążyłyście już poznać. - Rowena zbliżyła się, a on ujął ją pod ramię.

Pasują do siebie, uznała Malory. Niczym awers i rewers tej samej monety.

- Najmilej przy ogniu. - Rowena uczyniła gest w stronę kominka. - Burza nie ustaje. Rozsiądźmy się wygodnie.

- Najlepiej poczujemy się wówczas, kiedy wreszcie powiecie, o co w tym wszystkim chodzi. - Dana postukała obcasami, wracając uparcie do swojego. - Jaki był powód zaproszenia nas tutaj?

- No tak, ale ogień jest taki cudowny. Cóż może być milszego od szampana, doborowego towarzystwa i przyjaznego ciepła w tak burzliwą noc jak ta? Panno Price, proszę mi powiedzieć, jak ocenia pani naszą kolekcję?

- Oszałamiająca. Przebogata. - Zerkając do tyłu na Danę, Malory dała się zaprowadzić do krzesła przy kominku. - Zgromadzenie jej musiało zająć państwu mnóstwo czasu.

Śmiech Roweny był niczym szemranie mgły unoszącej się nad wodą.

- Och, sporo. Pitte i ja kochamy piękno we wszystkich jego przejawach. Czcimy je. Pani pewnie także, skoro wybrała taki zawód.

- Wybrałam go dla samej sztuki.

- Tak, sztuka wprowadza światło, wszędzie tam gdzie zalega cień. Ach, Pitte, zanim wieczór dobiegnie końca, musimy pokazać pannie Steele naszą bibliotekę. Mam nadzieję, że zyska aprobatę. - Obojętnym gestem skinęła na pokojówkę, która wkroczyła z kryształowym wiaderkiem do szampana. - Czym byłby świat bez książek?

- Książki są światem - odpowiedziała zaintrygowana, choć nadal ostrożna Dana.

- Myślę, że zaszła tu jakaś pomyłka. - Zoe zatrzymała się z tyłu, wodząc wzrokiem od jednej twarzy do drugiej. - Ja na sztuce się nie znam. Na prawdziwej sztuce. Ani na książkach. To znaczy, czytuję książki, ale...

- Proszę spocząć - Pitte łagodnym gestem zmusił ją do zajęcia miejsca - proszę poczuć się swobodnie. Mam nadzieję, że pani synek ma się dobrze.

Zoe zesztywniała, a jej bursztynowe oczy błysnęły spojrzeniem tygrysicy.

- Z Simonem wszystko w porządku.

– Macierzyństwo także jest sztuką, nie sądzi pani? Jest niczym nieustanne tworzenie, w jego najistotniejszym, najbardziej witalnym aspekcie, pracą wymagającą męstwa i oddania.

– Czy ma pan dzieci?

– Niestety nie dane mi było zakosztować tego daru. – Przy tych słowach ręka Pitte'a pogładziła dłoń Roweny. Uniósł kieliszek. – Za życie i wszystkie tajemnice, jakie ze sobą niesie. – Oczy mu rozbłysły. – Nie ma powodów do lęku. Pragniemy wyłącznie waszego zdrowia, szczęścia i pomyślności.

– Dlaczego? – Dana uparcie wracała do jednego. – Nie znacie nas, choć wydaje się, że wiecie znacznie więcej o nas niż my o was.

– Pani jest szalenie dociekliwą, inteligentną, zmierzającą prosto do celu kobietą. Domagającą się natychmiastowych odpowiedzi.

– Na razie nie otrzymałam żadnej.

Uśmiechnął się.

– Gorąco wierzę, że uzyska je pani wszystkie. Pragnę rozpocząć od opowiedzenia paniom pewnej historii. Dzisiejsza noc jest jakby wymarzona na gawędy.

Poprawił się na siedzeniu. Podobnie jak Rowena, miał silny, melodyjny, nieco egzotycznie brzmiący głos. Stworzony do opowiadania baśni w posępne, burzliwe noce, pomyślała Malory. To spostrzeżenie uspokoiło ją nieco. Z wolna zaczynała się odprężać. W końcu co miała lepszego do roboty – lepiej pobyć w tym fantastycznym domu, usiąść przy buzującym ogniu i popijając szampana, wysłuchać legendy, opowiadanej przez przystojnego mężczyznę. Zajęcie bijące na głowę samotne przeżuwanie jedzenia na wynos i żałosne opuszczanie rąk nad smętnym bilansem, wynikającym z książeczki czekowej. Gdyby tak jeszcze udało jej się obejrzeć dokładnie wnętrze domu, a potem namówić Pitte'a do odwiedzenia galerii i powiększenia swojej kolekcji o kilka antyków. Może tym sposobem ocaliłaby swój stołek?

Tak więc rozsiadła się wygodniej, z postanowieniem, że postara się dobrze bawić.

– Dawno, dawno temu, w krainie, gdzie wznoszą się potężne góry i rosną przepastne lasy, żył kiedyś młody bóg. Był jedynakiem i rodzice kochali go niezmiernie. Los obdarzył go piękną twarzą, nieujarzmionym sercem, silnymi mięśniami. Pewnego dnia miał zasiąść na tronie, tak jak przedtem jego ojciec, więc wychowywano go na dobrego władcę, powściągliwego w sądach i szybkiego w działaniu.

Na świecie panował pokój, skoro chodzili po nim bogowie, kwitło piękno, muzyka, sztuka, taniec, opowieści. Tak było, odkąd sięgała pamięć bogów, a ich pamięć nie ma początku. Świat był miejscem równowagi i harmonii.

Pitte urwał i zaczerpnął łyk wina, podczas gdy jego oczy wędrowały powoli od twarzy do twarzy.

– Przez Kurtynę Nocy, przez Zasłonę Snów bogowie mogli spoglądać na świat śmiertelnych. Pomniejszym bogom wolno było schodzić między śmiertelników i łączyć się z nimi wedle upodobania; w ten sposób zrodziły się wróżki, duchy, sylfidy i inne czarodziejskie istoty. Niektórzy z bogów doszli do wniosku, że świat śmiertelnych bardziej odpowiada ich gustom, i zamieszkali w nim. Byli tacy, których świat śmiertelnych zdeprawował, tak że przeszli na stronę ciemności. Taka jest natura każdego stworzenia, boga także.

Pitte rozsmarował odrobinę kawioru na cienkim krakersie.

– Panno Steele, zna pani niejedną opowieść o magii i czarnoksięstwie. Czy będąc strażniczką ksiąg i tradycji, kiedykolwiek zastanawiała się pani, w jaki sposób podobne opowieści stają się częścią historii, z jakiego korzenia prawdy się wywodzą?

– Legendy powstają po to, aby obdarzyć kogoś lub coś mocą większą niż nasza własna, aby zaspokoić nasz głód bohaterstwa, miłości i przygody. – Dana wzruszyła ramionami, najwyraźniej jednak zafascynowana opowieścią. – Na przykład ta o celtyckim królu Arturze, przy którego narodzinach obecne były elfy i który został koronowany w wieku piętnastu lat, po tym, jak magicznym mieczem pokonał wrogów. Jeśli faktycznie istniał – a wielu uczonych utrzymuje, że tak było – o ile bardziej wyrazista, bardziej frapująca staje się jego postać, jeśli wyobrazimy go sobie chociażby na zamku w Camelocie, gdzie razem z Merlinem, tajemniczym czarodziejem-pieśniarzem zasiadał w gronie rycerzy przy sławnym Okrągłym Stole, symbolizującym zasadę równości.

– Bardzo lubię tę opowieść – wtrąciła Zoe. – Poza zakończeniem, które wydaje mi się takie niesprawiedliwe. Ale sądzę...

– Proszę – Pitte zachęcił ją gestem – niech pani mówi dalej.

– No czasami wydaje mi się, że magia istniała naprawdę, dopóki my sami nie oduczyliśmy się jej. To znaczy, nie uważam, aby nauka była czymś złym – dodała szybko, kuląc się pod obstrzałem spojrzeń – ale może w jakiś sposób odepchnęliśmy magię od siebie, kiedy zaczęliśmy domagać się logicznego i naukowego objaśnienia wielu rzeczy.

– Trafne spostrzeżenie. – Rowena pokiwała głową. – Jakże często dziecko, wchodząc w wiek dorosły, upycha swoje zabawki na dnie szafy, zapominając, ile budziły w nim zachwytu. Czy wierzy pani w cuda, panno McCourt?

– Mam dziewięcioletniego synka – odparła Zoe. – Aby uwierzyć w cuda, wystarczy, że na niego popatrzę. I bardzo proszę mówić mi po imieniu.

Twarzy Roweny rozjaśnił ciepły uśmiech.

– Dziękuję. Pitte?

– Tak, wracajmy do naszej opowieści. Po dojściu do pełnoletności młody bóg został wysłany za Zasłonę, tak jak nakazywała tradycja. Miał wędrować wśród śmiertelnych, uczyć się ich postępowania, poznawać ich wady i zalety, cnoty i przywary.

I oto ujrzał piękną dziewczynę, dziewicę szlachetnej urody i pochodzenia, a ujrzawszy, pokochał, a pokochawszy, zapragnął. A kiedy odmówiono mu jej, bo tak nakazywały prawa, nie przestawał o niej marzyć. Coraz bardziej pogrążał się w apatii i żałobie. Przestał jeść i pić i żadna z bogiń, które mu oferowano, nie znalazła uznania w jego oczach. Rodzice, strwożeni stanem jedynaka, w końcu ustąpili. Nie zgodzili się wprawdzie na oddanie swojego syna światu śmiertelnych, za to sprowadzili dziewczynę do swojego świata.

– Porwali ją? – przerwała Malory.

– Mogli to uczynić. – Rowena ponownie napełniła kieliszki. – Ale miłości wykraść się nie da. Miłość to wybór. A młody bóg pragnął miłości.

– I otrzymał ją? – chciała wiedzieć Zoe.

– Śmiertelna dziewczyna dokonała wyboru. Kochała, więc zdecydowała się porzucić swój świat dla świata kochanka. – Pitte oparł dłonie na kolanach. – W świecie bogów, w świecie śmiertelnych i w mitycznym półświecie wróżek zapanowało wielkie poruszenie. Nikt spośród śmiertelników nie miał prawa przekraczać Zasłony. Najważniejsze z praw zostało złamane, kobieta śmiertelna, zabrana ze swojego świata i przeniesiona do świata bogów, poślubiona ich przyszłemu królowi, z miłości wyłącznie, dla żadnego ważniejszego powodu.

– A cóż może być ważniejszego niż miłość? – rzuciła Malory.

Pitte obdarzył ją poważnym, spokojnym spojrzeniem.

– Jedni powiedzieliby, że nic nie jest ważniejsze, inni odparliby, że honor, prawda, lojalność. Niektórzy tak uczynili i po raz pierwszy, odkąd sięgała pamięć bogów, w królestwie zawrzało. Równowaga została zachwiana. Młody bóg – obecnie już ukoronowany władca – dysponował siłą, więc zapanował nad chaosem. Śmiertelna niewiasta była piękna i szczera. Niektórzy zdecydowali się ją zaakceptować, ale nie brakowało i takich, którzy knuli spiski.

Głos Pitte'a nagle się zmienił, zabrzmiała w nim gniewna, chłodna zaciętość, która ponownie kazała Malory myśleć o postaciach kamiennych wojowników.

– Bitwy toczone w otwartym polu udało się wygrać, ale te, które rozgrywano w sekretnych komnatach, naruszyły fundament świata. Małżonka boga-króla urodziła trzy córki, trzy półboginie, obdarzone śmiertelnymi duszami. W chwili narodzin każda z nich otrzymała od ojca amulet – klejnot chroniący od złego. Wszystkie trzy poznały zarówno świat ojca, jak i świat matki. Piękność dziewcząt, ich niewinność zmiękczyły niejedno serce, zmieniły niejeden umysł. Na kilka lat zapanował spokój. Córki wyrosły na młode, kochające się nawzajem kobiety. Każda z nich obdarzona została innym talentem, stanowiącym uzupełnienie i podkreślenie talentu sióstr.

Pitte urwał, jakby zbierając myśli.

– Nikomu nie wyrządziły żadnej krzywdy, światom po obu stronach Zasłony przynosząc wyłącznie piękno i światło. Ale Cienie czuwały. Jeden z nich zapragnął tego, po co nie miał prawa wyciągnąć ręki żaden z bogów. Opętany zazdrością, posłużył się magią i porwał córki do półświata, choć były strzeżone. Tam rzucił na nie czar wiecznego snu – żywej śmierci. Takie odesłał z powrotem za Zasłonę, uwięziwszy ich śmiertelne dusze w szklanej szkatule, zamykanej na trzy klucze. Nikt, nawet ojciec dziewcząt, nie dał rady wyłamać zamków. Dopóki nie otworzą ich klucze, najpierw jeden, a za nim drugi i trzeci, córki będzie morzył magiczny sen, a ich dusze będą łkały w szklanym więzieniu.

– A gdzie znajdują się klucze? – zapytała Malory. – I dlaczego szkatuły nie da się otworzyć zaklęciem, skoro zaklęcie ją zamknęło?

– Miejsce ukrycia kluczy pozostaje zagadką. Aby otworzyć szkatułę, rzucono wiele czarów, wypowiedziano wiele zaklęć; wszystkie zawiodły. Istnieją jednak wskazówki. Dusze są śmiertelne i tylko dłonie śmiertelniczek mogą przekręcić klucze w zamkach.

– Na moim zaproszeniu napisano, że jestem kluczem. – Malory popatrzyła na Danę i Zoe, a te potakująco skinęły głowami. – Co możemy mieć wspólnego z mitologiczną opowieścią?

- Chciałbym wam coś pokazać. – Pitte podniósł się, wskazując w stronę arkadowego przejścia. – Mam nadzieję, że was to zainteresuje.
    – Burza robi się coraz większa. – Zoe rzuciła pełne obawy spojrzenie w stronę okna. – Muszę wracać do domu.
    – Proszę o jeszcze odrobinę cierpliwości.
    – Pojedziemy wszystkie razem. – Malory ściszyła głos i uspokajająco ścisnęła Zoe za ramię. – Zobaczmy najpierw, co chce nam pokazać. Mam nadzieję, że będę mogła kiedyś jeszcze do was zawitać – mówiła głośniej, kierując się w stronę drzwi, żeby dołączyć do Pitte'a i Roweny. – Bardzo chciałabym zobaczyć resztę waszych zbiorów i w rewanżu oprowadzić was po galerii.
    – Zawsze będzie tu pani mile widzianym gościem. – Pitte łagodnie ujął ją pod ramię i powiódł szerokim korytarzem. – I ja, i Rowena chętnie porozmawiamy o naszych zbiorach z kimś, kto zna się na sztuce i potrafi ją docenić. – Skierował się ku kolejnym, łukowato zakończonym drzwiom. – Mam nadzieję, że ten obiekt z naszej kolekcji szczególnie was zainteresuje.
    Nad kominkiem, w którym także huczał ogień, wisiał obraz, sięgający niemal sufitu. Na widok bogactwa kolorystyki i mocnego, zdecydowanego sposobu kładzenia farb serce Malory, miłośniczki sztuki, zabiło szybciej. Obraz przedstawiał trzy kobiety, piękne i młode, odziane w powłóczyste szaty, szafirową, szmaragdową i rubinową. Ta w błękitach, ze złotymi, sięgającymi pasa włosami, siedziała na ławce stojącej nieopodal owalnej sadzawki. W rękach trzymała niewielką, złotą harfę. U jej stóp, na srebrnych kafelkach siedziała dziewczyna w czerwieni, trzymająca zwój i gęsie pióro, z jedną ręką spoczywającą na kolanach siostry – gdyż sportretowane z pewnością były siostrami. Za nimi stała trzecia, odziana w zieleń, ze szczeniakiem trzymanym w zgięciu ramienia i krótkim srebrnym mieczem u boku. Wokół nich rozsypane były kwiaty, gałęzie drzew uginały się pod ciężarem owoców, na tle lazurowego nieba unosiły się ptaki i skrzydlate wróżki.
    Urzeczona obrazem Malory przemierzyła już pół pokoju, pragnąc przyjrzeć się dziełu z bliska, gdy nagle jej serce załomotało gwałtownie. Dziewczyna w błękicie miała jej rysy.
    Przystanęła raptownie. Jest młodsza, pomyślała, bez wątpienia piękniejsza. Ma nieskazitelną cerę, oczy większe, w intensywniejszym odcieniu błękitu, włosy bujniejsze i lepiej ułożone. Ale podobieństwo było uderzające; zresztą dotyczyło to nie tylko jej,

równie mocne istniało między dwiema innymi kobietami na obrazie i pozostałą dwójką gości Wzgórza Wojownika.
– Wspaniałe dzieło. – Prawdziwy majstersztyk – oceniła, dziwiąc się, jak spokojnie brzmią jej słowa. W uszach czuła nieznośne brzęczenie.
– Przecież one wyglądają zupełnie jak my – powiedziała zdumiona Zoe, jednocześnie przysuwając się do Malory. – Jak to możliwe?
– Dobre pytanie. – Głos Dany był pełen podejrzliwości. – Jak ktoś mógł posłużyć się nami jako modelkami, tworząc obraz bez wątpienia stanowiący wizerunek trzech sióstr z legendy, której wysłuchałyśmy przed chwilą?
– Ten obraz namalowano, zanim jeszcze przyszłyście na świat. Zanim narodzili się wasi ojcowie, wasi dziadkowie, a także ci, którzy ich spłodzili. – Rowena zbliżyła się do obrazu i stanęła przed nim, skrzyżowawszy ręce na piersiach. – Jego wiek można określić, przeprowadzając odpowiednie badania, prawda, Malory?
– Tak, wiek da się ustalić, ale bez względu na to, z jakiego okresu podchodzi płótno, nie odpowiedziałaś na pytanie Zoe.
Szeroki, pełen zrozumienia uśmiech rozlał się po twarzy Roweny.
– Nie, nie odpowiedziałam. Co jeszcze dostrzegasz na obrazie?
Malory sięgnęła do torebki i wyjęła okulary w czarnej, prostokątnej oprawce. Założywszy je, przystąpiła do starannych oględzin płótna.
– W prawym górnym rogu, na niebie, umieszczony jest klucz. Na pierwszy rzut oka przypomina raczej ptaka. Drugi klucz znajduje się tutaj, na gałązce, niemal całkowicie przysłonięty liśćmi i owocami, a trzeci, także ledwo widoczny, w sadzawce, tuż pod powierzchnią wody. Między drzewami zalega cień. Nie potrafię powiedzieć, czy to mężczyzna czy kobieta. Niewyraźna, ciemna sylwetka, podglądająca siostry. Inny cień wpełza na srebrne obramienie sadzawki. To wąż. Ach, jeszcze jeden kryje się w tle. – Wyobrażony na obrazie świat pochłonął ją do tego stopnia, że zapomniała o wszystkim i niemal weszła na palenisko. – Widać też mężczyznę i kobietę, obejmują się. Kobieta nosi bogato zdobioną, purpurową szatę, co podkreśla jej wysoką rangę, mężczyzna odziany jest jak żołnierz. To wojownik. Na drzewie nad nimi siedzi kruk, zwiastujący nieszczęście. Niebo nad drzewem ma ciemną barwę i poznaczone jest błyskawicami. Nadchodzi niebezpieczeństwo. Siostry spoglądają przed siebie, nieświadome zagrożenia; ko-

rony – oznaka ich godności – błyszczą w słońcu, którego promienie oświetlają także przestrzeń na pierwszym planie. Dziewczęta łączy przyjaźń i uczucie, a biały gołąb na krawędzi sadzawki symbolizuje ich czystość. Mają identyczne w kształcie amulety, lecz każdy z innym kamieniem, harmonizującym z kolorem sukni. Siostry stanowią jedność, a każda z nich jest inna. Ten obraz to arcydzieło; człowiek widzi niemal, jak ukazane na nim postacie oddychają.
– Niewiele zdoła umknąć pani oku. – Pitte skłonił się Malory, dotykając jednocześnie ramienia Roweny. – To płótno stanowi chlubę naszej kolekcji.
– Ciągle jednak nie odpowiedzieliście na nasze pytania – zwróciła mu uwagę Dana.
– Za pomocą magii nie zdołano przełamać klątwy wiążącej dusze królewskich cór w szklanej szkatule. Przyzwano magików, czarodziejów, wróżki z całego świata. Nikomu nie udało się zdjąć zaklęcia. Rzucono więc inne. Wśród śmiertelnych w każdym pokoleniu przyjdą na świat trzy kobiety i spotkają się w jednym czasie w jednym miejscu. Nie będą siostrami, nie będą boginiami; będą zwykłymi Ziemiankami. I tylko one zdołają uwolnić z zamknięcia dusze niewinnych.
– Czy chcecie, abyśmy uwierzyły, że właśnie my jesteśmy tymi kobietami? – Dana uniosła brwi. Czuła łaskotanie w gardle, niemające jednak nic wspólnego z wesołością. – Tylko dlatego, że przypadkiem wyglądamy jak te kobiety z portretu?
– To nie przypadek. I nie ma znaczenia, czy uwierzycie w to czy nie. – Pitte wyciągnął ręce w ich kierunku. – Zostałyście wybrane, a moim zadaniem jest wam to oznajmić.
– No więc oznajmiłeś nam, a teraz...
– I uczynić tę ofertę – ciągnął, zanim Dana zdążyła dokończyć.
– Każda z was po kolei w czasie jednego miesiąca księżycowego ma odnaleźć klucz. Jeśli pierwszej nie uda się to w ciągu dwudziestu ośmiu dni, gra skończona. Gdy się jej powiedzie, do poszukiwań przystępuje druga. Jeśli w wyznaczonym jej czasie nie wykona zadania, koniec. Ale gdy przed upływem trzeciego miesiąca księżycowego wszystkie trzy klucze znajdą się tutaj, otrzymacie nagrodę.
– Jaką nagrodę? – zapytała Zoe.
– Milion dolarów. Każda.
– Ale się wykosztujesz – sarknęła Dana, spoglądając na swoje towarzyszki. – Łatwo sypać forsą niczym confetti, podczas gdy my

będziemy urządzać polowanie na trzy klucze, które nawet nie istnieją.
— A jeśli istnieją? — sprzeciwiła się Zoe. Oczy jej rozbłysły. — Czy nie chciałabyś przynajmniej spróbować? To przecież szansa. I za takie pieniądze!
— Jaka szansa? Świat jest wielki. Jak wyobrażasz sobie odnalezienie w nim małego złotego kluczyka?
— Każda z was otrzyma wskazówki. — Rowena uczyniła gest w kierunku niewielkiej sekretery. — Jeśli się zgodzicie, pomożemy wam. Możecie też ze sobą współpracować; nawet liczymy na to, że tak postąpicie. Ale musicie wszystkie się zgodzić. Jeśli choć jedna z was nie podejmie wyzwania, gra skończona. Jeśli zaś wszystkie je podejmiecie i zaakceptujecie warunki, każda z was otrzyma dwadzieścia pięć tysięcy dolarów. Pieniądze będą wasze, bez względu na wynik poszukiwań.
— Chwileczkę. — Malory uniosła rękę i zdjęła okulary. — Chwileczkę. Mówisz, że jeśli zgodzimy się szukać tych kluczy — tylko ich szukać — dostaniemy po dwadzieścia pięć tysięcy? Bez żadnych dalszych warunków?
— Taka suma zostanie przelana na wasze konta w banku. Bezzwłocznie — potwierdził Pitte.
— O mój Boże — Zoe przymknęła oczy. — O mój Boże — powtórzyła, opadając ciężko na krzesło. — Ja chyba śnię.
— Raczej masz zwidy, chciałaś powiedzieć. A gdzie tkwi w tym jakiś kruczek? — Dana skrzyżowała ramiona. — Gdzie dopisek drobnym drukiem?
— Jeśli któraś zawiedzie, którakolwiek z was, wszystkie poniesiecie karę, tracąc po jednym roku z waszego życia.
— Tak jakbyśmy wylądowały w więzieniu? — Chciała wiedzieć Malory.
— Nie. — Rowena skinęła na pokojówkę, popychającą barek z zastawą do kawy. — Po jednym roku z waszego życia zostanie wam odebrane.
— Magiczna sztuczka. — Dana strzeliła palcami.
— Klucze istnieją. Nie w tym domu, ale w tym miejscu — powiedziała cicho Rowena. — Tyle zdołaliśmy dla was uczynić. Więcej zdradzić nam nie wolno, choć jednocześnie możemy udzielić kilku wskazówek. Poszukiwania nie będą proste, więc już sama próba zostanie nagrodzona. Jeśli wypełnicie zadanie, nagroda będzie większa. Zawiedziecie, zostaniecie ukarane. Proszę, zasta-

nówcie się, przedyskutujcie to między sobą. Zostawiamy was teraz.

Opuścili salon. Rowena odwróciła się jeszcze, by zamknąć szerokie, wsuwane w ścianę drzwi.

– Dom wariatów – skonstatowała Dana, sięgając do tacy z ciastkami po ptysia. – A jeśli któraś z was rozważa możliwość zabawienia się z tymi świrami, to idealnie tu pasuje.

– Powiem ci tylko jedno. – Malory nalała kawy do filiżanki i wrzuciła do niej dwie kostki cukru. – Dwadzieścia pięć tysięcy dolarów. Dla każdej z nas.

– Ty chyba nie myślisz serio, że tamci zechcą wyrzucić w błoto siedemdziesiąt pięć baniek, ponieważ obiecamy im: tak, jasne, zaraz się zabieramy do szukania tych kluczy. Tych samych, które otwierają puzdro zawierające dusze trzech półbogiń.

Malory dumała nad eklerkiem.

– Jest tylko jeden sposób, żeby się przekonać.

– Wyglądają zupełnie jak my. – Zoe wpatrywała się w obraz, kompletnie ignorując kawę i ciastka. – Tak bardzo są do nas podobne.

– Zgadza się, są podobne, i to właśnie jest odrażające. – Dana skinęła głową, kiedy Malory ujęła dzbanek z kawą. – Dlaczego namalowano naszą trójkę w taki właśnie sposób? Przecież poznałyśmy się zaledwie dzisiaj. Kiedy pomyślę, że ktoś nas obserwował, robił nam zdjęcia, szkice czy co tam jeszcze, żeby namalować taki portret, ciarki mnie przechodzą.

– Tego obrazu nikt nie namalował w pośpiechu ani dlatego, że miał taki kaprys. – Malory podała Danie napełnioną filiżankę. – To arcydzieło. Świadczy o tym styl, rozmach, każdy szczegół. Temu obrazowi ktoś się poświęcił, ktoś obdarzony ogromnym talentem, i włożył weń niewiarygodnie dużo pracy. Jeśli to fałszerstwo – jest znakomite. Poza tym jaki to miałoby cel? Ja jestem spłukana. Ty?

Dana wydęła policzki.

– Niewiele brakuje.

– Zgromadziłam trochę oszczędności – wtrąciła Zoe – ale one szybko stopnieją, jeśli nie znajdę pracy, i to natychmiast. Nie mam pewności, ale jakoś nie wydaje mi się, by tym ludziom zależało na odrobinie pieniędzy, które posiadamy.

– Zgadza się. Chcesz kawy?

– Tak, proszę. – Zoe rozłożyła szeroko ręce. – Wiem, nie znacie mnie wcale i nie macie żadnego powodu, aby się mną przejmować, ale ja naprawdę potrafiłabym zrobić użytek z takiej forsy. – Postąpiła krok do przodu. – Całe dwadzieścia pięć tysięcy to niczym cud. Dla mojego syna zabezpieczenie, dla mnie być może szansa zrealizowania tego, o czym zawsze marzyłam, otwarcia niewielkiego własnego salonu kosmetycznego. Wystarczy, abyśmy powiedziały „tak". I poszukały kluczy. W tym nie ma nic nielegalnego.

– Ale żadne klucze nie istnieją – upierała się Dana.

– A jeśli istnieją? – Zoe odstawiła filiżankę, nie tknąwszy kawy. – Muszę przyznać, że wizja dwudziestu pięciu tysięcy dolców naprawdę pomaga mi zaakceptować rozmaite możliwości. A milion? – wydała krótki, zduszony śmiech. – O milionie nie potrafię nawet myśleć. Aż mnie coś ściska w żołądku.

– Zupełnie niczym poszukiwanie skarbu – mruknęła Malory. – Mogłoby się okazać zabawne. I Bóg raczy wiedzieć, jak owocne. Dwadzieścia pięć tysięcy dolarów spokojnie by mnie ustawiło, a w mojej sytuacji jest to sprawa naprawdę najważniejsza. Może też zdołałabym otworzyć coś własnego? Nie tak dużego jak galeria, ale niewielki salon, prezentujący wyroby miejscowych artystów i rzemieślników.

Od realizacji tego punktu Planu dzieliło ją jeszcze pełnych dziesięć lat, ale w końcu mogła być elastyczna.

– To byłoby zbyt proste. Nikt nie wręczy ci forsy tylko dlatego, że obiecasz coś zrobić. – Dana potrząsała głową. – Za tym z pewnością coś się kryje.

– A jeśli oni wierzą w to? W tę historię o półboginkach – uzupełniła Malory. – Jeśli wierzysz, dwadzieścia pięć tysięcy dolarów nie będzie dla ciebie zbyt wielką kwotą. Mówię o duszy. – Nie mogąc sobie odmówić, jeszcze raz popatrzyła na portret. – Dusza jest więcej warta niż dwadzieścia pięć tysięcy.

Z wrażenia wydawało jej się, że w brzuchu ma wielką, czerwoną, pulsującą kulę. Nigdy przedtem nie przeżyła prawdziwej przygody, a już z pewnością nie takiej, za którą by jej jeszcze zapłacono.

– Mają pieniądze, są ekscentryczni i wierzą. Faktem jest, że zgadzając się na to, człowiek czuje się tak, jakby brał udział w jakimś przekręcie finansowym. Ale ja nie mam zamiaru się przejmować.

– Zgodzisz się? – Zoe złapała ją za ramię. – Chcesz się zgodzić?

– Nie każdego dnia otrzymujesz płatną robotę od bogów. Chodź, Dana, wyluzuj.

Między ściągniętymi brwiami Dany tkwiła uparta, pionowa zmarszczka.

– To jest proszenie się o kłopoty. Nie wiem jak, nie wiem gdzie, ale po prostu wietrzę problemy.
– A ty co byś zrobiła, dysponując dwudziestoma pięcioma tysiącami? – Malory dolała kawy i podsunęła Danie kolejnego ptysia.
– Zainwestowałabym we własną niewielką księgarenkę. – Pełne tęsknoty spojrzenie sugerowało, że zaczyna mięknąć. – Popołudniami podawałabym herbatę, wieczorem wino. Urządzałabym wieczory autorskie. O mój Boże.
– Nieprawdopopdobne. Nie uważacie, że to jakiś niesamowity zbieg okoliczności? Wszystkie trzy przechodzimy kryzys w pracy i wszystkie trzy marzymy o założeniu czegoś własnego. – Zoe obrzuciła portret trwożnym spojrzeniem. – To bardzo dziwne, nie sądzicie?
– Nie bardziej dziwne niż siedzenie w tej fortecy i umawianie się na wspólne poszukiwanie skarbów. No dobra, wchodzę – skapitulowała Dana. – Jeśli powiem nie, zmarnuję szansę wam obu, jeśli powiem tak, będę się czuła jak idiotka. No więc jestem idiotką.
– Naprawdę się zgadzasz? – Zoe rzuciła się Danie na szyję, śmiejąc się głośno. – To cudownie, wspaniale!
– Spokojnie. – Dana poklepała ją po plecach. – Teraz przydałoby się jakieś odpowiednie hasło: „Jeden za wszystkich, wszyscy za jednego".
– Mam lepsze powiedzenie – Malory porwała filiżankę i wzniosła toast. – „Najpierw pokaż forsę".
Jakby na sygnał, drzwi się otworzyły. Rowena weszła pierwsza.
– Możemy usiąść?
– Zdecydowałyśmy się podjąć to... – Zoe urwała, spoglądając na Danę.
– To wyzwanie.
– Tak. – Rowena założyła nogę na nogę. – Z pewnością zechcecie zapoznać się z kontraktami.
– Z kontraktami? – powtórzyła Malory.
– Oczywiście. Imię posiada moc. To konieczne zapisać imię, zapisać obietnicę. Jeśli zaakceptujecie warunki, możemy od razu wybierać tę, która pierwsza przystąpi do poszukiwań.
Pitte wyciągnął z szuflady biurka trzy komplety dokumentów i wręczył każdej z nich.
– Są sformułowane bardzo prosto i zawierają warunki, które już omówiliśmy. Kiedy podacie numery kont, pieniądze natychmiast zostaną przelane.

– Czy w jakiś sposób ma to dla was znaczenie, że nie wierzymy w ich istnienie? – Malory wskazała ręką obraz.

– Dacie słowo, zaakceptujecie warunki, i to na razie wystarczy – odparła Rowena.

– Niezwykle prosty sposób załatwienia niezwykle skomplikowanego interesu – skomentowała Dana, obiecując sobie w duchu, że jutro z samego rana uda się do prawnika, żeby sprawdził, czy umowa ma moc wiążącą.

Pitte wręczył jej pióro.

– Pani zawsze zmierza do celu najprostszą drogą. Kiedy nadejdzie pani kolej – jeśli nadejdzie – wiem, że uczyni pani wszystko, co w jej mocy.

Aktowi sygnowania i kontrasygnowania umów towarzyszył oślepiający światłem zygzak błyskawicy za oknem.

– Zostałyście wybrane – oznajmiła Rowena, powstając. – Teraz wszystko spoczywa w waszych rękach. Pitte?

Mężczyzna zbliżył się do biurka i wyjął rzeźbioną szkatułkę.

– W środku znajdują się trzy krążki. Jeden ze znakiem klucza. Ta, której się on dostanie, rozpoczyna.

– Mam nadzieję, że nie trafi na mnie. – Zoe wytarła spocone dłonie o sukienkę. – Przepraszam, ale jestem bardzo zdenerwowana. – Zamknęła oczy i zanurzyła dłoń w szkatułce. Z krążkiem w zaciśniętej pięści popatrzyła na Malory i Danę. – Sprawdzimy jednocześnie, dobrze?

– No to jazda. – Dana sięgnęła do szkatułki i przycisnęła do boku rękę trzymającą krążek, podczas gdy Malory wyjmowała ostatni.

– Gotowe.

Stanęły w kręgu, twarzami do siebie. Jednocześnie wyciągnęły dłonie.

– No tak – jęknęła Malory. – A to mi się trafiło – dodała, widząc złoty kluczyk wyrzeźbiony na białej powierzchni.

– Jesteś pierwsza. – Rowena zbliżyła się do niej. – Twój czas zaczyna się jutro o wschodzie słońca i kończy o północy dwadzieścia osiem dni później.

– Ale dostanę wskazówki, prawda? Jakąś mapę?

Kobieta otworzyła niewielki sekretarzyk i wyjęła kartkę papieru. Wręczyła ją Malory, wypowiadając jednocześnie słowa, które na niej zapisano.

– „Musisz podążać za pięknem, prawdą i odwagą. W pojedynkę żadna nie da rady. Dwie bez trzeciej nie tworzą całości. Szukaj wewnątrz i wiedz, co musisz wiedzieć. Znajdź to, czego ciemność najbardziej pożąda. Szukaj na zewnątrz, gdzie światło przezwycięża mrok, tak jak miłość pokonuje smutek. Toczą się srebrne łzy, gdyż nucona pieśń wypływa z samej duszy. Spójrz w głąb i do środka, tam gdzie rozkwita piękno, gdzie śpiewa bogini. Możesz napotkać strach, możesz napotkać ból, ale wierne serce pokona jedno i drugie. A kiedy odnajdziesz to, czego szukasz, miłość przełamie zaklęcie, serce sfałszuje klucz i przyniesie go na świat".

Malory odczekała chwilę.

– To już wszystko? To mają być wskazówki?

– Jak dobrze, że nie poszłam na pierwszy ogień – szepnęła Zoe.

– Zaraz, powiedz mi jeszcze jedno. Ty i Pitte wiecie, gdzie są klucze, prawda?

– Nic więcej nie mamy prawa ci zdradzić, ale wierz mi, otrzymałaś wszystko, czego potrzebujesz. – Położyła ręce na ramionach Malory i ucałowała ją w policzki. – Błogosławieństwo z tobą.

W jakiś czas później Rowena stała przy ogniu, grzejąc ręce i wpatrując się w obraz. Nadszedł Pitte i stanął za nią, a kiedy dotknął jej policzka, odwróciła się i ukryła twarz w jego dłoniach.

– Zanim się tu zjawiły, miałem więcej nadziei – powiedział.

– Są bystre, pomysłowe. Nikt, kto nie miałby szans, nie został wybrany.

– Tak. Tkwimy tu kolejne lata, wieki, tysiąclecia.

– Nie – objęła go w pasie – nie rozpaczaj, zanim się naprawdę zaczęło.

– Tyle razy się rozpoczynało, a nie zakończyło nigdy. – Pochylił głowę, dotykając wargami jej brwi. – Przytłacza mnie to miejsce.

– Zrobiliśmy wszystko, co w naszej mocy. – Przytuliła policzek do piersi mężczyzny, czerpiąc pociechę z mocnych uderzeń jego serca. – Miej więcej wiary. Ja je polubiłam – dodała, ujmując go za ręce i kierując się ku drzwiom.

– Są interesujące. Jak na osoby śmiertelne – dorzucił.

Kiedy przeszli pod łukiem sklepienia, huczący ogień zniknął, jakby go ktoś zdmuchnął, a światła pogasły, zostawiając złotą smugę w ciemnościach.

Rozdział trzeci

$\mathcal{N}$ie mogła powiedzieć, że nie wiedziała, co się święci. Wprawdzie James zachował się delikatnie, niemal po ojcowsku, ale fakt pozostawał faktem, dostała wymówienie; nieistotne, w jakiej formie. Co z tego, że była na to przygotowana i że na otarcie łez otrzymała dwadzieścia pięć tysięcy dolarów – z samego rana sprawdziła, czy wpłynęły na jej konto – i tak czuła się upokorzona.

– Wszystko się zmienia. – Nieskazitelny jak zawsze James P. Howard, w muszce i w okularach bez oprawki, mówił spokojnie, ważąc słowa. Znali się od dawna i nigdy nie słyszała, żeby podniósł głos. Czasami bywał roztrzepany, coś zaniedbał, jeśli idzie o interesy, ale nieodmiennie pozostawał uprzejmy. Nawet teraz jego twarz zachowała wyraz łagodności i cierpliwości. Wygląda niczym podstarzały cherubinek, przemknęło Malory przez myśl.

Rozmowa toczyła się za zamkniętymi drzwiami, ale przecież reszta pracowników galerii i tak wkrótce pozna jej treść.

– Zawsze uważałem się za kogoś w rodzaju twojego przyszywanego ojca i zawsze życzyłem ci jak najlepiej.

– Wiem, James, ale…

– Kiedy przestajemy podążać w jakimś kierunku, zaczynamy dreptać w miejscu. Rozumiem, że początkowo może to ci się wydać trudne, jednak niebawem sama dojdziesz do wniosku, że to najlepsze, co ci się mogło przytrafić.

Ile banałów potrafi wygłosić człowiek, zadając cios.

– James, wiem, że ja i Pamela nie zawsze zgadzamy się ze sobą. – Ja też potrafię posłużyć się banałem, więc nie przelicytujesz

mnie. – Pamela, co naturalne – nowy dzieciak na naszym podwórku – trochę się stawiała, ja zaś za bardzo broniłam swego teryto-
rium. Mówię szczerze, jest mi przykro, że straciłam panowanie
nad sobą. Ale kawą oblałam ją naprawdę niechcący. Wiesz przecież, że nigdy...
– Nie, nie – James zamachał rękami w powietrzu – jestem pewien, że nie zrobiłaś tego celowo. Nie myśl już o tym. Było, minęło. Natomiast prawdą jest, że Pamela chciałaby mieć więcej do powiedzenia, trochę przewietrzyć naszą galerię.
Poczuła, że ogarnia ją desperacja.
– James, ona poprzewracała wszystko do góry nogami w głów-
nej sali, pościągała tam rozmaite przedmioty z saloniku. Dodała
tkaniny... James... złotą lampę, którą udrapowała niczym sarong*
wokół nagiej figurki w stylu art déco. Te jej wstawki nie tylko roz-
bijają przestrzeń, ich efekt jest, łagodnie mówiąc, nieszczególny.
Pamela nie zna się na sztuce, nie czuje przestrzeni. Ona...
– Wiem, wiem. – Głos Jamesa nie zmienił brzmienia, twarz
nadal pozostawała łagodna i spokojna. – Ale ona się nauczy. Ja
sam z radością będę ją uczył. Doceniam jej zainteresowanie firmą
i entuzjazm, podobnie jak zawsze doceniałem twój, Malory. Ale
fakt pozostaje faktem. Naprawdę uważam, że wyrosłaś ponad
to miejsce. Czas, abyś rozwinęła skrzydła. Poszerzyła horyzonty.
Odważyła się zaryzykować.
Kiedy wreszcie udało jej się wykrztusić kilka słów, głos, wydobywający się ze ściśniętego gardła, brzmiał głucho i ochryple.
– Ja kocham galerię, James.
– Wiem, że kochasz. Zawsze będziesz tu mile widzianym gościem. Ale czuję, że nadszedł czas, żebym wypchnął cię z gniazdka. Oczywiście pragnę, abyś miała poczucie komfortu, kiedy będziesz decydowała, co chcesz dalej robić. – Wyciągnął z kieszeni
książeczkę czekową. – Równowartość miesięcznej pensji powinna
powstrzymać głód.
Co teraz zrobię? Dokąd pójdę? Szalone pytania trzepotały w jej
głowie niczym spłoszone ptaki.
– Ja nigdy nie pracowałam nigdzie indziej.
– Co tylko potwierdza mój punkt widzenia. – Ciągle się uśmiechając, położył czek na biurku. – Ufam, iż wiesz, że darzę cię

* Sarong (malaj.) – rodzaj spódnicy noszonej przez kobiety na Malajach i w Syja-
mie, zwój materiału owinięty wokół bioder.

ogromną sympatią i że w każdej chwili możesz zwrócić się do mnie
o radę. Chociaż lepiej, żeby to ostatnie pozostało między nami.
Obecnie Pamela nie jest do ciebie najlepiej usposobiona.
Dobrotliwie poklepał ją po policzku, potem po głowie, i wymaszerował z pokoju.

Mógł być uprzejmy, układny i cierpliwy, ale poza tym był słaby.
Słaby i – choć nienawidziła tej prawdy, musiała uświadomić sobie
po tylu latach jeszcze jedną – samolubny. To egoizm i słabość kazały mu wyrzucić dobrego, kreatywnego i lojalnego pracownika
z powodu kaprysu żony. Wiedziała, że nie ma sensu płakać, a jednak rozpłakała się, kiedy stojąc pośrodku swojego niewielkiego gabinetu, który samodzielnie urządziła, pakowała rzeczy osobiste do
pudełka. Jej życie, jej kariera, wszystko mieściło się teraz w jednym pudełku.
Jakie to racjonalne i praktyczne. I jakie żałosne, podsumowała.
Od tej chwili wszystko się zmieni, a ona nie jest gotowa na
zmiany. Nie ma planu, żadnych wytycznych, żadnej listy priorytetów. Od jutra koniec ze wstawaniem rano, jedzeniem lekkiego, pożywnego śniadania i ubieraniem się do pracy w garsonkę, starannie przygotowaną poprzedniego dnia. Dzień za dniem bez celu,
bez planu, rozpościerający się przed nią niczym bezdenny kanion.
Ukochane, uporządkowane życie ciśnięte w przepaść.
Przerażało ją to, ale dalszy marsz, mimo strachu, był kwestią
dumy. A skoro tak, poprawiła makijaż, uniosła podbródek i ściągnęła ramiona, wynosząc swoje pudło. Kiedy na dole podbiegł do
niej Tod Grist, udało jej się nawet przywołać na twarz uśmiech.
Tod, niski i schludny, ubrany był w nieodłączną czarną koszulę i spodnie. Dwa małe złote ćwieki tkwiły w lewym uchu. Jasne
włosy w puklach – przedmiot zazdrości Malory – sięgały mu
do ramion, otaczając aureolą anielską twarz, która panie w średnim wieku i całkiem leciwe damy wabiła niczym syreni śpiew
żeglarzy.
Pracę w galerii rozpoczął w rok po Malory i stał się jej najlepszym, najbardziej godnym zaufania kumplem.
– Nie odchodź. Ukatrupimy lalunię. Odrobina arszeniku w porannej kawie i cizia przejdzie do historii. – Złapał pudło. – Mal, miłości mojego życia, nie zostawiaj mnie tutaj.
– Wylał mnie. Miesięczne pobory, pogłaskanie po główce i kazanko. – Rozejrzała się po ukochanym przestronnym foyer, obser-

wując strumienie przefiltrowanego światła, odbijające się od pięknej dębowej podłogi, i starała się powstrzymać łzy, zamazujące pole widzenia. – Boże, gdzie ja się jutro podzieję, skoro tutaj już nie mogę przyjść?

– Daj mi to, dziecino. – Tod odebrał pudło i szturchnął ją lekko. – Na dwór. Tam sobie popłaczemy.

– Nie mam zamiaru więcej płakać. – Ale dolna warga drżała i musiała ją przygryźć.

– Ja tam będę płakał – oświadczył Tod. Nie przestając jej poszturchiwać, wyszedł za Malory na dwór. Położył pudło na blacie jednego z żelaznych stołów ustawionych na starannie wybrukowanym patio i chwycił ją w objęcia. – Nie zniosę tego. Bez ciebie nic już nie będzie tak jak dawniej. Z kim będę plotkował, kto będzie kleił moje serce, złamane przez kolejnego bękarta? Zauważ, że myślę wyłącznie o sobie.

Musiała się roześmiać.

– Nadal będziesz moim najlepszym druhem, prawda?

– Jasne. Ale nie strzelisz jakiegoś głupstwa typu przeprowadzka do metropolii? – Odsunął się, żeby zajrzeć jej w twarz. – Nie wpadniesz w złe towarzystwo i nie zaczniesz pracować w tym ohydnym sklepie z pamiątkami w pasażu handlowym?

Poczuła ciężar w żołądku. To były jedyne rozsądne możliwości, jeśli chciała się utrzymać. Ale widząc, że Tod wygląda tak, jakby zaraz miał się rozpłakać, nie chciała go przygnębiać.

– Nie wiem jeszcze, czym się zajmę… tak dokładnie. Ale mam coś na oku. – Pomyślała o niesamowitym wieczorze i o kluczu. – Później ci o tym opowiem. Na jakiś czas mam zajęcie, a dalej… dalej nie wiem, Tod. Wszystko się popsuło.

Może jednak popłacze sobie trochę później.

– Nic nie układa się tak, jak miało być, i pojęcia nie mam, jak się dalej potoczy. – Życiowy Plan Malory Price nie uwzględniał wyrzucenia z pracy.

– To tylko chwilowe wahnięcie – zapewnił ją. – Jamesa trawi seksualny amok, ale może jeszcze dojdzie do przytomności. Mogłabyś się z nim przespać – dodał, tknięty nagłą myślą. – Ja mógłbym się z nim przespać.

– Na obie te propozycje mam tylko jedno określenie: ohyda.

– Głębokie i prawdziwe. Słuchaj, wpadnę do ciebie dziś wieczorem z chińskim jedzeniem i winkiem.

– Prawdziwy przyjaciel z ciebie.

– Ułożymy plan, jak się pozbyć wstrętnej Pameli, i zastanowimy nad twoją przyszłością. Serduszko, chcesz, żebym odprowadził cię do domu?

– Nie, dzięki, dam sobie radę. Potrzebuję trochę czasu, żeby się uspokoić. Pożegnaj ode mnie wszystkich. Ja... ja teraz nie potrafię.

– Tym się nie przejmuj.

Idąc w stronę domu, starała się nie przejmować. Starała się opanować panikę, wzrastającą z każdym krokiem, który oddalał ją od dotychczasowego życia i jednocześnie przybliżał do przyszłości, rozciągającej się niczym szeroki wąwóz. Była młoda, wykształcona, potrafiła pracować. Miała życie przed sobą – czyste, niezamalowane płótno. Wystarczy tylko wybrać kolory i chwycić za pędzel.

Teraz musi jednak zacząć myśleć o czymś innym. O czymkolwiek. Ma miesiąc na podjęcie decyzji. A w tym czasie intrygujące zadanie do wykonania. W końcu nie co dzień człowiek otrzymuje propozycję odnalezienia tajemniczego klucza i wzięcia udziału w akcji ratowania dusz. Na tym się skupi, dopóki nie ułoży sobie planu na resztę życia. Dała przecież słowo, więc lepiej będzie zabrać się do poszukiwań. Jakichkolwiek. A zaraz po powrocie do domu utopi swój żal w ćwiartce Ben and Jerry's.

Na rogu odwróciła się jeszcze, rzucając galerii tęskne, żałosne spojrzenie. Kogo chciała oszukać? Jej dom znajdował się tam.

Z ciężkim westchnieniem uczyniła następny krok... i wylądowała na tyłku.

Zderzyła się z czymś. Pudło z rzeczami poszybowało w powietrze, by następnie wylądować na niej. Usłyszała stęknięcie, jakby skowyt. Oddychając z trudem, gdyż jej pierś przygniatała jakaś masywna bryła, spojrzała prosto w czarną, włochatą mordę. Spróbowała złapać powietrze i krzyknąć, a wówczas morda wywaliła szeroki język i przejechała nim po jej twarzy.

– Moe! Do nogi! Przestań, do diabła, i złaź natychmiast. Jezus, strasznie mi przykro.

Usłyszała głos lekko spanikowany. Próbowała wykręcić głowę, aby ujść liźnięciom ozora. Nagle czarnej masie wyrosły ręce. A potem druga głowa.

Ta należała do człowieka i mimo okularów przeciwsłonecznych zsuwających się z wąskiego prostego nosa i skrzywionych w grymasie ust, była o wiele atrakcyjniejsza od tej pierwszej.

– Nic się pani nie stało? Nie skaleczyła się pani?

Mówiący odepchnął zwaliste cielsko i wcisnął się między nią a psa, tworząc coś w rodzaju wału ochronnego.

– Czy da pani radę usiąść?

Pytanie było retoryczne, gdyż jednocześnie podciągał ją z pozycji leżącej do siadu. Pies usiłował wepchnąć swój nos i zarobił szturchańca łokciem.

– Leż spokojnie, ty wielki niedobry idioto. To nie do pani – dodał szybko mężczyzna, uśmiechając się czarująco. – Przykro mi. On nie jest groźny, tylko głupi i niezgrabny.

– Co... co to jest?

– Moe to pies, przynajmniej tak się mówi. Podejrzewam, że stanowi skrzyżowanie cocker spaniela z mamutem włochatym. Naprawdę bardzo mi przykro. To moja wina. Nie uważałem i zwiał mi.

Zerknęła w prawo, gdzie siedział pies – o ile to był pies – który walił o ziemię ogonem grubym niczym jej ramię; zapewne starał się wyglądać jak najbardziej niewinnie.

– Mam nadzieję, że nie uderzyła się pani w głowę.

– Nie sądzę. – Właściciel Moego tak się w nią wpatrywał, że poczuła falę gorąca, rozlewającą się pod skórą. – O co chodzi?

Była śliczna niczym apetyczne ciastko na wystawie cukierni. Chmura niesfornych ciemnobląd loków, kremowa cera, pełne różowe usta, teraz seksownie nadąsane. Wielkie błękitne oczy, piękne, mimo że spojrzenie ciskało pioruny w jego kierunku.

Omal się nie oblizał, kiedy popatrzyła na niego ze złością, unosząc jednocześnie rękę, żeby odgarnąć niesforną grzywę włosów.

– Czego się pan tak gapi?

– Sprawdzam, czy nie ma pani przypadkiem zbieżnego zeza. Mocno się pani uderzyła? Cudowne oczy, nawiasem mówiąc. Jestem Flynn.

– A ja jestem zmęczona tym siedzeniem na chodniku. Jeśli nie ma pan nic przeciwko temu...

– Och, oczywiście. – Wyprostował się, zacisnął dłonie na jej nadgarstkach i poderwał ją na nogi.

Był wyższy, niż jej się początkowo wydawało, więc odruchowo postąpiła krok do tyłu, żeby patrząc na niego nie musieć zadzierać głowy. Słońce igrało w jego włosach – gęstych, brązowych z kasztanowym połyskiem. Od mocnego uchwytu jego rąk poczuła mrowienie w przegubach.

– Jest pani pewna, że dobrze się pani czuje? Nie kręci się pani w głowie? Mocno pani upadła.

– Jestem tego w pełni świadoma. – Boleśnie świadoma w tej części ciała, która pierwsza zetknęła się z chodnikiem. Schyliła się i zaczęła zbierać przedmioty wysypane z pudełka.

– Ja to zrobię. – Przykucnął obok niej, dźgając palcem psa, który małymi kroczkami przybliżał się do nich, ukradkiem, jak słoń usiłujący chyłkiem przemknąć przez sawannę. – Na miejsce albo nic ze smakołyków – zagroził mu.

– Niech tylko pan zajmie się swoim psem. Mnie pomoc niepotrzebna. – Chwyciła kosmetyczkę i wepchnęła do pudełka. Ujrzawszy złamany paznokieć, zapragnęła zwinąć się w kłębek i zapłakać z żalu nad sobą. Zamiast tego nacisnęła guzik zwalniający eksplozję.

– Nie ma pan prawa przebywać w publicznym miejscu z psem tej wielkości, jeśli nie potrafi pan nad nim zapanować. To tylko zwierzę, ono nie rozumie, natomiast pan powinien.

– Ma pani rację... ma pani absolutną rację. Hm... to z pewnością należy do pani.

Podniósł czarny biustonosz bez ramiączek.

Przerażona Malory wyszarpnęła go z wściekłością i upchała w pudle.

– Niech pan idzie. Niech pan stąd zwiewa, i to jak najdalej.

– Proszę się nie denerwować, poniosę pani pudło.

– Może pan sobie nosić swojego głupiego psa – warknęła i chwyciwszy paczkę, odmaszerowała z największą godnością, na jaką potrafiła się zdobyć.

Mężczyzna spoglądał za nią, kiedy odchodziła. Moe wolno podszedł do pana i przycisnął swoje masywne cielsko do jego boku. Flynn machinalnie poklepał psa po głowie, z przyjemnością obserwując energiczne kołysanie damskich bioder, obciągniętych krótką spódniczką. Wątpił, aby oczko w pończosze było tam już przed spotkaniem z Moem, ale z jego perspektywy nic nie ujmowało parze rewelacyjnych nóg.

– Ładna – mruknął, kiedy się oddalała. – A jaka wściekła. – Spojrzał na Moego z ufnością szczerzącego zęby. – Aleś narozrabiał, mordo.

Po gorącym prysznicu, zmianie ubrania i leczniczej dawce lodów z biszkoptami Malory udała się do biblioteki. Wczorajszego wieczoru nie poczyniła żadnych ustaleń ze swoimi partnerkami – bo chyba mogła je za takie uważać. A przecież miała iść na pierwszy ogień.

Musiały się spotkać, wspólnie zastanowić nad wskazówkami, ustalić jakiś plan działania. Tak naprawdę nie miała wielkiej nadziei na wygranie miliona dolarów, nie chciała jednak z góry z niego rezygnować. A poza tym dała słowo. Nie potrafiła sobie przypomnieć, kiedy ostatnio korzystała z biblioteki. Ale wchodząc do środka, poczuła się tak, jakby znowu była studentką, pełną naiwnego zapału, z entuzjazmem zabierającą się do nauki. Główne pomieszczenie nie było duże; większość stołów świeciła pustkami. Jakiś starszy pan czytał gazetę, kilka osób wędrowało między regałami, przy stoliku dyżurnego stała kobieta z niemowlęciem w wózku.

W czytelni panowała taka cisza, że dzwonek telefonu zabrzmiał niczym okrzyk. Malory odwróciła się za źródłem dźwięku, spoglądając ku centralnie usytuowanej wysepce biurek. Dostrzegła Danę, która trzymając przy uchu słuchawkę, uderzała palcami w klawiaturę komputera.

Ucieszyła się, że nie musi szukać jej po całym budynku. Pomachała ręką, a Dana zakończyła rozmowę i skinęła głową.

– Miałam nadzieję, że przyjdziesz, choć nie spodziewałam się, że tak szybko.

– Jestem kobietą bez zajęcia.

– Och, zostałaś wylana? – Pod wpływem współczucia rysy Dany złagodniały.

– Wylana, wywalona, wykopana, a na dodatek, po drodze do domu, rąbnięta w tyłek przez jakiegoś idiotę z psem. Pod każdym względem wszawy dzień, mimo napływu gotówki na konto.

– Muszę przyznać, że nie wierzyłam w to. Ci ze Wzgórza okazali się wiarygodni.

– Na szczęście dla nas. Ale musimy zapracować na te pieniądze. Jestem pierwsza w kolejce i muszę od czegoś zacząć. Od czegokolwiek.

– Tu cię wyprzedzam. Jan, przejmiesz dyżur? – Dana wstała, wygarniając spod kontuaru stos książek. – Chodź ze mną – skinęła na Malory. – Pod oknem jest taki przyjemny stolik, będziesz tam mogła pracować.

– Pracować? Nad czym?

– Robić badania. Mam kilka książek o mitologii celtyckiej. Bogowie, boginie, mity, obrzędy. Skoro Rowena pochodzi z Walii, a Pitte z Irlandii, zaczęłam od Celtów.

- Z Irlandii? Skąd wiesz?
- Nie wiem. Przypuszczam, sądząc po akcencie. Do tej pory nic prawie nie wiedziałam o celtyckich mitach i domyślam się, że ty i Zoe również.
- Nie mam o nich bladego pojęcia.

Dana opuściła książki na stół; upadły z głuchym odgłosem.
- Wobec tego musimy się z nimi zapoznać. Za dwie godziny będę wolna i wtedy dołączę do ciebie. Zadzwonię do Zoe, jeśli chcesz.

Malory zmierzyła wzrokiem piętrzący się stos.
- To chyba dobry pomysł. Ale zupełnie nie wiem, od czego zacząć.
- Bierz pierwszą z brzegu. Dam ci notatnik.

Po godzinie ślęczenia Malory poczuła, że musi łyknąć aspirynę. Kiedy z upływem następnej nadbiegła zdyszana Zoe i usiadła przy stoliku obok niej, zdjęła okulary i przetarła zmęczone oczy.
- Posiłki. O, jak świetnie.

Wskazała na książki na stole.
- Przepraszam, że tyle to trwało. Wybrałam się na zakupy. Kupiłam Simonowi grę komputerową, o której marzył. Nie powinnam może tak szastać forsą, ale chciałam mu sprawić przyjemność. Nigdy w życiu nie miałam tyle pieniędzy – szepnęła. – Wiem, że należałoby rozsądniej nimi gospodarować, ale w końcu jaki byłby sens ich posiadania, gdyby człowiek nie mógł sobie pozwolić nawet na odrobinę przyjemności?
- Mnie nie musisz przekonywać. Poza tym, jak pogrzebiesz trochę w tych księgach, poczujesz, że je naprawdę zarobiłaś. Witaj w tajemniczym świecie Celtów. Dana pewnie ma drugi zeszyt.
- Przyniosłam własny. – Z ogromnej torby Zoe wyłowiła gruby niczym cegła skoroszyt i kilka ostro zatemperowanych ołówków. – Czuję się znów jak w szkole.

Jej entuzjazm sprawił, że Malory nieco się rozchmurzyła.
- Chcesz posyłać liściki i plotkować o chłopakach?

Zoe uśmiechnęła się, otwierając książkę.
- Znajdziemy klucze, czuję to.

Zanim dołączyła do nich Dana, Malory zdążyła już zapełnić mnóstwo kartek, posługując się nieco zmodyfikowaną stenografią, której nauczyła się w college'u. Wypisała cały atrament z pióra i pożyczyła od Zoe kilka ołówków.
- Wiecie co, przenieśmy się do mieszkania mojego brata – zaproponowała Dana. – To zaraz za rogiem. On jest w pracy, więc nie

będzie nam przeszkadzał. Usiądziemy sobie wygodnie, opowiecie mi, czego dowiedziałyście się z tych książek.

– Świetny pomysł. – Zesztywniała od siedzenia Malory podniosła się z krzesła.

– Ale ja mogę zostać tylko godzinę. Zawsze staram się być w domu, kiedy Simon wraca ze szkoły.

– No to zbierajmy się. Książki zapisane są na mnie – powiedziała Dana, zgarniając kilka z nich. – Każda bierze jedną do domu i studiuje. W odpowiednim czasie muszą wrócić do mnie, w takim stanie, w jakim je wzięłyście.

– Ona naprawdę jest bibliotekarką. – Malory władowała sobie naręcze książek pod pachę.

– Całuj psa w nos. – Dana poprowadziła je do wyjścia. – Zobaczę, co uda mi się wyszperać w Internecie i ściągnąć przez wypożyczalnię międzybiblioteczną.

– No, nie wiem, czy znajdziemy coś w tych dziełach.

Dana nałożyła na nos okulary przeciwsłoneczne, po czym zsunęła je nieco i z wyższością popatrzyła na Malory.

– Jeśli coś jest warte poszukiwań, w książkach znajdziesz to z pewnością.

– Okay, teraz zmieniasz się w starą zasuszoną bibliotekarkę. Czego potrzebujemy, to rozpracować te wskazówki.

– Mamy całe cztery tygodnie – przypomniała Zoe. – Przez ten czas można znaleźć naprawdę mnóstwo materiału i przeczesać mnóstwo miejsc. Pitte powiedział, że klucze są gdzieś tutaj. Nie musimy się martwić całym światem.

– Gdzieś tutaj może oznaczać całe Valley. Albo góry. Albo całą Pensylwanię. – Na myśl o tylu możliwościach Malory tylko potrząsnęła głową. – Pitte i jego towarzyszka określili to bardzo ogólnie. Nawet jeśli klucz znajduje się w pobliżu, może spoczywać w czyjejś zakurzonej szufladzie, na dnie rzeki, w skarbcu bankowym, zagrzebany pod skałą.

– Gdyby jego znalezienie było takie łatwe, już dawno by się to komuś udało – zauważyła Zoe – a nagrodą nie byłby milion dolarów.

– Pozwól mi pobiadolić.

– Wiesz, jeszcze nad czymś się zastanawiałam. W nocy nie mogłam spać, bo cały czas myślałam o tamtym niesamowitym wieczorze. Wszystko wydaje się takie nieprawdopodobne. Ale jeśli na chwilę zapomnimy o nieprawdopodobieństwie, jeśli optymistycznie uwierzymy, że znajdziesz ten klucz, skąd będzie wiadomo, że jest to akurat twój, a nie którejś z nas.

– Interesujące. – Malory poprawiła naręcze książek, kiedy skręcały za róg. – Jak to się stało, że nasze zwariowane bliźnięta o tym nie pomyślały?

– A mnie się wydaje, że pomyślały. Widzisz, przede wszystkim musimy założyć, że cała historia jest realna.

Dana wzruszyła ramionami.

– Mamy forsę i wędrujemy obładowane książkami traktującymi o celtyckich mitach. Dla mnie jest to wystarczająco realne.

– No więc jeśli cała rzecz jest realna, to tylko Malory może odnaleźć pierwszy klucz. Nie znajdzie tych innych, nawet gdyby leżały tuż przed jej nosem. Tak samo jak my ich nie znajdziemy, dopóki nie przyjdzie nasza kolej otwarcia zamka.

Dana zatrzymała się i popatrzyła na Zoe, przekrzywiając głowę.

– Czy ty naprawdę wierzysz w to wszystko?

Zoe zarumieniła się, ale beztrosko wzruszyła ramionami.

– Chciałabym. To takie fantastyczne. I ważne. Nigdy nie brałam udziału w niczym fantastycznym i jednocześnie ważnym. – Popatrzyła na wąski, trzykondygnacyjny, wiktoriański dom, pomalowany na delikatny szaroniebieski kolor, z kremowoimbirowymi wykończeniami. – Czy to dom twojego brata? Zawsze go podziwiałam.

– Urządza go, kawałek po kawałku; takie ma hobby.

Ruszyły wyłożoną cegłami ścieżką. Po obu stronach rosła trawa, zielona i równo przycięta. Brakuje kwiatów, pomyślała Malory. Kolorów, kształtów, faktury. Starej ławki na ganku, wielkiej, miedzianej donicy wypełnionej oryginalnymi gałęziami i źdźbłami traw. Bez nich dom wydawał się samotny, niczym atrakcyjna kobieta, nadaremnie wypatrująca kochanka.

Dana wyciągnęła z torebki klucz i włożyła go do zamka.

– Najlepsze, co mogę powiedzieć o wnętrzu, to to, że jest bardzo ciche. – Jej głos odbił się echem.

Hol był pusty, tylko w jednym kącie leżało upchniętych kilka pudeł. Na górę prowadziły ładne, fantazyjnie zakręcające schody, z poręczą zakończoną rzeźbioną głową gryfona.

Hol przechodził w salon, którego ściany, pomalowane na kolor głębokiej rzecznej zieleni, idealnie współgrały z ciepłą sosnową podłogą o barwie miodu. Ale ściany, podobnie jak podłoga, były nagie.

Na samym środku stała sofa ogromnych rozmiarów, z gatunku tych, które z miejsca krzyczały do Malory: To mężczyzna mnie kupił! Choć zieleń na deseniu pasowała do ścian, sam wzór był ohydny, mebel toporny, a przede wszystkim za wielki do tego wnętrza, które przecież mogło być piękne.

Coś w rodzaju olbrzymiej paki służyło za stół.

W salonie także stały pudła; jedno z nich pośrodku niewielkiego kominka z dekoracyjnym, rzeźbionym obramowaniem. Malory od razu wyobraziła sobie wiszący nad nim piękny obraz.

– Och – Zoe okręciła się na pięcie – pewnie właśnie się sprowadza.

– O tak, od półtora roku. – Dana położyła książki na pace.

– Mieszka tu już ponad rok? – Od czegoś takiego Malory wręcz zabolało serce. – I dorobił się tylko jednego mebla? Tej ohydnej kanapy?

– Hej, powinnaś zobaczyć jego pokój w domu. Tu przynajmniej jest schludnie. Zresztą na górze ma parę niezłych przedmiotów. Tam już się urządził. Jedzenia pewnie u niego nie uświadczysz, ale kawę, piwo i colę, tak. Która reflektuje?

– Cola dietetyczna? – upewniła się Malory, na co Dana zareagowała prychnięciem.

– To facet.

– Jasne. Życie pełne ryzyka i mocne wyzwania.

– Niech będzie cola – zgodziła się Zoe.

– Zaraz przynoszę. Rozgośćcie się. Ta kanapa może ranić poczucie estetyki, ale jest wygodna.

– Taka wspaniała przestrzeń zmarnowana – oceniała Malory – przez faceta, który w dodatku za to zapłacił. – Opadła na kanapę.

– Zgoda, jest wygodna. Ale przez to nie przestaje być szpetna.

– Potrafiłabyś wyobrazić sobie siebie mieszkającą w czymś podobnym? – Zoe wykonała szybki piruet. – To jak domek dla lalek. No dobrze, wielki dom, ale jaki słodki. Cały wolny czas poświęciłabym na szukanie skarbów, żeby go przyozdobić. Przebierałabym w farbach i różnych materiałach.

– Ja też. – Malory przechyliła głowę. Choćby włożyła na siebie nie wiem co, i tak nie uda jej się wyglądać tak zabójczo i egzotycznie jak Zoe, która miała na sobie zwykłe dżinsy i bawełnianą bluzkę. Zaczęła obliczać, w jakim mogła być wieku, kiedy urodziła dziecko. Ona sama, mając tyle lat co Zoe wówczas, biegała po sklepach, szukając najwspanialszej sukni na studniówkę, i przygotowywała się do college'u.

A teraz siedziały razem w wielkim, pustym pokoju, w domu obcego faceta, a ich myśli biegły niemal jednym torem.

– To dziwne, że tak wiele nas łączy. I że mieszkamy w niewielkiej mieścinie, a do tej pory nigdy się nie spotkałyśmy. Zoe usiadła na drugim końcu kanapy.

– Gdzie robiłaś włosy?

– „Carmine", w centrum handlowym.

– To dobry salon. Bo „Hair Today", tu w centrum, gdzie pracowałam, głównie nastawiony jest na kobiety, które tydzień w tydzień chcą takiego samego uczesania. – Zmrużyła podłużne jasne oczy. – Nie mogę mieć ci za złe, że nie zawitałaś do nas. Masz wspaniałe włosy. Czy stylistka proponowała ci kiedyś skrócić je trochę?

– Skrócić? – Ręka Malory instynktownie powędrowała do góry.

– Ze dwa cale, żeby ująć im trochę ciężaru. Kolor fantastyczny.

– Mój własny. No dobrze, odrobinę poprawiony. – Roześmiała się i opuściła rękę. – Mam wrażenie, że patrzysz na moje włosy w ten sam sposób, w jaki ja spoglądam na ten pokój, zastanawiając się, co bym tu zmieniła, gdybym miała wolną rękę.

– Cola i ciastka – obwieściła Dana, wnosząc trzy puszki i torebkę czekoladowych chipsów. – No więc, jak daleko zaszłyśmy do tej pory?

– Nie natrafiłam na żadną wzmiankę o trzech córkach młodego boga i Ziemianki. – Malory otworzyła puszkę, myśląc, że przydałby się lód oraz szklanka, i upiła łyk. – O Jezu, jakie to słodkie. Nie jestem przyzwyczajona. Nie znalazłam też niczego o uwięzionych duszach ani o kluczach. Mnóstwo dziwnie brzmiących imion, jak Lug, Rhianna, Anu, Danu. Opowieści o bitwach – zwycięstwach i śmierci.

Wyciągnęła notatnik i przekartkowała, otwierając go na pierwszej wypełnionej stronie. Na ten widok oczy Dany omal nie wyskoczyły z orbit.

– Założę się, że przez całą szkołę byłaś prymuską. Nagrody dziekańskie, odznaczenia, pieprzone zawyżanie poziomu dla całej reszty.

– A to dlaczego?

– Jesteś zbyt zorganizowana, żeby nie być dobrą uczennicą. Zrobiłaś plan i wszystko. – Porwała notatnik, przewracając strony.

– Tablice chronologiczne! Wykresy!

– Zamknij się. – Śmiejąc się z siebie samej, Malory wyrwała jej zeszyt. – Jak już mówiłam, zanim zaczęłaś wykpiwać mój uporządkowany aparat naukowy, celtyccy bogowie umierają, choć potem powracają – i można ich zabić. W przeciwieństwie do tego, co pamiętam z mitologii greckiej i rzymskiej, nie żyją na jakiejś magicznej górze. Przebywają na ziemi, mieszkając między ludźmi. Dużo polityki i protokołu.

Dana usiadła na podłodze.

– Cokolwiek, co może stanowić metaforę klucza?

– Jeśli tak, to umknęło mi.

– Artyści byli bogami i wojownikami – uzupełniła Zoe – albo odwrotnie. To znaczy, sztuka, muzyka, snucie opowieści to... to wszystko było ważne. Poza tym były matki boginie. Macierzyństwo też było ważne. I liczba trzy. Skoro więc Malory jest artystką...

Malory poczuła gwałtowny, bolesny ucisk w sercu.

– Nie, ja tylko sprzedaję dzieła sztuki.

– Znasz się na sztuce – powiedziała Zoe – podobnie jak Dana na książkach. A ja wiem, jak to jest być matką.

– To dobre spostrzeżenie – rozpromieniła się Dana. – Każdej z nas wyznaczono pewną rolę. Pitte powiedział „piękno, prawda, odwaga". Na obrazie Malory – dla uproszczenia nazwijmy te dziewczyny naszymi imionami – no więc Malory gra na instrumencie muzycznym. Muzyka, sztuka, piękno. Ja trzymam zwój i gęsie pióro. Księga, wiedza, prawda. A Zoe ma miecz i szczeniaka. Niewinność, ochrona, odwaga.

– I dokąd nas to prowadzi? – zapytała Malory.

– Możemy uznać, że pierwszy klucz, twój klucz, znajduje się w takim miejscu, które ma coś wspólnego ze sztuką i – albo – pięknem. To pasuje do wskazówek.

– Świetnie, na pewno na niego trafię po drodze do domu. – Malory trąciła stopą stosik książek. – A co, jeśli Pitte i Rowena zwyczajnie wymyślili sobie to wszystko? Całą tę legendę?

– Nie wierzę, żeby wymyślili taką historię wyłącznie po to, aby wrobić nas w ganianie po okolicy w poszukiwaniu jakichś tam kluczy. – Dana w zamyśleniu ugryzła ciastko. – Cokolwiek sądzimy, oni w to wierzą. Gdzieś muszą tkwić korzenie, początek, źródło tej legendy, mitu czy opowieści, którą uraczyli nas wczoraj wieczorem. A jeśli taki początek istnieje, z pewnością został zapisany w książce. W którejkolwiek.

– Kiedy właśnie... – Zoe zawahała się – w tej, którą ja czytałam, autor twierdzi, że wiele celtyckich mitów i legend nie zostało zapisanych. Przekazywano je sobie ustnie.

– Ci cholerni bardowie – mruknęła Dana. – Popatrzcie, Pitte i Rowena usłyszeli gdzieś tę legendę, a ktokolwiek im ją opowiedział, słyszał ją od kogoś innego. To jest informacja, a dla mnie informacja jest bogiem.

– Może powinnyśmy poszukać jakichś informacji o samym Pittcie i Rowenie. Kim oni są, u licha? – Malory rozłożyła ręce. – Skąd pochodzą? Skąd mają tyle pieniędzy, że mogą je rozrzucać niczym zeschłe liście?

– Masz rację. – Dana, zła na siebie, głośno wypuściła powietrze. – Masz absolutną rację, a ja powinnam była pomyśleć o tym wcześniej. Tak się składa, że znam kogoś, kto może nam w tym pomóc, podczas gdy my zajmiemy się mitami. – Słysząc zgrzyt otwieranych drzwi, zerknęła w tamtym kierunku. – Ten ktoś właśnie nadchodzi.

Rozległ się łomot, trzask, odgłos szamotaniny i przekleństwo. Na tyle znajome, by Malory przycisnęła ręce do skroni.

– O przenajświętsza Matko Boża.

Gdy wypowiadała te słowa, do pokoju wpadł ogromny czarny pies z wywalonym ozorem, wywijając ogonem niczym młotem do rozbijania. Kiedy ujrzał Malory, oczy pojaśniały mu jak gwiazdy.

Wydał z siebie serię boleśnie wwiercających się w ucho szczeknięć, po czym władował się prosto na jej kolana.

Rozdział czwarty

*W*targnąwszy za psem do pokoju, Flynn ujrzał: swoją siostrę siedzącą na podłodze i zanoszącą się od śmiechu, seksowną brunetkę, która stała obok kanapy i bohatersko odpychała Moego, i wreszcie – ku swojemu zaskoczeniu i radości – kobietę, o której myślał przez większą część dnia, na którą znowu rzucił się pies, po wariacku demonstrujący swoje uczucia.

– Moe, siad! Mówię serio, dosyć tego.

Nie spodziewał się, że pies posłucha. Zawsze zaczynał od wydania komendy, a Moe nigdy jej nie słuchał. Teraz spróbował inaczej, obiema rękami objął potężny psi brzuch. Żeby tego dokonać, musiał się pochylić, no, może niekoniecznie aż tak głęboko, jak to uczynił. Ale ona miała najpiękniejsze w świecie błękitne oczy, nawet jeśli teraz przeszywały go jak sztylety.

– Cześć. Miło spotkać cię znowu.

Zacisnęła szczękę, napinając mięśnie.

– Zabierz go stąd!

– Pracuję nad tym.

– Moe – wrzasnęła Dana – ciasteczko!

Poskutkowało. Pies przesadził pakę, złapał ciasteczko z rąk trzymającej je w powietrzu Dany i opadł łapami na podłogę. Gdyby nie to, że się pośliznął i przejechał parę stóp po pozbawionej dywanu podłodze, lądowanie można by uznać za pełne gracji.

– Działa jak zaklęcie. – Dana ponownie uniosła rękę.

Moe dał susa, tak że w mgnieniu oka było po ciasteczku, i ulokował się u boku Dany.

– Jejku, ale wielki pies – powiedziała Zoe, wyciągając do niego dłoń. Roześmiała się, kiedy polizał ją z entuzjazmem. – Jaki przyjacielski.

– Chorobliwie przyjacielski. – Malory otrzepywała z psiej sierści jeszcze przed chwilą nieskazitelnie białą spódnicę. – To już drugi raz dzisiaj, jak wylądował na mnie.

– Lubi dziewczyny. – Flynn ściągnął okulary przeciwsłoneczne i rzucił je na pakę. – Nie powiedziałaś mi, jak się nazywasz.

– A, to ty jesteś tym idiotą z psem. Powinnam się była domyślić. To jest Malory Price – dokonała prezentacji Dana – a to Zoe McCourt. Mój brat Flynn.

– Michael Flynn Hennessy? – Zoe zaprzestała gładzenia psiego ucha i zerknęła na Flynna spod grzywki. – M.F. Hennessy z „The Valley Dispatch"?

– Przyznaję się do winy.

– Czytałam sporo twoich artykułów, a stałej rubryki nie opuszczam nigdy. Podobał mi się ten kawałek z ostatniego tygodnia o planach poprowadzenia wyciągu narciarskiego na Lone Rigde i o ochronie środowiska naturalnego.

– Dzięki. – Flynn sięgnął po herbatnik. – Czy może odbywa się tutaj spotkanie klubowe miłośników książki i będą częstowali ciastem?

– Nie, ale jeśli masz chwilę czasu, możesz usiąść. – Dana poklepała podłogę obok siebie. – Opowiemy ci, co się tu rozgrywa.

– Jasne. – Usiadł, ale na kanapie. – Malory Price? Galeria, zgadłem?

Skrzywiła się

– Już nie.

– Zajrzałem tam parę razy, nigdy jednak nie trafiłem na ciebie. Normalnie nie zajmuję się działem sztuki i rozrywki. Teraz widzę, że to błąd.

Zauważyła, że jego tęczówki mają ten sam odcień co ściany pokoju, kolor zielonej, leniwie płynącej rzeki.

– Wątpię, abyśmy dysponowali czymś, co odpowiadałoby twoim gustom.

– Nienawidzisz tej kanapy, prawda?

– Nienawidzisz to za łagodne określenie.

– Jest bardzo wygodna.

Zerknął w kierunku Zoe i uśmiechnął się.

– To kanapa do drzemek. Kiedy śpisz, zamykasz oczy i przestajesz zwracać uwagę na to, jak ona wygląda. „Mitologia Celtów"

- odczytał, przekrzywiając głowę, by móc odcyfrować tytuły książek piętrzących się na stole. – „Celtyckie mity i legendy". – Uniósł jeden z tomów i przekartkował, uważnie przyglądając się siostrze.
– Po co ci to?
– Mówiłam ci, że wybieram się na przyjęcie na Wzgórze Wojownika.

Momentalnie twarz mu stężała, uśmiech zniknął, niczym zdmuchnięty.
– Sądziłem, że nie pojedziesz. Ostrzegałem cię przecież, że to jakaś śmierdząca sprawa. Nikt, z kim rozmawiałem, nie dostał zaproszenia.

Dana podniosła puszkę z colą i popatrzyła na brata kpiąco.
– Czyżbyś przypuszczał, że posłucham twojej rady?
– Nie.
– No więc? Powiem ci, jak wyglądało przyjęcie.

Zanim zdążyła dodać choć słowo, Flynn odwrócił się od niej, a leniwe spojrzenie zielonych oczu utkwiło w twarzy Malory.
– Ty też zostałaś zaproszona?
– Tak.
– I ty także? – zwrócił się do Zoe. – A czym się zajmujesz?
– Jestem fryzjerką, obecnie bez pracy, ale...
– Mężatka?
– Nie.
– Oczywiście ty też nie – popatrzył znowu na Malory. – Nie widzę obrączki, nie czuję tej aury „och, jestem zamężna". Jak długo się znacie?
– Flynn, skończ z tym cholernym wywiadem i pozwól sobie opowiedzieć, co wydarzyło się na Wzgórzu Wojownika.

Dana zaczęła od początku. Flynn uniósł się lekko z kanapy i wyjął notes z tylnej kieszeni spodni. Udając, że to, co on robi, kompletnie jej nie obchodzi, Malory ostrożnie zerknęła w bok. Stenografował. To była prawdziwa stenografia, a nie uproszczona wersja, którą posługiwała się ona.

Próbowała odcyfrowywać znaki, w miarę jak Dana mówiła, ale poczuła lekkie oszołomienie.
– Szklane Córy – mruknął, nie przerywając notowania.
– Co takiego? – Bez zastanowienia zacisnęła palce na jego przegubie. – Znasz tę historię?
– Przynajmniej jedną z wersji. – Skoro udało mu się przyciągnąć jej uwagę, przysunął się bliżej, kolanem dotykając jej kolana.

- A ty dlaczego jej nie rozpoznałaś? - Malory zwróciła się do Dany.
- Ona nie miała irlandzkiej babki.
- Jesteśmy rodzeństwem przybranym - objaśniła Dana. - Mój ojciec ożenił się z jego matką, kiedy miałam osiem lat.
- Albo moja matka poślubiła jej ojca, kiedy miałem jedenaście lat. Zależy, z której strony na to patrzeć. - Nawinął na palec pukiel włosów Malory i zaczął się nim bawić, a kiedy odsunęła jego rękę, uśmiechnął się szeroko. - Przepraszam, tyle masz tych włosów, że nie potrafiłem się oprzeć. Moja babka lubiła opowiadać baśnie, poznałem więc ich mnóstwo. Ta historia kojarzy mi się z legendą o Szklanych Córach. Co bynajmniej nie tłumaczy, dlaczego wasza trójka została zaproszona na Wzgórze Wojownika, żeby jej wysłuchać.
- Mamy znaleźć klucze - wtrąciła Zoe, zerkając na zegarek.
- Macie znaleźć klucze, żeby uwolnić dusze Szklanych Cór? A to dobre. - Przeciągnął się, opierając stopy na skrzyni i krzyżując nogi w kostkach. - Wobec tego moim obowiązkiem jest zapytanie was, jak, kiedy i dlaczego.
- Powiem ci, jeśli przymkniesz się choć na pięć minut. - Dana sięgnęła po colę i wysuszyła puszkę do ostatniej kropli. - Rozpoczyna Malory. Ma dwadzieścia osiem dni, poczynając od dzisiaj, żeby znaleźć pierwszy klucz. Jeśli się jej uda, do poszukiwań przystępuję ja albo Zoe. Czas ten sam. Potem ostatnia z nas.
- A gdzie znajduje się puzdro, szkatuła z duszami?

Dana zmarszczyła brwi. Moe odsunął się od niej i zajął się obwąchiwaniem palców stóp Malory.

- Nie wiem. Chyba oni mają. Pitte i Rowena. W przeciwnym razie po co im klucze?

- Czy zamierzasz mi powiedzieć, że w to uwierzyłaś, Moja Panno Roztropna Mocno Trzymająca Się Ziemi, i kilka tygodni masz zamiar poświęcić na szukanie kluczy, które otwierają szklane puzdro zawierające dusze trzech bogiń?

- Półbogiń. - Malory lekko szturchnęła Moego, próbując go zniechęcić. - Zresztą to bez znaczenia, czy wierzymy czy nie. To zwykły biznes.

- Płacą po dwadzieścia pięć tysięcy dolarów. - Dana poruszyła brwiami. - Z góry.

- Dwadzieścia pięć tysięcy dolarów? Przestań.

- Pieniądze zostały przelane na nasze konta. Sprawdziłyśmy. - Zapominając się na chwilę, Malory sięgnęła po herbatnik. Moe natychmiast złożył swój ogromny łeb na jej kolanach. – Czy możesz zawołać tego psa?

– Nie, jak długo trzymasz ciastko. A więc dwójka kompletnie nieznanych wam osób obdarowała każdą z was dwudziestoma pięcioma bańkami, żebyście szukały magicznych kluczy? A nie mają jeszcze więcej szmalu do rozdania?

– Pieniądze są prawdziwe – oświadczyła Malory chłodno.

– A jeśli nie pojawicie się z kluczami? Przewidziana jest jakaś kara?

– Tracimy rok.

– Czy to znaczy, że na rok pójdziecie do nich na służbę czy jak?

– Nie, po prostu jeden rok zostanie nam odebrany. – Zoe ponownie zerknęła na zegarek. Naprawdę musiała już biec.

– Który rok?

Popatrzyła na niego nieprzytomnie.

– No... ostatni... tak myślę. Kiedy już będziemy stare.

– Albo obecny – uzupełnił, wstając – albo następny. Albo któryś z ostatnich dziesięciu, jeśli mamy rozumować jak szaleńcy, którymi z pewnością jesteśmy.

– Nie, to nie może być tak. – Blada jak płótno Zoe potrząsała głową. – Nie z przeszłości. To by wszystko zmieniło. A jeśli zabiorą rok, w którym urodził się Simon, albo ten, w którym zaszłam w ciążę. To naprawdę nie może odbyć się w taki sposób.

– Nie, nie może, ponieważ to wszystko jest nierealne. – Flynn popatrzył na siostrę, kręcąc głową. – Gdzie twój rozum, Dana? Nie pomyślałaś, że jeśli nie spełnisz oczekiwań bogów, ci ludzie mogą cię skrzywdzić? Nikt nie podaruje takiej sumy pieniędzy komuś kompletnie obcemu, co oznacza, że nie jesteście dla nich obce. Z jakichś powodów was znają. Śledzili was.

– Nie byłeś tam – upierała się Dana. – Są ekscentryczni, zgoda, to określenie pasuje do nich jak najbardziej, jednak w żadnym wypadku nie mógłbyś ich nazwać szaleńcami. – Poza tym, jakiż mogliby mieć powód, żeby nas skrzywdzić?

Znowu odwrócił się do Malory. Nie, uświadomiła sobie, teraz nie jest wcale uprzejmy. Jest zły i tylko krok dzieli go od wybuchu.

– A jakiż mieliby powód, żeby obsypywać was forsą?

– Muszę iść – powiedziała Zoe drżącym głosem, sięgając po torbę. – Muszę odebrać Simona. To mój syn.

Wybiegła. Dana poderwała się na nogi.

- Fajnie, Flynn, świetna robota, śmiertelnie wystraszyłeś samotną matkę.

Ruszyła za Zoe, żeby ją uspokoić.

Flynn wpakował ręce do kieszeni i popatrzył ostro na Malory.

- Boisz się?

- Nie, ale ja nie mam dziewięcioletniego syna, którym musiałabym się opiekować. I nie wierzę, żeby Pitte i Rowena chcieli nas skrzywdzić. Poza tym sama potrafię zadbać o siebie.

- Dlaczego kobiety zawsze to powtarzają, ilekroć wpakują się w kłopoty?

- Bo wówczas z reguły pojawia się jakiś facet, którego interwencja tylko pogarsza sprawę. Zgodziłam się i mam zamiar szukać klucza. Wszystkie się zgodziłyśmy. Sam też byś się zdecydował. Widziała, że go przymurowało. Bawił się drobnymi w kieszeniach, usilnie nad czymś rozmyślając. Już spokojniejszy.

- A powiedzieli wam, co nastąpi, jeśli je znajdziecie?

- Dusze zostaną uwolnione, a każda z nas otrzyma po milionie dolarów. Tak, wiem, że to brzmi dziwacznie. Ale gdybyś sam tam był...

- Jeśli dodasz, że te trzy boginie spoczywają uśpione na kryształowym łożu w zamku za Kurtyną Snów, domyślę się, że ty tam byłaś.

- Pitte i Rowena mają obraz przedstawiający Szklane Córy. Wyglądają dokładnie tak jak my. To wspaniałe dzieło, uwierz mi, Hennessy, ja naprawdę znam się na malarstwie i potrafię rozpoznać kopiowanie z szablonu. To cholernie dobry obraz. Musi mieć jakieś znaczenie.

Na twarzy Flynna pojawił się wyraz zainteresowania.

- Kto go namalował?

- Nie był sygnowany. Przynajmniej ja nie zauważyłam sygnatury.

- To skąd wiesz, że to arcydzieło?

- Bo wiem. Tym się zajmuję. Ktokolwiek stworzył to płótno, obdarzony był ogromnym talentem, a temat potraktował z wielką miłością i poszanowaniem. Takie rzeczy się widzi. Skoro chcieli nas skrzywdzić, dlaczego nie zrobili tego poprzedniego wieczoru? Zanim przyjechałam, Dana przebywała na Wzgórzu zupełnie sama. Spokojnie mogli zdzielić ją czymś po głowie, zakuć w łańcuchy i wtrącić do lochu. Mnie i Zoe też. Albo uraczyć zatrutym winem? Naprawdę długo się nad tym zastanawiałam, zadając sobie takie

pytania. I powiem ci, dlaczego tego nie uczynili. Ponieważ sami wierzą we wszystko, co nam opowiedzieli.
– I to cię uspokaja? A z innej beczki: kim oni są? Skąd przybyli? Jak się tu dostali? Dlaczego wybrali sobie akurat to miejsce, raczej nieprzypominające Czarodziejskiego Centrum?
– A może sam byś się zajął szukaniem odpowiedzi, zamiast straszyć ludzi? – wtrąciła Dana.
– Jak Zoe, w porządku?– zapytała Malory.
– Jasne, wręcz tryska humorem, wyobrażając sobie, że ktoś wybrał sobie jej synka na ofiarę. – Dana walnęła brata w ramię.
– Skoro nie chciałyście, aby ktoś wam wytykał słabe punkty planowanego przedsięwzięcia, nie trzeba się było spotykać w moim domu. No to dawajcie wszystko, co wiecie na temat Pitte'a i Roweny.
Zanotował kilka zdań i nawet zdołał powstrzymać cisnące się na usta przekleństwo z powodu skandalicznego braku danych.
– Czy któraś z was ma jeszcze to zaproszenie?
Malory wyciągnęła swoje z torebki.
– Zobaczę, co uda mi się wywęszyć.
– A czy legenda opowiadana przez twoją babkę wspominała coś o miejscu ukrycia kluczy?
– Nie. Mówiła tylko, że ręka boga nie mogła przekręcić ich w zamku. Co zostawia raczej szerokie pole do poszukiwań.
Po odejściu Malory Flynn skinął na siostrę. Poszła za nim do kuchni.
Pomieszczenie to, ze starymi, mosiężnymi kranami, białymi blatami nakrapianymi złotem i podłogą pokrytą imitującym cegłę linoleum, prezentowało się raczej żałośnie.
– Kiedy wreszcie serio zabierzesz się za remont? Ta kuchnia jest ohydna.
– Wszystko w swoim czasie, moja droga, wszystko w swoim czasie.
Wyjął piwo z lodówki i pomachał jej przed nosem.
– Jasne, czemu nie.
Wyciągnął drugie i otworzył, posługując się przymocowanym do ściany otwieraczem w kształcie szczerzącej zęby blondynki w bikini.
– A teraz gadaj wszystko, co ci wiadomo o tej seksownej Malory Price z wielkimi błękitnymi oczami.
– Poznałam ją wczoraj.

- Dobra, dobra. - Odsunął rękę z butelką. - Wy, kobiety, zawsze wiecie wszystko o sobie nawzajem. To niczym telepatia. Im większą sympatię jedna czuje do drugiej albo im bardziej jej nie znosi, tym więcej o niej wie. Przeprowadzone badania naukowe potwierdziły to zjawisko. Mów, bo nie dostaniesz piwa.

Nie miała specjalnej ochoty na piwo, dopóki nie użył go jako środka perswazji.

- Dlaczego akurat o niej? Dlaczego nie Zoe?

- Moje zainteresowanie Zoe ma charakter bardziej akademicki. Jak mam zainicjować dziki, namiętny romans z Malory - a taki właśnie chodzi mi po głowie - jeśli najpierw nie poznam wszystkich jej sekretów i pragnień?

- Niedobrze mi się robi od twojego gadania, Flynn.

Przechylił butelkę i pociągnął wolno solidny łyk, podczas gdy drugą nadal trzymał poza zasięgiem rąk Dany.

- Nie jestem twoim głupim psem żebrzącym o ciasteczka. Powiem ci, ale tylko dlatego, żeby móc się potem pośmiać, jak da ci kosza. Lubię ją - dodała, wyciągając rękę po butelkę. - Uważam, że jest mądra, ambitna, ma otwarty umysł i nie jest naiwna. Pracowała w galerii, ale niedawno wyleciała, bo przemówiła się z nową, zdobyczną żoną szefa. Nazwała ją cizią, i to w jej obecności, co dowodzi, że nie zawraca sobie głowy taktem i dyplomacją. Wali prosto z mostu. Lubi dobre ciuchy i wie, jak je nosić, ale wydaje na nie stanowczo za dużo forsy. Gdyby nie dzisiejszy poranny przypływ gotówki, byłaby kompletnie spłukana. Aktualnie nie ma nikogo i chciałaby założyć własny interes.

- Najważniejsze zostawiłaś na koniec. - Ponownie przytknął butelkę do ust. - A więc nie ma nikogo. I nie brak jej odwagi. Nie tylko zwymyślała żonę szefa, ale też wybrała się samotnie do najbardziej nawiedzonego domu w całej zachodniej Pensylwanii.

- Ja też.

- Nie mogę zainicjować szaleńczego, namiętnego romansu z tobą, moja słodka. Byłoby to raczej niestosowne.

- No, teraz zupełnie mnie zdołowałeś.

Ale uśmiechnęła się, kiedy pochylił się i pocałował ją w policzek.

- Dlaczego nie wprowadzisz się do mnie na parę tygodni?

Ciemne, czekoladowe oczy Dany posmutniały.

- Przestań tak troszczyć się o mnie, Flynn.

- Nie mogę.

– Jeśli nie wprowadziłam się, kiedy byłam całkiem bez grosza, dlaczego miałabym robić to teraz, kiedy opływam w gotówkę? Lubię niezależność i ty też. A chochliki ze Wzgórza Wojownika nie wyprawią się w dolinę, żeby straszyć mnie po nocach.

– Gdyby to faktycznie były chochliki, nie martwiłbym się tak bardzo. – Ponieważ znał dobrze siostrę, darował sobie resztę kazania. – A może byś tak opowiedziała swojej nowej przyjaciółce Malory, jaki wspaniały ze mnie facet? Mądry, wrażliwy, entuzjasta.

– Mam dla ciebie kłamać?

– Jesteś bezczelna. – Łyknął jeszcze trochę piwa. – I to jak.

Zostawszy sam, Flynn ruszył na górę do studia. Wolał określenie studio niż gabinet, gdyż słowo gabinet kojarzyło mu się z pracą. W studiu mógł... no właśnie, studiować, drzemać, czytać albo po prostu wpatrywać się w przestrzeń i myśleć o czymś przyjemnym. Oczywiście pracować także mógł, ale absolutnie nie było to konieczne.

Wyposażył pokój w wielkie masywne biurko i głębokie skórzane fotele, w które zapadało się niemal do całkowitego zniknięcia. Fiszki i segregatory poukrywał w typowo męskich szafkach, a na jednej ze ścian zawiesił oprawione w ramki fotografie *pin-up-girls* z lat czterdziestych i pięćdziesiątych. Kiedy wszystko inne zawodziło, zawsze mógł wypiąć się na świat i gapić na fotki, rozkoszując się godzinką samotności.

Uruchomił komputer, przekroczył Moego, który rozwalił się na samym środku pokoju, i sięgnął do minilodówki zainstalowanej pod blatem po kolejne piwo.

Pomysł z lodówką zawsze uważał za cholernie udany.

Usiadł, pomasował kark, niczym bokser szykujący się do walki, i przystąpił do surfowania na poważnie. Jeśli w cyberprzestrzeni znajdowały się jakiekolwiek informacje na temat nowych mieszkańców Wzgórza Wojownika, już on do nich dotrze!

Jak zwykle świat internetowych informacji pochłonął go bez reszty. Piwo dawno przestało być zimne, z jednej godziny zrobiły się dwie, dwie powoli zamieniały się w trzy, aż wreszcie Moe postanowił interweniować i pchnął krzesło z taką siłą, że Flynn przeleciał przez pół pokoju.

– Ty drabie, wiesz, że tego nie znoszę. Jeszcze kilka minut i skończyłbym.

Ale Moe, który podobne zapewnienia słyszał już wielokrotnie, zaprotestował z mocą, ładując Flynnowi na kolana potężne łapy i znaczną część korpusu.

– No dobrze, pójdziemy na spacer i jeśli przypadkiem będziemy przechodzili koło domu pewnej blondynki, może zatrzymamy się na chwilę, by podzielić się z nią nowo zdobytymi informacjami. A jeśli to nie wypali, kupimy pizzę, żeby nasza wyprawa nie okazała się całkiem bezowocna.

Na słowo „pizza" Moe pognał w stronę drzwi. Zanim Flynn zdążył zejść po schodach, pies już warował przy wejściu, trzymając w zębach smycz.

Popołudnie okazało się wymarzone do spacerów. Ciche, ustronne miasteczko w promieniach letniego zachodzącego słońca wyglądało niczym z pocztówki. W podobnych chwilach, kiedy czuł na skórze łagodny, balsamiczny powiew wiatru, zawsze wzbierała w nim radość, że zdecydował się przejąć od matki „Dispatcha", że zrezygnował z przeprowadzki do metropolii i kariery w wielkim dzienniku.

Wielu jego przyjaciół wyjechało. Kobieta, którą zdawał się kochać, zamiast niego wybrała Nowy Jork.

Albo też on wybrał Valley zamiast niej.

Wszystko zależy od punktu widzenia.

Może tutejsze wiadomości nie miały tej wagi, co wydarzenia w Filadelfii czy Nowym Jorku, ale przecież tutaj też się coś działo. To, co dotyczyło Valley i otaczających je wzgórz, liczyło się także.

Teraz kroiła mu się sprawa, która miała szansę okazać się bardziej sensacyjna niż wszystko, co „Dispatch" opublikował, odkąd sześćdziesiąt osiem lat temu po raz pierwszy opuścił prasę drukarską.

Gdyby tak udało mu się pomóc tym trzem babkom, z których jedna była jego ukochaną siostrą, poflirtować z tą atrakcyjną blondynką, a całą historię o bogach opisać w gazecie... ale byłaby sensacja.

– Masz być czarujący – upomniał Moego, kiedy zbliżali się do ceglanego budynku, w którym Malory zniknęła dzisiaj rano. – Jak zaczniesz swoje psie sztuczki, nie wpuści nas za próg.

Dla pewności, zanim podszedł do mieszczącego dwanaście mieszkań bloku, dwukrotnie owinął sobie smycz wokół pięści. Odkrył, że M. Price mieszka na parterze, i uznał to za szczęśliwy traf. Nie będzie musiał ciągać Moego po schodach ani wpychać do windy. Mieszkania na parterze miały niewielkie patia. Zawsze będzie mógł przekupić Moego ciasteczkiem, przezornie schowanym w kieszeni spodni, i wywalić na dwór.

– Czarujący – powtórzył *sotto voce*, patrząc na psa groźnie, zanim zapukał do drzwi Malory. Przywitania absolutnie nie mógł uznać za zachęcające. Jedno spojrzenie na niego, drugie na Moego.

– O mój Boże, ty chyba żartujesz.

– Mogę zostawić go na dworze – zapewnił pośpiesznie – ale naprawdę musimy porozmawiać.

– Przekopie mi kwiatki.

– Moe nie kopie. Proszę, na Boga, tylko nie kop. Mam... no nie mogę wymówić tego słowa na „c", bo zacznie szaleć, ale mam jedno w kieszeni. Zostawię go na dworze i nie będzie nam przeszkadzał.

– Ja nie... – Nos Moego wycelował prosto w jej krocze. – Chryste! – W odruchu obronnym szarpnęła się do tyłu. To zaproszenie starczyło Moemu w zupełności.

Już był za progiem i radośnie ciągnął Flynna prosto na zabytkowy, kaszmirowy dywan, morderczym uderzeniem ogona o włos tylko mijając wazon w stylu art déco, pełen późnych, letnich lilii. Przerażona Malory rzuciła się ku drzwiom na patio i otwarła je jednym szarpnięciem.

– Na dwór, na dwór, ale już.

Słówko „na dwór" Moe znał. W wyrazie protestu przeciwko natychmiastowemu wychodzeniu na dwór, skoro dopiero co znalazł się w środku, gdzie było tyle fascynujących zapachów, rozwalił swój szeroki zad na środku pokoju i zamarł.

Nie zważając na ten protest, Flynn złapał go za obrożę i wywlókł za drzwi.

– O tak, zachowałeś się czarująco – powiedział bez tchu, okręcając smycz wokół drzewa. Moe zaprotestował głośnym wyciem, więc ukląkł przy nim. – Natychmiast stul pysk. Czy ty wcale nie masz dumy? Poczucia męskiej solidarności? Jeśli ta kobieta nas znienawidzi, jak uda mi się ją zdobyć? – Zbliżył twarz do psiej mordy. – Leż i bądź cicho. Jeśli zrobisz to dla mnie, cały świat będzie twój. Poczynając od tego.

Wyciągnął ciasteczko. Wycie ucichło, jak nożem uciął, ogon zaczął walić o ziemię.

– A zmajstruj coś, to następnym razem zostajesz w domu.

Podniósł się z klęczek, przesyłając Malory, która z obawą ocze-kiwała po drugiej stronie drzwi coś, co – miał nadzieję – wyglądało jak beztroski uśmiech. Kiedy otworzyła i wpuściła go do środka, uznał to za wielkie zwycięstwo.

– Próbowałeś szkoły tresury dla psów? – zapytała z miejsca.

– Tak, ale doszło tam do pewnego incydentu. Nie lubimy tego wspominać. Jakie wspaniałe mieszkanie. Stylowe, wysmakowane i kobiece. Nie ckliwe, czułostkowe, wy-muskane cacko, ale po kobiecemu odważne, fantazyjne i jedyne w swoim rodzaju.

Ściany w odcieniu głębokiego różu stanowiły doskonałe tło dla obrazów – oryginałów albo reprodukcji śmiało mogących uchodzić za autentyki. Sporo miękko układających się tkanin i dekoracyj-nych rzeźb.

A wszystko lśniące niczym nowiusieńka pineska.

I ten prawdziwie kobiecy zapach – zapach lilii, których zasu-szone płatki kobiety od wieków wkładały do szklanych naczynek. A także zapach samej kobiety.

Słuchała muzyki. Co to było? Aha, Annie Lennox, piosenka o marzeniach i słodkich snach.

Dla Flynna mieszkanie było przykładem subtelnego, niezwykle wyrafinowanego gustu.

Podszedł do obrazu przedstawiającego kobietę wynurzającą się z ciemnobłękitnej wody. Z płótna biła witalność, erotyzm i siła.

– Jest piękna. Żyje w morzu czy na lądzie?

Malory uniosła brwi. Przynajmniej zadał inteligentne pytanie.

– Myślę, że jeszcze nie wybrała.

Przyglądała mu się, kiedy obchodził pokój dookoła. W tym oto-czeniu wydał jej się bardziej... no, bardziej męski niż wówczas na chodniku czy w jego własnym, wielkim, pozbawionym mebli domu.

– Co tu robisz?

– Po pierwsze, chciałem cię zobaczyć.

– Dlaczego?

– Bo jesteś śliczna. – Spoglądanie na nią wydało mu się zabaw-ne i relaksujące, więc zatknął kciuki za kieszenie spodni i oddał się temu zajęciu. – Możesz uznać to za błahy powód, ale dla mnie ma on zasadnicze znaczenie. Gdyby ludzi cieszyło spoglądanie na piękno, sztuka przestałaby istnieć.

– Dużo czasu ci zajęło wykoncypowanie tego?

Zareagował błyskawicznie, pełnym uznania uśmiechem.

– Niedługo. Szybki jestem. Jadłaś kolację?

– Nie, ale jestem już umówiona. Po co jeszcze tu przyszedłeś?

– Najpierw uporajmy się z jednym. Na jutro nie jesteś umówiona, prawda? Wobec tego czy zjesz ze mną?

– Nie sądzę, aby to był dobry pomysł.

– Dlaczego? Irytuję cię czy nie jesteś zainteresowana?

– Irytujesz mnie.

– Przy bliższym poznaniu przestaję być denerwujący. Zapytaj, kogo chcesz.

Tak, też odnosiła wrażenie, że wkrótce przestałby ją drażnić, że jego towarzystwo okazałoby się interesujące i zabawne, ale jednocześnie kłopotliwe. Ponadto – choć atrakcyjny – absolutnie nie był w jej typie.

– I bez umawiania się z facetem, który ma fatalny gust, jeśli chodzi o meble, i wątpliwy, jeśli chodzi o psy, mam wystarczająco dużo problemów.

Zerknęła w stronę przeszklonych drzwi patio i nie mogła powstrzymać się od śmiechu na widok Moego, z nadzieją przyciskającego do szyby swój szpetny pysk.

– Tak naprawdę ty nie jesteś wrogiem psów.

– Oczywiście, że nie. Lubię psy. – Przechyliła głowę, żeby lepiej przyjrzeć się kosmatej mordzie. – Natomiast nie uważam, żeby to był pies.

– W schronisku przysięgali, że to pies.

Oczy jej złagodniały.

– Wziąłeś go ze schroniska?

Aha, pierwszy wyłom w jej murze obronnym uczyniony. Przysunął się bliżej i teraz razem przyglądali się Moemu.

– Wtedy był o wiele mniejszy. Poszedłem tam, bo pisałem artykuł o schronisku dla zwierząt. Podbiegł do mnie w podskokach i popatrzył tak, jakby mówił: „Okay, czekałem, żeby ci się zaprezentować, a teraz chodźmy już do domu". Byłem załatwiony.

– Od czego pochodzi jego imię. Od góry*?

– Nie, on wygląda jak Moe. Wiesz, Moe Howard. – Kiedy twarz Malory pozostała nieporuszona, westchnął. – Wy, kobiety, pojęcia nie macie, co tracicie. Te gejzery dowcipu pokazywane w „Trzech fajtłapach".

* Ang. *mountain*.

- O, doskonale zdajemy sobie sprawę, co tracimy. Omijamy to celowo. – Uświadomiwszy sobie, że stoją tuż obok siebie, odsunęła się trochę.
- Wiesz, zacząłem szukać czegoś o tych ludziach, z którymi się zadałyście. Liam Pitte i Rowena O'Meara. Przynajmniej takich nazwisk używają.
- A dlaczego nie miałyby to być ich prawdziwe nazwiska?
- Ponieważ kiedy posłużyłem się swoją niewiarygodną zręcznością i talentem, odkryłem, że osoby o takich nazwiskach, którymi posługują się obecni właściciele Wzgórza Wojownika, po prostu nie istnieją. Żadnych numerów ubezpieczenia, paszportów, prawa jazdy, rejestru spółki. Żadnych dokumentów wystawionych przez korporację Triada. Przynajmniej takich, które można by połączyć z nimi.
- Nie są Amerykanami – zaczęła i urwała gwałtownie. – No tak, brak numerów paszportów. Ale może po prostu nie udało ci się nic wygrzebać do tej pory albo kupując dom, posłużyli się innymi nazwiskami.
- Może. Byłoby interesujące dokopać się do czegoś, ponieważ w tej chwili wygląda tak, jakby pojawili się w Valley znikąd.
- Chciałabym lepiej poznać legendę o Szklanych Córach. Im więcej będę o nich wiedziała, tym większa będzie moja szansa odnalezienia klucza.
- Zadzwonię do babki i wypytam o szczegóły. Będę miał cię czym zabawiać jutro podczas kolacji.

Zastanawiała się przez moment, po czym ponownie zerknęła na psa. Flynn chciał jej pomóc, a ona dysponowała zaledwie czterema tygodniami. Co się zaś tyczy ich wzajemnych relacji, sprawa jest oczywista: przyjaźń i nic więcej. Przynajmniej do chwili, kiedy nie zdecyduje, co dalej.

- Stolik na dwie osoby czy na trzy?
- Na dwie.
- Zgoda. Możesz przyjść po mnie o siódmej.
- Świetnie.
- I możesz wyjść tędy – wskazała w stronę patio.
- Oczywiście. – Już przy drzwiach odwrócił się jeszcze. – Jesteś naprawdę ładna. – Przesunął odrobinę szklaną taflę, na tyle tylko, by móc wydostać się na zewnątrz.

Spoglądała za nim, kiedy odwiązywał smycz, a potem zachwiał się pod ciężarem Moego, który z zapałem całował go po twarzy. Odczekała, aż odejdą, i dopiero wtedy się roześmiała.

Rozdział piąty

Malory bez trudu odnalazła mały domek Zoe, niewielki klocek na wąskim skrawku trawnika, pomalowany na wesoły żółty kolor, z dywanikiem barwnych kwiatów po obu stronach drzwi wejściowych.

Nawet gdyby nie była pewna adresu i nie poznała samochodu Zoe zaparkowanego wzdłuż krawężnika, i tak wiedziałaby, że to tutaj, zobaczyła bowiem na podwórku uganiającego się za piłką chłopca. Z ciemnymi włosami i podłużnymi oczami w drobnej twarzy wyglądał równie egzotycznie jak matka. Szczupłe ciało okrywały obszarpane dżinsy i T-shirt z Pittsburgh Pirates.

Zobaczywszy Malory, stanął w lekkim rozkroku i zaczął obracać piłkę trzymaną w baseballowej rękawicy. Jego postawa zdradzała czujność i zarazem arogancję chłopca, któremu wbijano do głowy, żeby nie rozmawiał z obcymi, a który jednocześnie uważa, że jest na tyle dorosły i sprytny, by sobie z obcymi doskonale poradzić.

– Ty pewnie jesteś Simon. Jestem Malory Price, koleżanka twojej mamy.

Nie przestawała się uśmiechać, kiedy taksował ją wzrokiem, żałując jednocześnie, iż jej pojęcie o baseballu ogranicza się do tego, że grupka facetów biega wokół boiska, rzucając, uderzając i próbując złapać piłkę.

– Mama jest w domu. Poproszę ją.

W jego wykonaniu ograniczyło się to do uczynienia kroku w kierunku domu i wrzaśnięcia:

– Mamo, jakaś pani do ciebie!

W chwilę później Zoe otwierała drzwi, wycierając ręce w kuchenną ścierkę. Mimo workowatych szortów, mocno znoszonej koszuli i bosych stóp nadal wyglądała atrakcyjnie i egzotycznie. – O, Malory. – Odruchowo zapinała guziki koszuli. – Nie spodziewałam się...
– Jeśli przyszłam nie w porę...
– Nie, nie, oczywiście, że nie. Simon, to jest panna Price, jedna z tych pań, z którymi będę pracowała przez jakiś czas.
– Cześć. Czy mogę iść do Scotta? Skończyłem kosić trawnik.
– Teraz prezentuje się świetnie. Chcesz najpierw coś przekąsić?
– Nie. – Na widok jej miny uśmiechnął się promiennie, prezentując szczerbę po zębie i mnóstwo wdzięku. – Chciałem powiedzieć: nie, dziękuję.
– No to biegnij i baw się dobrze.
– Tak jest. – Rozpędził się, ale wyhamował, kiedy Zoe wymówiła jego imię tonem, co do którego Malory zawsze podejrzewała, że wykształca się u kobiet w wyniku zmian hormonalnych zachodzących podczas ciąży. Przewrócił oczami, upewniając się przedtem, że matkę ma za plecami, po czym obdarzył Malory serdecznym, szczerym uśmiechem. – Miło mi panią poznać.
– Miło mi cię poznać, Simon.
Wystartował z szybkością więźnia wyrywającego się zza krat.
– Jest wspaniały.
– Prawda? Czasami, kiedy bawi się na podwórzu, podkradam się do okna, tylko żeby na niego popatrzeć. Jest całym moim światem.
– Tak, to widać. Więc teraz boisz się, że to, co zrobiłyśmy, może go w jakiś sposób dotknąć.
– Jestem matką i strach o Simona stanowi tego nieodłączną część. Och, przepraszam cię, wejdźże. Zwykle soboty spędzałam w pracy, więc pomyślałam, że skoro trafiła mi się jedna wolna, wykorzystam ją na porządki.
– Masz ładny dom. – Malory weszła do środka i rozejrzała się.
– Bardzo ładny.
– Dzięki. – Zoe również zlustrowała wzrokiem salonik, wyraźnie zadowolona, że zdążyła go posprzątać.
Na tapczanie, nakrytym wesołą, wiśniowo-niebieską narzutą piętrzyły się poduszki, a na lśniącym czystością stoliku do kawy, który wypatrzyła na targu staroci i sama odnowiła, stały trzy butelki wypełnione margerytkami z jej własnej grządki. Dywanik,

utkany jeszcze przez jej babkę, kiedy Zoe była mała, był świeżo odkurzony.

– Ależ to urocze. – Malory podeszła do ściany, zawieszonej oprawionymi w ramki widoczkami różnych zagranicznych miejscowości.

– To zwykłe pocztówki. Ponaklejałam je na podkładki i oprawiłam. Zawsze proszę klientki, żeby przysyłały mi widokówki, ilekroć gdzieś wyjeżdżają.

– Znakomity pomysł.

– Lubię bawić się w takie rzeczy. Wyszperać coś na wyprzedaży albo na pchlim targu, przynieść do domu, odnowić, przerobić. W ten sposób przedmiot staje się jakby bardziej twój. No i wiele nie kosztuje. Napijesz się czegoś?

– Chętnie, pod warunkiem, że naprawdę ci nie przeszkadzam.

– Nie, wcale. Nie pamiętam, kiedy ostatni raz miałam wolną sobotę. – Przejechała palcami po włosach. – Och, chyba nigdy. Przyjemnie jest posiedzieć w domu, w miłym towarzystwie.

Malory pomyślała, że lada moment Zoe poprosi ją, aby usiadła, a sama powędruje do kuchni. Żeby tego uniknąć, zbliżyła się do drzwi kuchennych.

– Sama sadziłaś kwiaty?

– Simon mi pomagał. – Nie mając innego wyjścia, Zoe poprowadziła ją do kuchni. – Przykro mi, ale nie mam żadnych napojów alkoholowych. Ze względu na Simona. Ale jest lemoniada.

– Świetnie.

Najwyraźniej przyłapała Zoe w samym środku wielkich porządków kuchennych. Mimo to kuchnia wyglądała równie uroczo jak część mieszkalna.

– Jakie ładne. – Malory powiodła palcem po blacie szafki, w odcieniu miętowej zieleni. – Proszę, ile może zdziałać ktoś obdarzony gustem i wyobraźnią, a mający odrobinę wolnego czasu.

– No, no. – Zoe wyjęła z lodówki pękatą, szklaną karafkę. – W ustach kogoś takiego jak ty to prawdziwy komplement. To jest w ustach kogoś, kto się zna na sztuce. Lubię otaczać się ładnymi rzeczami, a jednocześnie starałam się tak urządzić mieszkanie, by Simon czuł się w nim swobodnie. To przecież chłopiec. Domek jest dla nas w sam raz. Nie zależy mi na milionie dolarów.

Postawiła szklanki na blacie i potrząsnęła głową.

– Boże, jak to idiotycznie zabrzmiało. Oczywiście, że mi zależy. Miałam na myśli, że nie potrzebuję aż miliona. Ale chciałabym

zgromadzić tyle pieniędzy, byśmy oboje z Simonem mieli jakieś zabezpieczenie. Tylko dlatego zdecydowałam się wziąć w tym udział.
Zafascynowała mnie propozycja, a dwadzieścia pięć tysięcy dolarów jawiło się niczym cud.

– I ponieważ noc, wysoko w górach, na Wzgórzu Wojownika,
miała w sobie tyle dramatyzmu, była tak zniewalająca, prawda?
A my czułyśmy się jak gwiazdy występujące w filmie.

– Tak. – Zoe uśmiechnęła się, rozlewając lemoniadę do szkla-
nek. – Rzeczywiście pociągnęła mnie taka wizja i nie przyszło mi
do głowy, ani przez chwilę, że narażamy się na ryzyko.

– Ja tam nic nie wiem o żadnym ryzyku i nie zamierzam martwić się na zapas. Ale ja nie mam dziecka. Tak więc postanowiłam
przyjść do ciebie i powiedzieć, że jeśli chcesz się wycofać, rozumiem twoją decyzję.

– Zastanawiałam się nad tym. Jedną z korzyści, jaką dają wielkie porządki, jest to, że dobrze się przy nich myśli. A może prze-
niesiemy się do ogródka? Naprawdę przyjemnie tam posiedzieć.

Wyszły na zewnątrz, do niewielkiego zadbanego ogródka, w którym stały dwa krzesła ogrodowe, pomalowane na taki sam słoneczny kolor jak dom, i rósł wielki, cienisty klon. Kiedy usiadły, Zoe
zaczerpnęła głęboko powietrza.

– Jeśli Pitte i Rowena są parą szaleńców, która z jakichś powodów upatrzyła nas sobie na ofiary, nie ma odwrotu. Nic by nam nie
pomogło, gdybyśmy próbowały się wycofać. Jeśli są szaleni, najrozsądniejszym wyjściem dla nas jest odnalezienie tych kluczy za
wszelką cenę. A jeśli nie są, powinnyśmy dotrzymać danego słowa.

– Wygląda na to, że nasze myśli biegły dokładnie tym samym
torem. Zamierzam wybrać się na Wzgórze Wojownika i porozmawiać z nimi. Ale to za dzień albo dwa – dodała – kiedy zdobędzie-
my jakieś informacje. Założę się, że Dana już wertuje te wszystkie
tomy, a Flynn szaleje w Internecie. Dziś wieczorem przy kolacji
pewnie mi o tym opowie.

– Idziesz z Flynnem na kolację?

– No owszem. – Malory zmarszczyła brwi, wpatrując się
w szklankę z lemoniadą. – W pięć minut po tym, jak wyszedł z mojego mieszkania, zachodziłam w głowę, jakim sposobem udało mu
się mnie namówić.

– On naprawdę jest bardzo miły.

– Przy tym cudacznym, szpetnym psie każdy facet wydałby
się miły.

- I podrywał cię. - Zoe potrząsnęła szklanką, aż zagrzechotały kostki lodu. - Wielka sprawa.
- Tyle to i ja załapałam. - Ale flirt nie wchodzi w rachubę przez kilka najbliższych tygodni, skoro mam na poważnie zająć się poszukiwaniem pierwszego klucza.
- Flirt z przystojnym facetem stanowiłby miłe zajęcie uboczne - westchnęła Zoe, prostując się i poruszając palcami u nóg z paznokciami pomalowanymi na kolor makowej czerwieni. - Przynajmniej takie mam wspomnienia z zamierzchłej, zamglonej przeszłości.
- Żartujesz chyba. - Malory popatrzyła na nią zdumiona. - Przecież ty pewnie nie możesz się opędzić od facetów.
- Gra wstępna z reguły kończy się z chwilą, kiedy dowiadują się, że mam dziecko. - Zoe wzruszyła ramionami. - Nie jestem zainteresowana przelotnym romansem bez żadnych zobowiązań. Przez to już przeszłam.
- Wiesz, w tej chwili ja nie jestem nawet zainteresowana zaangażowaniem się w coś bardziej serio. Najpierw muszę się zastanowić, jak pokierować swoim życiem. Te pieniądze, które spadły mi jak z nieba, nie rozwiążą przecież wszystkiego. Ale przynajmniej dzięki nim mam czas na przemyślenie, czy naprawdę chcę własnej firmy, a jeśli tak, to od czego powinnam zacząć.
- Ja też się nad tym zastanawiałam dzisiaj rano. Przecież będę musiała coś robić. Ale myśl, że mam pracować w nowym miejscu, z nowymi ludźmi, w pasażu handlowym... - Zoe wydęła policzki i głośno wypuściła powietrze. - Najgorsze, co mogłoby mnie spotkać, to konieczność czesania w domu. Nikt nie traktuje cię wtedy poważnie, wszyscy myślą, że zajmowanie się włosami to nie twój zawód, tylko hobby. Poza tym własny dom tak naprawdę przestaje być domem. Nie mam zamiaru odbierać domu Simonowi, wystarczy, że mnie go odebrano.
- Twoja matka czesała w domu?
- Tak, była nim przyczepa. - Zoe wzruszyła ramionami. - Naprawdę starała się, jak mogła. Mieszkaliśmy w Zachodniej Wirginii, na kompletnym odludziu. Ojciec odszedł od nas, kiedy miałam dwanaście lat. Byłam najstarsza z całej czwórki.
- Musiało być ci ciężko.
- Nikomu z nas nie było lekko, ale jak mówiłam, matka naprawdę się starała. Mam nadzieję lepiej sobie poradzić.
- Stworzyłaś wspaniały dom dla siebie i dziecka, a to świadczy, że doskonale dajesz sobie radę.

Twarz Zoe pokryła się rumieńcem.

– Dzięki. No więc tak sobie myślałam, że nie zaszkodzi rozejrzeć się po Valley. A nuż udałoby mi się wynająć jakiś lokal i otworzyć własny salon?

– Jak już znajdziesz, pomyśl o jeszcze jednym – z dużą witryną – na mój sklep z antykami. – Śmiejąc się lekko, Malory odstawiła szklankę. – Możemy spróbować połączyć jedno z drugim i założyć wspólny interes. Sztuka i piękno – dwa w jednym. No, muszę już iść.

Podniosła się z krzesła.

– Chcę jeszcze wpaść do Dany, a potem wrócić do domu i pogrążyć się w rozmyślaniach nad tymi idiotycznymi wskazówkami. A może odbędziemy naradę wojenną na początku przyszłego tygodnia? Cała nasza trójka?

– Jasne, byleby tylko nie kolidowało to ze szkołą Simona.

– Da się zrobić. Zadzwonię do ciebie.

Nie była pewna, czy jej rozważania miały jakiś sens, ale przynajmniej ruszyła z miejsca.

Linijka po linijce studiowała wskazówki, szukając metafor, ukrytych podtekstów, podwójnych znaczeń, luźnych skojarzeń. Na koniec spróbowała zreasumować wszystko.

Tekst mówił o boginiach, a klucze miały uwolnić dusze. Może było to coś w rodzaju przenośni związanej z religią?

Idąc tym tropem, resztę dnia poświęciła na odwiedzenie każdego kościoła i każdej świątyni w Valley. Wróciła do domu z niczym, ale jednocześnie miała poczucie, że nie zmarnowała czasu.

Wybierając strój na kolację z Flynnem, postawiła na prostotę – czarny top bez rękawów, czarne spodnie, a do tego dopasowany żakiet w kolorze truskawkowym. Z wybiciem siódmej wsunęła stopy w sandały na obcasach, przygotowując się na czekanie. Doświadczenie nauczyło ją, że poza nią samą nikt nie zawraca sobie głowy byciem na czas. Tak więc słysząc pukanie – akurat kiedy sprawdzała zawartość torebki – poczuła się przyjemnie zaskoczona.

– Co za punktualność – przywitała Flynna, otwierając drzwi.

– Naprawdę byłem tu już dziesięć minut temu, ale nie chciałem sprawiać wrażenia, że nie mogę się doczekać. – Wręczył Malory bukiet miniaturowych różyczek, niemal w tym samym odcieniu, co jej żakiet. – Wyglądasz rewelacyjnie.

– Dzięki. – Zerknęła na niego spod oka, zanurzając nos w kwiatach. Faktycznie był przystojny, z psem czy bez psa. – Wstawię róże do wody. To bardzo miło z twojej strony. – Tak też myślałem. Moe ciągnął w stronę cukierków, ale ja uparłem się przy kwiatkach. Znieruchomiała. – On chyba nie czeka za drzwiami? – Nie, nie, siedzi w domu nad michą i ogląda Bugs Bunny na Cartoon Network. Moe szaleje za Królikiem Bugsem. – O tak, na pewno. – Umieściła kwiaty w wazonie z przezroczystego szkła. – Napijesz się czegoś przed wyjściem? – To zależy, czy dasz radę przejść na tych obcasach trzy przecznice czy wolałabyś raczej podjechać. – Mogę przejść nawet i trzy mile. Jestem profesjonalistką w tej dziedzinie. – Z takim argumentem nie mogę polemizować. A ponieważ nie mogę, wobec tego uczynię coś, na co mam ochotę od chwili, kiedy wylądowałem na tobie.

Zbliżył się do niej, ale to uświadomiła sobie znacznie później, kiedy już mogła myśleć. Po prostu ujął ją wpół, przesuwał ręce coraz wyżej, delikatnie i powoli. Potem dotknął ustami jej warg. Nie wie, jak to się stało, że znalazła się przy kuchennym blacie, uwięziona między jego krawędzią a ciałem Flynna. Objęła jego biodra, palce wczepiły się w uda. Poddała się pocałunkowi bez jednego słowa protestu.

Zanurzył ręce w jej włosach i – wcale nieżartobliwie – skubnął zębami dolną wargę. Kiedy na chwilę odzyskała oddech, zalotne ciepło pocałunków zmieniło się w falę prawdziwego gorąca.

– Hej, poczekaj. – I co z tego, że usłyszała, cichnący już, dźwięk dzwonków ostrzegawczych, rozbrzmiewający w głowie? Przywarła do niego jeszcze mocniej.

– Dobrze, za minutę.

Potrzebna mu była jeszcze ta jedna minuta, wypełniona nią, jej smakiem, jej dotykiem. O wiele wspanialszym, niż oczekiwał, a przecież spodziewał się czegoś w rodzaju szoku.

Wchłaniał jej zapach, zabarwiony zdecydowaną, erotyczną nutą, kosztował warg, niczym jakiegoś wyszukanego przysmaku, z którego pozwolono mu uszczknąć zaledwie odrobinę, tulił się do niej, takiej miękkiej i subtelnej.

Musnął wargami jej usta.

Spoglądała na niego. Błękitne oczy miały nieodparty urok, ogromne i czujne.
– A może... – żywiła nadzieję, że z długim, powolnym wydechem jej głos uspokoi się nieco – a może byśmy już ruszyli?
– Oczywiście. – Wyciągnął rękę. Kiedy mu umknęła, a nawet obeszła szerokim łukiem, żeby wziąć torebkę, poczuł się mile połechtany.
– Doszedłem do wniosku, że jeśli nie pocałuję cię od razu, będę o tym myślał przez cały czas, co uniemożliwi mi skupienie się na rozmowie. – Otworzył przed nią drzwi. – Problem w tym, że kiedy już cię pocałowałem, prawdopodobnie teraz będę myślał o tym, żeby uczynić to ponownie, i też będę zdekoncentrowany. Jeśli zauważysz, że błądzę gdzieś myślami, znasz powód.
– Sądzisz, że nie wiem, dlaczego mi to powiedziałeś? – Wyszli na zewnątrz, prosto w migotliwe światła wieczoru. – Swoimi słowami chciałeś zasiać w mojej głowie ziarno, tak bym podczas kolacji myślała wyłącznie o tym, jak mnie całujesz. Dokładnie taki miałeś plan.
– Jesteś cholernie bystra. Skoro tak błyskawicznie potrafisz przejrzeć łajdackie knowania mężczyzn spragnionych wyłącznie seksu, rozwiązanie zagadki klucza powinno stanowić dla ciebie dziecinną igraszkę.
– Tak sądzisz? Cały dowcip polega na tym, że więcej mam doświadczenia z łajdackimi knowaniami mężczyzn spragnionych wyłącznie seksu niż z zagadkami, w których występują boginie i magiczne zaklęcia.
– Pojęcia nie mam dlaczego. – Ujął ją za rękę i uśmiechnął się szeroko, widząc jej spojrzenie. – Bardzo mnie to wszystko fascynuje. Czy jeśli wleję w ciebie odpowiednią ilość wina, opowiesz mi o swoich doświadczeniach? A nuż poznam jakieś chwyty, których do tej pory nie stosowałem.
– Postaw mi martini, to się przekonasz.
Wybrał jedną z najelegantszych restauracji w mieście i zarezerwował stolik na tylnym tarasie, z widokiem na góry.
Sącząc trunek, poczuła, że się odpręża.
– Chciałabym porozmawiać o tych kluczach. Jeśli zauważę, że błądzisz gdzieś myślami, kopnę cię pod stołem.
– Przyjąłem. Ale najpierw chciałbym coś powiedzieć.
– Wal śmiało.
Nachylił się ku niej i wciągał głęboko powietrze.

- Fantastycznie pachniesz.

Przechyliła się w jego stronę.

- Wiem. A teraz czy chciałbyś posłuchać, jak spędziłam dzisiejszy dzień? - Odczekała chwilę, po czym lekko kopnęła go w goleń.

- Tak? Co? A, przepraszam. Uniosła kieliszek do ust, żeby ukryć rozbawiony uśmiech.

- Najpierw odwiedziłam Zoe. Streściła mu przebieg rozmowy z przyjaciółką, przerywając na chwilę, kiedy kelner przyniósł pierwsze danie.

- Ten mały żółty domek. - Flynn skinął głową, przypominając sobie, jak on wygląda. - Przedtem pomalowany był ohydną, brązową farbą w kolorze psiego gówienka. Fantastycznie go odnowiła. Rzeczywiście pamiętam, że na podwórku bawił się jakiś dzieciak.

- Simon. Wygląda jak skóra zdarta z Zoe. To wręcz niesamowite.

- No tak, być może dostrzegłbym podobieństwo, kiedy ją spotkałem, gdybym choć na dwie minuty mógł oderwać wzrok od ciebie. Poczuła, że drżą jej wargi. Cholera, pochlebiało jej to.

- Dobry jesteś w te gierki. Odpowiednio dobrany moment, sposób podania...

- Cóż, ma człowiek taki dar.

- Potem poszłam do Dany. Rozmyślała, zagrzebana w książkach.

- Jej ulubione zajęcie.

- Do tej pory nie natrafiła na żadną z wersji legendy o Szklanych Córach, ale nie poddaje się. Sama też wpadłam na pewien pomysł. Boginie oznaczają kult. We wszystkich książkach, które przeglądałam, mowa jest o tym, że chrześcijańskie świątynie niejednokrotnie wznoszono w miejscach czczonych przez pogan, podobnie jak święta kościelne często odpowiadają pogańskim dniom świętym, które miały związek z porami roku, cyklem rolniczym i tak dalej. No więc odwiedziłam praktycznie każdy kościół i każdą świątynię w promieniu dwudziestu mil.

- Interesujące skojarzenie. Co za logiczne i precyzyjne rozumowanie.

- To jedna z moich głównych umiejętności. Bez końca studiowałam wskazówki. Szukaj w środku i na zewnątrz, śpiewająca bogini i tak dalej. No więc udałam się na poszukiwania. Oczywiście nie spodziewałam się, że kiedy wejdę do kościoła, klucz będzie czekał na mnie na oparciu ławki. Ale sądziłam, że może natrafię na jakiś symbol. Coś w kształcie witrażowego okna albo profilu gzymsu. Niestety, nic z tego.

- Mimo wszystko pomysł był dobry.
- Ponowna wizyta na Wzgórzu Wojownika i rozmowa z gospodarzami może się okazać lepszym.
- Niewykluczone. A chcesz teraz posłuchać, co mnie udało się odkryć?
- Pewnie.

Odczekał, gdyż w tym momencie pojawiły się dania główne – ona zamówiła rybę, on stek – po czym z uwagą przyjrzał się potrawom.

- A co powiedziałabyś, gdybyśmy zjedli po połowie?
- Dobrze.

Podzielili porcje na pół i podali sobie nawzajem.

- Wiesz co, między nami naprawdę może się zrodzić coś poważnego. Wiele osób nie lubi dzielić się jedzeniem. Nigdy nie potrafiłem tego pojąć. – Skosztował steku. – W końcu żarcie to żarcie. Co za różnica, że przedtem leżało na cudzym talerzu?

- To bardzo istotny element, wymagający starannego rozpatrzenia przy analizowaniu kwestii ewentualnego związku. No więc czego się dowiedziałeś?

- Pytałem babkę o tę legendę. Nie pamiętałem zbyt dokładnie kilku szczegółów. Przede wszystkim po tym jak bóg-król uczynił Ziemiankę królową, wśród arystokracji doszło do rozłamu. Wchodzić w związki z ludźmi, to było przyjęte, ale on poprowadził śmiertelną kobietę za Zasłonę Mocy czy też Zasłonę Snów. Obu tych nazw używano wymiennie. Więcej, poślubił ją. Z tego powodu kilku bogów odłączyło od króla i jego ziemskiej żony i wybrało własnego władcę.

- Polityka.

- Nie uciekniesz od niej. Oczywiście rozłam nie mógł podobać się królowi. Nastąpił długi okres wojen, intryg i bohaterskich czynów. I tu pojawiają się Córy. Ukochane przez rodziców oraz przez tych, którzy pozostali wierni królowi i jego małżonce. Dziewczyny były piękne – jak zwykle w baśni – a każda z nich została obdarzona mocą, specjalnym talentem. Artystka, wieszczka i wojowniczka. Oddane sobie nawzajem, dorastały w królestwie ojca, mając jako guwernantkę młodą boginię magii i jednego z najbardziej zaufanych bogów-wojowników jako strażnika. Zadaniem tej dwójki było strzec bezpieczeństwa dziewcząt, chronić przed szerzącymi się wokół intrygami i nie opuszczać ani na moment.

- Na obrazie w tle ukazano dwie postacie – mężczyznę i kobietę, obejmujących się.

Flynn machnął widelcem i ponownie zaatakował stek.

– Element wyśmienicie pasujący do tego, co zaraz nastąpi. Doradcy królewscy optowali za tym, żeby Córy poślubiły trzech odpowiednich rangą bogów z frakcji opozycyjnej, by tym sposobem na powrót zjednoczyć rozbite królestwo. Ale wrogi król-samozwaniec nie miał ochoty oddawać tronu. Zasmakowała mu władza i pragnął jej coraz bardziej. Trawiła go żądza posiadania i nieograniczonego panowania nad światem bogów, ale także światem niższym – śmiertelnych. Najchętniej pozbawiłby życia królewskie Córy, jednak zdawał sobie sprawę, że gdyby to uczynił, wszyscy, poza kilkorgiem najbardziej oddanych zauszników, odwróciliby się od niego. W jego głowie zrodził się więc szatański plan, a dwójka najbliższych powierników dziewcząt pomogła mu go zrealizować, gdyż zakochali się w sobie.

– Zdradzili swoje podopieczne?

– Nieświadomie. – Flynn dolał wina do kieliszków. – Zawinili zaniedbaniem, gdyż wzajemna bliskość pochłaniała ich bardziej niż powierzone im obowiązki. Córy były młode i przywiązane do swoich opiekunów, tak że same ułatwiały kochankom intymne schadzki. I pewnego dnia, kiedy pozostawały niestrzeżone, rzucono na nie zaklęcie.

– Skradziono ich dusze.

– Nie tylko. Masz zamiar zjeść ten stek do końca?

Malory obrzuciła wzrokiem talerz.

– Nie. Chcesz go dokończyć?

– Pomyślałem o Moem. Zacznie wyć, jeśli wrócę z pustymi rękami. – Poprosił kelnera o zapakowanie resztek i uśmiechnął się do Malory. – Deser?

– Nie, tylko kawę. Mów dalej.

– Dwie kawy, *crème brulée* i dwie łyżeczki. *Crème brulée* się nie oprzesz – powiedział, po czym pochylił się do przodu, kontynuując opowieść. – Zły król był mądrym facetem i czarownikiem. Nie chciał dostać cięgów z powodu uwięzienia niewinnych, więc postanowił obrócić postępek dobrego króla przeciwko niemu samemu. Jeśli Ziemianka może panować, jeśli trzy półboginie zasługują na królewskie tytuły, niechże więc one udowodnią, ile są warte. Tylko kobieta śmiertelna otrzyma moc złamania zaklęcia. Dopóki tego nie dokona, królewskie Córy będą spały – nietknięte. Dopiero kiedy trzy kobiety ze świata śmiertelnych – po jednej na każdą z Cór – odnajdą trzy klucze, szkatuła zostanie otwarta, a królestwo na powrót zjednoczone.

– A jeżeli zawiodą?

– Według babki najbardziej popularna z wersji legendy mówi, że zły król wyznaczył limit czasowy – trzy tysiące lat, po jednym millennium na każdą z Cór. Jeśli w tym czasie kobiety nie odnajdą kluczy i nie otworzą szkatuły, on sam będzie rządził zarówno światem bogów, jak i światem śmiertelnych.

– Nigdy nie rozumiałam, jak ktoś może pragnąć rządzić światem. Dla mnie oznacza to wyłącznie kłopoty. – Na widok czarki z *crème brulée*, postawionej pomiędzy nimi, zacisnęła usta. Flynn miał rację, nie zdoła się temu oprzeć. – A jaki los spotkał kochanków?

– Tu także istnieje kilka wersji. – Flynn zanurzył łyżeczkę z jednej strony. Malory uczyniła to samo z drugiej. – Moja babka wybrała tę, zgodnie z którą zrozpaczony król skazał kochanków na śmierć i dopiero jego żona wybłagała dla nich łaskę. Zamiast egzekucji – wygnanie. Wypędzono ich poza Zasłonę Snów i zabroniono powrotu, dopóki nie znajdą trzech śmiertelnych kobiet, którym uda się otworzyć Szkatułę Dusz. Tak więc wędrują po ziemi, bogowie żyjący jak śmiertelnicy, w poszukiwaniu triady, która uwolni nie tylko dusze królewskich Cór, lecz także ich własne.

– Rowena i Pitte uznali się za guwernantkę i strażnika.

Skonstatował z zadowoleniem, że ich myśli podążają tym samym torem.

– Też bym na to stawiał. Posłuchaj, Malory, ci ludzie to szaleńcy. Legenda jest ładna. Barwna i romantyczna. Ale jeśli ktoś uważa się za postać z legendy i jeszcze próbuje wciągnąć w to innych, takie zachowanie trąci szaleństwem.

– Zapominasz o pieniądzach.

– Nie zapominam. Właśnie one mnie niepokoją. Owe siedemdziesiąt pięć tysięcy oznacza, że dla tych dwojga nie jest to żadna gra, żadna zabawa dla rozrywki. Oni myślą całkiem serio. Albo naprawdę wierzą w mit, albo przygotowują grunt pod jakiś przekręt.

Malory wzięła do ust kolejną łyżeczkę *crème*.

– Razem z dwudziestoma pięcioma tysiącami od nich posiadam dokładnie dwadzieścia pięć tysięcy dwieście pięć dolarów, wliczając w to dziesiątkę znalezioną dzisiaj w kieszeni żakietu. Moi rodzice są zupełnie przeciętnymi przedstawicielami klasy średniej; nie mają żadnych wpływów ani majątku. Nie mam też bogatego ani ustosunkowanego przyjaciela czy kochanka. Nie posiadam nic wartego ukradzenia.

– Może zależy im na czymś zupełnie innym, na czymś, o czym do tej pory nie pomyślałaś. Ale zatrzymajmy się na chwilę przy kochankach. A biednego masz? Sączyła kawę, obserwując Flynna znad krawędzi filiżanki. Słońce zaszło, kiedy jedli, i na stole między nimi stały teraz palące się świece. W blasku płomieni jego włosy zdawały się ciemniejsze, oczy bardziej zielone.

– Aktualnie żadnego.

– Co za przypadek. Ja też nie jestem z nikim związany.

– Flynn, w tej chwili gonię za kluczem, nie za kochankiem.

– Zakładając, że klucz istnieje.

– Tak właśnie zakładam. Gdybym sądziła inaczej, nie zawracałabym sobie głowy jego szukaniem. Poza tym dałam słowo.

– Pomogę ci go odnaleźć.

Odstawiła filiżankę.

– Dlaczego?

– Z wielu powodów. Po pierwsze, jestem ciekawski z natury, a niezależnie od tego, jak sytuacja się rozwinie, historia jest pasjonująca. – Przesunął palcami po grzbiecie jej dłoni. Malory poczuła lekki dreszcz, przebiegający po ręce aż do ramienia. – Po drugie, moja siostra jest w to wmieszana. Po trzecie, będę blisko ciebie. Wszystko sobie dokładnie zaplanowałem i nie oprzesz mi się, tak samo jak nie potrafiłaś się oprzeć *crème brulée*.

Uniosła brwi.

– To przeświadczenie czy zadufanie w sobie?

– Przeznaczenie, słodka. Słuchaj, a może pojedziemy teraz do mnie i… Do diabła, dopóki nie popatrzyłaś na mnie w ten sposób, wcale nie myślałem o tym, żeby cię znowu pocałować. A teraz uciekł mi wątek.

– Ja tam nie mam żadnego kłopotu ze śledzeniem wątku twoich myśli.

– Okay, to nie mój statek, ale chętnie się zaokrętuję. No więc chciałem powiedzieć, że moglibyśmy pójść do mnie i jeszcze trochę poszperać. Pokazałbym ci, co udało mi się ustalić do tej pory, czyli praktycznie nic. Nie natrafiłem na żaden ślad waszych dobroczyńców – przynajmniej nie pod nazwiskami, jakimi się posłużyli, nabywając Wzgórze Wojownika.

– Tego typu poszukiwania chwilowo zostawiam tobie i Danie. – Wzruszyła ramionami. – Mam inne tropy do sprawdzenia.

– Mianowicie?

– To logiczne. Bogini. W okolicy jest kilka sklepów New Age. Wypadałoby do nich zajrzeć. Poza tym sam obraz. Mam zamiar ustalić autora, sprawdzić, czy spod jego pędzla wyszły jakieś inne dzieła i gdzie się one znajdują. Kto je posiada, w jaki sposób je nabył. Muszę ponownie wybrać się na Wzgórze Wojownika, porozmawiać z Pitte'em i Roweną, jeszcze raz przyjrzeć się obrazowi. Wnikliwiej.

– Jadę z tobą, Malory. Przecież to świetna historia. Jeśli okaże się, że to jakiś wielki przekręt, będzie sensacja. Moim obowiązkiem jest to opublikować.

Zesztywniała.

– Nie masz żadnego dowodu, że Rowena i Pitte zajmują się czymś nielegalnym. Mogą być pomyleni, ale to jeszcze nie czyni z nich oszustów.

– Spokojnie. – Pojednawczo uniósł rękę. – Nie napiszę ani słowa, dopóki nie zbiorę wszystkich faktów. A tych nie zbiorę, dopóki nie poznam wszystkich graczy. Potrzebuję kogoś wprowadzającego do rezydencji na Wzgórzu Wojownika. Ty jesteś taką osobą. W zamian za tę przysługę pozwolę ci wykorzystywać moje zdolności śledcze i nieposkromioną reporterską nieustępliwość. Pojadę z tobą albo poproszę Danę, żeby mnie zabrała.

Postukała palcami po stole, rozważając rozmaite możliwości.

– Mogą nie zechcieć z tobą rozmawiać. Może im się nie spodobać, że wciągnęłyśmy cię w sprawę, nawet w tak ograniczonym zakresie.

– A to już zostaw mnie. Dostawanie się wszędzie tam, gdzie jestem nieproszony, należy do mojego zawodu.

– Czy właśnie „swoim sposobem" wtargnąłeś wczoraj do mojego mieszkania?

– Nie odpowiem. Może wybierzemy się na Wzgórze Wojownika jutro rano? Przyjadę po ciebie o dziesiątej.

– W porządku. – W końcu chyba nic się nie stanie, jeśli pojedzie razem z nią.

– Naprawdę nie ma potrzeby, abyś odprowadzał mnie pod same drzwi – powiedziała, kiedy zbliżali się do domu.

– Z pewnością jest. Mam staroświeckie maniery.

– Akurat – mruknęła, przetrząsając torebkę w poszukiwaniu kluczy. – Do środka cię nie zapraszam.

– Trudno.

Kiedy stanęli pod drzwiami, popatrzyła na niego z ukosa.
– Powiedziałeś, że jesteś łagodny, uprzejmy i potulny. Wcale nie jesteś taki, z twojej strony było to wyłącznie zagranie.

Uśmiechnął się.

– Naprawdę?

– Tak. W rzeczywistości jesteś krnąbrny, upierający się przy swoim i więcej niż arogancki. I takie zachowanie uchodzi ci na sucho, ponieważ przyozdabiasz twarz szerokim, czarującym uśmiechem, a poza tym ja nie skrzywdziłabym nawet muchy. To wszystko są wyłącznie gierki, pomagające ci w zdobyciu tego, czego pragniesz.

– Boże, przejrzałaś mnie na wylot. – Okręcił sobie na palcu pukiel jej włosów. – Teraz muszę cię albo zabić, albo poślubić.

– A to, że do pewnego stopnia jesteś pociągający, wcale nie czyni cię mniej irytującym, w tym sęk.

Nie przestając się uśmiechać, uwięził jej twarz w dłoniach i mocno pocałował. Poczuła falę gorąca idącą od żołądka, która eksplodowała gdzieś na czubku głowy.

– To też nie – zdołała wykrztusić. Włożyła klucz do zamka, a potem szybko zatrzasnęła drzwi tuż przed nosem Flynna. W chwilę później uchyliła je odrobinę. – Dziękuję za kolację.

Zakołysał się na piętach, kiedy drzwi po raz drugi zatrzasnęły się o pół cala od jego twarzy. Idąc do domu, pogwizdywał, myśląc, że dzięki takim kobietom jak Malory Price życie mężczyzny staje się naprawdę interesujące.

Rozdział szósty

Pierwszą filiżankę kawy Dana wypijała jeszcze nago, stojąc w swojej maleńkiej kuchni, z oczami zamkniętymi, półśniąc. Przełykała ją – mocną, czarną, gorącą – po czym wydawała lekkie westchnienie ulgi. Połowę kolejnej wypijała po drodze pod prysznic.

Nie miała nic przeciwko porankom, ale to wyłącznie dlatego, że zaraz po przebudzeniu nigdy nie była na tyle przytomna, by przeciw nim zaprotestować. Zwykle każdy jej dzień zaczynał się tak samo. Budzik dzwonił, wyłączała go wściekłym pacnięciem, staczała się z łóżka i po omacku szła do kuchni, gdzie przygotowywała kawę. Półtorej filiżanki później widziała już na tyle wyraźnie, by móc wziąć prysznic. Kąpiel stawiała ją na nogi, a wówczas marudzenie z powodu konieczności wczesnego wstawania traciło jakikolwiek sens. Ubierając się, kończyła drugą kawę i słuchała porannych wiadomości. Wreszcie z przyrumienionym w tosterze bajglem zasiadała do aktualnie wybranej porannej lektury.

Tym razem zdążyła przewrócić zaledwie dwie kartki, kiedy pukanie do drzwi przerwało najświętszy ze wszystkich rytuałów.

– Cholera.

Zaznaczyła miejsce, gdzie czytała. Jej gniew zelżał odrobinę, kiedy ujrzała Malory.

– Co za ranny ptaszek z ciebie.

– Przepraszam. Mówiłaś, że dziś pracujesz, więc wyliczyłam, że o tej porze powinnaś już być na nogach i jako tako funkcjonować.

– Powiedzmy, że na nogach. – Dana oparła się o framugę drzwi, zmrużonymi oczami studiując zielony deseń delikatnej bawełnianej bluzki Malory, idealnie harmonizujący z kolorem jej plisowanych spodni, podobnie jak szaroniebieskie pantofle były dobrane odcieniem i fakturą do torby przewieszonej przez ramię. – Czy ty zawsze się tak ubierasz? – zdumiała się.

– To znaczy jak?

– No, tak perfekcyjnie.

Malory uśmiechnęła się nieco zażenowana.

– Obawiam się, że tak. Nie potrafię inaczej.

– Wyglądasz znakomicie. Skończy się tym, że cię znienawidzę. Wchodź.

Wyglądem pokój przypominał raczej niewielką, zagraconą bibliotekę. Książki stały albo leżały, ciasno stłoczone na półkach zajmujących dwie ściany od podłogi aż po sufit, panoszyły się na blatach stolików w charakterze dekoracyjnych bibelotów, pilnowały każdego kąta niczym wartownicy. Malory dostrzegła w nich coś więcej niż wyłącznie źródło wiedzy, rozrywki, zbiór opowieści czy kompendium informacji. Oddziaływały kolorem i fakturą, tworząc zawiły wzór dekoracyjny, częściowo przypadkowy, lecz intrygujący.

Pokój miał kształt litery L. W jego krótszym ramieniu znajdowało się jeszcze więcej książek i mały stolik, z niedojedzonym śniadaniem.

Podparłszy się pod boki, Dana przypatrywała się Malory, wodzącej dookoła osłupiałym wzrokiem. Nie po raz pierwszy spotykała się z tego typu reakcją.

– Nie przeczytałam ich wszystkich, ale przeczytam. Nie wiem też, ile ich tu jest. Chcesz kawy?

– Pozwól, że zapytam cię o coś innego. Czy ty kiedykolwiek korzystałaś z usług biblioteki?

– Jasne, ale książki muszę mieć na własność. Jeśli nie mam dwudziestu albo trzydziestu tomów czekających na przeczytanie, zaczynam wariować. Nie potrafię inaczej.

– Okay. Nie, dziękuję za kawę. Wypiłam już filiżankę. Po dwóch zaczyna mnie nosić.

– Ja dopiero po dwóch jestem w stanie sklecić porządne zdanie. Bajgla?

– Nie, ale ty się nie krępuj. Chciałam cię złapać, zanim pójdziesz do pracy. Wsuwaj.

– A ty siadaj. – Dana machnęła ręką w stronę drugiego krzesła, po czym sama usiadła, żeby dokończyć śniadania.

– Wybieram się na Wzgórze Wojownika. Z Flynnem.

Dana ściągnęła usta.

– Domyślałam się, że zwęszywszy taką historię, nie popuści. I że będzie cię podrywał.

– Czy masz coś przeciwko temu?

– Nie. Flynn jest w gruncie rzeczy mądrzejszy, niż się na pozór wydaje. To jedna z jego metod, dzięki której ludzie łatwiej się przed nim otwierają. Gdyby nie chciał się zaangażować, kusiłabym go tak długo, aż by się zgodził. A co do podrywania, wiedziałam, że padnie na ciebie albo na Zoe. Flynn lubi kobiety, a kobiety przepadają za nim.

Malory przypomniała sobie, w jaki sposób zbliżył się do niej w kuchni, i siebie samą, jak miękła w jego rękach niczym wosk.

– No tak, zdecydowanie zaszła między nami reakcja chemiczna, ale ciągle jeszcze nie wiem, czy lubię go czy nie.

Dana ugryzła kawałek bajgla.

– Rozmyślania na ten temat możesz sobie darować. Już on będzie wiedział, w jaki sposób doprowadzić cię tam, gdzie chce. To jest następna rzecz, w której jest dobry. Niczym cholerny owczarek collie.

– Słucham?

– Widziałaś, jak one pilnują owiec? – Posługując się wolną ręką, Dana nakreśliła w powietrzu kilka zygzaków. – Jak je zaganiają, obiegają dookoła, dopóki nie pójdą dokładnie tam, gdzie chce pies? Identycznie działa Flynn. Ty sobie planujesz – a właśnie, że pójdę tam. Tymczasem on już kombinuje: nie, tam jej będzie znacznie lepiej. Kończy się tak, że lądujesz tam, gdzie zechce, nawet nie zdając sobie sprawy, że tobą kierował. – Zlizała z palców odrobinę sera. – A najlepszy w tym wszystkim jest finał, bo kiedy już zorientujesz się, gdzie się znalazłaś, prawie zawsze dochodzisz do wniosku, że to miejsce rzeczywiście bardziej ci odpowiada. Jeśli Flynn pozostaje przy życiu, to wyłącznie dlatego, że nigdy nie wygłosił zdania: „A nie mówiłem?".

No tak, przecież poszła z nim na kolację. Całowała się z nim dwa, nie – patrząc na to czysto technicznie – nawet trzy razy. A teraz, chociaż tylko miał jej towarzyszyć na Wzgórze Wojownika, sam zajął się stroną organizacyjną.

– Nie lubię, kiedy się mną manewruje.

Uśmiech Dany stanowił kombinację rozbawienia i politowania.

– Zobaczymy, co z tego wyniknie. – Podniosła się, zbierając naczynia. – Jakie nadzieje wiążesz z Roweną i Pitte'em?

– Po nich nie spodziewam się zbyt wiele. Interesuje mnie obraz. – Ruszyła za Daną do niewielkiej kuchni. Widok książek także i w tym pomieszczeniu bynajmniej jej nie zaskoczył. Stały stłoczone w niewielkiej, otwartej szafce, gdzie normalna gospodyni przechowywałaby zapasy żywnościowe. – Obraz jest w jakiś sposób istotny – ciągnęła, podczas gdy Dana płukała naczynia. – To, co mówi, i osoba, która o tym opowiada. Streściła Danie szczegóły legendy, zasłyszane od Flynna podczas kolacji.

– A więc przyjęli role guwernantki i strażnika?

– Tak przypuszczam – powiedziała Malory. – Ciekawa jestem, jak zareagują, kiedy wystąpię z tą teorią. Flynn pomoże mi odwrócić ich uwagę na tyle długo, bym mogła jeszcze raz przyjrzeć się obrazowi i zrobić parę zdjęć. Może dzięki temu uda mi się dotrzeć do innych dzieł o podobnej tematyce. Sądzę, że mogłyby okazać się pomocne.

– A ja przejrzę opracowania na temat ikonografii mitologicznej w sztuce. – Dana spojrzała na zegarek. – Muszę się zbierać. Powinnyśmy jak najprędzej odbyć spotkanie we trójkę.

– Zobaczymy, z czym wrócę dzisiaj.

Wyszły z mieszkania. Na chodniku Malory przystanęła.

– Dana, czy to nie wariactwo zajmować się czymś takim?

– Masz cholerną rację. Zadzwoń do mnie, kiedy wrócisz ze Wzgórza.

Jazda w słoneczny poranek okazała się przyjemniejsza, choć jednocześnie mniej nastrojowa. Jako pasażerka, Malory mogła do woli napawać się widokiem i wyobrażać sobie, jak to jest mieszkać tak wysoko na grani, z niebem niemal na wyciągnięcie ręki i z całym światem rozpostartym poniżej niczym wielkie malowidło. Widok odpowiedni dla bogów. Majestatyczny, pełen dramatyzmu. Pitte i Rowena z pewnością wybrali to miejsce ze względu na jego dostojeństwo i jednocześnie odosobnienie. Jeszcze kilka tygodni i eleganckie sylwetki wzgórz, po pierwszych ukąszeniach jesiennego chłodu, przywdzieją barwy, które zachwycają oczy i wywołują skurcz w gardle. Rankiem nad szczytami uniosą się mgły, wypełniając każdy fałd, każde zagłębienie, rozleją się między zboczami niczym lśniące jeziorka, dopóki nie wypije ich słońce. A dom nadal będzie stał niewzruszenie, czarny niczym najczarniejsza noc, z postrzępioną sylwetką rysującą się na tle nieba. Strzegąc doliny.

A może raczej obserwując ją? Czego był świadkiem przez te wszystkie dekady?

Co widział?

Poczuła lęk.

– Zimno?

Potrząsnęła głową i opuściła szybę. Nagle samochód wydał jej się przegrzany i duszny.

– Nie. Przez moment obleciał mnie strach, i to wszystko.

– Jeśli nie chcesz jechać tam teraz...

– Ależ chcę. Nie boję się pary bogatych ekscentryków. Właściwie nawet ich polubiłam. Ponadto muszę jeszcze raz zobaczyć obraz. Nie potrafię się od niego uwolnić. O czymkolwiek pomyślę, zawsze wracam do obrazu.

Popatrzyła przez okno na gęsty liściasty las.

– Chciałbyś tu mieszkać?

– Nie.

Zaintrygowana, odwróciła się w jego stronę.

– Co za błyskawiczna odpowiedź.

– Jestem zwierzęciem stadnym. Lubię mieć wokół siebie ludzi. Moemu by się tu podobało. – Zerknął w lusterko, na psa – siedział z nosem wetkniętym w szparę uchylonego okna, a wiatr targał jego uszami.

– Nie mogę uwierzyć, że zabrałeś go ze sobą.

– Lubi jazdę samochodem.

Obejrzała się za siebie, spoglądając na uśmiechniętego błogo Moego.

– Widać, że lubi. A myślałeś kiedyś, żeby go ostrzyc, by kudły nie właziły mu do oczu?

– Nie wypowiadaj przy nim słowa „strzyc" – skrzywił się Flynn. – Ciągle jeszcze nie możemy się pozbierać po kastracji.

Zwolnił, kiedy jechali wzdłuż muru odgradzającego posiadłość, a przy samej bramie zatrzymał samochód, żeby z bliska przyjrzeć się flankującym ją bliźniaczym wojownikom.

– Nie wyglądają zbyt przyjaźnie. W szkole czasami urządzaliśmy tu pikniki z kumplami. Dom stał pusty, więc przełaziliśmy przez mur.

– Do środka też wchodziliście?

– Nawet po sześciopaku piwa nie starczało nam odwagi. Za to mieliśmy świetną zabawę, strasząc się nawzajem. Jordan twierdził, że widział kobietę spacerującą po blankach, czy jak to się tam nazywa. Przysięgał. Później napisał o niej książkę, tak że domyślam się, iż rzeczywiście coś zobaczył. Jordan Hawke – dodał wyjaśniająco. – Może o nim słyszałaś?

– Jordan Hawke napisał książkę o Wzgórzu Wojownika?

– Nosi tytuł...

– „Upiorna strażnica". – Poczuła dreszcz fascynacji przebiegający wzdłuż kręgosłupa, kiedy spoglądała między prętami bramy. – Oczywiście. Porywająco opisał posiadłość, ale to w końcu wyśmienity pisarz. – Popatrzyła na Flynna podejrzliwie. – Przyjaźnisz się z Jordanem Hawke?

– Od dzieciństwa. Wychowywał się w Valley. Kiedy Jordan, Brad i ja mieliśmy po szesnaście lat, zaszywaliśmy się w tych lasach na całe dnie, pijąc piwo, zabijając moskity wielkości wróbli i opowiadając rozmaite zmyślone historie o naszych erotycznych wyczynach.

– Niedozwolone jest picie piwa w wieku lat szesnastu – skonstatowała Malory sucho.

Choć miał okulary z przydymionymi szkłami, widziała, że oczy mu się śmieją.

– Naprawdę? No popatrz, co też chodziło nam po głowach.

W każdym razie dziesięć lat później Jordan opublikował swój pierwszy bestseller, Brad, jako Bradley Charles Vane IV, ujął berło rodzinnego imperium – sieci sklepów HomeMakers, a mnie zamarzył się Nowy Jork i posada szalejącego reportera w „Timesie".

Uniosła brwi.

– Pracowałeś dla „New York Timesa"?

– Nie, w końcu nie pojechałem. Najpierw wyskoczyło jedno, potem drugie. – Wzruszył ramionami. – A teraz zobaczmy, w jaki sposób uda mi się sforsować bramę.

Nie zdążył jeszcze wysiąść z samochodu, kiedy skrzydła bramy otwarły się bezszelestnie, w nieziemskiej ciszy, od której dreszcz zimna przebiegł mu po plecach.

– Musieli je nieźle naoliwić – mruknął. – Ktoś chyba dobrze wie, że tu jesteśmy.

Usiadł z powrotem za kierownicą i ruszył.

W świetle dnia dom wyglądał równie fantastycznie i niepokojąco, jak podczas nocnej burzy. Tym razem nie witał ich wspaniały jeleń, ale w górze dumnie powiewała biała flaga ozdobiona kluczem, a u stóp budowli rozlewała się rzeka kwiatów. Przyczepione do kamiennych ścian gargulce wykrzywiały się złośliwie, zupełnie jakby miały zamiar – tak przynajmniej zdawało się Malory – rzucić się na gości, i to wcale nie dla żartu.

– Nigdy nie widziałem go z tak bliska i przy świetle dziennym. – Nie odwracając oczu od domu, Flynn wolno wysiadał z samochodu.

– Wygląda jak nawiedzony.

– Ale wydaje się przyjazny. Jest imponujący. Podobnej budowli człowiek spodziewałby się raczej na szczycie urwiska, nad wzburzonym morzem. Szkoda, że tu nie ma fosy. To dopiero byłby widok.

– Poczekaj, aż zobaczysz wnętrze. – Malory przysunęła się do Flynna, nie protestując, kiedy ujął ją za rękę. W gardle czuła łaskotanie – głupie i typowo kobiece, jak jej się wydawało.

– Pojęcia nie mam, dlaczego jestem taka zdenerwowana. – Dopiero po chwili zorientowała się, że mówi szeptem. Na odgłos otwieranych drzwi frontowych gwałtownie szarpnęła ręką.

W progu stała Rowena, w zwykłych, szarych spodniach i luźnej bluzce w kolorze lasu. Włosy miała rozsypane na ramionach, wargi nieumalowane, stopy bose. Ale mimo codziennego stroju wyglądała olśniewająco, niczym jakaś egzotyczna królowa, spędzająca wakacje incognito.

Malory dostrzegła błysk brylantów w jej uszach.

– Jak miło. – Rowena wyciągnęła rękę, a pierścionki na jej palcach zamigotały. – Malory, wspaniale zobaczyć cię znowu. Widzę, że przywiozłaś bardzo przystojną niespodziankę.

– Flynn Hennessy, brat Dany.

– Witajcie. – Oczy Roweny zalśniły niczym diamenty, kiedy zapraszała ich do środka. – Pitte zaraz nadejdzie. Telefonuje.

Gdy znaleźli się w holu, Flynn wybałuszył oczy.

– W takim miejscu człowiek raczej nie spodziewa się aparatu telefonicznego.

Śmiech Roweny był niski, niemal przechodzący w pomruk.

– Bawi nas korzystanie z dobrodziejstw techniki. Chodźcie, napijemy się herbaty.

– Nie chcielibyśmy sprawiać kłopotu – zaczęła Malory, ale Rowena tylko zamachała ręką.

– Goście nigdy nie sprawiają kłopotu.

– Skąd dowiedzieliście się państwo o Wzgórzu Wojownika, pani...

– Rowena. – Swobodnie wsunęła dłoń pod ramię Flynna i wprowadziła ich do salonu. – Nazywaj mnie Roweną. Pitte zawsze potrafi wyniuchać coś interesującego.

– Dużo podróżujecie?

– O tak.

– Praca czy dla przyjemności?

– Bez odrobiny przyjemności praca nie miałaby sensu. – Kobieta delikatnie przesunęła palcami po ramieniu Flynna. – Siadajcie. O, już jest herbata.

Pokojówka, ta sama co pamiętnej nocy, bezszelestnie wtoczyła barek z zastawą do herbaty i równie bezszelestnie wyszła.

– A czym się zajmujecie? – dopytywał się Flynn.

– Och, różnie, trochę tym, trochę tamtym. Mleko? – Zwróciła się do Malory, rozlewając herbatę do filiżanek. – Cytryna? Cukier?

– Odrobina cytryny, dziękuję. Mam mnóstwo pytań.

– Jestem pewna, że masz, twój atrakcyjny towarzysz chyba też. Jaką herbatę pijesz, Flynn?

– Poproszę czarną.

– Typowo po amerykańsku. Mogę zapytać, czym się trudnisz?

Flynn ujął podawaną sobie filiżankę z delikatnej porcelany, obrzucając Rowenę ostrym spojrzeniem.

– Jestem pewien, że wiesz. Nie wyciągnęłaś nazwiska mojej siostry ot tak, z kapelusza. Wiesz o niej wszystko, czego ci potrzeba, a twoja wiedza obejmuje także mnie.

– Istotnie. – Rowena dodała do swojej herbaty mleka i miodu. Nie sprawiała wrażenia urażonej, przeciwnie, wyglądała na bardzo zadowoloną z siebie. – Wydawanie gazety musi być szalenie interesujące. Ten ogrom informacji, które najpierw należy zebrać, a potem rozpowszechnić. Trzeba mieć naprawdę bystry umysł, żeby poradzić sobie dobrze zarówno z jednym, jak i z drugim. A oto i Pitte.

Wkroczył niczym generał, pomyślał Flynn. Ocenia pozycję, obmierza pole i wytycza kierunek natarcia. Był pewien, że ten łagodnie uśmiechający się mężczyzna obdarzony jest duszą żelaznego wojownika.

– Panna Price, co za przyjemność gościć panią ponownie. – Ujął dłoń Malory i podniósł do ust, wytwornym, naturalnym gestem.

– Dziękuję, że zechciał nas pan przyjąć. To jest Flynn...

– O tak, pan Hennessy. – Pitte skłonił głowę. – Jak się pan miewa?

– Dziękuję, dobrze.

– Nasi przyjaciele mają wiele pytań, wiele obaw – powiedziała Rowena, wręczając Pitte'owi filiżankę z herbatą.

– To zrozumiałe – odparł Pitte, siadając. – Pewnie się zastanawiają, czy przypadkiem nie jesteśmy... – popatrzył wymownie na Rowenę.

– Szaleńcami – uzupełniła, podsuwając mu talerz. – Racuszka?
– No właśnie, szaleńcami. – Pitte sięgnął po racuszek, ozdabiając go szczodrze śmietaną. – Mogę pana zapewnić, że nie, ale z drugiej strony identyczne zapewnienie usłyszałby pan ode mnie, gdybyśmy byli nimi istotnie, tak że niewiele to panu pomoże. Panno Price, czy postanowiła pani ponownie rozważyć naszą umowę?
– Wzięłam pańskie pieniądze i dałam słowo.
Twarz Pitte'a odrobinę złagodniała.
– Cóż, dla niektórych nie stanowiłoby to zbytniej różnicy.
– Dla mnie stanowi zasadniczą.
– To jeszcze może się zmienić – wtrącił Flynn. – Wszystko zależy od tego, skąd pochodzą pieniądze.
– Czyżbyś zarzucał nam nieuczciwość? – Policzki Roweny zabarwiły się ciemnym rumieńcem gniewu. – Co za zadziwiający brak taktu, przychodzić do kogoś do domu i oskarżać go o złodziejstwo.
– Reporterzy raczej nie słyną z taktu. Podobnie jak bracia niepokojący się o swoje siostry.
Pitte powiedział coś cicho w obcym języku, gładząc długimi palcami dłoń Roweny podobnym gestem, jakim uspokaja się kota, żeby schował pazurki.
– Rozumiem pańskie stanowisko. Tak się składa, że sprawy finansowe nie są mi obce, i zapewniam pana, że pieniądze dotarły do nas w sposób całkowicie legalny. Nie jesteśmy ani szaleńcami, ani złodziejami.
– Kim jesteście? – zapytała Malory, zanim Flynn zdążył coś powiedzieć. – Skąd przybyliście?
Pitte zniżył wzrok i popatrzył na nią długo, przenikliwie.
– Jak pani sądzi?
– Nie wiem. Wydaje mi się, że uważacie się za guwernantkę i strażnika, którzy nie upilnowali Szklanych Cór.
Pitte'owi nawet nie drgnęła powieka.
– Sporo się pani nauczyła od ostatniej wizyty. Czy ma pani zamiar uczyć się dalej?
– Tak, zamierzam, a wy możecie mi w tym pomóc.
– Pomagać w ten sposób nie mamy prawa. Ale powiem pani jedno. Byliśmy nie tylko guwernantką i strażnikiem tych najdroższych istot, lecz także ich powiernikami i przyjaciółmi. Tym większą więc ponosimy odpowiedzialność za to, co się wydarzyło.
– To tylko legenda.
Wzrok Pitte'a jakby przygasł.

- Niech tak będzie. Są rzeczy, które wykraczają poza wasze zdolności pojmowania, nieobjęte granicami waszego świata. Ale zapewniam panią, że klucze istnieją.

- Gdzie znajduje się Szkatuła Dusz? - zapytał Flynn.

- W bezpiecznym miejscu.

- Czy mogłabym jeszcze raz zobaczyć obraz? - Malory mówiła teraz wprost do Roweny. - I czy Flynn także mógłby go obejrzeć?

- Oczywiście. - Wstała i poprowadziła ich do pomieszczenia całkowicie przytłoczonego płótnem wyobrażającym Szklane Córy. Malory usłyszała, jak Flynn gwałtownie wciąga powietrze. Ramię w ramię zbliżyli się do obrazu.

- Jest jeszcze wspanialszy, niż go zapamiętałam. Czy możesz mi powiedzieć, kto go namalował?

- Ktoś, kto dobrze poznał miłość i cierpienie - odpowiedziała spokojnie pani domu.

- Ktoś, kto zna Malory. I moją siostrę. I Zoe McCourt.

Rowena westchnęła.

- Jesteś cyniczny. I podejrzliwy. Ale przyjąłeś rolę obrońcy, więc ci wybaczam. Nie chcemy skrzywdzić Malory, Dany ani Zoe. Wręcz przeciwnie.

Coś w jej głosie sprawiło, że Flynn zapragnął jej uwierzyć.

- Aż człowieka dreszcz przechodzi, kiedy widzi twarz swojej siostry na tym płótnie.

- Wiem, że uczyniłbyś wszystko, aby zapewnić jej spokój i bezpieczeństwo. Znam ten rodzaj miłości i oddania. Rozumiem go, podziwiam i szanuję. Z naszej strony nie grozi jej żadne niebezpieczeństwo.

Obrzucił ją uważnym spojrzeniem, momentalnie wychwytując niedomówienie.

- A z czyjej grozi?

- Życie to hazard - odparła Rowena. - Herbata wam stygnie.

Odwróciła się w stronę drzwi i w tym momencie do pokoju wszedł Pitte.

- Na zewnątrz siedzi coś, co wygląda jak bardzo wielki i bardzo nieszczęśliwy pies - powiedział.

Gniewne, ostre słowa nie wywarły na Flynnie najmniejszego wrażenia. Ale to jedno, jedyne zdanie sprawiło, że drgnął.

- To mój.

- Masz psa? - Głos Roweny brzmiał teraz niemal dziewczęco. Nagle rozpromieniona i radosna chwyciła Flynna za rękę.

– On nazywa go psem – mruknęła Malory.

Flynn spojrzał na nią z wyrzutem, po czym zwrócił się do Roweny:

– Lubisz psy?

– O tak, bardzo. Mogę go zobaczyć?

– Jasne.

– Czy w tym czasie, kiedy Flynn – na wasze własne ryzyko – będzie przedstawiał was Moemu, mogę się odświeżyć? – Malory swobodnym gestem wskazała w stronę łazienki. – Pamiętam, gdzie to jest.

– Oczywiście. – Po raz pierwszy, odkąd ją poznała, Rowena sprawiała wrażenie zbitej z tropu. Z ręką na ramieniu Flynna ruszyła przez hol. – Jakiej jest rasy?

– Ta kwestia nie została jeszcze rozstrzygnięta.

Malory weszła do łazienki i wolno policzyła do pięciu. Z bijącym sercem ostrożnie uchyliła drzwi i wyśliznęła się z powrotem do holu. Błyskawicznie przemknęła do sali z portretem, po drodze wyciągając z torebki aparat fotograficzny. Zrobiła dobre pół tuzina zdjęć, całości i poszczególnych fragmentów. Potem, w poczuciu winy oglądając się przez ramię, schowała aparat i wyciągnęła okulary, plastikowy woreczek oraz niewielki nożyk malarski.

Uszy ją piekły, kiedy wstępowała na palenisko kominka i najdelikatniej jak tylko potrafiła, zdrapywała odrobinę farby prosto do torebki. Zajęło jej to nie więcej niż trzy minuty, ale i tak kiedy skończyła, dłonie miała mokre od potu, a nogi dosłownie uginały się pod nią.

Chwilę jeszcze postała, żeby ochłonąć, po czym – mając nadzieję, że porusza się swobodnie – wymaszerowała, najpierw z pokoju, a następnie z domu.

Na dworze zatrzymała się jak wryta. Majestatyczna, królewska Rowena zanosiła się od śmiechu, siedząc na trawniku z ogromnym psem na kolanach.

– Jaki wspaniały. Jaki uroczy i słodki. Dobry piesek. – Pochyliła głowę, wtulając twarz w sierść Moego, którego ogon walił w ziemię niczym kafar. – Prześliczny jesteś. – Rozradowana popatrzyła na Flynna. – Czy to on znalazł ciebie, czy raczej ty jego?

– Po prostu odnaleźliśmy się nawzajem. – Miłośnik psów natychmiast rozpozna tego właściwego. Z kciukami zatkniętymi w kieszenie spodni Flynn zatoczył wzrokiem po rozległych trawnikach i zalesionych terenach posiadłości.

– Tu jest mnóstwo miejsca do biegania. Powinnaś mieć całą sforę psów.

– Tak, cóż. – Rowena znowu pochyliła głowę i zaczęła drapać Moego po brzuchu.

– Wiele podróżujemy. – Pitte pogładził ją po włosach.

– Jak długo planujecie zostać tutaj?

– Po upływie trzech miesięcy wyjeżdżamy.

– Do?

– To zależy. *Aghra.*

– Tak, tak. – Rowena jeszcze przez chwilę pieściła Moego. Podniosła się z ciężkim westchnieniem. – Przypuszczam, że doceniasz, jakie miałeś szczęście, trafiając na niego.

– Z całą pewnością.

– Tak, widzę to po tobie. Możesz być cyniczny i podejrzliwy, ale taki pies jak ten potrafi wyczuć dobre serce.

– Wierzę w twoje słowa.

– Mam nadzieję, że zabierzesz go ze sobą, odwiedzając nas ponownie. Tu może się wybiegać. Do widzenia, Moe.

Moe usiadł i z niezwykłą jak na niego gracją wyciągnął potężną łapę.

– O, to coś zupełnie nowego. – Flynn zamrugał oczami, kiedy pies grzecznie pozwolił Rowenie potrząsnąć swoją łapą. – Hej, Mal, widziałaś?

Na dźwięk tego imienia Moe przechylił głowę, a oczy rozbłysły mu radością. Popędził w stronę Malory, która jęknęła boleśnie, kuląc się przed nieuchronnym atakiem.

Z ust Roweny padło jedno, jedyne słowo w obcym języku, wypowiedziane spokojnym, stanowczym tonem. Moe przyhamował dosłownie o krok od Malory, opadł na zad i znowu podniósł łapę.

– Świetnie. – Malory wydała pełne ulgi westchnienie. – To bardziej mi się podoba. – Pochyliła się i uprzejmie uścisnęła wyciągniętą łapę. – Dobry Moe, dobry.

– Jak tego dokonałaś, u licha? – Chciał wiedzieć Flynn.

– Potrafię postępować ze zwierzętami.

– O tak. Co to było, gaelik?

Przytaknęła.

– Zabawne, że Moe rozumie komendy po gaelicku, a ignoruje większość wypowiadanych w zwięzłym angielskim.

– Psy rozumieją więcej niż słowa. – Rowena wyciągnęła rękę do Flynna. – Mam nadzieję, że jeszcze nas odwiedzicie. Lubię gości.

– Dziękuję, że poświęciliście nam swój czas. – Malory ruszyła w stronę samochodu, z uszczęśliwionym Moem drepczącym u jej boku. Wśliznąwszy się na siedzenie, błyskawicznie opuściła torebkę na podłogę, zupełnie jakby skrywała jakiś wstydliwy sekret. Rowena roześmiała się, ale kiedy Moe wystawił łeb przez tylne okno, głos jej zadrżał nieco. Pomachała im na pożegnanie, po czym skłoniła się w stronę Pitte'a.

– Czuję prawdziwą nadzieję – powiedziała cicho. – Nie pamiętam, kiedy ostatni raz tak czułam. To... to mnie przeraża. Przerażają mnie podobne odczucia.

Pitte otoczył ją ramieniem i przytulił.

– Nie płacz, moje serce.

– Głupstwo. – Otarła łzy. – Żeby płakać z powodu obcego psa. Kiedy wrócimy do domu...

Przygarnął ją i ujął jej twarz w swoje dłonie. Przemówił łagodnie, ale w jego tonie kryło się naleganie.

– Kiedy wrócimy do domu, będziesz miała sto psów. Tysiąc.

– Jeden wystarczy.

Wspięła się na palce i pocałowała go w usta.

W samochodzie Malory westchnęła głęboko.

– Mam nadzieję, iż to westchnienie ulgi – zrobiłaś zdjęcia?

– Zrobiłam. Czuję się jak członek międzynarodowej szajki kradnącej dzieła sztuki. Moemu należą się brawa, że tak pięknie odwrócił ich uwagę. No, a teraz mów, co o nich sądzisz.

– Są gładcy, sprytni, kryją w zanadrzu niejeden sekret. Ale na szaleńców nie wyglądają. Są przyzwyczajeni do pieniędzy – do prawdziwych pieniędzy, do picia herbaty w filiżankach z najdelikatniejszej porcelany, do służby. Są kulturalni, wykształceni, lekko snobują. Mają dom wypełniony wytwornymi drobiazgami. Mieszkają tu od dwóch tygodni i nie umeblowali wnętrz przez miejscowego pośrednika. Wszystko sprowadzili. Należałoby to prześledzić.

Zmarszczył brwi, przebiegając palcami po kierownicy.

– Ona na punkcie Moego oszalała.

– Jak to?

– Wystarczyło, że na niego spojrzała, i z miejsca cała się rozpłynęła. Wiem, Moe ma dużo uroku, ale ta dosłownie roztopiła się jak wosk. A odnoszę wrażenie, że rozgryzłem, jaka jest w środku. Zimna, pewna siebie, pełna rezerwy. Kobieta z gatunku: wiem, że jestem atrakcyjna, bo posiadam władzę. Paradująca Madison Avenue, z torebką od Prady na ramieniu albo prowadząca posiedzenie rady nadzorczej w Los Angeles. Siła, pieniądze, umysł i uroda, wszystko opakowane w seks.

– Rozumiem. Uważasz, że jest seksowna.

– Kolejny dowód na to, że w moich żyłach płynie krew. Ale powinnaś zobaczyć jej twarz, kiedy Moe wyskoczył z samochodu. Cały polor nagle zniknął, a ona rozbłysła niczym bożonarodzeniowy poranek.

– Czyli lubi psy.

– Więcej niż lubi. To nie było żadne ti-ti-ti paniusi, której spodobał się piesek. To było tarzanie się po trawie i śmiech ze szczerego serca. Dlaczego więc nie ma psa?

– Może Pitte nie lubi zwierząt?

Flynn potrząsnął głową.

– Przecież potrafisz obserwować. Ten facet otworzyłby sobie żyły, gdyby tego zażądała. I w jaki niesamowity sposób sprawiła, że Moe podał łapę. Tak, za tym wszystkim kryje się coś dziwnego.

– Nie będę protestować. Na razie mam zamiar skoncentrować się na obrazie, przynajmniej do czasu, dopóki któraś z nas nie wystąpi z jakimś całkowicie odmiennym pomysłem. Próbę przyszpilenia Pitte'a i Roweny zostawiam tobie.

– Dziś wieczorem muszę być na zebraniu rady w ratuszu, ale gdybyśmy tak spotkali się jutro?

Manewruje. Zagania owce? Pomna słów Dany, rzuciła mu szybkie, podejrzliwe spojrzenie.

– Zdefiniuj „spotkali się".

– Dostosuję się do każdej definicji, którą wybierzesz.

– Mam cztery tygodnie – teraz nawet mniej – żeby znaleźć klucz. Chwilowo jestem bezrobotna i muszę jakoś zastanowić się, co mam począć z całą resztą mojego zawodowego życia. Ostatnio zakończyłam związek, który prowadził donikąd. Kiedy to wszystko zsumować, widać jak na dłoni, że nie mam czasu na randki i rozwijanie osobistych wątków.

– Poczekaj chwilę.

Flynn zjechał na pobocze drogi i odpiął pas bezpieczeństwa. Pochylił się, ujął ją za ramiona i przyciągnął do siebie, na ile pozwalał jej pas.

Kiedy ją całował, Malory poczuła ognisty pocisk, eksplodujący w kręgosłupie i siejący ostrymi odłamkami po całym brzuchu.

- Ty masz... ty rzeczywiście masz dar – wykrztusiła, kiedy wreszcie udało jej się wyrównać nieco oddech.

- Praktykuję tak często, jak to tylko możliwe. – Pocałował ją jeszcze raz. Tym razem wolniej. Głębiej. Dopóki nie poczuł jej drżenia. – Po prostu chciałem, żebyś do swoich wyliczeń dodała także i to.

- Mam dyplom historyka sztuki. Matematyka nigdy nie była moją mocną stroną. Chodź tu na minutę. – Złapała go za koszulę, szarpnęła ku sobie i pozwoliła sobie na odjazd.

W środku czuła iskrzenie. We krwi, w kościach, w mózgu. Skoro na tym ma polegać owo zaganianie, pomyślała mgliście, mogę się bez trudu dostosować w kwestii kierunku.

Kiedy poczuła jego ręce we włosach, już sam ten gest ją odurzył.

- Naprawdę nie możemy tego zrobić – mówiła, wyszarpując mu jednocześnie koszulę ze spodni, w desperackim pragnieniu dotknięcia ciała.

- Nie, nie możemy. – Walczył z zapięciem pasów Malory. – Przestaniemy za minutę.

- Dobrze, ale najpierw... – Położyła rękę mężczyzny na piersi i jęknęła, kiedy jej serce zabiło we wnętrzu dłoni Flynna.

Przycisnął ją do siebie, po czym zaklął gwałtownie, walnąwszy łokciem w kierownicę. Zachwycony zapasami Moe wcisnął ogromny łeb między oparcia siedzeń i obdarzył ich oboje solennym, mokrym pocałunkiem.

- Do licha – na wpół rozbawiona, na wpół przerażona Malory zaczęła wycierać usta. – Ja naprawdę, naprawdę myślałam, że to twój język.

- Ja tak samo. – Spojrzał na nią, z trudem chwytając powietrze. Włosy uwodzicielsko rozrzucone, twarz w rumieńcach, usta lekko nabrzmiałe.

Otwartą dłonią odepchnął pysk Moego, wydając jednocześnie ostrą komendę: siad. Pies opadł na tylne siedzenie i zaczął skowyczeć niczym okładany kijem.

- Nie planowałam tak szybkich posunięć. – Malory pokręciła głową. – Nie planowałam tego wcale. A ja – dodała z naciskiem – zawsze wszystko planuję.

- Upłynęło trochę czasu, odkąd ostatnio robiłem to w samochodzie zaparkowanym na poboczu drogi.

- Ja też. – Zerknęła w stronę tylnego siedzenia, skąd dobiegały żałosne dźwięki. – Ale w tych okolicznościach...

– Właśnie. Lepiej nie. Pragnę się z tobą kochać, Malory. – Przyciągnął ją do siebie. – Pragnę cię dotykać, czuć twoje ciało, reagujące na dotyk moich dłoni. Bardzo tego pragnę.
– Muszę pomyśleć. Wszystko tak się pokomplikowało, trzeba się nad tym zastanowić. – Z pewnością musiała przyjąć do wiadomości, że omal nie zdarła ubrania z mężczyzny w samochodzie, na publicznej drodze, w pełnym świetle dnia. – Flynn, moje życie to jeden bałagan. – Ta ostatnia myśl była na tyle przygnębiająca, by uspokoić rozszalały puls. – Taki jest bilans. Namieszałam, a teraz muszę wrócić na właściwy tor. Nie radzę sobie dobrze w bałaganie. Tak więc zwolnijmy trochę.
Przesunął palcem po wycięciu jej bluzki.
– A ile to jest trochę?
– Nie wiem na razie. Och, nie zniosę tego. – Obróciła się i przechyliła przez oparcie siedzenia. – Nie płacz, ty wielki dzieciaku. Nikt tu nie jest na ciebie zły.
– Mów za siebie – burknął Flynn.

Rozdział siódmy

Czuję słońce, ciepły, płynny, bezszelestny wodospad złocistego światła, które obmywa mnie niczym woda chrztu. *Czuję zapach róż i lilii i jakichś nieznanych kwiatów, mocniejszy, kontrastujący ze słodką wonią tamtych. Słyszę plusk tryskającej w górę wody, i szmer opadających kropel.*

Światło i zapach przenikają przeze mnie albo to ja zanurzam się w nich. Nie wiem, gdyż nie widzę niczego poza nieprzezroczystą bielą. Jest niczym zasłona, przez którą nie potrafię się przebić. Dlaczego nie odczuwam lęku?

Słyszę śmiech, napływający ku mnie falą, pełen młodzieńczej wesołości, która sprawia, że ja także się uśmiecham, czując łaskotanie w gardle. Chcę odnaleźć źródło tego śmiechu, pragnę stać się jego częścią.

Głosy szybkie, świergotliwe, młode i kobiece. Zbliżają się i oddalają, słabną i znowu napływają falą. Przybliżam się do nich czy – przeciwnie – oddalam?

Bardzo wolno zasłona się przerzedza.

Już jest niczym mgiełka, miękka jedwabista mżawka, przez którą przedzierają się słoneczne błyski. Przez coraz cieńszy welon mgły dostrzegam kolory, intensywne, bogate, porażające oczy.

Kafelki migoczą srebrzyście, a w miejscach, gdzie nie ocienia ich gruba zasłona zielonych liści i różowych kwiatów, eksplodują oślepiającym błyskiem słonecznego światła. Kwiaty pływają po powierzchni sadzawki, wirują na roztańczonych rabatach.

Przy fontannie, której wody szemrzą o radości, siedzą trzy kobiety, a właściwie trzy dziewczyny. To ich śmiech słyszałam. Jedna trzyma na kolanach harfę, druga gęsie pióro. Zaśmiewają się z wiercącego się szczeniaka, którego tuli w ramionach trzecia z nich. Są urocze. Otacza je aura niewinności, jakże pasującą do tego ogrodu, w którym spędzają pogodne popołudnie. Ale widzę też, że jedna z nich nosi u boku miecz. Są niewinne, ale nie bezbronne. Czuję otaczającą je moc. A przecież nadal nie odczuwam lęku. Szczeniak nazywa się Diarmait. Dziewczęta sadzają go na ziemi, żeby sobie pobiegał dookoła fontanny. Szczeka rozbawiony, a jego głos brzmi niczym dzwoneczki. Ramię jednej z dziewcząt oplata kibić drugiej, trzecia kładzie głowę na ramieniu pierwszej. Stają się jednością. Triadą. Jednością złożoną z trzech części. Bawią się ze szczeniakiem, śmieją i przyglądają, jak rozkosznie tarza się w kwiatach.

Słyszę, jak wymieniają znane mi imiona, spoglądając jednocześnie do tyłu, gdzie w pewnej odległości, w cieniu drzewa, którego gałęzie uginają się pod ciężarem owoców zdobiących je niczym klejnoty, stoją kobieta i mężczyzna; namiętnie obejmują się ramionami.

On jest wysoki i ciemny. Ma w sobie siłę i wiem, że w gniewie byłby straszny. Ona jest piękna i wiotka, ale w niej także wyczuwam nieustępliwość.

Kochają się, kochają się desperacko. Czuję ogarniające ich pożądanie; przepływa po mnie gorącą falą, pulsuje niczym rana. Czy miłość potrafi boleć?

Dziewczęta zerkają w tamtą stronę. I marzą. Wierzą, że któregoś dnia one także poznają uczucie równe tej miłości – pożądanie i romantyzm, radość i obawę – wszystko splecione w jedną, obezwładniającą całość. Poznają smak ust kochanka, dreszcz towarzyszący dotknięciu jego dłoni.

Któregoś dnia.

Wszystkie jesteśmy jakby uwięzione w tym namiętnym uścisku, ogarnięte zazdrością, zatopione w marzeniach.

Niebo ciemnieje, kolory przygasają. Czuję nadciągający wiatr. Wiruje dookoła zimny, coraz bardziej przenikliwy. Jego wycie wwierca mi się w uszy. Płatki opadają z gałęzi, pąki miotane są w powietrzu niczym świetliste pociski.

Teraz ogarnia mnie lęk. Jestem przerażona, nawet jeszcze zanim moje oczy dostrzegą ciemny kształt węża prześlizgującego się po srebrzystej majolice, zanim dojrzą cień spływający z drzewa, który unosi wysoko w górę szklaną szkatułę, trzymaną w czarnych ramionach.

Słowa wybuchają w powietrzu. I chociaż przyciskam dłonie do uszu, bo nie chcę ich słyszeć, rozbrzmiewają w mojej głowie.

Zapamiętajcie ten czas i tę godzinę, w której objawiłem swoją straszliwą moc. Śmiertelne dusze trzech cór na wieki należeć będą do mnie. Ich ciała zmorzy wieczny sen; ich dusze uwięzi ta szkatuła. Klątwa zwiąże je na tak długo, dopóki nie wydarzą się trzy rzeczy: śmiertelne dłonie nie odnajdą trzech kluczy, nie dopasują ich i nie obrócą w zamkach. Trzy tysiące lat – czas, by mogły tego dokonać. Jedna chwila więcej i dusze zgorzeją.

Owa próba to wyzwanie, dowód, ile warta jest Ziemianka. Słowami je spowijam, kunsztem czarnoksięskim wiążę, zamki pieczętuję. Klucze iluzją otaczam i na oślep ciskam, niech je poniesie przeznaczenie.

Wiatr zamiera, w powietrzu znowu panuje cisza. Dziewczęta leżą na obmywanych promieniami słonecznymi kafelkach. Z zamkniętymi oczami, jakby spały. Obejmują się. Trzy części całości.

Obok nich szkatuła, przezroczyste tafle, połączone ołowiem, trzy zamki połyskujące złotem. W środku trzy ciepłe, błękitne światła miotają się jak oszalałe, uderzają o szklane ściany niczym uwięzione ptaki.

Obok szkatuły trzy rozrzucone klucze.

Widząc je, płaczę.

Kiedy otwierała Zoe drzwi, Malory nadal nie mogła powstrzymać drżenia.

– Nie mogłam przyjść wcześniej. Musiałam zaprowadzić Simona do szkoły. Przez telefon sprawiałaś wrażenie bardzo wzburzonej. Co się...?

– Dany jeszcze nie ma. Wolałabym nie powtarzać wszystkiego dwa razy. Zaparzę kawy.

– Znakomity pomysł. – Zoe położyła rękę na ramieniu Malory i łagodnie popchnęła ją w stronę krzesła. – Sama się tym zajmę. Wyglądasz, jakbyś nie całkiem jeszcze doszła do siebie. Kuchnia jest tam?

– Dzięki. – Malory usiadła, przesuwając rękami po twarzy.

– Powiedz lepiej, jak ci się udała randka z Flynnem?

– Co? O Boże, w porządku. – Przyglądała się swoim opuszczonym dłoniom, jakby należały do kogoś innego. – Bez psa wygląda prawie normalnie. O, to pewnie Dana.

– Siedź, ja otworzę. – Zanim Malory zdążyła się podnieść, Zoe już wybiegała z kuchni.

– Jestem, gdzie się pali? – dopytywała się Dana. Na chwilę zamarła w bezruchu, wciągając nosem powietrze. – Kawa. Nie każcie mi o nią błagać.

– Już przynoszę. Ty zostań z Malory – rzuciła pośpiesznie Zoe. Dana opadła na krzesło, zacisnęła usta i obdarzyła Malory długim, poważnym spojrzeniem.

– Wyglądasz okropnie.

– Wielkie dzięki.

– Nie wymagaj uścisków i pocałunków, kiedy wyciągasz mnie z łóżka i każesz przybiec do siebie w przeciągu dwudziestu minut. Zdążyłam wypić tylko jedną kawę. Poza tym to takie pocieszające zobaczyć, że ty też nie wyskakujesz spod kołdry świeżutka i wymuskana. O co chodzi?

Malory popatrzyła na Zoe, która wnosiła na tacy trzy białe kubki.

– Miałam sen.

– O, ja też, w dodatku cholernie przyjemny. Zdaje się, że występował tam Spike i Buffy, Pogromca Wampirów, oraz ogromny kawał gorzkiej czekolady, kiedy zadzwonił twój telefon i obudził mnie.

– Dana. – Zoe pokręciła z wyrzutem głową i przysiadła na oparciu krzesła Malory. – Jakiś koszmar?

– Nie. Właściwie nie... Zapisałam go zaraz po przebudzeniu. – Malory wstała i wzięła ze stołu kilka zadrukowanych kartek. – Nigdy przedtem nic mi się nie śniło z taką wyrazistością. Albo może kiedy się budziłam, od razu zapominałam? Teraz spisałam wszystko, bo chciałam mieć pewność, że nie zapomnę. Choć akurat to wydaje mi się niemożliwe. Zresztą najlepiej będzie, jeśli same przeczytacie.

Podała im zadrukowane kartki, po czym wzięła kubek z kawą i skierowała się w stronę drzwi patio.

Zapowiada się kolejny piękny dzień, pomyślała. Kolejny piękny dzień odchodzącego lata, z czystym niebem i balsamicznym wietrzykiem. Ludzie będą spacerowali po mieście, rozkoszowali się pogodą, załatwiali swoje sprawy, oddawali zwykłym, codziennym obowiązkom, w kolejnym zwyczajnym dniu na tym świecie.

A ona nigdy nie zapomni wycia wichru słyszanego we śnie ani uczucia nagłego, przeszywającego zimna.

– No tak, teraz rozumiem twoje przerażenie. – Dana odłożyła na bok kartki. – Ale wytłumaczenie, dlaczego przyśniło ci się właśnie to, wydaje mi się dość oczywiste. Flynn mówił, że byliście wczoraj na Wzgórzu Wojownika, oglądałaś obraz. Miałaś go świeżo w pamięci i podświadomość spłatała ci figla.

– Niesamowite. – Zoe pośpiesznie przeczytała kilka ostatnich linijek, po czym wstała, podeszła do Malory i pogłaskała ją po ramionach. – Nie dziwię się twojemu zdenerwowaniu. Dobrze, że po nas zadzwoniłaś.

– To nie był tylko sen. Ja tam byłam. – Malory grzała zziębnięte dłonie o kubek. – Znalazłam się w obrazie, po prostu przeniknęłam do środka.

– Dobra, skarbie, wyluzuj – podniosła rękę Dana. – Nadmiernie się z tym identyfikujesz, to wszystko. Żywy, realistyczny sen rzeczywiście może człowieka wciągnąć.

– Nie oczekuję, abyście mi uwierzyły, ale mam zamiar głośno powiedzieć to, co mnie nurtuje od chwili, kiedy otworzyłam oczy.

– Obudziłam się, dygocząc z zimna i ciągle słyszałam straszliwe zawodzenie wichru. – Byłam tam, czułam zapach kwiatów, czułam ciepło. A potem zimno i wiatr. Słyszałam krzyk dziewcząt.

Przymknęła oczy, walcząc z nawracającym atakiem paniki. Miała wrażenie, że krzyk rozbrzmiewa znowu.

– Wszystko to czułam. Zmianę w powietrzu, taki straszliwy napór. Kiedy się obudziłam, jeszcze dzwoniło mi w uszach. Dziewczęta rozmawiały po gaelicku, a ja rozumiałam. Jakim cudem?

– Po prostu wydawało ci się...

– Nie. – Gwałtownie potrząsnęła głową, spoglądając w stronę Zoe. – Kiedy zerwał się wiatr, kiedy świat wokół zawirował, słyszałam, jak wołają ojca: *Chi athair sinn!* Ojcze, pomóż nam! Rano sprawdziłam w słowniku znaczenie tych słów, ale znałam je już wcześniej. Skąd mogłam to wiedzieć? – Wzięła kilka głębokich oddechów, żeby się uspokoić. – Nazywają się Venora, Niniane i Kyna. Skąd znałam te imiona?

Opadła z powrotem na krzesło. Poczuła ulgę, wyrzuciwszy z siebie wszystko. Serce wyrównało rytm, głos przestał drżeć.

– Te dziewczęta, jak one się bały. Były przecież takie młodziutkie. W jednej chwili bawiły się ze szczeniakiem, w świecie, który wydawał się pełen równowagi i spokoju. W ułamku sekundy wydarto z nich to, co czyniło je istotami ludzkimi. Cierpiały, a ja nie mogłam im pomóc.

– Nie wiem, co o tym sądzić – odezwała się Dana po chwili. – Próbuję rozumować jak rozsądna dziewczynka. Od pierwszej chwili obraz przykuł twoją uwagę, a o legendzie wiemy, że jest pochodzenia celtyckiego. Wyglądamy jak dziewczyny na portrecie, stąd też identyfikujemy się z nimi.

– Jak mogłam rozumieć gaelicki i znać imiona Cór? Dana zmarszczyła czoło, wpatrując się w kubek z kawą.

– Tego nie potrafię wytłumaczyć.

– Powiem wam więcej. To coś, co uwięziło dusze, jest ciemne, potężne i zachłanne. Nie chce, abyśmy zwyciężyły.

– A szkatułka i klucze? – przerwała Zoe. – Widziałaś je, wiesz, jak wyglądają.

– Szkatułka jest bardzo prosta i bardzo piękna. Szkło oprawione w ołów, wysokie, kopulaste wieko, z przodu trzy zamki. Klucze wyglądają dokładnie tak jak na zaproszeniu i na fladze powiewającej nad Wzgórzem Wojownika. Nie są duże, trzy cale długości, nie więcej.

– To ciągle nie ma sensu – upierała się Dana. – Jeśli mają te klucze, dlaczego je ukrywają? Dlaczego zwyczajnie nie przekażą ich w stosowne ręce i nie zakończą całej sprawy?

– Nie wiem. – Malory pomasowała skronie. – Musi istnieć jakieś wytłumaczenie.

– Powiedziałaś, że słyszałaś imiona, których używały dziewczęta, mówiąc o tamtych dwojgu pod drzewem – przypomniała jej Dana.

– Rowena i Pitte. – Malory opuściła ręce. – Rowena i Pitte – powtórzyła. – Oni też nie byli w stanie niczemu przeszkodzić. To wszystko potoczyło się tak szybko, tak gwałtownie. – Zaczerpnęła powietrza, głęboko, powoli. – I tu dochodzimy do sedna. Ja w to wierzę. Nieważne, pewnie zabrzmi to głupio, ale ja w to wierzę. Historia, którą poznałyście, wydarzyła się naprawdę. Weszłam w obraz, zostałam przeniesiona za Zasłonę Snów i widziałam, jak skradziono dusze. Muszę znaleźć klucz. Muszę bez względu na to, jaką cenę przyjdzie zapłacić.

Po kolegium redakcyjnym, obejmującym także pączki z galaretką i występ rozsierdzonej reporterki, której skrócono artykuł o trendach w jesiennej modzie, Flynn poszukał schronienia w swoim gabinecie. Zważywszy, że cały zespół liczył prawie pięćdziesiąt osób, włączając w to pełnego zapału szesnastolatka redagującego cotygodniową rubrykę młodzieżową, jedna doprowadzona do pasji dziennikarka naprawdę nie powinna stanowić zbyt wielkiego problemu.

Przejrzał depesze, zatwierdził artykuł o nocnym życiu Valley, zaakceptował kilka zdjęć do jutrzejszego wydania i podliczył wpływy z ogłoszeń. Od czasu do czasu dobiegał go dźwięk telefonów i – nawet przy zamkniętych drzwiach – stłumione uderzenia palców w klawisze. Policyjne radio na szafce popiskiwało i buczało jednostajnie, a odbiornik telewizyjny wciśnięty między książki na półce nadawał z wyłączonym dźwiękiem. Przez otwarte okno Flynn słyszał słaby poszum ulicznego ruchu, chwilami wzmacniany dudnieniem basów w zbyt głośno nastawionych odtwarzaczach samochodowych. I wreszcie dźwięki z pomieszczenia za jego plecami – odgłos zatrzaskiwanych drzwi i szuflad. Rhoda, reporterka redagująca kronikę towarzyską, dział mody i plotek, nadal dawała upust swojej złości.

Nie musiał nawet zerkać przez szybę, żeby ją sobie wyobrazić, miotającą gromy.

Kiedy był jeszcze małym chłopcem, Rhoda – podobnie jak ponad połowa członków zespołu – pracowała już w redakcji. Wielu dziennikarzy – z czego doskonale zdawał sobie sprawę – nadal traktowała „Dispatcha" jako gazetę jego matki.

Jeśli nie jego dziadka.

Chwilami urażało go to, chwilami doprowadzało do rozpaczy, a chwilami zwyczajnie bawiło.

Nie potrafił zdecydować, które uczucie dominuje w nim teraz. Umysł miał zaprzątnięty wyłącznie jednym – Rhoda znowu dała mu popalić. Najrozsądniej byłoby nie zaprzątać sobie tym głowy, tylko przysiąść fałdów i dokończyć artykuł relacjonujący wczorajsze posiedzenie rady miejskiej. Propozycja umieszczenia sygnalizacji świetlnej na skrzyżowaniu Market i Spruce, debata nad budżetem i koniecznością wyreperowania chodników na Main Street. Raczej burzliwa dyskusja dotycząca wielce kontrowersyjnego wniosku zainstalowania parkomatów na Main, żeby zebrać pieniądze na remont ulicy.

Zrobił co w jego mocy, by ożywić nieco temat, pozostając jednocześnie w zgodzie z reporterskim kodeksem nakazującym pełny obiektywizm.

Przecież „Dispatch" to nie „Daily Planet", zreflektował się. Jemu też daleko do Perry'ego White'a. Nikomu z członków zespołu nie przyszłoby do głowy nazwać go szefem. Nawet bez okresowych napadów Rhody nie sądził, by ktokolwiek – z nim samym włącznie – naprawdę go za szefa uważał. Osoba matki rzucała długi cień. Elizabeth Flynn Hennessy Steele. Nawet samo jej nazwisko rzucało taki cień. Kochał matkę. Oczywiście, że ją kochał. Kiedy dorastał, niejednokrotnie dochodziło między nimi do starć, nigdy jednak nie przestawał jej szanować. Samo przez się zrozumiałe, iż musiał odczuwać respekt wobec kobiety, która zarówno w wir życia prywatnego, jak i zawodowego rzucała się z takim samym, niesłabnącym zapałem i oczekiwała od innych, by postępowali podobnie.

Tak samo jak należał jej się szacunek za to, że potrafiła wycofać się z interesów, kiedy zaszła taka konieczność. Nawet jeśli oznaczało to zwalenie ich na barki niechętnego, opierającego się syna, łącznie ze zgryźliwymi reporterkami, pomyślał, rzucając bojaźliwe spojrzenie w stronę biurka Rhody.

Piłuje sobie paznokcie zamiast pracować, zanotował w myślach. Wyraźnie go podpuszcza. Niech jej będzie. Stara, wyliniała nietoperzyco, dzień, w którym zmierzymy się ze sobą, jeszcze nie nadszedł.

Niebawem jednak nastąpi.

Adiustował stronę pierwszą sekcji B, kiedy do pokoju weszła Dana.

– Żadnego delikatnego pukania we framugę, żadnego kokieteryjnego wetknięcia główki w szparę drzwi. Nic, od razu się ładuje.

– Wcale się nie ładowałam. Flynn, muszę z tobą porozmawiać. – Rzuciła się na krzesło i rozejrzała dookoła. – A gdzie Moe?

– Dzisiaj spędza dzień w ogródku za domem.

– Aha.

– Mogłabyś wpaść do mnie, pobaraszkować z nim trochę, a potem ugotować jakiś obiad, żebym miał coś gorącego, kiedy wrócę.

– Uważaj, bo tak będzie.

– Słuchaj, miałem dziś parszywy poranek, koszmarnie boli mnie głowa i muszę dokończyć makietę.

Dana przypatrywała się bratu, zaciskając usta.

– Rhoda znowu dała ci się we znaki?

– Nie patrz na nią – warknął, zanim zdążyła się odwrócić. – Tym ją tylko zachęcisz.

– Flynn, dlaczego zwyczajnie nie wywalisz jej z redakcji? Zanadto się z nią cackasz.

– Pracuje dla „Dispatcha", odkąd skończyłem osiemnaście lat. Dłużej, niż ty żyjesz na świecie. A teraz, choć doceniam, że przyszłaś poradzić mi, jak mam postępować z personelem, muszę dokończyć robotę.

Dana wyciągnęła przed siebie długie nogi.

– Widzę, że tym razem mocno nadepnęła ci na odcisk.

– Pieprzyć to. – Wypuścił powietrze i zanurkował do szuflady w poszukiwaniu aspiryny.

– Flynn, odwalasz tu kawał naprawdę dobrej roboty.

– Pewnie – mruknął, wygrzebawszy w drugiej szufladzie butelkę z wodą.

– Zamknij się. Mówię serio. Jesteś dobry w tym, co robisz. Równie dobry jak Liz. A pod niektórymi względami nawet lepszy, ponieważ bardziej przystępny. W dodatku piszesz lepiej niż ktokolwiek z całego zespołu.

Rozpuścił tabletkę, nie spuszczając wzroku z siostry.

– A cóż cię skłoniło do takich wynurzeń?

– Nie mogę patrzeć na ciebie, kiedy jesteś taki zdołowany. – Nie potrafiła znieść widoku brata naprawdę nieszczęśliwego. Poirytowany, sfrustrowany, wściekły, zgryźliwy – z tym wszystkim mogła się pogodzić. Ale bolało ją, kiedy w jego oczach widziała prawdziwe cierpienie. – Pleasant Valley potrzebuje „Dispatcha", a „Dispatch" potrzebuje ciebie. Za to Rhody nie potrzebuje wcale. I założę się, że właśnie świadomość tego dusi ją niczym wole.

– Tak sądzisz? – Już samo wyobrażenie tej sytuacji działa łagodząco. – Mam na myśli ten kawałek z wolem.

– Stary, mowa. I jak, lepiej?

– Jasne. – Zakręcił butelkę i wrzucił ją z powrotem do szuflady.

– Dzięki, siostro.

– Mój drugi dobry uczynek dzisiejszego dnia. Właśnie spędziłam godzinę u Malory, a potem jeszcze dwadzieścia minut snułam się po ulicach, rozmyślając, czy dopuścić cię do sekretu, czy też wszystko ma pozostać między nami dziewczętami.

– Jeśli ten sekret dotyczy nowych fryzur, cyklu miesięcznego albo nadchodzącej wyprzedaży w centrum handlowym, niech raczej zostanie między wami.

– Jesteś niewiarygodnie seksistowski. Nie mam zamiaru... Jaka wyprzedaż?

– Przejrzyj ogłoszenia w jutrzejszym „Dispatchu". Coś niedobrego dzieje się z Malory?

- Dobre pytanie. Miała sen, tylko nie wierzy, aby to był sen. Streściła bratu całą rozmowę, grzebiąc jednocześnie w torbie w poszukiwaniu spisanej relacji, otrzymanej od Malory.
- Boję się o nią, Flynn, a teraz zaczynam bać się także o siebie, ponieważ niemal udało jej się mnie przekonać, że ma rację.
- Nie mów nic przez chwilę. – Flynn dwukrotnie przeczytał zapiski Malory, po czym odchylił się w krześle i popatrzył w sufit. – A jeśli ma, to co?

W głosie Dany zabrzmiało prawdziwe rozdrażnienie.
- Mam zacząć odgrywać Scully przy tobie jako Mulderze? Mówimy o bogach, o czarodziejach, o uwięzionych duszach.
- Mówimy o magii, o możliwościach. A możliwości zawsze powinny zostać zbadane. Gdzie ona teraz jest?
- Mówiła, że idzie do galerii robić jakieś badania związane z obrazem.
- Dobrze, to znaczy, że trzyma się planu.
- Nie widziałeś jej.
- Ale zobaczę. A ty odkryłaś już coś?
- Jest kilka wątków, nad którymi pracuję.
- Dobra, dziś wieczorem spotykamy się u mnie. Zawiadom Zoe, a ja porozmawiam z Mal. – Kiedy popatrzyła na niego, marszcząc brwi, uśmiechnął się tylko. – Sama przyszłaś z tym do mnie. Od tej chwili jestem członkiem zespołu.

- Naprawdę jestem ci wdzięczna...
- Skarbie, każdy dzień, w którym uda mi się coś zmajstrować za plecami naszej nazistowskiej cizi, to dla mnie święto.

Mimo to Tod, zanim otworzył drzwi pomieszczenia dawniej stanowiącego gabinet Malory, a w którym teraz królowała Pamela, najpierw rozejrzał się ostrożnie.
- O Boże, co ona tu nawyprawiała?
- Obrzydlistwo, prawda? – wzdrygnął się Tod. – Zupełnie jakby ściany rzygnęły Ludwikiem XIV. Jedyną satysfakcję stanowi dla mnie fakt, że ona też musi na to spoglądać, ilekroć tu wchodzi.

Pokój był niesamowicie zagracony. Biurko o wygiętych liniach, stoły, krzesła, dwie wykończone chwostami otomany, wszystko walczyło o odrobinę przestrzeni na tle gobelinu krzyczącego czerwienią i złotem. Na ścianach gęsto rozwieszone były obrazy, w przytłaczających, masywnych, złotych, rzeźbionych ramach, każdy skrawek miejsca okupowały statuetki, ornamentalne miseczki, rzeźbione puzdra, wyroby szklane i Bóg wie co jeszcze. Poszczególne przedmioty stanowiły małe arcydzieła. Zebrane razem na tej niewielkiej przestrzeni sprawiały wrażenie ekskluzywnej garażowej wyprzedaży.

– Jak ona sobie radzi?

– Ma swoich pieszczochów i niewolników – mnie, Ernestine, Julię i Franca. A Simone Legrée tylko siedzi na tronie i wydaje rozkazy. Tak, Malory, szczęśliwie udało ci się zwiać.

– Może faktycznie. – A jednak to nadal bolało; ponownie przekroczyła drzwi galerii, wiedząc, że dla niej nie ma tu już miejsca. Nie wiedziała zresztą, gdzie jest jej miejsce.

– Gdzie polazła teraz?

– Lunch w klubie. – Tod popatrzył na zegarek. – Masz dwie godziny.

– Wystarczy aż nadto. Potrzebna mi lista klientów – powiedziała, kierując się w stronę komputera na biurku.

– Chcesz sprzątnąć paru sprzed jej nosa po operacji plastycznej?

– Nie. Niezły pomysł, ale nie. Usiłuję zidentyfikować autora pewnego obrazu, więc muszę sprawdzić, kto kupuje rzeczy w podobnym stylu. Spis obrazów o tematyce mitologicznej też będzie mi potrzebny. Cholera jasna, zmieniła hasło.

– Moje.

– Używa twojego hasła?

– Nie, hasło brzmi: MOJE. – Tod uśmiechnął się szelmowsko. – Po tym, jak zapomniała dwa poprzednie, zapisała je sobie na karteczce. No i przypadkiem zdarzyło mi się... niechcący... natrafić na tę notkę.

– Kocham cię, Tod – mruknęła Malory, wprowadzając hasło.

– Czy na tyle, żeby mi powiedzieć, o co chodzi?

– Więcej nawet, ale w tym wypadku mam pewne zobowiązania. Musiałabym najpierw porozmawiać z dwiema osobami. – Pracowała szybko, wyszukując pełną listę klientów, którą kopiowała na przyniesioną ze sobą dyskietkę. – Przysięgam, że nie użyję tego w żadnym nielegalnym czy nieetycznym celu.

– A to cholerna szkoda.

Roześmiała się, otwierając torebkę. Podała Todowi zdjęcie.

– Rozpoznajesz ten obraz?

– Hm, nie. Chociaż z czymś mi się on kojarzy.

– No właśnie, mnie też. Nie potrafię go nigdzie przypasować,

a jednocześnie cały czas coś mi się błąka po głowie. Musiałam gdzieś widzieć inne prace tego malarza. – Skończyła kopiować plik, otworzyła następny i włożyła kolejną dyskietkę. – Jeśli sobie przypomnisz, zadzwoń do mnie. Nieważne, w dzień czy w nocy.
– Brzmi jak coś pilnego.
– Jeśli ta sprawa nie jest po prostu psychotycznym epizodem w moim życiu, może się okazać wyjątkowo pilna.
– Czy to ma coś wspólnego z M. F. Hennessym? Pracujesz nad artykułem do gazety?
Malory wytrzeszczyła oczy.
– Skąd ci to przyszło do głowy?
– Widziano cię jedzącą z nim kolację wczoraj wieczorem. Do mnie wszystko dociera – wyjaśnił Tod.
– Nie, to nie ma nic wspólnego z nim, przynajmniej nie bezpośrednio. I nie piszę niczego do gazety. Znasz Flynna?
– Tylko z moich snów. Gorący typek.
– No dobrze. Może zacznę się z nim spotykać. Początkowo nie miałam takiego zamiaru, ale chyba jednak się zdecyduję.
– Całowaliście się?
– Parę razy.
– I jak wypadł?
– Sam szczyt skali.
– Seks?
– Niewiele brakowało, ale rozsądek zwyciężył.
– Cholera.
– Poza tym jest zabawny, interesujący i miły. Apodyktyczny, ale w taki przemyślny sposób, że człowiek niemal nie zauważa, że jest manipulowany. Poza tym przebiegły i wytrwały – tak mi się przynajmniej wydaje.
– Prawdziwy ideał. Mogę go mieć?
– Przykro mi, ale chyba zatrzymam go dla siebie. – Wyjęła dyskietkę i starannie pozamykała pliki. – Misja zakończona, bez strat w ludziach. Dzięki, Tod – zarzuciła mu ręce na szyję, całując mocno i głośno. – Teraz muszę nad tym popracować.

Zamknęła się w mieszkaniu i przystąpiła do systematycznego sprawdzania, porównywania i eliminowania danych. Kiedy szła do Flynna, listę klientów galerii miała zredukowaną o siedemdziesiąt procent.
Dana już była w mieszkaniu brata.

– Jadłaś?

– Nie. – Malory rozejrzała się ostrożnie w poszukiwaniu Moego. – Zapomniałam.

– Nie szkodzi, zamówiliśmy pizzę. Flynn z Moem wariują za domem, jak co wieczór. Nie masz nic przeciwko temu, że opowiedziałam mu o twoim śnie?

– Nie, w końcu i tak wciągnęłyśmy go w naszą grę.

– No to właź i siadaj. Wino też mamy.

Nie zdążyła jeszcze dobrze usiąść, kiedy nadeszła Zoe, holując Simona.

– Mam nadzieję, że nie będzie przeszkadzał. Nie mogłam załatwić opiekunki.

Simon przewrócił oczami.

– Nie potrzebuję opiekunki.

– Ale ja potrzebuję. – Zoe zaplotła ramię wokół szyi syna. – Musi odrobić lekcje, więc jeśli znalazłby się dla niego kącik... Kajdanki mam.

Dana mrugnęła okiem.

– Najlepiej w lochach. Najpierw tortury, a potem pizza, odpowiada?

– Właśnie zjedliśmy...

– Ja mogę zjeść pizzę – przerwał Simon. W tym momencie do pokoju wtargnął Moe i chłopiec wydał pełen zachwytu okrzyk. – Jaki wielki pies!

– Simon, nie...

Ale chłopiec i pies już biegli ku sobie, ogarnięci uczuciem wzajemnej miłości od pierwszego wejrzenia.

– Hej, Flynn, zobacz, kogo Zoe przyprowadziła. Mamy go zmusić do odrobienia lekcji.

– Świetnie, zawsze miałem chęć się na kimś wyżyć. Ty jesteś Simon, prawda?

– Yhy. Świetny pies, proszę pana.

– Pies ma na imię Moe, a ja Flynn. Zoe, czy Simon może zabrać Moego na dwór, niech sobie trochę poszaleją?

– Jasne. Simon, dwadzieścia minut, a potem do książek.

– Spoko.

– Idźcie za dom – tłumaczył Flynn. – Tam leży piłka, nosząca ślady psich zębów i pazurów. Masz za nią biegać, a potem mu przynosić. Moe tak lubi.

– Zabawny jesteś – zawyrokował Simon. – Moe, idziemy.

- Pizza – zaanonsowała Dana, słysząc dzwonek u drzwi. –
Mam wołać go z powrotem?
  – Nie, nie trzeba. Dopiero co zjadł trzy porcje spaghetti.
  – Flynn, bądź dżentelmenem, zapłać za pizzę.
  – Dlaczego to zawsze ja mam być dżentelmenem? – Flynn zerknął na Malory i uśmiechnął się. – A, już wiem dlaczego.
  Dana usiadła na podłodze i rozłożyła na kolanach czysty notes.
  – Najpierw uporządkujmy fakty. Bibliotekarka we mnie się tego domaga. Zoe, nalej sobie wina. Niech każdy z nas opowie, co odkrył czy wymyślił od czasu, kiedy widzieliśmy się po raz ostatni.
  – Nie zwojowałam zbyt wiele – przyznała Zoe, wyciągając z płóciennej torby plik kartek. – Ale przepisałam na maszynie wszystkie notatki.
  – Zuch dziewczynka. – Zachwycona Dana wzięła od niej kartki, a kiedy brat położył na stoliku dwa pudełka z pizzą, natychmiast rzuciła się na jedną z nich. – Konam z głodu.
  – Też mi nowina. – Flynn usiadł na sofie obok Malory, odwrócił jej twarz ku sobie i pocałował, długo i mocno. – Cześć.
  – No, no, a mnie też dasz buzi?
  Słysząc pytanie Zoe, uniósł się nieco i poruszył brwiami. Kiedy jednak pochylił się nad nią, roześmiała się i odepchnęła go lekko.
  – Lepiej skosztuję wina.
  – Jeśli Flynn skończył z całowaniem dziewcząt... – zaczęła Dana.
  – To nastąpi dopiero, kiedy będę wydawał ostatnie tchnienie.
  – Siadaj – poleciła Dana. – Wszyscy wiemy, co spotkało Malory. Tu mam jej notatki, które dołączam do naszych danych.
  – Przyniosłam coś jeszcze. – Malory sięgnęła po kawałek pizzy i położyła na papierowym talerzu. – Mam listę osób, klientów galerii, którzy kupili albo w jakikolwiek inny sposób wyrazili zainteresowanie dziełami o tematyce mitologicznej. Próbowałam też szukać pokrewieństw stylowych, ale to wymaga więcej czasu. Jutro zamierzam wykonać kilka telefonów.
  – Mogę ci pomóc – zaproponowała Zoe. – Przyszło mi na myśl, że może powinnyśmy poszukać obrazów, na których namalowany jest klucz?
  – Dobry pomysł – uznała Malory, odrywając z rolki kawałek papierowego ręcznika, służącego za serwetki. – Jutro jestem umówiona w kilku miejscach, ale tym też mogę się zająć.

– Ja skupiłam się na analizie tekstu samych wskazówek. – Dana uniosła kieliszek. – Gdyby tak wyodrębnić z nich słowa kluczowe i porównać z nazwami rozmaitych miejsc, takich jak sklepy czy restauracje. Na przykład śpiewająca bogini. Jak dotąd nie natrafiłam na lokal, sklep czy posiadłość o takiej nazwie, ale przecież to nie oznacza, że takie nie istnieją.

– Nieźle – przyznał Flynn, sięgając po kolejny kawałek pizzy.

– Mam jeszcze coś. – Dana nie powiedziała, co odkryła, dopóki nie wzięła sobie następnego kawałka pizzy i nie dolała wina. – Sprawdziłam przez wyszukiwarkę internetową te trzy imiona, które Malory usłyszała w swoim... w swoim śnie. Sama Niniane pojawia się kilkakrotnie. W niektórych legendach występuje jako czarodziejka, która usidliła Merlina i uwięziła go w kryształowej jaskini. W innej wersji jest jego matką. Ale kiedy połączyłam jej imię z pozostałymi dwoma, zostałam odesłana do jednej strony, takiej niewielkiej, ezoterycznej witryny poświęconej kultowi wielkiej bogini. Można tam znaleźć rozmaite warianty legendy o Szklanych Córach, noszących te właśnie imiona.

– Bo to są ich imiona. Nie wierzysz chyba w podobny zbieg okoliczności, że najpierw ja wymyśliłam je we śnie, a potem ty znajdujesz je w Internecie.

– Nie – powiedziała Dana ostrożnie. – Ale czy nie przychodzi ci do głowy inna możliwość? Że trafiłaś w Internecie na tę samą stronę i imiona zapadły ci w pamięć?

– Przecież zapisałabym je albo zapamiętała. Nigdy ich przedtem nie słyszałam, dopóki mi się nie wyśniły.

– Spokojnie – Flynn potarł dłonią kolano – teraz moja kolej. Po pierwsze, nie natrafiłem na ślad żadnej firmy przewozowej organizującej transport mebli na Wzgórze Wojownika. Po drugie, ani śladu firmy świadczącej taką usługę dla klientów o nazwie Triada.

– No przecież ktoś musiał przewozić cały ten ich kram – wtrąciła Dana. – Nie wyobrażasz sobie chyba, że wystarczyło im postukać obcasami rubinowych trzewiczków.

– Po prostu podaję fakty. Nie załatwiali też niczego przez pośrednika nieruchomości. Jakichkolwiek śladów prowadzących do Roweny, Pitte'a czy na Wzgórze Wojownika. Nie twierdzę, że takowe nie istnieją – dodał, uprzedzając protesty siostry. – Po prostu kierując się logiką, nie natrafiłem na żaden z nich.

– Wobec tego musimy zapomnieć o logice – stwierdziła Zoe.

– No właśnie. Ale przedtem został mi do zrobienia ostatni, sensowny krok. Czy znam kogoś, kto kolekcjonuje dzieła sztuki i mógłby mi służyć pomocą? Owszem, rodzinę Vane'ów. Zadzwoniłem więc do mojego starego kumpla Brada. I co się okazało? Za parę dni tu się sprowadza.

– Brad wraca do Valley? – zainteresowała się Dana.

– Tak, przejmuje lokalną filię HomeMakers. Brad odziedziczył Vane'owską pasję kolekcjonerską. Opisałem mu obraz albo przynajmniej usiłowałem to zrobić. Wystarczyło kilka zdań, a natychmiast rzucił tytuł: „Szklane Córy".

– To niemożliwe. Słyszałabym o takim obrazie. – Malory zerwała się na równe nogi. – Kto go namalował?

– Na temat autora nie wiadomo nic pewnego.

– To po prostu niemożliwe – powtórzyła Malory. – Przecież to był ktoś obdarzony ogromnym talentem. Słyszałabym o nim. Znałabym jakieś jego prace.

– Niekoniecznie. Zdaniem Brada nikt nie słyszał o nim zbyt wiele. „Szklane Córy" ostatnio widziano w prywatnym domu w Londynie. Tam też, jak wszystko na to wskazuje, obraz uległ zniszczeniu w czasie nalotów. W 1942 roku.

Rozdział ósmy

$\mathcal{M}$alory zamknęła się w mieszkaniu na całe dwa dni, by grzebać w książkach, telefonować i pisać e-maile. Doszła do wniosku, że tropienie dziesięciu wątków i hipotez naraz pozbawione jest sensu. O wiele rozsądniejsze jest prowadzenie badań w sposób usystematyzowany, posługując się przy tym zdobyczami techniki i kierując logiką.

Nie potrafiła funkcjonować, ba, nawet myśleć, w rozgardiaszu. Właśnie dlatego, przyznała teraz, starannie opisując kolejny dokument, nie sprawdziła się jako artystka. Sztuka, ta prawdziwa, wymagała owej tajemniczej, wrodzonej zdolności pogrążenia się w chaosie. Tak przynajmniej uważała. Aby tworzyć, człowiek musi mieć zdolność postrzegania, rozumienia i przeżywania wielu różnorodnych uczuć jednocześnie. Do tego dochodził oczywiście jeszcze taki drobiazg jak talent, by te emocje przenieść na płótno.

Jej owych darów brakowało – każdego z nich – podczas gdy twórca „Szklanych Cór" obdarzony był nimi w nadmiarze.

Obraz ze Wzgórza Wojownika, bądź inne dzieło tego samego malarza, stanowił trop; teraz była tego już całkiem pewna. W przeciwnym wypadku dlaczego bez przerwy wracałaby do niego myślą, dlaczego we śnie zostałaby przeniesiona w wyobrażony na nim świat.

Z jakiego innego powodu miałaby zostać wybrana, by odnaleźć pierwszy klucz, jeśli nie swojej znajomości sztuki i kontaktów w świecie artystycznym?

Wskazówki mówiły o szukaniu „wewnątrz" i „na zewnątrz". Wewnątrz tego portretu i innych płócien jego twórcy? Czy „na zewnątrz" oznaczało przestudiowanie tego, co otaczało malowidło?

Otworzyła teczkę z dokumentami i uważnie przyjrzała się fotografii. Co otaczało Córy? Pokój i piękno, miłość i namiętność. Groźba, że to wszystko może ulec zniszczeniu. A także sposób odwrócenia Zła, pomyślała nagle.

Klucz w powietrzu, na drzewie, w wodzie.

Chyba nie oczekiwano od niej, że wyciągnie magiczny klucz z powietrza czy zdejmie z gałęzi drzewa? Co więc to mogło oznaczać? I który z trzech kluczy był tym jej przeznaczonym? Czyżby brała to wszystko zbyt dosłownie? Może. A jeśli „wewnątrz" oznaczało, że powinna zajrzeć w głąb siebie, przeanalizować wywołane obrazem uczucia, zarówno emocjonalne, jak i intelektualne?

„Gdzie śpiewa bogini", przypomniała sobie, wstając znad stosu dokumentów, żeby rozprostować nogi. W jej śnie nikt nie śpiewał. Ale szmer wody w fontannie kojarzył jej się z muzyką. Może więc to wszystko ma jakiś związek z wodą?

Może jej kluczem jest właśnie woda?

No tak, pomyślała z irytacją, nawet nie wyszłam z domu, a i tak kręcę się w kółko.

Zostały jej jeszcze tylko trzy tygodnie.

Na odgłos szybkiego stukania w oszklone drzwi patio serce gwałtownie podeszło jej do gardła. Na zewnątrz stał mężczyzna z psem. Instynktownie przejechała ręką po włosach, które rano zebrała w nieporządny koński ogon. Makijażem czy zmianą workowatych bawełnianych spodni i bluzy, w których sypiała, w ogóle nie zawracała sobie głowy.

Nie mogła wyglądać dobrze. Więcej, z pewnością wyglądała gorzej niż fatalnie.

Flynn też musiał to zauważyć, bo kiedy otworzyła mu drzwi, obrzucił ją długim, poważnym spojrzeniem.

– Skarbie, musisz się trochę przewietrzyć.

Czuła, dosłownie czuła, jak na jej twarzy pojawia się wyraz nadąsania.

– Jestem zajęta. Pracuję.

– Jasne. – Obrzucił wzrokiem starannie poukładane stosy dokumentów na dużym stole, wytworny dzbanek do kawy i porcelanową filiżankę, małe plastikowe pojemniczki, wszystkie w identycznym odcieniu czerwieni, zawierające ołówki, spinacze i karteczki samoprzylepne. Szklany przycisk do papieru z masą wirujących, kolorowych wstążek w środku spoczywał na pliku zadrukowanych kartek. Pod stołem stało duże, biurowe pudło. Flynn wyobraził sobie, że każdego wieczoru Malory chowa w nim wszystkie rzeczy potrzebne jej do pracy, a następnego ranka wyciąga je na powrót. Wydało mu się to zdumiewające i w pewien sposób wzruszające. Nawet kiedy była sama, nawet kiedy pracowała, utrzymywała wokół siebie wzorowy porządek.

Moe trącił ją pyskiem w nogę, szykując się do skoku. Teraz potrafiła już rozpoznać te sygnały, więc szybko wyciągnęła rękę.

– Żadnego skakania. – Moe aż zadygotał, ogarnięty pragnieniem okazania posłuszeństwa. W nagrodę poklepała go po łbie. – Nie mam żadnych...

– Nie wypowiadaj tego słowa. Nie wypowiadaj żadnego słowa oznaczającego jedzenie. Z miejsca zacznie szaleć. Chodź, na dworze jest pięknie. – Ujął Malory za rękę. – Idziemy na spacer.

– Pracuję. A dlaczego ty nie jesteś w redakcji?

– Bo jest po szóstej, a czasami lubię poudawać, że oprócz pracy mam jeszcze życie prywatne.

– Po szóstej. – Zerknęła na rękę, ale przypomniała sobie, że dziś rano wcale zegarka nie zakładała. Kolejny sygnał, że w jej dotychczas uporządkowanym życiu coś się pogmatwało. – Nie zdawałam sobie sprawy, że już tak późno.

– I właśnie dlatego potrzebny ci spacer, świeże powietrze i odrobina ruchu.

– Może, ale przecież nie wyjdę tak, jak stoję.

– Dlaczego?

– Bo jestem w piżamie.

– Ten strój wcale nie wygląda na piżamę.

– Ale jest piżamą i nie wyjdę w niej na dwór. Ani tak uczesana, ani bez makijażu.

– Nie jest ściśle określone, jak należy się ubierać, idąc z psem na spacer. – Ponieważ jednak był mężczyzną posiadającym matkę i siostrę, znał reguły gry. – Skoro jednak chcesz się przebrać, to my poczekamy.

Flynn dobrze znał kobiety, więc wiedział, że czekanie może trwać od dziesięciu minut po nieskończoność. Nie przeszkadzało mu to jednak, gdyż wszelkie czynności związane z kobiecym szykowaniem się do wyjścia nauczył się traktować jako pewnego rodzaju rytuał. Dzięki niemu mógł teraz siedzieć na patio Malory, z Moem rozwalonym na jego stopach, i notować pomysły do felietonów. Uważał, że czas marnowało się jedynie wówczas, jeśli nie robiło się zupełnie nic. Natomiast nawet jeśli zajęcie polegało na wpatrywaniu się w przestrzeń, z umysłem dryfującym swobodnie tam, gdzie go zniesie najsilniejszy w danej chwili prąd, wszystko było w porządku.

Ponieważ jednak w tej chwili nieustannie znosiło go w kierunku Malory i tego, żeby jej znowu dotknąć, doszedł do wniosku, że bardziej produktywne będzie spożytkowanie energii, jeśli zajmie się kwestiami związanymi z pracą. Skoro Brad wracał do Valley, „Dispatch" powinien zamieścić dłuższy artykuł o nim, o rodzinie Vane'ów, o HomeMakers. Przedstawić historię firmy, jej funkcjonowanie w obecnych realiach ekonomicznych, plany na przyszłość.

Sam go napisze, łącząc zainteresowania osobiste z zawodowymi. Podobnie jak w przypadku Malory, pomyślał, przystępując do sporządzania listy pasujących do niej określeń.

Blondynka, bystra, piękna – stały na czele.

– Zawsze jest jakiś początek – wytłumaczył Moemu. – Nie została wybrana bez przyczyny, a owa przyczyna z kolei musi mieć związek z tym, kim Malory jest. Albo nie jest.

Metodyczna. Obdarzona artystyczną naturą.

Do tej pory nie miał okazji spotkać kogoś, kto łączyłby w sobie obie te cechy.

Niezamężna. Bezrobotna.

Warto by napisać artykuł o samotnych dwudziesto- i trzydziestolatkach w Valley. Randki w małym amerykańskim miasteczku. Gdyby zlecił ten temat Rhodzie, może zaczęłaby się do niego odzywać?

Kątem oka zanotował jakiś ruch, więc spojrzał w tamtą stronę. Na patio weszła Malory. Przeobrażenie się zajęło jej znacznie mniej czasu, niż przypuszczał.

Wstał i przytrzymał psa za obrożę, zanim zdążył skoczyć.

– Wyglądasz szałowo. A pachniesz jeszcze lepiej.

– I tak ma zostać. – Pochyliła się i lekko poklepała Moego po nosie. – Żadnego skakania.

– Wiesz co, pojedźmy nad rzekę. Moe się wybiega.

Musiała przyznać Flynnowi punkty. Zwykły spacer z psem udało mu się przeobrazić w randkę, a dokonał tego tak sprytnie, iż nawet nie zorientowała się, że jest na randce, dopóki nie usiadła na kocu nad brzegiem rzeki, jedząc pieczonego kurczaka, podczas gdy dookoła szalał Moe, z nadzieją poszczekując na wiewiórki.

Nie mogła gniewać się na niego – miała znakomite samopoczucie, powietrze było chłodne i orzeźwiające, a światło coraz łagodniejsze, w miarę jak słońce z wolna zapadało na zachodzie. Kiedy zupełnie zniknie za wzgórzami, kolory wokół zblakną, kontury złagodnieją, a temperatura się obniży. Będzie musiała włożyć lekki żakiet, który zabrała z domu – to znaczy, będzie musiała go włożyć, jeśli zostaną nad rzeką na tyle długo, by zobaczyć wschodzące gwiazdy.

Kiedy po raz ostatni przypatrywała się wschodzącym gwiazdom?

Zaczęła się zastanawiać, czy wymuszona hibernacja spowodowała w jej umyśle cokolwiek poza kompletnym zastojem.

Nie lubiła się izolować. Potrzebowała kontaktów z ludźmi. Rozmów, stymulacji, dźwięków, ruchu. Uświadomiwszy to sobie, nagle zrozumiała, jak bardzo niezbędna jest jej praca. Potrzebowałaby jej nawet wówczas, gdyby stała się posiadaczką owego mitycznego miliona dolarów na drugim krańcu tęczy. Po prostu do codziennego ładowania akumulatorów.

– Muszę przyznać, iż cieszę się, że wyciągnąłeś mnie z domu.

– Nie jesteś jaskiniowcem. – Flynn pogrzebał w kubełku, w poszukiwaniu kolejnego udka. Popatrzyła na niego, marszcząc czoło. – Jesteś zwierzęciem stadnym. Na przykład Dana, ta ma w sobie o wiele więcej z jaskiniowca niż ze zwierzęcia stadnego. Zostaw ją samą, a mając dwie góry książek i wiadro kawy, będzie absolutnie szczęśliwa. Przynajmniej przez kilka tygodni. Dopiero potem zapragnie wyjść na chwilę, zaczerpnąć świeżego powietrza. Ja po dwóch takich dniach zacząłbym wariować. Potrzebuję działania. Ty tak samo.

– Masz rację. Natomiast nie jestem pewna, co sądzić o tym, że tak szybko mnie rozszyfrowałeś.

– Szybko to pojęcie względne. W ubiegłym tygodniu spędziłem... och... dobry rok na rozmyślaniach o tobie. A na wypadek, gdybyś się dziwiła, powiem od razu, że upłynęło sporo czasu, odkąd poświęciłem tyle myśli kobiecie.

– Nie wiem, czemu się dziwię. A zresztą wiem – poprawiła się.

– Dziwię się, dlaczego nie wspominasz o kluczu, nie pytasz, jak mi idą poszukiwania.

– Ponieważ chwilowo masz tego tematu po dziurki w nosie. Gdybyś chciała porozmawiać o kluczach, sama zaczęłabyś. Nie jesteś przecież nieśmiała.

– Kolejny strzał w dziesiątkę. Dlaczego mnie tu przywiozłeś? Tak daleko od miasta?

– Bo tu jest spokój. Bo tu jest ładnie. Bo Moe lubi to miejsce. Bo istnieje ułamek szansy, że położysz się nago na tym kocu.

– Ułamek równy niemal zeru.

– Wystarczający, aby trzymać mnie przy życiu. – Zanurzył plastikowy widelec w pojemniku z sałatką ziemniaczaną. – I chciałem sprawdzić, czy Brad już przyjechał. – Przez wijącą się niczym wstążka rzekę popatrzył na rozłożysty, piętrowy dom na przeciwległym brzegu. – Raczej nie wygląda na to.

– Brakuje ci go.

– Teraz ty strzeliłaś w dziesiątkę.

Zerwała źdźbło trawy i przesuwała je powoli między palcami.

– Mam kilku przyjaciół, jeszcze z college'u. Byliśmy ze sobą bardzo zżyci i chyba wszystkim nam się wydawało, że na zawsze już pozostaniemy sobie bliscy. A potem ludzie się porozjeżdżali i prawie się nie widujemy. Najwyżej raz, dwa razy do roku, jeśli nam się uda. Dzwonimy do siebie, pisujemy e-maile, ale to nie to samo. Brakuje mi ich. Brakuje mi nas wszystkich takimi, jakimi byliśmy, przyjaźniąc się. Tej telepatii, którą człowiek w sobie rozwija i dzięki której wie, co druga osoba w danym momencie myśli i jak zareagowałaby w jakiejś konkretnej sytuacji. Czy ty odczuwasz podobnie?

– W dużym stopniu.

Wyciągnął rękę i zaczął się bawić jej włosami, tak samo machinalnie jak ona bawiła się źdźbłem trawy. – Ale ja i Brad znamy się od dziecka. Żaden z nas specjalnie nie przepada za telefonowaniem, może dlatego, że w pracy większość czasu spędzamy ze słuchawką przy uchu. Pozostają e-maile. Jordan, o ten jest królem e-maili.

– Widziałam go raz cztery lata temu, może przez jakieś dziewięćdziesiąt sekund, w Pittsburghu, gdzie podpisywał książkę. Ciemny, przystojny, z tym niebezpiecznym błyskiem w oku.

– A ty lubisz takie niebezpieczeństwa.

Roześmiała się. Flynn siedział na wypłowiałym kocu i jadł kurczaka z kubełka, podczas gdy jego wielki, głupi pies szczekał na wiewiórkę siedzącą na drzewie, dobre dziesięć stóp nad jego głową.

W chwilę później leżała na plecach, przygnieciona ciałem Flynna.

Jego usta były niebezpieczne. Niemądrze zrobiła, zapominając o tym. Na zewnątrz mógł się wydawać gładki i układny, ale przecież w jego wnętrzu szalały burze, potrafiące zwalić z nóg nieprzygotowanego człowieka, zanim zdążył pomyśleć o schronieniu.

Nie myślała więc o niczym, tylko poddała się nawałnicy, pozwalając, by ta sekretna część jej osobowości, której do tej pory nigdy nie odważyła się ujawniać, objawiła się teraz.

– I jak? – wymamrotał, z ustami na jej szyi.

– Jak do tej pory, znakomicie.

Uniósł głowę i popatrzył na nią, czując, jak serce wali mu w piersi.

– Coś się rodzi. Coś potężnego.

– Nie sądzę...

– A właśnie, że sądzisz. – Niecierpliwie, gwałtownie wyrzucał z siebie słowa. – Może nie chcesz tego poczuć – ja zresztą też nie palę się do tego – ale tak właśnie czujesz. Nienawidzę tej wyświechtanej metafory, ale to jest jak obrócenie klucza w zamku. Doskonale słyszę to cholerne kliknięcie. – Podniósł się i przesunął ręką po włosach. – A na żadne klikania tego typu nie jestem jeszcze gotowy.

Usiadła, w pośpiechu wygładzając spódnicę. Jego gniew irytował ją i podniecał równocześnie.

– A czy sądzisz, że ja chcę je słyszeć? I bez ciebie – klikającego mi w mózgu – mam dosyć na głowie. Muszę znaleźć pierwszy klucz, a pojęcia nie mam, jak się do tego zabrać. Muszę szukać pracy. A nie chcę żadnej głupiej. Chcę...

– Tak? Czego chcesz?

– Nie wiem. – Zerwała się na nogi, czując, jak wszystko się w niej gotuje. Odwróciła się i z rękami założonymi na piersiach utkwiła wzrok w domu na drugim brzegu rzeki. – A do tej pory zawsze wiedziałam, czego chcę.

– Jesteś na mnie zła.

Wstał, ale nie zbliżył się do niej. Cokolwiek dominowało w nim teraz – gniew, pożądanie czy obawa – uczucia były zbyt chwiejne i rozedrgane, by ryzykować jej dotknięcie.

Wiatr, podobnie jak przedtem on, bawił się włosami kobiety. Sunące po niebie chmury barwy starego złota wyglądały niczym przeniesione ze starego obrazu. Na ich tle rysowała się Malory, krucha i piękna, na wpół odwrócona od niego, podczas gdy zachodzące słońce wystrzeliło ostatnią cienką, złotą smugę ze wzniesień na zachodzie.

– Jedyna rzecz, jakiej jestem absolutnie pewien, że pragnąłem jej kiedykolwiek, to ty.

Zerknęła na niego, czując w środku niespokojne trzepotanie skrzydeł.

– Nie wyobrażam sobie, że jestem jedyną kobietą, z którą kiedykolwiek pragnąłeś się przespać.

– Nie. Pierwsza była Joley Ridenbecker. Mieliśmy po trzynaście lat i moje pragnienie nigdy nie zostało zaspokojone.

– Teraz sobie żartujesz.

– Wcale nie. – Zbliżył się do niej i powiedział łagodnie: – Pragnąłem Joley tak mocno, jak tylko potrafi pragnąć trzynastolatek. Było to uczucie żarliwe, niemal bolesne i jednocześnie słodkie. Później odkryłem, co ono naprawdę oznacza. Pożądałem wielu kobiet. Jedną nawet kochałem – stąd wiem, jaka jest różnica między pragnieniem kobiety a pragnieniem ciebie. Gdyby zależało mi tylko na seksie, nie byłbym taki wkurzony.

– A to już nie moja wina, że jesteś wkurzony – warknęła. – Zresztą wcale nie wyglądasz na specjalnie wkurzonego.

– Wiem. Ilekroć jestem naprawdę wściekły, sprawiam wrażenie najbardziej zrównoważonego pod słońcem. To prawdziwe przekleństwo. – Podniósł piłkę, którą Moe wypluł, i cisnął z całej siły. – A jeśli sądzisz, że to taka wielka radość dostrzegać jednocześnie słuszność argumentów obu stron sporu, to pozwól sobie powiedzieć, że jest to umiejętność równie dokuczliwa jak wrzód na dupie.

– Kim ona była?

Wzruszył ramionami, podniósł piłkę, którą Moe zdążył już przynieść, i rzucił ponownie.

– Nieważne.

– Nie powiedziałabym. Sądzę, że ona nadal jest ważna.

– Po prostu nam nie wyszło.

– Świetnie. Powinnam się już zbierać. – Malory uklękła i zaczęła starannie uprzątać resztki ich zaimprowizowanego posiłku.

– To umiejętność, którą kobiety opanowały do perfekcji. Takie dawanie człowiekowi do zrozumienia, żeby się odpieprzył – wyjaśnił Moemu, ponownie rzucając piłkę. – Zostawiła mnie. Albo ja nie pojechałem za nią. Wszystko zależy od punktu widzenia. Spędziliśmy ze sobą większą część roku. Była reporterką w lokalnej stacji telewizyjnej, trafiła do weekendowych wiadomości, potem do wieczornych. Była dobra. Oczywiście wiedliśmy te niekończące się spory i dyskusje na temat wpływu i znaczenia informacji w mediach. Planowaliśmy się pobrać i przenieść do Nowego Jorku. Kiedyś. Potem ona otrzymała stamtąd propozycję pracy i pojechała. Ja zostałem.

– Dlaczego?

– Bo jestem taki jak ten pieprzony George Bailey. – Piłka wystrzeliła w powietrze niczym rakieta.

– Nie rozumiem.

– George Bailey zrezygnował z marzeń o pełnych przygód podróżach i został w rodzinnym miasteczku, żeby ratować kasę oszczędnościowo-pożyczkową. Jimmym Stewartem też nie jestem i dla mnie „Dispatch" okazał się tym, czym owa pieprzona kasa. Mój ojczym, ojciec Dany, zachorował. Matka scedowała na mnie część obowiązków naczelnego redaktora. Sądziłem, że tylko chwilowo, dopóki Joe nie stanie na nogi. Ale powaliło go na dobre. I lekarze, i matka uznali, że powinien unikać ostrych zim. Zresztą matka i Joe chcieli też – całkiem zresztą zasłużenie – przejść na emeryturę i trochę odpocząć. Matka zapowiedziała, że albo przejmę gazetę, albo ją zamknie. A moja matka nie rzuca słów na wiatr.

Ze śmiechem, w którym nie było śladu wesołości, wyrzucił piłkę w górę.

– Tego mogłem być pewny jak cholera. Albo Flynn poprowadzi „Valley Dispatch", albo Valley nie będzie miało „Dispatcha".

Michael Flynn Hennessy, pomyślała. A więc Flynn było nie tylko imieniem rodzinnym – stanowiło część dziedzictwa.

– Gdyby wiedziała, że pragniesz czegoś innego.

Udało mu się uśmiechnąć.

– Ona nie pragnęła czegoś innego. Nie mogłem wyjechać – tak po prostu otrząsnąć pył z sandałów i podążyć za Lily do Nowego Jorku. Ci wszyscy, których „Dispatch" zatrudniał, zostaliby wówczas na lodzie. Ktokolwiek wystartowałby z nową gazetą, nie przyjąłby do pracy nawet połowy z dawnego zespołu. Matka dobrze wiedziała, że nie pojadę. – Przyglądał się trzymanej w ręku piłce, powoli obracając ją w dłoni. – Zresztą nie lubiła Lily – dokończył spokojnie.

– Flynn...

Rzucił piłkę, ku szaleńczej radości Moego.

– Czekaj, bo to już się robi całkiem patetyczne i żałosne. Chciałem wyjechać. Kochałem Lily. Ale nie kochałem jej na tyle, żeby rzucić wszystko i ruszyć w ślad za nią, kiedy postawiła mi ultimatum. Ona też nie kochała mnie na tyle, żeby zostać, albo żeby chociaż dać mi czas, bym jakoś poukładał moje sprawy i dołączył do niej później.

W takim razie wcale się nie kochaliście, pomyślała Malory, jednak nie powiedziała tego głośno.

– Nie minął nawet miesiąc od jej wyjazdu, kiedy zadzwoniła do mnie, że zrywa zaręczyny. Pragnie skoncentrować się wyłącznie na karierze, nie jest w stanie wytrzymać napięcia związanego z narzeczeństwem na odległość. Ja mam być wolny, spotykać się z ludźmi, prowadzić normalne życie, a ona poświęci się wyłącznie pracy. W sześć miesięcy później została żoną naczelnego sekcji wiadomości NBC i od tej pory regularnie pięła się w górę. Dostała to, na czym jej zależało, a w rezultacie ja także.

Odwrócił się ku Malory. Twarz miał spokojną, w spojrzeniu nie było śladu gniewu.

– Matka miała rację – choć przyznaję to z wielką niechęcią. Nie myliła się. Tu jest moje miejsce i robię dokładnie to, czego pragnę.

– Fakt, że postrzegasz sprawę w ten sposób, wiele o tobie mówi.

Cisnął piłkę po raz ostatni.

– No i udało mi się spowodować, że mi współczujesz.

– Nie. – Choć tak naprawdę rzeczywiście mu współczuła. – Sprawiłeś, że cię szanuję. – Wstała z klęczek, podeszła do niego i pocałowała w policzek. – Chyba pamiętam tę Lily z wiadomości lokalnych. Ruda, dużo zębów, tak?

– Tak, to Lily.

– Głos zdecydowanie zbyt nosowy, a podbródek nijaki.

Pochylił głowę i teraz on cmoknął ją w policzek.

– Jak miło to powiedziałaś. Dzięki.

Moe przybiegł pędem i wyplul piłkę między nich oboje.

– Jak długo on tak jeszcze może? – zainteresowała się Malory.

– Do końca świata albo dopóki mi ramię nie odpadnie.

Wzięła zamach nogą i z całych sił kopnęła piłkę.

– Robi się ciemno – powiedziała, gdy Moe odbiegł w radosnych podskokach. – Powinieneś już odwieźć mnie do domu.

– Albo odwieźć Moego do domu, a my moglibyśmy... Oho, po sposobie, w jaki podnosisz brwi i ściągasz usta, widzę, że masz brudne myśli. Miałem zamiar powiedzieć, że moglibyśmy pójść do kina.

– Akurat.

– A właśnie, że tak. Przypadkiem mam nawet w samochodzie kawałek gazety z programem kin; możesz go sobie przestudiować.

Między nami znowu zapanowała harmonia, pomyślała Malory. Zapragnęła jeszcze raz pocałować go w policzek, tak po przy-

jacielsku. Dostosowała się jednak do jego tonu i odpowiedziała żartem.
- W samochodzie masz całą gazetę, bo to jest twoja gazeta.
- Nawet jeśli tak jest, pozwolę ci rzucić na nią okiem.
- A jeśli wybiorę jakieś ambitne dzieło z napisami?
- Będę cierpiał w milczeniu.
- Dobrze wiesz, że niczego takiego nie grają w naszym multipleksie.
- Ani w naszym, ani w żadnym innym. Chodź, Moe, jedziemy.

Malory doszła do wniosku, że wieczór bez ślęczenia nad zagadką, bez próby rozwiązywania problemów, doskonale jej zrobił. Rano promieniała energią, świeżością i optymizmem. Zainteresowanie tym skomplikowanym mężczyzną również przyczyniło się do poprawy nastroju.
Flynn był skomplikowany. Wydawało się tylko, że jest prostolinijny. Stanowił kolejną zagadkę do rozwiązania.
Nie mogła zaprzeczyć istnieniu owego kliknięcia, o którym wspominał. Zresztą dlaczego miałaby zaprzeczać? Jeśli chodzi o związki z mężczyznami, nigdy nie była hazardzistką - przeciwnie - wolała ostrożność. Najpierw musi sprawdzić, czy owo klikanie jest czysto erotycznej natury, czy też sygnalizuje coś głębszego.
Zagadka numer trzy, pomyślała, na powrót zasiadając do badań.
Pierwszy poranny telefon wprawił ją w zdumienie. Odłożywszy słuchawkę rzuciła się do swoich starych podręczników uniwersyteckich z historii sztuki.

Drzwi domu Vane'ów były otwarte na oścież. Kilku krzepkich mężczyzn kręciło się tam i z powrotem, wnosząc i wynosząc meble i rozmaite pudła. Już od samego spoglądania na nich Flynn poczuł ból w krzyżu.
Przypomniał sobie pewien weekend lata temu, kiedy on i Jordan wprowadzali się do wspólnie wynajętego mieszkania i z pomocą Brada przez trzy piętra targali po schodach kupioną z drugiej ręki kanapę, ważącą tyle co honda.
To były dni, pomyślał. Może lepiej, że już nie wrócą.
Moe wyskoczył za nim z samochodu i nie czekając na zaproszenie, runął prosto w otwarte drzwi. Flynn usłyszał najpierw brzdęk, a potem przekleństwo. Spiesząc za psem do środka, mógł się tylko modlić, by ofiarą Moego nie padł któryś z Vane'owskich antyków.

– Chryste, według ciebie to jest szczeniak?
– To był szczeniak. Rok temu. – Flynn popatrzył na najdaw-
niejszego ze swoich przyjaciół, z zapałem witanego i obślinianego
przez jego psa. W sercu poczuł radość.
– Przykro mi z powodu tego... co to było? Lampa?
Brad zerknął na odłamki porcelany zaścielające podłogę.
– Tak. Minutę temu. No w porządku, facet, siad.
– Moe, na dwór. Szukaj królika.
Moe wydał z siebie serię szczeknięć i pognał do drzwi.
– Jakiego królika?
– Takiego, który żyje w jego marzeniach sennych. – Flynn
uczynił krok do przodu, rozgniatając porcelanowe skorupy, i zamk-
nął Brada w mocnym, serdecznym uścisku.
– Świetnie wyglądasz. Prawdziwy dyrektor.
– Niby kto?
W znoszonych dżinsach i drelichowej roboczej koszuli Brad
w niczym nie przypominał dyrektora. Wysoki, szczupły, zdro-
wy, złote dziecko Vane'ów, rodzinne książątko, równie szczęśli-
wy, mogąc kierować ekipą budowlaną, jak i prowadzić zebranie
zarządu.
Może nawet szczęśliwszy.
– Zaglądałem tu wczoraj po południu, ale nikogo nie zastałem.
Kiedy przyjechałeś?
– Późnym wieczorem. Czekaj, zejdźmy z drogi – powiedział
Brad na widok tragarzy dźwigających kolejny ładunek. Gestem
uniesionego kciuka wskazał Flynnowi drogę do kuchni.
Dom zawsze był umeblowany, tak by dyrektorzy korporacji Va-
ne'ów i wizytujące firmę grube ryby mogły w nim przenocować.
Wcześniej mieszkali w nim sami Vane'owie i wówczas Flynn znał
go równie dobrze, jak swój własny.
Od czasów, kiedy żebrał tu o ciastka, kuchnię kilkakrotnie
przerabiano, natomiast widok z okien i drewnianej werandy pozo-
stał niezmieniony: lasy i woda, a na dalszym planie wzgórza.
Jakaś część jego dzieciństwa, ta najlepsza, związana była z tym
domem i z mężczyzną, który teraz miał w nim zamieszkać.
Brad nalał kawy i wyszli na werandę.
– Jak się czuje ktoś, kto powraca? – zapytał Flynn.
– Jeszcze nie wiem. Dziwnie. – Brad oparł się o balustradę i popatrzył przed siebie. – Niby nic się nie zmieniło, a jednocześnie
nic nie jest takie samo.

Odwrócił się, wyraźnie swobodny w tym otoczeniu. Równie swobodnie czuł się w metropolii, zresztą widać było, że ma wielkomiejską ogładę.

Jasne włosy Brada z wiekiem odrobinę przyciemniały, dołeczki w policzkach zniknęły wśród zmarszczek, co go bynajmniej nie martwiło. Oczy pod prostymi brwiami miały szarość kamienia. Najczęściej pozostawały skupione, nawet jeśli reszta twarzy zdawała się uśmiechać. To oczy odzwierciedlały jego prawdziwy nastrój, nigdy usta. Kiedy się śmiały, wiadomo było, że Brad promienieje szczerą radością.

Tak jak teraz.

– Ty draniu, jak dobrze widzieć cię znowu.

– Nigdy bym nie przypuszczał, że kiedykolwiek wrócisz. Nawet przez moment.

– Ja też nie. Rzeczy się zmieniają, Flynn. Zresztą świat jest tak chyba pomyślany. Przez ostatnie lata nieustannie coś mi doskwierało i w końcu uświadomiłem sobie, że to tęsknota za domem. A jak tam układają się pańskie sprawy, panie redaktorze naczelny?

– Jakoś leci. Zakładam, że zaabonujesz naszą gazetę. Załatwię w dziale prenumeraty – dorzucił, uśmiechając się szeroko. – Zamontujemy elegancką, czerwoną skrzynkę na podjeździe, tuż obok skrzynki na listy. Dostawa z samego rana, zwykle o siódmej.

– Jasne, wpisuj mnie na listę.

– Wpisuję. Planuję też przeprowadzić wywiad z Bradleyem Charlesem Vane'em IV w najwcześniejszym dogodnym dla niego terminie.

– Daj mi ze dwa dni wytchnienia, zanim z powrotem przedzierzgnę się w dyrektora.

– Przyszły poniedziałek? Przyjadę do ciebie.

– Chryste, z ciebie robi się prawdziwy Clark Kent. Gorzej, Lois Lane, tylko bez jej fantastycznych nóg. Nie wiem, co będę robił w przyszły poniedziałek, ale moja sekretarka zna cały plan.

– Świetnie. A co powiesz na parę piw i spotkanko dziś wieczorem?

– To już prędzej. Co porabia twoja rodzinka?

– Matka i Joe przenieśli się do Phoenix. Dobrze im się wiedzie.

– Miałem raczej na myśli uroczą Danę.

– No chyba nie masz zamiaru znowu uderzać do mojej siostry? To takie kłopotliwe.

– Ma kogoś.

– Samiuteńka.

– Nadal taka przy kości?

Flynn skrzywił się.

– Przymknij się, Vane.

– Uwielbiam się z tobą drażnić. – Brad westchnął. – Ale chociaż to czysta rozrywka, właściwie nie dlatego prosiłem, żebyś wpadł. Widzisz, mam coś, co pewnie sam chciałbyś obejrzeć. Odkąd mi powiedziałeś, w co wplątała się Dana i jej przyjaciółki, nie przestaję o tym myśleć.

– Wiesz coś o tych ludziach ze Wzgórza Wojownika?

– Nie, ale znam się trochę na sztuce. Chodź, kazałem to postawić w wielkim salonie. I kończyłem osobiście rozpakowywać, kiedy usłyszałem, że zajeżdżasz.

Skręcił za róg werandy, ku podwójnym, przeszklonym drzwiom w obramieniu rzeźbionych paneli.

Wielki salon pysznił się strzelistym stropem, okrągłym balkonem i kominkiem z potężnym paleniskiem w malachitowej obudowie, na tle dębowej boazerii ze złoceniami. W pokoju stały dwie sofy, jedna na samym środku, druga pod odległą ścianą, w przytulnym kąciku, jakby stworzonym do intymnych pogawędek. Szeroka arkada otwierała się na dalszą część pokoju, gdzie stał fortepian i gdzie Brad w dzieciństwie spędzał niekończące się godziny, ćwicząc gamy.

Tutaj, oparty o drugi kominek, stał obraz.

Flynn poczuł ściskanie w żołądku.

– O Jezu.

– Nosi tytuł „Zaklęcie". Nabyłem go na aukcji trzy lata temu. Pamiętasz, wspominałem ci, że kupiłem obraz, ponieważ jedna z namalowanych na nim postaci ma twarz Dany?

– Nie zwróciłem uwagi. Zawsze się ze mną droczyłeś na jej temat.

Przykucnął, wpatrując się z uwagą w płótno. Nie znał się specjalnie na malarstwie, ale był gotów się założyć, że obraz, który teraz oglądał, i ten ze Wzgórza Wojownika stworzyła ta sama ręka.

Na tym nie było radości ani niewinności. Dominowała żałobna czerń, a jedyne światło, blade i przytłumione, promieniowało z trzech szklanych trumien, w których spoczywały trzy kobiety, pogrążone we śnie.

Jedna miała rysy jego siostry, druga Zoe, a trzecia Malory.

– Muszę zadzwonić. – Wyprostował się i sięgnął po telefon komórkowy. – Jest ktoś, kto koniecznie musi to zobaczyć, i to jak najprędzej.

Rozdział dziewiąty

Malory nie znosiła, gdy ją popędzano, zwłaszcza nie podając konkretnego powodu do pośpiechu. Tak więc dla zasady, kiedy jechała do domu Vane'ów bynajmniej nie pędziła na złamanie karku. Tyle myśli krążyło jej po głowie. Krótka przejażdżka po okolicy będzie doskonałą okazją do ich uporządkowania.

Sprawiała jej przyjemność jazda wzdłuż rzeki drogą, na której promienie słońca przeświecające przez liście układały świetliste wzory.

Gdyby umiała, przeniosłaby na płótno tę migotliwą grę świateł i cieni, którą obserwowała teraz na wiejskiej drodze.

Niestety nie potrafiła malować, mimo gorącego pragnienia, wytężonych studiów i wielu lat wypełnionych próbami.

Za to ktoś inny – i to było cholernie oczywiste – potrafił.

Przed wyruszeniem w drogę powinna była odnaleźć Danę i Zoe i opowiedzieć im o swoim odkryciu. W końcu to nie z Flynnem miała współpracować, tylko z nimi. Flynn był... tylko dodatkiem, przekonywała samą siebie. Atrakcyjnym, seksownym i interesującym akcentem.

Nie da się ukryć, lubiła takie akcenty.

No tak, tego rodzaju myślenie nie zaprowadzi jej zbyt daleko.

Wyłączyła radio i pogrążyła się w ciszy. Przede wszystkim musi odszukać przyjaciółki i powiedzieć im, co odkryła. Może jeśli wypowie to głośno, jej samej – albo im wszystkim – uda się rozszyfrować prawdziwe znaczenie owego faktu. Na razie nie miała najmniejszego pojęcia, co mógłby oznaczać.

Wiedziała tylko jedno, że był ważny. Może nawet rozstrzygający. Nawet jeśli nie stanowił ostatecznej odpowiedzi na pytanie, w jakimś stopniu wskazywał wiodącą do niej drogę. Wjechała na teren prywatny. Żadnych bram, żadnych murów otaczających posiadłość. A przecież Vane'ów z pewnością było stać na ich postawienie. Zastanawiała się, dlaczego zamiast budować dom nad wodą, w pobliżu miasta, nie zdecydowali się raczej na kupno Wzgórza Wojownika.

Dom, kiedy już ukazał się jej oczom, stanowił najlepszą odpowiedź na to pytanie. Wyglądał pięknie i był drewniany. Przecież magnat przemysłu drzewnego nie kupiłby rezydencji z kamienia ani z cegły. Dla siebie wybrał siedzibę prezentującą walory własnego produktu.

Miodowozłote deski, miedziane elementy wieńczące, które z czasem i pod wpływem warunków atmosferycznych nabrały barwy spatynowanej zieleni; wysunięte przed elewację werandy i balkony, obiegające obie kondygnacje, pozałamywane połacie dachowe wznoszące się i opadające z wyszukaną symetrią, nadawały całości wyraz prawdziwej harmonii. Teren wokół budynku rozplanowano na pozór swobodnie, w pasującym do całości stylu, jednak bez trudu mogła sobie wyobrazić, jak starannie, jak metodycznie wyznaczano miejsce pod każde drzewo, każdy krzew, każdą rabatkę z kwiatami.

Ceniła staranność i metodyczność.

Zaparkowała obok wozu meblowego i już miała wysiadać, kiedy usłyszała obłędne, pełne radości szczekanie.

– O nie, tym razem ci się nie uda. Mam tu, bratku, coś dla ciebie. – Sięgnęła do pudełka na podłodze i wyjęła wielki psi biskwit.

Kiedy znajomy pysk rozpłaszczył się na szybie, uchyliła okno.

– Moe, ciasteczko. – Cisnęła biskwit, jak tylko potrafiła najdalej. Kiedy popędził, wyskoczyła z samochodu i ruszyła w stronę domu.

– Fajne zagranie. – Flynn przywitał ją w drzwiach.

– Działam jak błyskawica.

– Na to liczyłem. Malory Price, Brad Vane. Zajęta – ostrzegł delikatnie, widząc błysk zainteresowania w oczach Brada.

– Naprawdę? No cóż, nie mogę mieć o to do ciebie pretensji. Malory, miło mi cię poznać.

– O czym wy mówicie?

– Och, takie sobie pogwarki między nami, chłopakami. – Flynn schylił się, żeby ją pocałować. – Informuję Brada na bieżąco. Dana i Zoe w drodze?

– Nie. Dana w pracy, a Zoe nie udało mi się złapać. Zostawiłam jej wiadomość. No więc o co chodzi?

– Poczekaj, zaraz zobaczysz.

– Co zobaczę? Wyciągasz mnie tutaj... Bez obrazy – dodała w stronę Brada. – Masz bardzo piękny dom... Ani słowa wyjaśnienia. Wiesz, że muszę popracować. Wskaźnik czasu...

– Zaczynam przypuszczać, że wskaźnik czasu odgrywa rzeczywiście decydującą rolę. – Flynn pociągnął ją w stronę wielkiego salonu.

– Przepraszam za bałagan. Mnóstwo rzeczy stąd wyjeżdża, inne przyjeżdżają. – Brad kopnął w bok pozostałości potłuczonej lampy. – Flynn powiedział, że pracowałaś w galerii sztuki.

– Tak, do niedawna. Och, co za prześliczny salon. – Przystanęła, rozglądając się po przestronnym pomieszczeniu. Aż się prosiło o obrazy, rzeźby, większe zróżnicowanie barw i faktur. To miejsce było godne, by wypełnić je dziełami sztuki. Gdyby miała wolną rękę i budżet bez ograniczeń, uczyniłaby z niego prawdziwe cacko.

– Pewnie doczekać się już nie możesz, kiedy rozpakujesz rzeczy. O mój Boże...

Widok obrazu podziałał na nią niczym uderzenie. Poczuła krew, żywiej krążącą w żyłach. Co za zdumiewające odkrycie. Opadła na kolana, by z bliska przyjrzeć się malowidłu, grzebiąc jednocześnie w torebce w poszukiwaniu okularów.

Kolory, pociągnięcia pędzla, technika, nawet wymiary. Wszystko się zgadzało. Trzy główne postacie – identyczne.

– Już po tym, kiedy skradziono im dusze – wyszeptała. – Są tutaj, w szklanej szkatule na podwyższeniu, na pierwszym planie. Światła, kolory. Boże, wnętrze szkatuły dosłownie zdaje się pulsować. To prawdziwe arcydzieło. W tle dwie postacie, te same, które są na tamtym obrazie, stojące tyłem. Wyklęte, odchodzą. Zaraz zanurzą się w mgłę, przekroczą Zasłonę Snów. Klucze.

Odgarnęła do tyłu bujne loki i przytrzymała je jedną ręką, wpatrując się z bliska w powierzchnię płótna.

– Gdzie te klucze? O, tutaj. Na łańcuszku trzymanym w ręku przez kobietę. Zostały jej powierzone, wszystkie trzy.

Wyłowiła z torebki etui z małym szkłem powiększającym na srebrnej rączce, chcąc dokładniej obejrzeć szczegóły.

– W torebce nosi szkło powiększające – szepnął Brad ze zdumieniem.

– Tak. – Flynn wyszczerzył zęby jak idiota. – Czy ona nie jest cudowna?

Z uwagą skupioną wyłącznie na malowidle, oglądanym teraz przez lupę, Malory puściła owe komentarze mimo uszu.

– Tak, klucze wyglądają identycznie. Tym razem malarz nie umieścił ich w tle, tak jak na tamtym obrazie. Nie są symboliczne. Ona rzeczywiście je posiada.

Opuściła szkło i odsunęła się trochę, żeby ogarnąć wzrokiem całość.

– Między drzewami nadal zalega cień, ale w większym oddaleniu niż poprzednio. Jego kształt z trudem daje się rozróżnić. Dokonał swego dzieła, ale jeszcze się przygląda. Napawa widokiem?

– Kto jest ten on? – chciał wiedzieć Brad.

– Cicho, ona pracuje.

Malory schowała szkło do etui i z powrotem do torebki.

– Ile smutku, ile boleści jest w tym obrazie. W świetle, w sylwetkach tych dwojga, przestępujących zasłonę mgły. Główne postacie, spoczywające w kryształowych trumnach, wyglądają z pozoru spokojnie, ale tak naprawdę nie spokój je wypełnia. To pustka. A ile rozpaczy bije od światła w szkatule. Ten obraz jest przesycony bólem. Prawdziwe arcydzieło.

– Czy namalował go ten sam artysta? – zapytał Flynn.

– Oczywiście. Żaden uczeń, żaden epigon, żaden naśladowca. Ale to tylko moja opinia. – Przysiadła na piętach. – Nie jestem znawcą.

Akurat, pomyślał Flynn.

– Myślę, że ty i Brad jesteście dokładnie takimi znawcami, jakich nam potrzeba.

Zaczerwieniła się z zakłopotania. Zupełnie zapomniała o obecności Brada, tylko z miejsca rzuciła się do obrazu, klękając przed nim niczym jakiś suplikant.

– Przepraszam. – Ciągle na kolanach, podniosła wzrok na Brada. – Poniosło mnie. Czy możesz mi powiedzieć, gdzie go kupiłeś?

– Na aukcji w Nowym Jorku. Taki nieduży dom aukcyjny, Banderby's.

– Słyszałam o nich. Twórca?

– Nieznany. Jest sygnatura, niepełna, właściwie tylko inicjał R albo P i symbol klucza.

Pochyliła się ku lewemu dolnemu narożnikowi.

– Badałeś autentyczność i datowanie?

– Oczywiście. Siedemnasty wiek. Chociaż styl bardziej nowoczesny. Sprawdzali bardzo skrupulatnie. Banderby's słynie z rzetelności.

– Tak. Tak, wiem.

– Zamówiłem jeszcze niezależną ekspertyzę – dodał Brad. – Taki już mam zwyczaj. Wyniki okazały się zbieżne.

– Mam pewną teorię – zaczął Flynn, ale Malory zbyła go machnięciem ręki.

– A mogę zapytać, dlaczego go kupiłeś? W Banderby's nie miewają niskich cen. Artysta nieznany.

– Jednym z powodów była moja fascynacja faktem, że postać środkowa bardzo przypomina Danę. – To prawda, pomyślał, może nawet i cała prawda. – Poza tym obraz... uderzyła mnie jego majestatyczność, zafrapowały szczegóły. I... – zawahał się, wodząc wzrokiem po płótnie. Wzruszył ramionami, czując się jak idiota. – Mogłabyś to określić, że przemówił do mnie. Zapragnąłem go posiąść.

– Rozumiem. – Malory zdjęła okulary, złożyła, schowała do futerału i umieściła w torebce. – Flynn pewnie opowiadał ci o obrazie na Wzgórzu Wojownika.

– Jasne, że mu powiedziałem. A kiedy zobaczyłem ten, od razu pomyślałem...

– Szsz. – Poklepała go po kolanie i wyciągnęła rękę, by pomógł jej wstać. – Jestem pewna, że istnieje cały cykl. To znaczy, że jest jeszcze jeden obraz następujący przed tymi dwoma, po nich albo między nimi. Muszą być trzy. Ta liczba powtarza się wszędzie. Trzy klucze, trzy córki. Nasza trójka.

– Cóż, teraz jest nas pięcioro – zauważył Brad. – Ale zgadzam się.

– Ze mną też się zgadzałeś, kiedy powiedziałem tę samą cholerną rzecz pół godziny temu – pożalił się Flynn. – To moja teoria.

– Przepraszam. – Tym razem Malory poklepała go po ramieniu. – Dosłownie kręci mi się w głowie z wrażenia. Widzę już niemal wszystkie elementy układanki, ale nie wiem, co one oznaczają i jak je do siebie dopasować. Nie dostrzegam kształtu całości. Czy mogłabym usiąść?

– Oczywiście. Przepraszam. – Brad ujął ją za ramię i podprowadził do kanapy. – Czy podać ci coś do picia?

– Masz może brandy? Wiem, jest wcześnie, ale odrobina brandy postawiłaby mnie na nogi.

– Zaraz poszukam.

Po wyjściu Brada Flynn usiadł przy niej.

– Co ci jest, Mal? Tak nagle pobladłaś.

– To boli. – Popatrzyła w stronę obrazu i zamknęła oczy, nagle wypełnione łzami. – Ten obraz zawładnął moim umysłem i moim duchem, ale spoglądanie nań sprawia mi ból. Ja wszystko widziałam, Flynn. Widziałam, jak im to uczyniono.

– Odstawię go.

– Nie, nie. – Chwyciła go za rękę, szukając pociechy w fizycznym kontakcie. – Sztuka powinna poruszać. Na tym polega jej moc. Jaki będzie ten trzeci? I kiedy...?

– Kiedy?

Potrząsnęła głową.

– Zastanawiam się, na ile giętki jest twój umysł. Ja właśnie zaczęłam odkrywać, jak bardzo elastyczny jest mój. Wtajemniczyłeś Brada we wszystko?

– Tak. – Tu ją boli, pomyślał, przypatrując się Malory. Chciałaby coś wyznać, a nie jest pewna, czy może. – Bradowi możesz zaufać. Mnie także.

– Pytanie brzmi, czy po tym, jak wam powiem, co odkryłam dzisiaj rano i jak rozumiem znaczenie mojego odkrycia, wy dwaj nadal będziecie mi ufać. Twój przyjaciel może uprzejmie wywlec mnie za drzwi, a potem je zaryglować.

– Nigdy nie zamykałem domu przed pięknymi kobietami – oznajmił Brad, wchodząc z kieliszkiem brandy. Podał go Malory, po czym przysiadł na blacie stolika do kawy, twarzą zwrócony w jej stronę. – Masz, wlej to w siebie.

Zrobiła, jak kazał, wychylając brandy, jakby to było lekarstwo. Trunek spłynął jej do przełyku, złagodził pieczenie w żołądku.

– To zbrodnia w ten sposób potraktować napoleona. Ale dzięki...

– Zna się na koniakach – zwrócił się Brad do Flynna. Widząc, że Malory z wolna odzyskuje rumieńce, postanowił dać jej jeszcze chwilę czasu, żeby mogła w pełni dojść do siebie. Trącił przyjaciela łokciem. – Do licha, jak tego dokonałeś, że babka z taką klasą i z takim gustem zechciała popatrzeć na ciebie po raz drugi?

– To zasługa Moego, który powalił ją na ziemię i unieruchomił. I jak, Mal, lepiej?

– Tak – odetchnęła głęboko – trochę. Twój obraz pochodzi z siedemnastego wieku i tego faktu nie da się podważyć, prawda?

– Zgadza się.

– Dziś rano dowiedziałam się, że obraz ze Wzgórza Wojownika jest dwunastowieczny. Może odrobinę wcześniejszy, ale późniejszy w żadnym wypadku.

– Jeśli to informacja od Pitte'a i Roweny... – zaczął Flynn.

– Nie, od doktora Stanleya Bowera z Filadelfii, który jest ekspertem i moim osobistym znajomym. Posłałam mu próbki farby.

– Jakim sposobem je zdobyłaś? – zdumiał się Flynn.

Policzki Malory poróżowiały jeszcze bardziej, tym razem jednak nie pod wpływem alkoholu. Chrząknęła, bawiąc się uchwytami torebki.

– Pobrałam je w ubiegłym tygodniu, kiedy pojechaliśmy tam razem; Moe i ty odwróciliście ich uwagę. Było to absolutnie karygodne, nieodpowiedzialne i nieetyczne, ale zrobiłam to mimo wszystko.

– Świetnie. – W głosie Flynna brzmiał czysty podziw. – To oznacza, że albo twój ekspert się myli, albo eksperci Brada się mylą, albo ty sama mylisz się, utrzymując, że oba obrazy są dziełem jednej ręki. Albo...

– Albo że i eksperci mają rację, i ja także. – Malory odłożyła torebkę i mocno splotła dłonie na kolanach. – Oczywiście, aby być całkowicie pewnym, doktor Bower musiałby przeprowadzić dokładniejsze i bardziej kompleksowe badania, niemniej jednak nie mógł się pomylić o kilka wieków. Oglądałam oba obrazy z bliska. Wszystko, czego się nauczyłam, podpowiada mi, że wyszły spod jednej ręki. Wiem, że to brzmi idiotycznie. Idiotycznie się z tym czuję, ale wierzę w to. Ktokolwiek stworzył obraz ze Wzgórza Wojownika, uczynił to w dwunastym wieku, a potem ten sam artysta namalował obraz Brada pięć stuleci później.

Brad zerknął na Flynna, zdumiony, że przyjaciel nie wykrzywia się ani nie chichocze. Przeciwnie, twarz Flynna była pełna powagi i zadumy.

– Chcesz, abym uwierzył, że mój obraz namalował artysta liczący sobie pięćset lat?

– Nawet więcej. O wiele więcej. I myślę, że oba namalował z pamięci. Rewidujesz kwestię zaryglowania drzwi? – zwróciła się do Brada.

– Myślę, że oboje daliście się zbytnio ponieść fantazji, zauroczeni tragiczną, nastrojową historią, niemającą przecież żadnego związku z rzeczywistością.

– Nie widziałeś tamtego obrazu. Nie znasz „Szklanych Cór”.

– Nie, ale słyszałem o nim. Wszystkie wzmianki umieszczają go w Londynie i mówią o jego zniszczeniu podczas nalotów. Najbardziej prawdopodobna hipoteza brzmi, że dzieło ze Wzgórza jest kopią.

– Nie jest. Pewnie sądzisz, że się uparłam. Owszem, to mi się czasami zdarza – przyznała Malory. – Ale nie w tym wypadku. Podobnie jak nie fantazjuję, nigdy nie fantazjowałam.

Zwróciła się do Flynna, starając się mówić spokojnie, choć głos jej drżał:

– Wszystko, co powiedzieli mnie, co powiedzieli też Danie i Zoe tamtej pierwszej nocy okazało się prawdą. Jeszcze bardziej zdumiewające okazało się to, co przemilczeli. Rowena i Pitte – guwernantka i strażnik – są postaciami występującymi w tle obu obrazów. Oni tam byli w rzeczywistości. I jedno z nich namalowało oba obrazy.

– Wierzę ci.

Słysząc tak po prostu wyrażone zapewnienie, odetchnęła z ulgą.

– Nie wiem jeszcze, co to oznacza albo w jaki sposób ma mi to pomóc, ale poznając tę prawdę... wierząc w nią... to właśnie jest przyczyna, dla której zostałam wybrana. Jeśli nie odnajdę klucza, a po mnie Dana i Zoe – dusze Cór do końca świata będą łkały, uwięzione w szklanej szkatule.

Flynn wyciągnął rękę i pogładził ją po włosach.

– Nie dopuścimy do tego.

– Przepraszam. – Zoe zawahała się w drzwiach, walcząc z pokusą wytarcia dłoni w satynowy rąbek, zdjęcia butów i przejścia boso po tych lśniących podłogach. Najchętniej podbiegłaby prosto do okna podziwiać rozciągający się za nim widok. – Ci ludzie na dworze powiedzieli mi, że mogę wejść. I, Flynn, przed domem jest Moe, tarza się w czymś, co wygląda jak zdechła ryba.

– O Chryste, zaraz wracam. Zoe, Brad. – Wybiegł z pokoju.

Brad wstał. Nie miał pojęcia, jak mu się to udało, skoro kolana dosłownie załamywały się pod nim. Przez dudnienie krwi, rozbrzmiewające w jego głowie, słyszał własny głos, spokojniejszy niż zwykle, lekko podniesiony.

– Proszę, wejdź. Czy podać ci coś do picia?

– Nie, dziękuję. Malory, przepraszam. Odebrałam twoją wiadomość i zaraz przyjechałam. Czy wydarzyło się coś złego?

– Nie wiem. Brad sądzi, że brak mi kilku klepek, a ja nie mogę mieć mu tego za złe.

– A to paradne! – Zoe błyskawicznie zapomniała o całym uroku tego domu, uroku jego gospodarza i zerwała się, gotowa do obrony. Sunęła przez pokój, by stanąć u boku Malory, a jej ostrożny, przepraszający uśmiech przerodził się w grymas gniewnego nadąsania. – Jeśli powiedziałeś coś takiego, jesteś nie tylko w błędzie, jesteś źle wychowany.

– Tak naprawdę nie powiedziałem nic podobnego. Jeśli nie znasz okoliczności...

– Nie potrzebuję ich znać. Znam Malory. A ty, skoro jesteś przyjacielem Flynna, powinieneś zachowywać się tak, żeby nie sprawiać jej przykrości.

– Proszę o wybaczenie. – Skąd ten napuszony, pełen wyższości ton, zupełnie jakby nagle przez jego usta przemówił jego własny ojciec?

– Zoe, Brad naprawdę nie ponosi tu winy. Sama nie wiem, czy jestem zdenerwowana. – Malory odgarnęła włosy i wstając z miejsca, wskazała na obraz. – Powinnaś obejrzeć to.

Zoe uczyniła krok do przodu i przycisnęła dłonie do gardła. Miała łzy w oczach.

– Jaki piękny. I jaki smutny. Należy do tamtego. Skąd on się tutaj wziął?

Malory objęła ją wpół i stały teraz przytulone.

– Co masz na myśli, mówiąc, że należy do tamtego?

– To Szklane Córy po tym... jak rzucono na nie klątwę. Szkatuła z błękitnymi światłami, dokładnie taka, jak ją opisałaś. Ta z twojego snu. I takie samo... takie samo... nie wiem, jak mam to nazwać. No, to jakby komplet czy część kompletu, namalowana przez tego samego artystę.

Malory popatrzyła na Brada, unosząc brew.

– Jesteś ekspertem w dziedzinie sztuki? – Brad zwrócił się do Zoe.

– Nie. – Nawet się nie pofatygowała, żeby na niego popatrzeć, a jej głos był kompletnie pozbawiony wyrazu. – Jestem fryzjerką, ale nie jestem głupia.

– Nie chciałem sugerować...

– Sugerować nie. Chciałeś to powiedzieć. Malory, czy ten obraz pomoże ci odnaleźć klucz?

– Nie wiem. Ale on musi coś znaczyć. W samochodzie mam aparat cyfrowy. Czy mogę zrobić kilka zdjęć?

– Jasne. – Kiedy Malory wybiegła, zostawiając go samego z Zoe, Brad wepchnął ręce do kieszeni. – Jesteś pewna, że nie chcesz się niczego napić?

– Nie, dziękuję.

– Ja, cóż, ja przyszedłem dopiero po pierwszej odsłonie – zaczął.

– Mogłabyś dać mi trochę czasu, zanim się we wszystkim połapię.

– Jestem pewna, że Flynn powie ci wszystko, co powinieneś wiedzieć.

Przeszła przez pokój pod pretekstem, że chce wyjrzeć za Malory, a tak naprawdę zafascynował ją wspaniały widok rzeki za oknem.

Ciekawe, jak by to było móc stawać przy tym oknie za każdym razem, ilekroć człowiekowi przyjdzie ochota, i przyglądać się światłu, wodzie i wzgórzom, pomyślała. Ile by to dawało poczucia swobody, jak by wyciszało.

– Malory oznajmiła mi właśnie, że Szklane Córy istnieją naprawdę. W innej rzeczywistości. I że ludzie, których poznałyście na Wzgórzu Wojownika, mają po kilka tysięcy lat.

Odwróciła się ku niemu, nie mrugnąwszy okiem.

– Jeśli Malory w to wierzy, z pewnością ma powody. A ja darzę ją takim zaufaniem, że również w to wierzę. Czy teraz powiesz, że brak mi kilku klepek?

– Nigdy nie powiedziałem Malory czegoś takiego. Pomyślałem, ale nie powiedziałem. Tobie też tego nie powiem – odparł Brad poirytowany.

– Ale tak myślisz.

– Wiesz, mam tylko dwie nogi, ale rozmawiając z tobą odnoszę wrażenie, że cały czas zaczynam z tej niewłaściwej.

– Ponieważ wątpię, abyśmy w najbliższym czasie mieli pójść potańczyć, twoje nogi nie martwią mnie zbytnio. Masz ładny dom.

– Dziękuję. Ja też tak uważam. Zoe...

– Wiele razy zdarzało mi się kupować w HomeMakers. Nasz lokalny sklep jest świetnie zaopatrzony i ma znakomitą obsługę.

– Miło słyszeć.

– Mam nadzieję, że nie planujesz w nim jakichś zasadniczych zmian, ale przydałaby się trochę większa różnorodność, jeśli chodzi o towary sezonowe. Wiesz, ziemia do kwiatów, łopaty do odśnieżania, meble ogrodowe.

Poczuł leciutkie drżenie warg.

– Już notuję w pamięci.

– A w soboty nie zaszkodziłoby trochę więcej kasjerek. Zawsze tworzy się kolejka.

– Też zanotowałem.

– Zamierzam otworzyć własny interes, więc zwracam uwagę na tego typu rzeczy.

– Otwierasz własny salon?

– Tak – powiedziała z mocą, mimo że poczuła w żołądku skurcz. – Zanim odebrałam wiadomość od Malory, że mam tu przyjechać, właśnie rozglądałam się za jakimś lokalem. Dlaczego ta Malory nie wraca? Wyskoczyła jak oparzona, a teraz najwyraźniej przestało jej się spieszyć. Nie wiedziała, o czym rozmawiać z mężczyzną, który mieszkał w takim domu i liczył się w świecie wielkiego biznesu.

– W Valley?

– Co? Ach tak, w samym mieście. Pasaż handlowy na obrzeżach nie wchodzi w rachubę. Myślę, że dobra lokalizacja w centrum to podstawa. Poza tym chciałabym być blisko domu, aby być łatwo osiągalna dla syna.

– Masz syna? – Jego wzrok powędrował ku jej lewej ręce. Obrączki nie było i Brad z trudem powstrzymał westchnienie ulgi.

Zoe zauważyła tylko to pośpieszne spojrzenie. Zesztywniała, prostując ramiona.

– Tak. Simon ma dziewięć lat.

– Przepraszam, że tyle mi to zajęło. – Malory od wejścia zaczęła się usprawiedliwiać. – Flynn przywiązał Moego do drzewa, z boku za domem. Polewa go z węża, tak jakby to mogło cokolwiek pomóc. Teraz zamiast być tylko niewiarygodnie śmierdzącym psem, Moe będzie niewiarygodnie śmierdzącym mokrym psem. Kazał cię zapytać, czy masz jakieś mydło albo szampon.

– Zaraz czegoś poszukam. A ty rób swoje zdjęcia.

Malory wycelowała aparat i poczekała, aż umilknie odgłos kroków Brada.

– Porozmawiajmy o forsie – mruknęła do Zoe.

– Co?

– Bradley Charles Vane IV. Jedno jego spojrzenie i w kobiecie od razu burzą się hormony.

– Wygląd jest dziedziczny – prychnęła Zoe. – Manier człowiek nabywa.

– To był dobry dzień dla genów, kiedy go robili. – Malory opuściła aparat. – Zdaje się, iż przeze mnie odniosłaś mylne wrażenie, że się nade mną znęcał. To naprawdę nie było tak.

– Może było, może nie było. Ale to arogancki snob.

Słysząc w głosie Zoe tyle zawziętości, Malory zamrugała powiekami.

– Na mnie nie sprawił takiego wrażenia. Zresztą nie potrafię sobie wyobrazić, aby Flynn zaprzyjaźnił się z kimś, kto byłby snobem. Czy arogancki – to kwestia dyskusji.

Zoe wzruszyła ramionami.

– Znam takie typki. Bardziej im zależy na dobrym wyglądzie niż na dobrym zachowaniu. A zresztą tu nie on, ale obraz jest ważny.

– Tak, obraz jest ważny. I to, co powiedziałaś, że stanowi część cyklu. Też tak uważam. Z pewnością istnieje jeszcze jeden. Muszę go odnaleźć. Coś w nich albo coś na ich temat doprowadzi nas do klucza. Lepiej zacznę sprawdzać w książkach.

– Chcesz pomocy?

– Każda się przyda.

– Dobra, teraz wracam do domu. Muszę jeszcze załatwić to i owo, a potem wpadnę do ciebie.

Kiedy Brad znalazł wreszcie szampon, usłyszał warkot odjeżdżającego samochodu. Podszedł do okna i zaklął pod nosem, spoglądając na głowy Zoe i Malory, niknące na podjeździe.

Całkowicie skopał sprawę; takie było jego pierwsze wrażenie. Zwykle nie uprzedzał się do kobiet na podstawie ich wyglądu. Ale też widok kobiety zwykle nie działał na niego niczym cios twardej, spoconej pięści. Jeśli wziąć na to poprawkę, może powinien sobie wybaczyć, że nie stanął na wysokości zadania.

Zamiast zejść po schodach i pójść prosto na dwór, zawrócił do wielkiego salonu. Stanął, wpatrując się w obraz, w taki sam sposób, w jaki to uczynił, kiedy po raz pierwszy zobaczył go w domu aukcyjnym. W taki sam sposób, w jaki przyglądał mu się nieskończenie wiele razy, odkąd go kupił.

Zapłaciłby za niego każdą cenę.

To, co powiedział Malory i Flynnowi, było prawdą. Kupił obraz, bo było to dzieło piękne, monumentalne, porywające, bo zafascynowało go, że jedna z postaci ma rysy jego przyjaciółki z dzieciństwa.

Ale to inna twarz na płótnie go olśniła. Wystarczyło jedno spojrzenie na tę twarz – na twarz Zoe, i zakochał się bez pamięci.

Czy to uczucie nie było wystarczająco trudne, jeśli obiektem stała się kobieta będąca tylko postacią na obrazie? O ile bardziej beznadziejne i skomplikowane stawało się teraz, kiedy okazała się osobą z krwi i kości.

Myślał o niej, porządkując dom, myślał o niej i później, kiedy razem z Flynnem wspinali się na mur otaczający Wzgórze Wojownika.

Otworzyli po piwie i przechylili butelki, podziwiając jednocześnie niesamowitą sylwetkę budowli, odcinającą się od ciemnego nieba.

W oknach płonęły światła, ale kiedy popijali w milczeniu, nie dostrzegli żadnej postaci przesuwającej się za szybami.

– Pewnie wiedzą, że tu jesteśmy – odezwał się Flynn po pewnym czasie.

– Jeśli przyjmiemy teorię twojej dziewczyny i uznamy ich za celtyckich bogów dźwigających na barkach po kilka tysięcy lat, możemy bez najmniejszych wątpliwości uznać, że wiedzą.

– Dawniej miałeś bardziej otwarty umysł – zauważył Flynn.

– Ja? Nie, raczej nie. O, Jordan, ten byłby bardziej skłonny dać się porwać takiej historii.

– Widziałeś się z nim ostatnio?

– Parę miesięcy temu. Wiele teraz podróżuje, dlatego nie widujemy się tak często jak dawniej. Pieprzyć to. Flynn, ty draniu – Brad opasał ramieniem barki przyjaciela – cholernie mi ciebie brakowało.

– Mnie tak samo. No, a teraz powiedz mi, co myślisz o Malory.

– Babka z klasą, intelektualistka i bardzo... no, bardzo gorąca, choć obdarzona raczej wątpliwym gustem, jeśli idzie o mężczyzn.

Obcasami starych butów do tenisa Flynn zaczął walić w kamienny mur.

– Prawie dostałem bzika na jej punkcie.

– Na poważnie czy bara-bara?

– Sam nie wiem, jeszcze tego nie rozgryzłem. – Przyglądał się domowi i ćwiartce księżyca, przesuwającej się w górze. – Mam nadzieję, że w grę wchodzi możliwość numer dwa, ponieważ wolałbym nie przerabiać tego samego po raz drugi.

– Lily była zwykłą oportunistką, dążącą po trupach do celu.

– Jezus, Vane. – Flynn nie wiedział, czy ma się śmiać czy raczej zafundować przyjacielowi jazdę w dół liczącego siedem stóp wysokości muru. W końcu poprzestał na krótkiej zadumie. – Kochałem ją. Chciałem się z nią ożenić.

– Nie kochasz i nie kochałeś. I miałeś cholerne szczęście. Ona nie była warta, wiem, co mówię.

Flynn uniósł się lekko. Nie widział dokładnie oczu Brada. Ich kolor pochłonęła noc.

– Warta czego?

– Ciebie.

– A to cholernie dużo powiedziane.

– Kiedy już dotrze do ciebie, że mam rację, od razu poczujesz się lepiej. A wracając do obecnej sprawy. Polubiłem tę twoją Malory.

– Chociaż uważasz, że jest walnięta?

Grząski grunt, pomyślał Brad, nawet jeśli wędruje się z przyjacielem.

– Myślę, że znalazła się w niezwykłych okolicznościach. I dała się porwać tajemnicy. Dlaczego nie miałoby tak być?

Flynn musiał się uśmiechnąć.

– To cholernie dyplomatyczny sposób powiedzenia, że jest walnięta.

– Już raz dałeś mi w gębę, kiedy stwierdziłem, że Joley Ridenbecker ma zęby jak bóbr. Nie będę przewodniczył poniedziałkowemu posiedzeniu z podbitym okiem.

– Ach ty dyrektorku. A jeśli przyznam, że Joley faktycznie miała zęby jak bóbr, czy uwierzysz mi, jeśli ci powiem, że nigdy nie spotkałem nikogo, kto byłby mniej walnięty niż Malory Price?

– Zgoda, przyjmuję twoje słowa. I przyznaję, że historia z obrazami jest intrygująca. – Brad zatoczył łuk butelką, po czym pociągnął łyk piwa. – Chętnie bym obejrzał ten drugi.

– Możemy tam podejść i zastukać do drzwi.

– Lepiej za dnia – zawyrokował Brad. – I nie po piwie.

– Faktycznie może lepiej. A teraz opowiedz mi, co wiesz o tej Zoe.

– Nie znam jej zbyt długo, ale sprawdziłem to i owo. Na jej temat i na temat Malory. Tak na wypadek, gdyby Dana wplątała się w jakiś przekręt z dwiema wariatkami. Sprowadziła się do Valley trzy lata temu, z dzieckiem.

– Mąż?

– Nie ma. Samotna matka. Widziałem dzieciaka, wygląda w porządku. Normalny, bystry, ujmujący. Zoe pracowała w „Hair Today", to taki salon fryzjerski na Market Street. Mówią, że dobra w swoim fachu, uprzejma wobec klientów, solidna. Wyleciała z pracy mniej więcej w tym samym czasie co Malory i kiedy biblioteczne godziny Dany zredukowano do jakichś ogryzków. Kolejny dziwny zbieg okoliczności. W Valley kupiła mały domek, wiesz, takie pudełko. Odnowiła go, zdaje się własnymi rękami.

– Przyjaciel?

- Nic mi nie wiadomo. Ona... Ej, zaczekaj chwilę... Zadałeś mi dwa pytania. Mąż, przyjaciel. Mój ostry jak brzytwa reporterski instynkt podpowiada mi, że chodzi ci po głowie jakieś bara-bara.

- Albo coś innego. No, na mnie czas. Przez następnych kilka dni będę miał prawdziwe urwanie głowy. Ale jest jeszcze jedna rzecz. - Brad pociągnął z butelki kolejny łyk. - Jak my, u diabła, zleziemy z tego muru?

- Dobre pytanie. - Flynn ściągnął wargi, wpatrując się w ziemię. - Może po prostu siedźmy tu i pijmy, aż pospadamy.

Brad westchnął, opróżniając butelkę do końca.

- To jest wyjście.

Rozdział dziesiąty

Ledwo zdążyła wyjść spod prysznica, kiedy usłyszała pukanie do drzwi. Zawiązała poły szlafroka, chwyciła ręcznik i okręcając go dookoła głowy, pobiegła otworzyć.

– Tod, co za ranny ptaszek z ciebie.

– Wpadłem po drodze do kafeterii, gdzie mam zamiar skonsumować wzrokiem paru urzędników, zanim rzucę się w wir pracy.

Zaglądnął ponad jej prawym ramieniem, ponad lewym, wreszcie obrzucił podejrzliwym spojrzeniem samą Malory.

– Jakieś towarzystwo?

Zapraszającym gestem otworzyła szerzej drzwi.

– Nie, jestem sama.

– Niedobrze, dziecino, niedobrze.

– Ty mnie to mówisz. – Poprawiła końce ręcznika. – Napijesz się kawy? Właśnie nastawiłam ekspres.

– Nie, chyba że dostanę mocha latte i muffina z orzechami laskowymi.

– Przykro mi, nie mam żadnych muffinów.

– No to tylko przekażę ci dobrą nowinę i będę leciał.

Wbrew tej zapowiedzi rozsiadł się wygodnie.

– O, nowe buty.

– Zabójcze, prawda? – Wyciągnął przed siebie nogi, pokręcił stopą najpierw w jedną, potem w drugą stronę, przypatrując im się z podziwem. – Oczywiście cholernie dają mi popalić, ale nie potrafiłem się oprzeć. W sobotę zrobiłem sobie rundkę po Nordstrom's. Kochana, powinnaś się tam wybrać. – Poderwał się i złapał ją za rękę. Malory zwinęła się w kłębek na drugim końcu sofy.

– Te kaszmiry. Golf w kolorze barwinka dosłownie wykrzykiwał twoje imię.

– Barwinkowy golf – jęknęła długo i przeciągle, niczym kobieta pod zręcznymi dłońmi kochanka. – Nie mów mi nic o barwinkowych kaszmirach, kiedy jestem w połowie zakupowego moratorium.

– Mal, jeśli sama o siebie nie zadbasz, kto to zrobi?

– To prawda, tak, to prawda. – Przygryzła wargę. – Nordstrom's?

– Albo taki bliźniak, intensywnie brzoskwiniowy, wymarzony dla ciebie.

– Tod, wiesz, że nie potrafię się oprzeć bliźniakom. Zabijasz mnie.

– Już przestaję. – Uniósł obie ręce. – A teraz nasz poranny biuletyn. Pamela wdepnęła w wielkie, śmierdzące gówno.

– Nie! – Malory poprawiła się na poduszce. – Opowiedz mi dokładnie, nie pomiń żadnego szczegółu.

– Jakżebym mógł. No więc mieliśmy taki brąz, figurkę art déco. Kobieta, w powiewnej sukni, z egretą, perłami, na nogach fantastyczne, otwarte z przodu buciki, długi, ciągnący się szal. Czarująca, po prostu czarująca. Perfekcyjna w każdym calu. I jeszcze ten nieśmiały, zalotny uśmieszek. No po prostu zakochałem się.

– Zadzwoniłeś do Pittsburgha do pani Karterfield?

– A widzisz! – Tod strzelił palcami w powietrzu. – Całkiem naturalne, że tak przypuszczałaś. Sama byś to zrobiła, gdybyś nadal pracowała w galerii. Co, oczywiście, powinno mieć miejsce.

– Jasne jak słońce.

– Oczywiście, że zadzwoniłem do pani Karterfield, która – jak się należało spodziewać – poprosiła, aby zatrzymać figurkę, dopóki nie przyjedzie i osobiście jej nie obejrzy. W przyszłym tygodniu. A co się zwykle dzieje, kiedy nasza droga pani Karterfield z Pittsburgha pojawia się w galerii, by obejrzeć brązową figurkę art déco?

– Kupuje ją i niemal zawsze coś jeszcze. Jeśli przyjeżdża z przyjaciółką, a zazwyczaj tak jest, za jej namową tamta też coś zakupi. To dobry dzień dla galerii, kiedy odwiedza ją pani Karterfield.

– Pamela sprzedała figurkę komuś innemu.

Malory potrzebowała dziesięciu sekund, aby odzyskać głos.

– Co? Co takiego? Jak to? Dlaczego? Przecież pani K. to jedna z naszych najlepszych klientek. Zawsze pierwsza ogląda brązy art déco.

Wargi Toda ułożyły się w wąski, ironiczny uśmieszek.

– Lepszy wróbel w garści. Taką właśnie mądrością uraczyła mnie Pamela, kiedy odkryłem, co zrobiła. A jak dokonałem mojego odkrycia? – zawiesił głos triumfalnie. – Ano wydarzyło się to, kiedy pani K., zupełnie nieoczekiwanie, przyjechała wczoraj po południu. Bo nie mogła się już doczekać, jak mi wytłumaczyła. A przywiozła ze sobą nie jedną, tylko dwie przyjaciółki. Myślałem, że się zapłaczę.

– Jak się to odbyło? Co powiedziała?

– No więc chciałem jej pokazać rzeźbę, a tam plakietka „sprzedane" naklejona na podstawkę. Pomyślałem, że to pomyłka, ale poszedłem sprawdzić. Pamela sprzedała ją dziś rano, najwidoczniej wtedy, kiedy byłem na zapleczu i wydzwaniałem do Alfreda, by go ułagodzić po tym, jak Pamela Śmierdziel zarzuciła mu, że za dużo sobie policzył za skrzynie na marmurowe akty.

– Alfred? Za dużo sobie policzył? – Malory przycisnęła ręce do skroni. – Nie mogę tego pojąć.

– To było straszne. Po prostu straszne. Dobre dwadzieścia minut go urabiałem, a i tak nie byłem do końca pewien, czy nie wparuje do środka i nie przywali jej tym swoim wielkim młotem. Właściwie powinienem mu był pozwolić. – Przez chwilę rozważał ów pomysł, po czym zamachał obiema rękami, jakby odpędzał go od siebie. – W każdym razie podczas gdy ja pacyfikowałem Alfreda, Pamela sprzedała brąz pani K. jakiemuś turyście, który zajrzał do nas zupełnie przypadkowo. – Tod odchylił się do tyłu, przykładając dłoń do serca. – Nadal nie mogę w to uwierzyć. Pani K. była oczywiście bardzo wzburzona i zażądała rozmowy z tobą. Musiałem jej wytłumaczyć, że już u nas nie pracujesz. No i wtedy rozpętało się piekiełko. Zupełnie jakby gówno wpadło do wentylatora.

– Pytała o mnie? Jakie to słodkie.

– Potem zrobiło się jeszcze słodziej. Pamela zeszła na dół i się zaczęło. Cyrk jak rzadko. Najpierw wystartowała pani K.: „Jak mogło dojść do sprzedaży rzeczy odłożonej dla klienta"; na co Pamela złośliwie, że „Galeria nie praktykuje odkładania czegokolwiek, jeśli klient nie wpłaci depozytu gotówką".

– Depozyt gotówką? – Wstrząśnięta Malory mogła tylko wybałuszyć oczy. – Od jednej z naszych najstarszych i najbardziej wiarygodnych klientek?

– Właśnie. I znowu pani K.: „Od piętnastu lat patronuję tej galerii i zawsze moje słowo wystarczało. A James gdzie się podział?".

A Pamela na to: „Pani wybaczy, ale ja teraz prowadzę galerię". No więc pani K. z grubej rury: „No cóż, skoro James postawił kretynkę na czele galerii, to znaczy, ze cierpi na demencję starczą".

– Och nie, pani K.

– W tym czasie Julia pognała na zaplecze zadzwonić do Jamesa i poinformować go, że mamy drobny problem. Pamela i pani K. niemal biorą się do bitki, kiedy wpada James. Usiłuje je uspokoić, ale te za bardzo już są nabuzowane. Pani K. powiada, że nie będzie niczego załatwiała z „tą kobietą". Prześlicznie to powiedziała. Z „tą kobietą". Dla moich uszu zabrzmiało to niczym muzyka. Na co Pamela, że galeria to biznes i trudno go prowadzić, ulegając fumom i kaprysom jednej klientki.

– O mój Boże.

– James szaleje, obiecuje pani K., że załatwi wszystko po jej myśli. Ale ta dosłownie trzęsie się ze złości, a twarz ma fioletowo-purpurową. Mówi, że dopóki galerią będzie rządziła „ta kobieta" – o tak, powtórzyła to raz jeszcze – jej noga więcej tu nie postanie. A na koniec dorzuca – o, ten kawałek ci się spodoba – że jeśli James wypuścił z rąk taki klejnot jak Malory Price, zasługuje na to, żeby zbankrutować, po czym żegluje do drzwi.

– Nazwała mnie klejnotem. – Zachwycona Malory wyściskała samą siebie. – Kocham ją. Świetnie, Tod, trzeba przyznać, że ten dzień zaczął się dla mnie wyjątkowo.

– To jeszcze nie wszystko. James jest wkurzony. Kiedy po raz ostatni widziałaś go wkurzonego?

– Chyba nigdy.

– Bingo. – Tod dźgnął palcem powietrze. – No więc zbladł jak płótno, usta zacisnął w wąską kreskę i mówi do Pameli, cedząc przez zęby. – Tod zacisnął szczękę, żeby zademonstrować sposób mówienia Jamesa. – „Pamela, muszę z tobą porozmawiać. Na górze".

– A co ona na to?

– Poleciała z furią na górę, a on poszedł za nią. Potem zamknął drzwi, co mnie bardzo rozczarowało. Nie usłyszałem nic z tego, co mówił, choć z taką właśnie nadzieją kręciłem się w pobliżu. Za to jak ona otworzyła buzię, każde słowo docierało do moich uszu: „Bo ja staram się zrobić coś z tego miejsca, bo przecież obiecałeś mi, że będę rządzić galerią, bo dosyć już mam wiecznego wysłuchiwania o Malory Price. Dlaczegoś się z nią nie ożenił, zamiast ze mną?".

– Och. – Przez kilka sekund Malory rozważała taki osobliwy scenariusz.

– Wreszcie zaczęła szlochać i powtarzała, że ona tu się zaharowuje, a nikt tego nie docenia. I wybiegła. Ledwo zdążyłem uskoczyć. Wszystko to było niesamowite, choć jednocześnie zabawne.

– Płakała. Cholera. – W piersi Malory poruszył się mały robaczek współczucia. – Czy były to łzy: och, sprawiliście mi przykrość, czy raczej łzy: aleście mnie wkurzyli.

– Zdecydowanie: aleście mnie wkurzyli.

– Okay. – Bezlitośnie zgniotła robaczka. – Pewnie pójdę do piekła, że tyle miałam z tego frajdy.

– No to będziemy się smażyć we wspólnym małym kociołku. Ale skoro na razie jeszcze chodzimy po ziemi: myślę, że James ma zamiar poprosić cię, żebyś wróciła. Właściwie jestem tego pewien.

– Naprawdę? – Poczuła gwałtowne uderzenie serca. – Co powiedział?

– Nie chodzi o to, co powiedział, raczej o to, czego nie powiedział. Nie pobiegł za szlochającą Pamelą, żeby ocierać jej zapyziałe ślepka. Resztę dnia przesiedział w galerii, sprawdzając rachunki. A kiedy skończył, minę miał wielce zafrasowaną i ponurą. Rządy Pameli dobiegły kresu. Koniec terroru.

– To dobry dzień. – Malory wydała z siebie długie westchnienie. – Naprawdę dobry dzień.

– No, mój dopiero się zaczyna. Nie martw się – dorzucił, wstając. – Nadal będę ci dostarczał najświeższe biuletyny. A właśnie, ten obraz, o którym rozmawialiśmy. Ten portret.

– Jaki portret? Ach tak, wiesz coś?

– Obojgu nam wydawał się znajomy, prawda? No więc przypomniałem sobie. Pamiętasz ten olej na płótnie, niesygnowany, jakieś pięć lat temu? Młody król Artur z Brytanii wyciąga tkwiący w skale za sprawą magicznej siły swój miecz, sławny Ekskalibur.

Nagle z zakamarków pamięci wyłonił się tamten obraz. Malory poczuła dotknięcie zimnych palców na karku.

– Boże drogi, pamiętam, oczywiście, że pamiętam. Kolory, ich wysycenie, światło pulsujące wokół miecza.

– Zdecydowanie ten sam styl i ta sama szkoła w porównaniu z obrazem, który mi pokazywałaś. Być może ten sam twórca.

– Tak, tak, to możliwe. Skąd go mieliśmy? Pochodził z jakiegoś majątku, prawda? W Irlandii. James pojechał na kilka tygodni do Europy. To była najlepsza rzecz, jaką przywiózł. Kto go kupił?

– Nawet dla mojej ostrej jak brzytwa pamięci istnieją jakieś granice, ale sprawdziłem to. Julia sprzedała obraz Jordanowi Hawke. To zdaje się pisarz? Miejscowy, a przynajmniej pochodzi stąd. Zdaje się, że obecnie mieszka w Nowym Jorku.

Malory poczuła ucisk w żołądku.

– Jordan Hawke?

– Jeśli ci zależy, żeby z nim porozmawiać, spróbuj skontaktować się najpierw z jego wydawcą. No dobra, cukiereczku, muszę już pędzić. – Pochylił się, żeby ją pocałować. – Zadzwoń, kiedy James cię zawezwie, żeby czołgać się u twoich stóp. Chcę znać wszystkie szczegóły.

Przy komputerach, przy telefonach siedziało z dobre pół tuzina osób, kiedy Malory dotarła na trzecie piętro redakcji „Dispatcha", gdzie mieścił się gabinet Flynna. Dostrzegła go natychmiast za szklaną taflą.

Krążył wokół biurka i przerzucając z ręki do ręki srebrzystą sprężynkę Slinky, zdawał się mówić sam do siebie.

Zdumiało ją, że potrafi wytrzymać całkowity brak prywatności podczas pracy. Przecież to dokładnie tak, jakby człowiek siedział w oknie wystawowym. W dodatku jeszcze ten hałas. Ona z pewnością by oszalała, usiłując sformułować choćby jedną twórczą myśl przy akompaniamencie tych wszystkich stukotów, dzwonków, rozmów i brzęczyków.

Nie była pewna, do kogo ma się zwrócić. Żadna z obecnych osób nie wyglądała na asystentkę czy sekretarkę. A Flynn, chociaż bawił się starą zabawką, rozciągając ją niczym akordeon, był przecież człowiekiem zajętym, uświadomiła sobie nagle. To nie facet, do którego można wpadać bez uprzedzenia.

Gdy tak stała, nie mogąc się zdecydować, Flynn przysiadł na skraju biurka, przelewając sprężynkę z ręki do ręki. Włosy miał rozwichrzone, jakby przedtem zanurzał w nich palce, zanim zajął dłonie zabawką. Ubrany był w ciemnozieloną koszulę, wpuszczoną w spodnie koloru khaki i najbardziej znoszone sportowe buty, jakie kiedykolwiek widziała.

Poczuła skurcz w żołądku, a potem bezładne, ciche trzepotanie serca.

To nic takiego, że on mi się podoba, tłumaczyła sobie. Nie można tylko dopuścić, żeby takie niewinne uczucie przerodziło się w coś głębszego, bo to już nie byłoby ani mądre, ani bezpieczne, ani nawet...

W tym momencie Flynn popatrzył przez szybę i na jedną, krótką, gorącą chwilę ich spojrzenia się spotkały. Uśmiechnął się. Skurcz w żołądku i trzepotanie serca przybrały na sile. Poruszył nadgarstkiem, przerzucając sprężynkę do jednej ręki. Drugą uczynił zapraszający gest.

W ogłuszającym łoskocie torowała sobie drogę między biurkami. Stanąwszy w otwartych drzwiach gabinetu, skonstatowała z pewną ulgą, że nie mówił do siebie, tylko rozmawiał przez telefon z zestawem głośno mówiącym.

Odruchowo zamknęła za sobą drzwi i zaczęła się rozglądać, słysząc donośne chrapanie. Między dwiema szafkami na dokumenty leżał Moe, rozciągnięty w całej okazałości.

Co zrobić z facetem, który przyprowadza do pracy swojego wielkiego głupiego psa, zaczęła się zastanawiać. Może inaczej: jak się takiemu facetowi oprzeć?

Flynn wystawił palec, sygnalizując jej, że jeszcze tylko minuta. Wykorzystała ten czas, żeby rozejrzeć się po jego miejscu pracy. Na ścianie wisiała wielka tablica korkowa, wypełniona notatkami, artykułami, fotografiami i numerami telefonów. Natychmiast zaświerzbiły ją palce, żeby ją uporządkować, podobnie jak stos papierów na biurku. Półki wypełniały książki, z których część wyglądała na almanachy prawnicze i medyczne. Do tego spisy telefonów hrabstw Pensylwanii, Księga cytatów, przewodniki filmowe i muzyczne.

Do kompletu ze Slinky miał jeszcze jo-jo i figurki żołnierzyków. Zauważyła też kilka plakietek i nagród – dla gazety i dla samego Flynna – wszystkie stłamszone razem, jakby nie zdążył ich powiesić. Sama też nie wiedziałaby, gdzie je umieścić, skoro większość ściany zajmowała korkowa tablica i równie wielki kalendarz na wrzesień, tak że pozostawało już naprawdę niewiele miejsca.

Flynn skończył rozmowę, więc odwróciła się w jego stronę. Kiedy jednak podszedł do niej, uczyniła krok do tyłu.

Zatrzymał się.

– Jakiś problem?

– Nie. Nie wiem. Tak.

– Może wybierzesz jedną z możliwości? – zaproponował.

– Poczułam mrowienie w żołądku, kiedy zobaczyłam cię tutaj.

Uśmiechnął się.

– Dzięki.

– Nie, nie, nie wiem nawet, czy jestem na to przygotowana. Tyle spraw mam na głowie. Widzisz, przyszłam do ciebie porozmawiać o czymś zupełnie innym, i co? Z miejsca straciłam wątek.

– Zatrzymaj się na chwilę przy tamtym – powiedział, kiedy telefon rozdzwonił się na nowo. – Hennessy. Uhm. Kiedy? Nie, to nie stanowi problemu – mówił, zapisując coś na wygrzebanej w bałaganie karteczce. – Dopilnuję tego.

Odłożył słuchawkę i wyłączył telefon.

– Jedyny sposób, żeby pokonać tę bestię. Opowiedz mi więcej o tym mrowieniu.

– Nie. W ogóle nie wiem, dlaczego ci o nim wspomniałam. Jestem tu z powodu Jordana Hawke.

– Jordana Hawke?

– Kupił obraz w galerii jakieś pięć lat temu.

– Obraz? Czy aby na pewno mówimy o tym samym Jordanie Hawke?

– Tak. Obraz przedstawiał młodego Artura wyciągającego miecz wbity w skałę. Myślę, jestem niemal pewna. że namalował go ten sam artysta, który stworzył obraz ze Wzgórza Wojownika i ten drugi, będący własnością twojego przyjaciela. Muszę go zobaczyć. To było lata temu, więc chcę się upewnić, czy dobrze zapamiętałam szczegóły, czy teraz nie wymyślam, bo mi tak pasuje.

– Jeśli masz rację, byłby to cholernie niezwykły zbieg okoliczności.

– Jeśli mam rację, to nie jest żaden zbieg okoliczności. W tym jest jakiś cel. We wszystkim. Możesz się z nim skontaktować?

Flynn ponownie zajął ręce zabawką, rozważając różne możliwości.

– Tak. Jeśli akurat jest w podróży, może to chwilę potrwać, ale znajdę go. Nawet nie wiedziałem, że Jordan kiedykolwiek odwiedzał galerię.

– Na liście klientów nie figuruje, więc przypuszczam, że była to przypadkowa, jednorazowa wizyta i zakup. W moim przeświadczeniu czyni to całą sprawę jeszcze bardziej istotną. – W głosie Malory brzmiała coraz większa ekscytacja. – Flynn, ja sama omal nie kupiłam tego obrazu. Jego cena przekraczała moje możliwości finansowe, ale dokonywałam różnych skomplikowanych wyliczeń, które umożliwiłyby mi jego nabycie. Akurat miałam dzień wolny, kiedy został sprzedany, dosłownie na chwilę przedtem, zanim poszłam do Jamesa z pytaniem, czy zgodziłby się na raty. Muszę wierzyć, że to wszystko ma jakieś znaczenie.

– Skontaktuję się z Jordanem. Przypuszczam, że dokonał zakupu dla kogoś. To nie jest typ kolekcjonera – w przeciwieństwie do Brada. Dewiza Jordana to podróżować z małym bagażem i kupować jak najmniej rzeczy.

– Muszę ponownie zobaczyć ten obraz.

– Rozumiem. Zajmę się tym. Jeszcze dziś zobaczę, co da się zrobić, i o wszystkim ci opowiem podczas kolacji.

– Nie, to nie jest dobry pomysł. To nawet bardzo zły pomysł.

– Kolacja złym pomysłem? Zwyczaj wieczornego posiłku ludzie przyjęli już przed wiekami. Istnieją na to dowody.

– Złym pomysłem jest, abyśmy jedli kolację razem. Potrzebuję trochę zwolnić.

Odłożył zabawkę. Podniósł się, a kiedy próbowała się odsunąć, żeby utrzymać dzielący ich dystans, złapał ją za rękę i przyciągnął do siebie.

– Ktoś cię pogania?

– Raczej coś. – Czuła szybkie uderzenia pulsu w przegubach, w gardle, a nawet pod nagle drżącymi kolanami. W oczach Flynna widziała teraz chłodną kalkulację. No tak, przecież on potrafi przewidywać trzy kroki naprzód. – Słuchaj, to mój problem, nie twój. Przestań – rzuciła, kiedy jego ręka dotknęła jej karku. – To nie jest miejsce...

– Tam są tylko reporterzy – wskazał głową szklaną ścianę między swoim gabinetem a pokojem newsów. – To dla nich nic dziwnego, że czasami całuję kobiety.

– Myślę, że się w tobie zakochałam.

Poczuła, jak jego ręka sztywnieje, by zaraz potem zwiotczeć, ujrzała, jak wyraz rozbawienia ustępuje z jego twarzy, pozostawiając ją pustą i bez wyrazu. Podwójny cios, bólu i gniewu, ugodził ją prosto w serce.

– A teraz uczyniłam to także twoim problemem. – Odsunęła się od niego, co nie było trudne, skoro już jej nie obejmował.

– Malory...

– Nie chcę tego słuchać. Nie chcę słyszeć twoich wyjaśnień, że to za szybko, za wcześnie, że tego typu związek nie mieści się w twoich planach. Nie jestem głupia. Znam te wszystkie wykręty. I nie doszłoby do takiej sytuacji, gdybyś od początku serio potraktował moją odmowę.

- Poczekaj minutę. – Był całkiem wytrącony z równowagi. –
Poczekaj sekundę.
- Poczekaj sekundę. – Poczucie upokorzenia szybko przeważyło gniew i ból. – Poczekaj tydzień. Poczekaj całe życie. I najlepiej poczekaj w takim miejscu, gdzie mnie nie ma.
Wybiegła z pomieszczenia. Strach, dosłownie ścinający krew w żyłach, przykuł go do miejsca, więc nawet nie próbował jej gonić.
Kochała go? Przecież ona wcale nie miała się w nim zakochać. Miała tylko dać się uwieść i zaprowadzić do łóżka, a jednocześnie wykazać dość rozsądku i nie dopuścić do tego, by sprawy między nimi zaszły za daleko. Miała być ostrożna, praktyczna i sprytna, tak by ustrzec jego przed zakochaniem się w niej.
Wszystko miał idealnie poukładane, tymczasem ona narobiła zamieszania. Kiedy jego narzeczeństwo się rozpadło, obiecał sobie kilka rzeczy. Po pierwsze, nigdy nie dopuścić do takiej sytuacji, w której byłby zależny od czyichś zachcianek i kaprysów, nie mając jednocześnie prawa do wyrażania własnych życzeń.
Do niedawna jego życie było zupełnie inne, niż tego oczekiwał. Kobiety – matka, Lily – zawsze stawiały mu warunki. Do cholery, dopiero teraz zaczynało mu się układać.
Kobiety. Zdegustowany opadł na krzesło za biurkiem. Nigdy nie dojdziesz z nimi do ładu.

- Mężczyźni. Chcą, żeby wszystko odbywało się tak, jak sobie tego życzą.
Dana uniosła kieliszek w kierunku Malory.
- Wypij, siostro.
W kilka godzin po opuszczeniu biura Flynna Malory w zaciszu własnego mieszkania opatrywała zranioną dumę pinotem grigio, babskim towarzystwem i zabiegami kosmetycznymi.
Do przedyskutowania miały niejedno, ale jakoś nie potrafiła myśleć o obrazach, kluczach i przeznaczeniu, dopóki nie wylała wszystkich swoich żalów.
- Nie dbam o to, że to twój brat. Nadal jest mężczyzną.
- Owszem, jest. – Dana posępnym wzrokiem obrzuciła swój kieliszek. – Przykro mi to mówić, ale jest. Weź trochę chipsów.
- Zaraz. – Z włosami odgarniętymi do tyłu, z twarzą pokrytą zieloną glinką odżywczej maseczki, Malory sączyła wino i chrupała chipsy, przypatrując się jednocześnie, jak Zoe przekłada pasma

włosów Dany kawałkami aluminiowej folii. – Może ja też powinnam rozjaśnić?

– W żadnym wypadku – zawyrokowała Zoe, malując kolejne pasmo. – Tobie potrzebne jest cieniowanie.

– Cieniowanie wymaga nożyczek.

– Nawet nie poczujesz, kiedy ich użyję. Za to będziesz lepiej wyglądała i miała lepsze samopoczucie.

– Tylko najpierw daj mi się trochę napić. I zobaczyć, jak wygląda ta przymiarka na głowie Dany.

– Proszę się nie posługiwać wyrazem przymiarka w odniesieniu do moich włosów. No więc powiesz nam, o co się poprztykałaś z Flynnem?

– Jemu zależy wyłącznie na seksie – sarknęła Malory. – Typowe.

– A to świnia. – Dana sięgnęła do miseczki z chipsami. – Mnie tam seksu brakuje.

– Mnie też. – Zoe przygotowała następny kawałek folii. – Nie tyle samego aktu, ile wrażeń towarzyszących. Podniecenia, zdenerwowania, momentu wyczekiwania przed, tych wszystkich muśnięć skóry, poruszeń i odkryć w trakcie. I wreszcie owego pełnego, wszechogarniającego uczucia po. Naprawdę do tego tęsknię.

– Muszę się jeszcze napić. – Malory sięgnęła po butelkę. – Ostatni raz kochałam się cztery miesiące temu.

– Przebijam. – Dana podniosła rękę. – Siedem i pół.

– No, dziewczyny – powiedziała Zoe ze śmiechem. – Spróbujcie pościć przez półtora roku.

Dana uniosła butelkę i napełniła kieliszki, swój i Zoe.

– Piękne dzięki, ale nie sądzę, abym chciała zakosztować półtora roku celibatu.

– To wcale nie jest takie trudne, jeśli masz jakieś zajęcie. Po pewnym czasie człowiek się przyzwyczaja. – Zoe poklepała Danę po ramieniu. – Teraz ty się zrelaksuj, a ja zdejmę Malory maseczkę z twarzy.

– Cokolwiek planujesz zrobić, spraw, abym wyglądała super. Chcę, żeby Flynn cierpiał, kiedy następnym razem mnie zobaczy.

– Gwarantowane.

– Jesteś słodka, że tak się nami zajmujesz.

– Lubię to. To dobra praktyka.

– Nie posługuj się wyrazem praktyka, kiedy głowę mam całą w aluminiowej folii – zaprotestowała Dana, z ustami pełnymi chipsów.

– Będziesz wyglądała super – zapewniła ją Zoe. – Pragnę mieć salon z pełnym zakresem usług kosmetycznych, więc chcę się upewnić, że potrafię je wszystkie sama wykonać. Widziałam dziś wspaniały budynek.

Kiedy zabierała się do oczyszczania cery Malory, jej twarz przybrała tęskny wyraz.

– Jak na mnie samą, jest za duży, ale prezentuje się doskonale. Dwie kondygnacje, duże poddasze. Drewniana konstrukcja. Stoi dokładnie na granicy strefy biurowej i mieszkalnej, przy Oak Leaf Lane. Cudny, kryty ganek i nawet mały ogródek na tyłach, gdzie można ustawić ławeczki i stoliki. Wysokie sufity, solidne podłogi z twardego drewna, wymagające tylko odświeżenia. Pomieszczenia na parterze jakby przenikają się nawzajem, tworząc wrażenie intymności.

– Nie wiedziałam, że szukasz lokalu – zauważyła Malory.

– No, oglądam tylko. To jest pierwsze miejsce, które mnie zachwyciło, rozumiesz?

– Tak, rozumiem. Ale jeśli naprawdę ci się podoba, a jednocześnie jest dla ciebie za duże, może uda ci się znaleźć kogoś, z kim mogłabyś wejść w spółkę.

Zdjąwszy maseczkę, Zoe zaaplikowała Malory krem nawilżający.

– Myślałam o tym. Szczerze mówiąc, mam pewien pomysł, zupełnie szalony. Tylko nie mówcie mi, że zwariowałam, dopóki nie skończę. Każda z nas powiedziała, że chciałaby otworzyć coś własnego.

– Och, ale...

– Nie przerywaj, dopóki nie powiem wszystkiego – ucięła Zoe, wklepując Malory krem pod oczy. – Na dole są wspaniałe, zamknięte łukiem okna. Idealne na wystawy. Najpierw wchodzi się do takiego centralnie położonego holu, a po obu jego stronach znajdują się te urocze pokoje. Ktoś zainteresowany otwarciem eleganckiej galerii sztuki i rzemiosła nie mógłby sobie wymarzyć lepszego miejsca. Z jednej strony galeria, a po przeciwnej stronie lokale, mogące pomieścić wspaniałą księgarnię, dodatkowo z miejscem na małe, szykowne bistro albo herbaciarnię.

– Jakoś nie dotarło nic do mnie o salonie kosmetycznym – zwróciła jej uwagę Dana, przysłuchując się uważnie.

– Na górze. Ktokolwiek przyjdzie ułożyć sobie włosy, zrobić manikiur albo skorzystać z któregoś z naszych luksusowych, kompleksowych zabiegów kosmetycznych, wchodząc i wychodząc, będzie musiał minąć galerię i księgarnię – idealna okazja, żeby wybrać prezent dla ciotki Mary albo książkę dla siebie, żeby mieć co czytać podczas czesania. Może też zechce wypić kieliszek wina albo filiżankę herbaty przed pójściem do domu. Wszystko na miejscu, wszystko doskonale rozplanowane.

– Naprawdę się nad tym zastanawiałaś – mruknęła Malory.

– Naprawdę. Mam już nawet nazwę. Pokusa. Od czasu do czasu każdy pragnie jej ulec. Moglybyśmy oferować łączne usługi, różne promocje. Wiem, że to poważna inwestycja, zwłaszcza że nie znamy się zbyt długo. Ale sądzę, że nam by się udało. Myślę, że ułożyłoby się wspaniale. Zastanówcie się, zanim powiecie „nie".

– Chętnie obejrzałabym ten dom – stwierdziła Dana. – W pracy czuję się coraz bardziej paskudnie. Jakiż sens ma jej kontynuowanie?

Malory niemal widziała strumień energii i entuzjazmu tryskający z Zoe. Bez trudu mogłaby przytoczyć co najmniej tuzin racjonalnych argumentów przemawiających za tym, że pomysł bynajmniej nie jest świetny, tylko wariacki.

Nie miała jednak serca tego uczynić. Uznała, że powinna raczej wycofywać się stopniowo.

– Nie chciałabym krzyżować twoich planów, ale jestem niemal pewna, że poproszą mnie, abym wróciła do galerii. Mój dawny szef dzwonił dzisiaj po południu z pytaniem, czy mogłabym wpaść jutro porozmawiać z nim.

– Ależ to wspaniale. – Zoe stanęła za krzesłem Malory i zaczęła przeczesywać palcami jej włosy, żeby poczuć ich gęstość i dostosować sposób układania. – Przecież wiem, jak kochałaś swoją pracę.

– Galeria była dla mnie niczym dom. – Malory wyciągnęła rękę i przykryła dłoń Zoe. – Przykro mi. Pomysł wydawał się dobry. Zabawny.

– Tym się nie martw.

– Hej – Dana pomachała ręką. – A o mnie zapomniałaś? Ja nadal jestem zainteresowana. Jutro pójdę obejrzeć to miejsce. Może uda się podzielić je jakoś między nas dwie.

– Załatwione. Malory, trzeba zmoczyć włosy.

Czuła się zbyt winna, żeby protestować, więc siedziała ze stoickim spokojem, z mokrymi włosami, podczas gdy Zoe cięła.

– To ja wam lepiej powiem, dlaczego poszłam dzisiaj rano do redakcji zobaczyć się z Flynnem, do którego przestałam się odzywać.

Ignorując ruchy nożyczek Zoe, opowiedziała im o obrazie w galerii i o swoim przeświadczeniu, że jest dziełem tego samego artysty.

– Nigdy byście się nie domyśliły, kto go kupił – zakończyła. – Jordan Hawke.

– Jordan Hawke – Dana wydała z siebie coś w rodzaju skrzeku.

– Do cholery, teraz chcę czekolady. Musisz mieć jakąś.

– Zapas na wypadek kryzysu. Górna szuflada w lodówce. Jaki masz problem?

– No, byliśmy tak jakby zaręczeni, milion lat temu. Cholera, cholera, cholera – mruczała Dana, wyciągając z szuflady lodówki dwie tabliczki godivy. Kryzysy leczysz godivą?

– Skoro czujesz się paskudnie, powinnaś sięgnąć po najlepsze antidotum.

– Słuszne spostrzeżenie.

– Chodziłaś z Jordanem Hawke na romantyczne randki? – dopytywała się Zoe.

– To wszystko się działo lata temu, kiedy jeszcze byłam młoda i głupia. – Dana odwinęła tabliczkę z opakowania i ugryzła potężny kęs. – Paskudne zerwanie, on wyjechał i po sprawie. Bastard, gnojek, dupek. – Ugryzła kolejny kęs. – W porządku, już mi lepiej.

– Przykro mi, Dana. Gdybym wiedziała... A zresztą nie wiem, co bym zrobiła. Muszę zobaczyć ten obraz.

– Nieważne. Przeszedł mi, zupełnie mi przeszedł. – Ale ponownie wgryzła się w tabliczkę.

– Po tym, co teraz powiem, możesz potrzebować jeszcze jednej czekolady kryzysowej. Nie kupię tej wersji ze zbiegami okoliczności. Nie potrafię wytłumaczyć tego racjonalnie. Nasz trójka – i Flynn, twój brat. A teraz dwaj najlepsi przyjaciele Flynna, z których jeden dodatkowo okazuje się twoim dawnym chłopakiem. Wszystko zamyka się w bardzo ograniczonym kręgu.

Dana wlepiła w nią wzrok.

– No to ja ci z kolei powiem, że cholernie nie podoba mi się ten kawałek. Masz jeszcze jedną butelkę wina?

– Stoi w szafce nad lodówką.

– Albo wrócę do domu pieszo, albo zadzwonię do Flynna, żeby mnie odwiózł. Ale mam zamiar się ululać, zanim stąd wyjdę.

– Ja mogę cię odwieźć – zaproponowała Zoe. – Możesz zaczynać, bylebyś zdążyła do dziesiątej.

– Twoje włosy wyglądają rewelacyjnie. – Lekko zataczając się, bo przecież dotrzymywała Danie towarzystwa w piciu, Malory przesunęła palcami po nowym uczesaniu przyjaciółki.

Delikatne, jasne pasemka podkreślały smagłą cerę Dany i jej ciemne oczy. Cokolwiek uczyniły zręczne palce Zoe, długie, proste włosy wydawały się teraz bardziej lśniące i okazałe.

– Muszę ci wierzyć na słowo. Jestem niemal ślepa.

– Moje też są rewelacyjne. Zoe, jesteś genialna.

– Owszem, jestem. – Zoe aż zarumieniła się po takich komplementach i ukłoniła się im obu. – Malory, przez kilka dni używaj tego kremu na noc, którego próbkę ci dałam, a potem powiedz mi, co o nim sądzisz. Chodź, Dana, zobaczymy, czy uda mi się zapakować cię do samochodu.

– Okay, kocham was obie. – Z pijackim, sentymentalnym uśmiechem Dana objęła przyjaciółki ramionami. – Nie mogę sobie wyobrazić, że mogłabym w tym tkwić z kimś innym, a nie z wami. Jak już będzie po wszystkim, możemy zacząć urządzać sesje kosmetyczno-alkoholowe raz w miesiącu. Coś à la klub książki.

– Dobry pomysł. Dobranoc, Mal.

– Poradzisz sobie z nią?

– Oczywiście. – Zoe opiekuńczym gestem objęła Danę w pasie. – No, już ją mam. Jestem silniejsza, niż się wydaje. Zadzwonię do ciebie jutro.

– Ja też. Czy mówiłam wam, że Jordan Hawke to dupek?

– Tylko ze dwieście razy. – Zoe skierowała Danę ku drzwiom. – Ale możesz mi to powtórzyć raz jeszcze, kiedy będziemy jechały do domu.

Malory starannie pozamykała drzwi, po czym chwiejnym krokiem ruszyła w kierunku łazienki. Nie mogąc się powstrzymać, stanęła przed lustrem i zaczęła wypróbowywać różne ułożenia włosów, kręcąc przy tym głową na wszystkie strony. Nie potrafiła powiedzieć, co takiego Zoe z nimi zrobiła. Niewątpliwie jednak efekt był imponujący.

A może by tak, zaczęła się zastanawiać, opłacało się trzymać buzię zamkniętą na kłódkę dla odmiany, zamiast dyrygować fryzjerką przy każdym ruchu nożyczek. Może do fryzjera powinna chodzić pijana i dręczona poczuciem winy.

Mogłaby też wypróbować tę samą kombinację w innych dziedzinach życia. U dentysty, w restauracji, w stosunkach z mężczyznami. Nie, nie, z mężczyznami nie. Wykrzywiła się do swojego odbicia. Jeśli ty nie rządzisz mężczyzną, on natychmiast zaczyna rządzić tobą.

A poza tym nie miała zamiaru myśleć o mężczyznach. Nie potrzebowała mężczyzn. W tej chwili nawet ich nie lubiła.

Rano poświęci godzinę na rozwiązywanie zagadki klucza. Potem się ubierze, starannie i elegancko. Kostium, zadecydowała. Popielaty z białymi wyłogami. A może nie. Czerwony. Tak, czerwony kostium. To będzie mocne i profesjonalne.

Popędziła do szafy, przetrząsnęła garderobę, starannie uporządkowaną według przeznaczenia i koloru. Z czerwoną garsonką w ręku tanecznym krokiem powróciła do lustra i przytrzymała ją przed sobą.

– James – zaczęła, starając się wydobyć z siebie ton umiarkowanego współczucia – przykro mi słyszeć, że beze mnie galeria całkowicie zeszła na psy. Wrócić? Cóż, nie wiem, czy to możliwe. Otrzymałam kilka innych propozycji. Och proszę, proszę, nie poniżaj się do tego stopnia. To takie żenujące.

Potrząsnęła grzywą włosów.

– Tak, wiem, że Pamela to żmija. I to nie tylko moja opinia. Ale skoro sprawy idą aż tak źle, będę musiała ci pomóc. No, no, nie płacz. Wszystko będzie dobrze – ułoży się idealnie, tak jak powinno.

Parsknęła krótkim śmieszkiem, zadowolona, że w jej świecie niebawem wszystko wróci do normy, i zaczęła przygotowywać się do snu.

Rozebrała się, udzielając sobie krótkiego pouczenia, że ubrania należy poskładać, a nie rozrzucać po pokoju. Kiedy usłyszała pukanie do frontowych drzwi, miała na sobie jedynie białą jedwabną koszulkę nocną. Przekonana, że któraś z przyjaciółek czegoś zapomniała, otworzyła drzwi.

I spojrzała prosto w uśmiechniętą twarz Flynna.

– Muszę z tobą porozmawiać.

– A może ja nie mam ochoty rozmawiać z tobą – odparła, starając się oddzielać poszczególne słowa, tak aby nie zlewały się ze sobą.

– Musimy coś postanowić, skoro mamy zamiar…

Przypatrywał się jej z uwagą. Rozwiane włosy, olśniewająca cera, ponętne zaokrąglenia pod białym jedwabiem. A do tego niepewne, szkliste spojrzenie.

– Co? Jesteś pijana?

– Półpijana i jest to wyłącznie moja sprawa. Twoja siostra jest całkiem pijana, ale nie musisz się o nią niepokoić, ponieważ Zoe – dla odmiany kompletnie trzeźwa – odwiozła ją do domu.

– Dana, żeby się całkiem upić, potrzebuje wielu piw albo całej butelki wina.

– Zgadza się, w tym wypadku było to wino. A teraz, skoro to już sobie ustaliliśmy, przypominam ci, że jestem półpijana. Wobec tego wejdź i wykorzystaj mnie.

Flynn wydał z siebie odgłos przypominający śmiech. Uznał, że najlepszym miejscem dla rąk – no, może nie najlepszym, ale najrozsądniejszym – będą kieszenie.

– Skarbie, twoje zaproszenie brzmi rozkosznie, ale...

Rozwiązała ten problem, łapiąc go ręką za koszulę i gwałtownie pociągając ku sobie.

– Wejdź – powtórzyła, zarzucając mu ręce na szyję.

Rozdział jedenasty

Flynn poczuł, że coś przypiera go do futryny, że potyka się o własne nogi, kiedy zamykały się za nim drzwi. Wargi Malory muskały jego szyję i nagle doznał wrażenia, że z głowy odpływa mu cała krew.

– Hej, Mal, zaczekaj.

– Nie chcę czekać. – Jej ręce stały się równie niecierpliwe jak usta. Czy naprawdę jeszcze przed chwilą sądziła, że nie lubi mężczyzn? Tego jednego lubi z całą pewnością. Tak bardzo, że zaraz go zje w kilku szybkich, łapczywych kęsach.

– Dlaczego ludzie zawsze mówią, żeby czekać. A ja chcę, żebyś... – Chwyciła zębami płatek jego ucha i wyszeptała wyrafinowane żądanie.

– O Boże.

Sam nie wiedział, czy to modlitwa dziękczynna czy błaganie o pomoc. Pewien był tylko jednego: jego opanowanie miało swoje granice, ku którym zbliżał się teraz z niebezpieczną prędkością.

– Malory, dobrze już, dobrze, zwolnij choć na chwilę.

Ocierała się o niego, a żądne dłonie śmiało wędrowały po jego ciele, przesuwając się coraz niżej i niżej.

– Malory, poczekaj.

– Dobrze. – Odrzuciła do tyłu głowę i posłała mu złośliwy uśmiech.

– Ha, ha, rzeczywiście czekasz. – Zamknął dłonie na jej przegubach i – nie bez pewnego żalu – uniósł jej ręce na wysokość swoich ramion.

Brakowało mu tchu, mięśnie stwardniały jak kamienie.

– Jaki mamy wybór? Rano albo ty mnie znienawidzisz, albo ja ciebie.

Błyszczące oczy i koci uśmieszek igrający na jej wargach oszołomiły go, poczuł kompletną suchość w gardle.

– Boże, ładna jesteś, taka podchmielona. Powinnaś się położyć.

– Dobrze – przylgnęła do niego, zapraszająco kołysząc biodrami. – Chodźmy więc.

– Natychmiast opuszczam tę piękną, pijaną kobietę.

Wspięła się na palce i mocno przytuliła, wsłuchując się w obłąkańcze uderzenia serca Flynna.

– Nigdy stąd nie wyjdziesz. Wiem, co robię, i wiem, czego chcę. Czy bardzo cię to przeraża?

– Owszem, skarbie, dosyć. Przyszedłem, bo chciałem porozmawiać z tobą, a teraz nawet nie bardzo pamiętam o czym. Może zrobię nam kawy i...?

– Widzę, że sama będę musiała zająć się wszystkim. – Jednym płynnym ruchem ściągnęła przez głowę nocną koszulkę i odrzuciła ją na bok.

– O słodki Jezu.

Jej ciało było rozkoszne – białe i różowe, włosy spływały w dół kuszącą falą, muskając koniuszki piersi, głębokie szafirowe oczy wpatrywały się w niego, kiedy czyniła krok w jego kierunku.

Usta Malory przesuwały się po wargach Flynna niczym gorąca, jedwabna pokusa.

– Nie bój się – szepnęła – zajmę się tobą.

– Założę się. – Błądził dłońmi w kuszącym gąszczu włosów, a jego ciało przemieniło się w prawdziwy labirynt bólu i pożądania, z którego zdrowy rozsądek nadaremnie usiłował się wydostać. – Malory, nie jestem bohaterem.

– Kto by tam pragnął bohatera. – Śmiejąc się, uszczypnęła go w podbródek. – Bądźmy niegrzeczni, Flynn, bądźmy naprawdę niegrzeczni.

– Skoro tak stawiasz sprawę. – Odwrócił ją, zmieniając pozycję, tak że teraz ona stała uwięziona między drzwiami a jego ciałem. – Mam tylko nadzieję, że będziesz pamiętała, czyj to był pomysł, i że usiłowałem...

– Zamknij się i weź mnie.

Świetnie, skoro przyjdzie mu wylądować w piekle, niech przynajmniej sama jazda okaże się godna potępienia. Położył ręce na jej biodrach i poderwał lekko, tak że musiała wspiąć się na palce. Wydawało mu się, że dostrzegł w oczach Malory błysk triumfu.

Dotykanie tej kobiety, w pełni świadomej swojej siły i teraz testującej jego moc, było niczym majstrowanie przy włączonym bezpieczniku, gdzie wszystko iskrzyło się i skwierczało. Powiódł dłońmi po jej skórze, zaróżowionej i gorącej. Ogarnięty pożądaniem, zanurzył twarz w jej włosach, a dłonie wsunął między uda.

Eksplodowała, wydając ochrypły okrzyk, wbijając paznokcie w jego plecy i gwałtownie poruszając biodrami. Ściągnęła mu koszulę przez głowę, przesuwając zębami po jego barkach, podczas gdy niecierpliwe dłonie mocowały się z dżinsami.

– W łóżku. – Przez moment pojawiła się szalona wizja, że bierze Malory tutaj, stojącą przy drzwiach, ale wówczas przyjemność skończyłaby się zbyt szybko. Obrócił ją. Kiedy zrzucał z nóg buty, oboje zawadzili o narożnik ściany.

Malory nie dbała o to gdzie. Jej wyłącznym pragnieniem było przyjmowanie razów owej dzikiej potęgi, w oczekiwaniu na cudowny, pulsujący ból ogarniający całe ciało.

Wirowała w szalonym świecie wyszukanych doznań, w którym każde dotknięcie rąk i języka tylko dodawało nowych. Pragnęła poczuć każdy skurcz jego mięśni, każde uderzenie gorąca, wypływające wszystkimi porami skóry, i wiedzieć, wiedzieć z całą pewnością, że to wszystko dzieje się za jej przyczyną.

Zdyszani, opadli na łóżko. Kiedy uniósł jej ręce wysoko nad głowę i przytrzymał, roześmiała się.

– Musisz trochę zwolnić – powiedział.

Wygięła się w łuk.

– Dlaczego?

– Ponieważ mam zamiar cię pieścić, a to chwilę potrwa.

Pociągnęła językiem po jego dolnej wardze.

– Od czego zaczniesz?

Poczuł w brzuchu niemal bolesny kurcz. Zniżył głowę i powędrował do jej ust. Pełnych, miękkich, gorących i wilgotnych. Odurzył się nimi, nią całą, aż zaczęli drżeć oboje. Przesuwał językiem po zagłębieniach szyi, tam gdzie uderzał puls, a potem powoli w dół, aż poczuł delikatne, wonne piersi. Lekko pociągnął zębami sutek. Jęknęła.

Całkowicie poddawała się przyjemności, czystej rozkoszy bycia przez niego odkrywaną. Nie broniła niczego łapczywym ustom i badawczym dłoniom. Kiedy podniósł ją, pomknęła swobodnie, szybując w gorącym podmuchu powietrza, by zaraz opaść i przyciągnąć go bliżej siebie.

Widziała Flynna w świetle sączącym się z holu, jak wpatruje się w nią; czynił to z taką intensywnością, że serce zabiło jej gwałtownie, a miłość i zachwyt rozlały się po całym ciele. To była odpowiedź, odpowiedź na co najmniej jedno z pytań.

Flynn był dla niej. Przytuliła się mocniej w odczuciu bezgranicznej, błogiej radości.

Pachniała czymś sekretnym, uwodzicielskim. Czuł na skórze jej szybki, urywany oddech, niczym ukłucia małych, srebrnych ostrzy.

Jak cudownie byłoby pogrążyć się w niej i tak trwać, dopóki świat się nie skończy. A kiedy jej dłonie przesuwały się po nim i delikatnie pomrukiwała z aprobatą, w miarę jak eksplorowała jego ciało, zastanawiał się, czy przypadkiem ten koniec świata już nie nastąpił.

Przejechała paznokciami po jego brzuchu.

– Chcę ciebie. Pragnę poczuć cię w środku. Powiedz mi, że mnie pragniesz.

– Pragnę. Pragnę ciebie. Od pierwszej chwili.

– Wiem. – Wygięła biodra w łuk. – Teraz.

Już miał to uczynić, kiedy przebłysk rozsądku zatriumfował nad szaleństwem.

– Chryste. Prezerwatywa. Portfel. Spodnie. Gdzie są moje spodnie?

– Mm... w porządku. – Przetoczyła się nad nim, przytrzymując ramienia. Szarpnięciem otworzyła szufladkę nocnej szafki.

– Prezerwatywa. Szufladka. Szafka nocna.

– Wspominałem ci może, że kocham takie praktyczne, przygotowane na każdą okoliczność kobiety?

– Daj, pomogę ci.

Nie spieszyła się, postępując ze słodką powolnością, aż musiał zaciskać dłonie na skłębionej pościeli, by nie wzbić się pod sufit.

Ależ ta kobieta miała niesamowite ręce.

Cudowne. Doskonałe.

Uniosła się nad nim, odrzuciła do tyłu włosy i uśmiechnęła się.

– Teraz.

Błyskawicznym ruchem przewrócił ją na plecy i nakrył swoim ciałem.

– Teraz – powtórzył, wnikając w głąb niej.

Patrzył, jak na twarzy Malory pojawia się wyraz rozkoszy. Oboje drżeli, na krawędzi spełnienia.

Topiąc spojrzenie w jego oczach, zaczęła wznosić się i opadać ruchem płynnym i delikatnym niczym falowanie jedwabiu. Imię Malory rozbrzmiewało echem w głowie Flynna jak pieśń albo modlitwa. Skoncentrował się na nim, jednocześnie czepiając się poszarpanych nici samokontroli, kiedy drżała pod jego ciężarem. Malory zdawało się, że zaczyna się rozpadać. O Boże, najwspanialsze ze wszystkich uczuć. Utrata świadomości i ponowne jej odzyskiwanie. Ostatnim, płynnym westchnieniem wspięła się na sam szczyt. Zamknęła mężczyznę w sobie, ciasno, bardzo ciasno. I pociągnęła za sobą.

Żadnego myślenia. Przecież w tych warunkach i tak nie zaowocowałoby niczym produktywnym. Będzie o wiele lepiej, jeśli utrzyma stan całkowitej umysłowej pustki, napawając się tym wspaniałym doznaniem, jakim było leżenie na miękkim, pociągającym ciele kobiecym.

Jeśli nie będzie myślał, może wytrzyma w tej pozycji wystarczająco długo, by mogli kochać się po raz drugi. Po tym nastąpiłby kolejny okres niemyślenia.

Kto wie, jak długo udałoby mu się utrzymać taki rytm? Może w nieskończoność?

Leżąc pod nim, przeciągnęła się leniwie.

– Pić mi się chce. – Przesunęła dłonią po jego plecach. – A tobie?

– Nie, jeśli to oznacza, że mam się poruszyć w ciągu najbliższych pięciu albo dziesięciu lat.

Delikatnie uszczypnęła go w pośladek.

– Mnie chce się pić, więc ty będziesz musiał się ruszyć.

– No dobrze. – Ale na chwilę jeszcze zanurzył się w jej włosach. – Przyniosę wody.

– Nie, w porządku. – Pchnęła go lekko i wyśliznęła się spod niego. – Ja przyniosę.

Wychodząc, zatrzymała się przy szafie. Kiedy opuszczała pokój, kątem oka dostrzegł cienką, jedwabną mgiełkę otulającą jej ciało.

Może ja śnię? Może to tylko moje pobożne życzenie, a tak naprawdę leżę we własnym łóżku, a obok na podłodze chrapie Moe. A jeśli nie śnię?

Usiadł, przesuwając rękami po twarzy. I – na nieszczęście – zaczął myśleć. Przyszedł tutaj, ponieważ był poruszony, wściekły i zakłopotany sceną, która miała miejsce w jego biurze. A teraz leżał w łóżku Malory, całkiem nagi, i przed chwilą kochali się w absolutnie niewiarygodny sposób, kiedy ona była pijana. No dobrze, nie całkiem pijana. Podchmielona.

Powinien był wyjść. Powinien był znaleźć w sobie tyle samozaparcia, by odejść od tej nagiej, chętnej kobiety, skoro jej pragnienia były wywołane alkoholem.

Kim on miał być, u licha? Świętym?

Kiedy wróciła, ubrana jedynie w krótką, czerwoną koszulkę z cienkiego jedwabiu, obrzucił ją chmurnym spojrzeniem.

– Jestem człowiekiem. Jestem mężczyzną.

– Owszem. Myślę, że to już ustaliliśmy ponad wszelką wątpliwość. – Usiadła na skraju łóżka i podała mu szklankę.

– Byłaś naga. – Opróżnił zawartość naczynia w kilku łykach. – Rzuciłaś się na mnie.

Przechyliła głowę.

– Do czego zmierzasz?

– Jeśli żałujesz...

– Dlaczego miałabym żałować. – Odebrała mu szklankę i wysączyła resztkę wody. – Mam cię dokładnie tam, gdzie chciałam cię mieć. Byłam pijana, ale przecież wiedziałam, co robię.

– W takim razie zgoda. Po prostu po tym, co powiedziałaś dziś rano...

– Że cię kocham? – Odstawiła szklankę na tacę na nocnym stoliku. – Bo kocham cię.

Poczuł dreszcz emocji, przebiegający ciało. Zbyt szybki, zbyt gorący, by potrafił go zanalizować. Z pewnością jednak przeważała w nim panika i wywołujący poty lęk.

– Malory. – Kiedy nie przestawała wpatrywać się w niego ze spokojną cierpliwością, strach zaczął podchodzić mu do gardła. – Słuchaj, nie chcę cię zranić...

– Więc nie rób tego. – Pokrzepiającym gestem ścisnęła jego dłoń. – Choć rzeczywiście, ty masz więcej powodów do obaw niż ja.

– Mam?

– Tak, masz. Kocham cię, co oznacza, oczywiście, że chciałabym, abyś ty też mnie kochał. Nie zawsze zdobywam to, czego pragnę, ale najczęściej mi się to udaje. Można powiedzieć, że niemal zawsze. Czyli, moim zdaniem, skończy się tak, że się we mnie zakochasz. A skoro ten pomysł cię przeraża, faktycznie masz więcej powodów do zmartwienia niż ja.

Przesunęła dłonią po jego piersi.

– Jak na kogoś, kto pracuje, siedząc za biurkiem, jesteś doskonale zbudowany.

Złapał jej rękę, zanim zdążyła powędrować na południe.

– Zaraz, zaraz, skoncentrujmy się na chwilę. Ten cały układ z miłością. Mnie to z kart nie wyszło.

– Bo masz za sobą złe doświadczenia. – Pochyliła się i pocałowała go przelotnie. – Tego typu historie jak twoja z reguły nie mijają bez śladu. Na szczęście dla ciebie potrafię być cierpliwa. I łagodna – dodała, podnosząc się i dosiadając go okrakiem. – I bardzo, bardzo zdeterminowana.

– O Boże, Malory.

– A może po prostu leż spokojnie i ciesz się czystą przyjemnością bycia ujeżdżanym?

Podniecony, oszołomiony, wdzięczny, pozwolił, by przewróciła go na plecy.

– Wobec takiej propozycji trudno byłoby protestować.

– Byłoby to tylko zwykłą stratą czasu. – Rozwiązała szlafrok i pozwoliła, by opadł z ramion. Przesunęła dłońmi po piersi Flynna, po czym ujęła jego twarz w dłonie i pocałowała szybko.

– Mam zamiar wyjść za ciebie – mruknęła. I roześmiała się, kiedy szarpnął się gwałtownie.

– Nic się nie martw, przyzwyczaisz się do tej myśli.

Ciągle śmiejąc się, zdławiła wargami niewyraźny protest.

Czuła się wyśmienicie. To nie tylko z powodu seksu, myślała teraz, podśpiewując pod prysznicem. Choć oczywiście nie można go nie doceniać. Jasno wytyczony cel zawsze dodawał jej pewności siebie i korzystnie wpływał na samopoczucie. Poszukiwanie klucza było tak mgliste, tak niesprecyzowane, że w równym stopniu dodawało energii, jak i zbijało z tropu. Natomiast przekonanie Flynna, że należą do siebie, było czymś konkretnym i sprecyzowanym, czymś, czego mogła się trzymać.

Nie miała pojęcia, co spowodowało, że się w nim zakochała, i właśnie ów fakt utwierdzał ją w przeświadczeniu, iż to uczucie jest prawdziwe.

Flynn z całą pewnością nie odpowiadał dopracowanemu w każdym szczególe wizerunkowi mężczyzny jej marzeń. Nie potrafił przyrządzać wytwornych posiłków, nie mówił biegle po francusku (albo po włosku), nie uważał wizyt w muzeum za najbardziej interesujący sposób spędzania wolnego czasu, nie nosił garniturów szytych na miarę, nie czytywał poezji.

Przynajmniej nie sądziła, aby czytywał poezję.

Zgodnie z planem miała zakochać się w mężczyźnie choćby w części obdarzonym tymi atrybutami. Plan zakładał także, że wybranek będzie o nią zabiegał, czarował ją i uwodził, aż wreszcie wyzna miłość po wsze czasy w odpowiednio romantycznej scenerii.

Przed Flynnem analizowała i rozbierała na czynniki pierwsze każdy swój związek, drążąc, powiększała każdą, choćby najdrobniejszą skazę w okrywającym go garniturze, dopóki nie wyszarpała w nim kilku dziur. Co na koniec i tak okazywało się bez znaczenia, skoro żaden z nich nie był tym właściwym.

Jeśli chodzi o Flynna nawet do głowy jej nie przyszło, by przejmować się skazami. Wiedziała jedno: jej serce w najmniej oczekiwanym momencie rozpadło się z hukiem i to było niesamowite uczucie.

Poza tym musiała przyznać, że przestrach, którego nie zdołał ukryć, nawet jej się podobał. To było takie odświeżające, raz zamienić się w prześladowcę dla odmiany. Prawdziwe wyzwanie. Przyjąć rolę agresora i swoją szczerością wprawić mężczyznę w konsternację.

Kiedy wreszcie, gdzieś koło trzeciej nad ranem, udało mu się wyrwać z łóżka, czuła jego lęk i zakłopotanie. Ale czuła też jego pragnienie, żeby pozostać.

Niech się z tym trochę pomęczy, zdecydowała.

W doskonałym nastroju zadzwoniła do lokalnej kwiaciarni, zamówiła tuzin czerwonych róż i kazała je dostarczyć do redakcji „Dispatcha". Wychodząc z mieszkania na spotkanie z Jamesem, niemal tańczyła z radości.

– Patrzcie państwo, jacy to jesteśmy promienni i weseli dziś rano – przywitał ją Tod, kiedy pojawiła się w galerii.

– A jesteśmy. – Ujęła jego twarz w dłonie i obdarzyła głośnym cmoknięciem. – James u siebie?

– Na górze, czeka na ciebie. Karmelku, wyglądasz bajecznie. Do schrupania.

– I tak się właśnie czuję, do schrupania. – Poklepała Toda po policzku i popłynęła schodami na górę. Zapukała do drzwi gabinetu i weszła do środka.

– Witaj, James.

– Malory. – Podniósł się zza biurka, wyciągając ręce w serdecznym geście. – Bardzo się cieszę, że przyszłaś.

– To miłe. – Usiadła na krześle, które jej wskazał. – Co słychać? James też usiadł, uśmiechając się blado.

– Jestem pewien, że słyszałaś o tym, co zaszło między Pamelą a panią K. Szalenie niefortunne nieporozumienie, które – obawiam się – może kosztować galerię utratę cennej klientki.

Zmusiła się do przybrania zatroskanego wyrazu twarzy, chociaż serce podskakiwało jej z radości.

– Tak, przykro mi, że wszystko... – Tylko nie przywal prosto z mostu, że wszystko się spieprzyło, upomniała samą siebie, po czym podjęła gładko – że wszystko tak się pechowo zbiegło podczas tej transakcji.

– Istotnie, pechowo. Pamela jest bardzo entuzjastycznie nastawiona do pracy w galerii, ale – obawiam się – musi się jeszcze sporo nauczyć. Obecnie dostrzegam, że przedwcześnie obdarzyłem ją zbyt wielką autonomią.

Powstrzymując się od triumfalnego wyrzucenia w powietrze zaciśniętej pięści, starannie złożyła ręce na kolanach.

– Pamela ma bardzo konkretną wizję, jak powinna wyglądać galeria.

– Tak, tak. – James obracał w palcach złote pióro i co chwila poprawiał węzeł krawata. – Myślę, że gdzie indziej jej talenty mogą się ujawnić wyraźniej niż w bezpośrednich kontaktach z klientami. Rozumiem też, że między wami dochodziło do pewnych tarć.

Spokojnie, upomniała się.

– Ja też mam bardzo konkretną wizję galerii, która, tak się niefortunnie złożyło, kłóci się z wyobrażeniem Pameli. Owszem, między nami rzeczywiście dochodziło do tarć.

– Cóż – odchrząknął James – może w tym względzie za bardzo uległem wpływowi Pameli. Naprawdę wydawało mi się, że nadszedł czas, abyś się usamodzielniła, wypróbowała swoje możliwości, poeksperymentowała trochę. Jednakże teraz dostrzegam, iż nie wziąłem pod uwagę twojego przywiązania i lojalności wobec galerii. Ani też tego, że opuszczenie gniazdka mogło stanowić dla ciebie dość stresujące przeżycie.

– Stanowiło, przyznaję. – Złagodziła swoją wypowiedź najsłodszym z uśmiechów.

– Przez ostatnie dwa tygodnie ponownie rozważałem całą sprawę. Malory, bardzo pragnąłbym, abyś wróciła i jak dawniej pełniła obowiązki kierownika. Z dziesięcioprocentową podwyżką uposażenia.

– To… to jest takie nieoczekiwane. – Musiała sobie wyobrazić, że tyłek ma przyklejony do krzesła, w przeciwnym razie zerwałaby się i odtańczyła taniec triumfalny. – Jestem wzruszona. Ale… czy mogę być szczera?

– Oczywiście.

– Te tarcia, o których wspominaliśmy, będą występowały nadal. Muszę przyznać, że przez ostatnie miesiące nie czułam się tutaj szczęśliwa. Kiedy… kiedy wypychałeś mnie z gniazdka, byłam przerażona. Ale znalazłszy się na zewnątrz, zyskałam możność patrzenia na fakty z innej perspektywy i wówczas uświadomiłam sobie, że ostatnimi czasy w gniazdku zrobiło się… powiedzmy, trochę tłoczno.

– Rozumiem. – James uniósł ręce i umieścił podbródek w złożonych dłoniach. – Mogę ci obiecać, że Pamela nie będzie podważała twojego autorytetu ani kwestionowała reguł, które wypracowaliśmy wspólnie dawno temu. W kwestii zakupów, wystaw, promowania artystów i tak dalej będziesz miała ostatnie słowo, poza mną – oczywiście. Tak jak przedtem.

A więc dokładnie to, czego pragnęła. Więcej nawet, wziąwszy pod uwagę podwyżkę. Znów będzie robiła to, na czym znała się najlepiej. Zyska finansowo. No i jeszcze ta osobista, acz niezbyt szlachetna satysfakcja, że utarła nosa Pameli.

Zwyciężyła, nie wystrzeliwszy ani jednego naboju.

– Dziękuję, James. Nawet nie potrafię wyrazić, ile to dla mnie znaczy, że chcesz, abym wróciła, że masz do mnie zaufanie.

– Znakomicie, znakomicie – rozpromienił się. – Możesz zacząć od razu, choćby od dzisiaj, jeśli ci odpowiada. Jakby tych dwóch ostatnich tygodni w ogóle nie było.

Jakby tych dwóch ostatnich tygodni w ogóle nie było, powtórzyła w duchu.

Coś zakłuło ją boleśnie w żołądku. Nagle poczuła się tak, jakby rozsądna Malory ustąpiła miejsca Malory beztroskiej i z osłupieniem patrzyła, jak ta obejmuje prowadzenie.

– Ale ja nie mogę wrócić. Zawsze będę ci wdzięczna za wszystko, czego mnie nauczyłeś, za wszystkie szanse, które mi dałeś, łącznie z tą ostatnią, jaką było wypchnięcie mnie za drzwi, bym wreszcie opuściła strefę bezpieczeństwa. Otwieram własny interes.

O mój Boże, pomyślała, otwieram własny interes.

– Oczywiście nie będzie to lokal na taką skalę jak galeria. Raczej coś skromniejszego, nie tak… – omal nie powiedziała „niedostępnego", ale ugryzła się w język – nie tak ekskluzywnego – wybrnęła. – Przede wszystkim mam zamiar skoncentrować się na twórczości lokalnych artystów i rzemieślników.

– Malory, musisz być świadoma, ile czasu, ile energii pochłania takie przedsięwzięcie, więcej, z jakim ryzykiem finansowym jest połączone.

– Wiem, jednak ryzyko nie przeraża mnie już tak jak dawniej. Prawdę mówiąc, nawet mnie podnieca. Ale dziękuję, naprawdę dziękuję za wszystko, co dla mnie uczyniłeś. A teraz muszę już iść.

Wstała szybko, w obawie że jeszcze zmieni zdanie. W galerii miała rozpiętą siatkę bezpieczeństwa, gotową ją złapać. Tymczasem ona zamierzała skoczyć z dużej wysokości w takim miejscu, gdzie siatki brakowało.

– Malory, chciałbym, żebyś zastanowiła się przez kilka dni.

– Wiesz, co się dzieje, kiedy człowiek zastanawia się przed skokiem? – Wyciągnęła rękę, dotknęła jego dłoni i pospieszyła ku drzwiom. – Nie skacze wcale.

Nie traciła czasu. Odnalazła adres, podany jej przez Zoe, i zaparkowała na podwójnym podjeździe, tuż za samochodem Dany.

Lokalizacja korzystna, pomyślała, przywołując rozsądną Malory z powrotem na stanowisko. W strefie ruchu pieszego, a jednocześnie dla tych, którzy przyjadą samochodami, jest sporo miejsca do parkowania.

Dom ją oczarował. Bezpretensjonalny. We trójkę z pewnością dadzą radę go ożywić. Odmalować ganek, posadzić pnące wino. W głowie Zoe już pewnie roi się od pomysłów.

Chodnik wymagał naprawy albo ułożenia na nowo. Zanotowała to na przyniesionym ze sobą bloczku. Skrzynki w oknach? Z sezonowymi kwiatami.

A gdyby tak zmienić wejście i w oknie nad drzwiami zamiast zwykłego szkła dać specjalnie zaprojektowany witraż? Przecież znała kilku witrażystów.

Nie przestając notować, otworzyła drzwi frontowe.

W holu stanęłyby gabloty wystawowe, reklamujące ich towary i usługi. Skromne, bez zadęcia, harmonijnie rozplanowane.

Oświetlenie było dobre, podłogi, dawniej świetne, teraz wymagały odnowienia. Ściany? Wystarczy pomalować.

Zwiedzała kolejne pomieszczenia, coraz bardziej zachwycona. Rzeczywiście przenikały się nawzajem, jak to określiła Zoe.

Wszystko można idealnie zharmonizować.

Zapełniwszy notatkami całe strony, wróciła do holu, akurat kiedy Zoe i Dana schodziły po schodach.

– A kiedyś chciałabym dodać jeszcze szwedzki prysznic i stanowisko do aromaterapii – mówiła Zoe. – Ale na razie... O, cześć, Malory.

– Cześć. – Malory opuściła notes. – Wchodzę w interes.

– Wiedziałam. – Zoe sfrunęła ze schodów i uściskała ją. – Wiedziałam. Widziałaś? Oglądałaś? I co, czy nie jest wspaniały?

– Tak, tak. Na górę jeszcze nie zaglądałam, ale parter... Jestem zachwycona.

Dana stała na schodach, podejrzliwie zaciskając usta.

– Skąd ta zmiana stanowiska?

– Nie wiem. W każdym razie nie widzę żadnego sensownego, logicznego wytłumaczenia. Kiedy James zaproponował mi powrót do pracy i jeszcze podwyżkę, pomyślałam: dzięki Bogu, wszystko wróci na swoje miejsce.

Wypuściła powietrze i przyciskając notatki do piersi, wykonała pełny obrót.

– A potem nie wiem, nagle usłyszałam swój własny głos – mówiłam, że nie wrócę, że otwieram własny interes. Myślę, iż w tym momencie uświadomiłam sobie, że nie chcę, aby wszystko wracało na swoje miejsce. Chcę prowadzić własną firmę i chcę robić to z wami. Co do tego nie mam wątpliwości.

– No cóż, musimy być pewne swojej decyzji. Zoe, powtórz jej to, co powiedziałaś mnie. O tym domu.

– Właściciel zgadza się wynająć, ale tak naprawdę szuka kupca. Finansowo kupno bardziej się opłaca.

Kupno. Przepaść, do której przeskoczenia się szykowała, rozszerzyła się gwałtownie.

– Ile?

Zoe wymieniła kwotę. Widząc, że Malory bladnie, dorzuciła pośpiesznie.

– To jest cena wyjściowa. Ja już wszystko wyliczyłam. Jeśli porównać ratę hipoteczną i odsetki przy trzydziestoletnim okresie spłat z miesięcznym czynszem za wynajem, wcale nie wychodzi dużo więcej. No i zostaje majątek trwały. To jest inwestycja. Dochodzi jeszcze czasowe zwolnienie podatkowe.

– Nie każ jej opowiadać sobie o czasowym zwolnieniu podatkowym – ostrzegła Dana – bo mózg zacznie ci się wylewać uszami. Uwierz mi na słowo, że to przestudiowała.

– Potrzebujemy prawnika, żeby sporządził umowę o partnerstwie – ciągnęła Zoe. – Musimy też połączyć nasze rezerwy finansowe. Na zaliczkę wystarczy nam w zupełności. Zwłaszcza jeśli uda nam się wynegocjować obniżkę ceny wyjściowej. I jeszcze zostanie nam na remont. Potem weźmiemy pożyczkę hipoteczną na uruchomienie biznesu. Istnieje taka możliwość.

– Wierzę ci. Myślę, że to dlatego tak mnie boli żołądek. – Malory przycisnęła ręce do brzucha, po czym popatrzyła na Danę. – Kupujemy?

– Boże, wspieraj nas, kupujemy – zgodziła się Dana.

– Wydaje mi się, że powinnyśmy uścisnąć sobie dłonie albo coś takiego. – Zoe wyciągnęła rękę.

– Poczekajcie, zanim to zrobimy, muszę wam coś powiedzieć. – Malory odchrząknęła. – Ostatniej nocy kochałam się z Flynnem. Trzy razy.

– Trzy razy? – Dana aż usiadła na schodach. – Z Flynnem?

– Masz coś przeciwko temu?

– Nie jestem jego matką, tylko siostrą. – Ale przejechała palcami po skroniach. – Czy ty przypadkiem nie byłaś pijana ostatniej nocy?

– Nie, pijana to ty byłaś. Ja byłam podchmielona. Ale od razu dodam, że mając świadomość mojego stanu, próbował, naprawdę usilnie próbował zachować się jak dżentelmen i wycofać.

– Jakie to słodkie. – W oczach Zoe zapaliły się gwiazdy.

– Nawet kiedy rozebrałam się do naga i rzuciłam na niego.

– Ach tak...

Malory ze śmiechem poklepała Zoe po ramieniu. Ale Dana milczała.

– Nie rozebrałam się do naga i nie rzuciłam na niego dlatego, że byłam zawiana i... powiedzmy... napalona. Kocham go. Nie dręczą mnie żadne wątpliwości, podobnie jak wiem, że chcę razem z wami kupić ten dom. To po prostu tkwi we mnie, i tyle. Kocham go i wyjdę za niego.

– Malory, to cudownie. – Idąc za głosem romantycznego serca, Zoe zarzuciła przyjaciółce ręce na szyję. – Jestem taka szczęśliwa.

– Na razie nie wyciągaj ręki po kwiecie pomarańczy na wianek. Muszę jeszcze przekonać Flynna, że nie może beze mnie żyć. – Wystąpiła naprzód. – Ja go kocham, Dana.

– Dotarło do mnie.

– Wiem, że to może skomplikować naszą przyjaźń albo nasze wspólne przedsięwzięcie.

– A jeśli tak się stanie?

– Wtedy, przykro mi, koniec z przyjaźnią, koniec z interesami. Ale Flynna zatrzymam, bez względu na to, czy ci się to spodoba czy nie.

Wargi Dany drgnęły, kiedy wstawała.

– Domyślam się, że jest załatwiony. Będziemy ściskały sobie dłonie, szły do prawnika czy jak?

Rozdział dwunasty

 $\mathcal{N}$ ie była pewna, co czuje, nie wiedziała, co właściwie robi. Ale tego typu drobnostek nigdy nie brała pod uwagę. Gdy tylko udało jej się wyrwać, ruszyła na poszukiwanie Flynna.

Z redakcji już wyszedł. Podążyła jego tropem do weterynarza, lecz okazało się, że wraz z Moem wyszedł z lecznicy przed kwadransem. Mocno poirytowana z tego powodu, uświadomiła sobie w końcu, że jest wściekła na brata, sama nie wiedząc dlaczego.

Kiedy wreszcie znalazła się pod jego domem, kipiała ze złości. Trzasnęła drzwiami i wmaszerowała do salonu, gdzie obaj, jej brat i jego pies, leżeli nieruchomo, niczym zmarli.

– Ty, Casanova, mam z tobą do pogadania.

– Nie wrzeszcz. – Leżący na sofie Flynn nie drgnął nawet. Rozciągnięty obok niego na podłodze Moe zaczął dygotać. – Moe musiał pójść na zastrzyk. Było to traumatyczne przeżycie dla nas obu. Idź sobie. Przyjdź jutro.

– Muszę z tobą pogadać zaraz, natychmiast, zanim znajdę jakieś ostre narzędzie i wbiję ci prosto w zadek. Co to za pomysł, żeby dmuchać Malory, skoro doskonale wiesz, że powinna się skupić na swoim zadaniu.

– Pojęcia nie mam. Zdaje się, że miało to jakiś związek z tym, że się potknąłem i wylądowałem na jej nagim ciele. A zresztą to nie było żadne dmuchanie. Wnoszę sprzeciw przeciwko określaniu moich czynności mianem dmuchania, a w ogóle to nie twój pieprzony interes.

– Łączy mnie z Malory wiele spraw, więc jest to także mój pieprzony interes. Jest to mój pieprzony interes, ponieważ ją lubię, a ona jest w tobie zakochana. Dowodzi to osobliwego braku gustu, niemniej jednak fakt jest faktem.

– To nie moja wina, iż jej się wydaje, że jest we mnie zakochana.

– Ja wcale nie powiedziałam, że jej się wydaje. Jeśli idzie o facetów, gust ma zupełnie parszywy, ale nie jest przecież idiotką. Zna swój umysł i serce. A jeśli ty nie wziąłeś pod uwagę jej uczuć, zanim rozpiąłeś rozporek...

– Na litość boską, przymknij się choć na chwilę. – Flynn usiadł i ukrył twarz w dłoniach. – Ona nie chce mnie słuchać. A rozporek to ona rozpinała.

– Tak, ty po prostu byłeś niewinnym przechodniem.

– Nie ma sensu wrzeszczeć na mnie. Sam od dłuższego czasu zdrowo się opieprzam z powodu tego, co zaszło. Pojęcia nie mam, co, u diabła, teraz robić.

Dana usiadła na blacie stołu i pochyliła się ku niemu.

– A co chciałbyś zrobić?

– Nie wiem. Ona przysłała mi kwiaty.

– Przepraszam, nie dosłyszałam.

– Dziś rano przysłała mi tuzin czerwonych róż. Z bilecikiem: „Myśl o mnie". Jak, do cholery, mógłbym o niej nie myśleć?

– Róże. – Ten pomysł niezmiernie Danę rozbawił. – Gdzie one są?

Flynn poruszył się niespokojnie.

– Postawiłem je w sypialni. I tyle. Malory swoim postępowaniem odwróciła role, co nie jest w porządku. Jest wbrew naturze, sprzeciwia się ustalonym regułom naukowego porządku. Muszę to w jakiś sposób nakierować na właściwe tory. Właśnie, na właściwe tory. Przestań wyszczerzać się do mnie.

– Jesteś najarany.

– Nie jestem najarany. I to jest kolejny termin, przeciwko któremu protestuję. Osoba z tytułem magistra bibliotekoznawstwa powinna używać bardziej wyważonych określeń.

– Malory jest idealna dla ciebie. – Dana pocałowała brata w policzek. – Gratulacje. Już nie jestem na ciebie wściekła.

– Nie dbam o to, na kogo jesteś wściekła. I nie jest ważne, kto jest idealny dla mnie. Ja nie jestem idealny dla nikogo. Jestem flejtuch. Jestem niedelikatny i samolubny. Lubię życie bałaganiarskie i bez planu.

– Flejtuch jesteś bez wątpienia. Ale nie jesteś ani niedelikatny, ani samolubny. To ta niedelikatna, samolubna suka Lily wbiła ci to do głowy. Jeśli to kupiłeś, jesteś po prostu głupi.

– A więc życzysz twojej przyjaciółce głupiego flejtucha?
– Może. Kocham cię, Flynn.
– Ludzie, ostatnio często jestem obiektem takich wyznań. –
Klepnął ją palcem po nosie. – Ja ciebie też.
– Nie, powiedz: kocham cię, Dana.
– Och, przestań.
– Wszystkie trzy słowa, Flynn. No, wyduś je z siebie.
– Kocham cię, Dana. A teraz idź już sobie.
– Jeszcze nie skończyłam.
Jęknął i opadł na poduszkę.
– Właśnie próbowaliśmy zdrzemnąć się trochę. Dla zdrowia
psychicznego.
– Tamta nigdy cię nie kochała. Lubiła twoją pozycję, tu w Val-
ley. Lubiła pokazywać się z tobą i wyzyskiwać twoje zdolności. Mo-
żesz być głupi, ale przecież w pewnych sprawach naprawdę nie
brak ci bystrości. Ona cię wykorzystywała.
– Aha, i to ma pozytywnie wpłynąć na moje samopoczucie.
Wiedza, że pozwoliłem się wykorzystywać.
– Nie, to ma sprawić, byś przestał się oskarżać o to, jak się
skończyło z Lily.
– Nie oskarżam się. Nienawidzę kobiet. – Uśmiechnął się złośli-
wie. – Chcę je tylko dmuchać. A teraz pójdziesz już sobie?
– A w sypialni masz czerwone róże.
Ukrył twarz w dłoniach.
– O Boże.
– Najarany – powtórzyła Dana, dźgając go palcem w brzuch.
Flynn zniósł ten siostrzany kuksaniec z prawdziwym męstwem.
– Pozwól, że cię o coś zapytam. Czy ktoś lubił Lily?
– Nie.
Wypuścił powietrze i zapatrzył się w sufit.
– Tak tylko sprawdzałem.
Pukanie do drzwi wyrwało mu z ust przekleństwo, a Danę po-
derwało na nogi.
– Ja pójdę – zawołała pośpiesznie. – Może przynieśli kolejne
bukiety.
Rozbawiona, otworzyła drzwi. Teraz ona zaklęła, wkładając w to
o wiele więcej wyobraźni i zaangażowania niż przedtem jej brat.
– Witaj, Długa, co za słodycz płynie z twoich ust.
Jordan Hawke, przystojny jak sam diabeł, a w oczach Dany na-
wet jak dwa diabły, skinął głową i ponownie wkroczył w jej życie.

Przez jeden krótki, podniecający moment zastanawiała się, czy nie podstawić mu nogi. Ograniczyła się jednak do złapania go za ramię i wyobrażenia sobie, że je zgniata niczym kawał tektury.

– Hej, nikt cię tu nie zapraszał.

– Czyżbyś tu mieszkała? – Wyprostował się swobodnie. Zupełnie tak jak dawniej. Przy wzroście sześciu stóp i trzech cali przewyższał ją o całe pięć cali. Kiedyś uważała to za podniecające, obecnie tylko ją irytowało.

Nie roztył się, nie padł ofiarą męskiego łysienia. Czy już samo to nie jest cholernie podłe? Nadal był tyczkowaty i przystojny, a bujna, czarna, jak dawniej seksownie rozwichrzona czupryna, wieńczyła smagłą, szczupłą twarz z gorejącymi, błękitnymi oczami. Do tego wydatne, pięknie zarysowane i – o czym doskonale wiedziała – pełne inwencji usta.

Teraz skrzywiły się w leniwym, żartobliwym uśmiechu, za który miała ochotę je rozkwasić.

– Świetnie wyglądasz, Dana. – Pogładził ją po włosach. Szarpnęła głową, nie potrafiąc zapanować nad tym odruchem.

– Ręce przy sobie. Nie, nie mieszkam tutaj. Czego chcesz?

– Randki z Julią Roberts, spotkania z Bruce'em Springsteenem i wszystkimi gośćmi z E. Street Band i naprawdę zimnego piwa. A ty?

– Poczytać o szczegółach twojego powolnego konania. Co tu robisz?

– Wnerwiam cię, jak widać. Ale to tylko uboczna przyjemność. Flynn w domu?

Nie czekając na odpowiedź, minął ją i skierował się do salonu. Moe uniósł łeb i warknął bez entuzjazmu.

– Moe – zachęcała psa Dana – bierz go, bierz go.

Nie zwracając na to uwagi, Jordan pochylił się nad psem.

– A więc tak wygląda słynny Moe.

Zapomniawszy już o traumatycznych przeżyciach u weterynarza, Moe wstał, położył przednie łapy na ramionach Jordana i pocałował go na przywitanie. Dana mogła tylko zazgrzytać zębami, kiedy śmiech Jordana połączył się ze szczęśliwym naszczekiwaniem Moego.

– Ale z ciebie wielki facet, Moe. Popatrzcie państwo na tę mordę. – Jordan potargał futro Moego, podrapał go za uszami, po czym odwrócił się do Flynna. – I jak leci?

– W porządku. Nie przypuszczałem, że tak szybko się pojawisz.

– Miałem trochę wolnego czasu. Mogę liczyć na piwo?

– Jasne.

– Przepraszam, że przerywam to nad wyraz czułe powitanie – głos Dany był niczym lodowaty sopel, celujący prosto w kark Jordana – ale co tu, u diabła, robisz?

– Spędzam czas z przyjaciółmi w moim rodzinnym mieście. – Jordan wyprostował się. – Mogę u ciebie przewaletować?

– No pewnie. – Flynn wstał z tapczanu. – Brachu, wspaniale widzieć cię znowu.

– Dokładnie to samo czuję. Wielki dom. Świetny pies. Paskudna sofa.

Flynn ze śmiechem chwycił starego przyjaciela w objęcia.

– Naprawdę cieszę się, że cię widzę.

Na krótką chwilę, dosłownie na ułamek sekundy, kiedy przyglądała się, jak ci dwaj dorośli mężczyźni obejmują się wzajemnie, poczuła, że coś w niej łagodnieje. Cokolwiek mogła powiedzieć o Jordanie – a do powiedzenia miała naprawdę wiele – zawsze należał do Flynna. Był mu i przyjacielem, i bratem.

A kiedy poczuła na sobie gorące spojrzenie niebieskich oczu, serce jej stwardniało, spieczone ich żarem.

– Co z tym piwem, Długa? Zabawmy się w nadrabianie zaległości i ty mi opowiesz, jak się wplątałaś w poszukiwanie jakichś wyimaginowanych kluczy.

Dana rzuciła bratu oskarżycielskie spojrzenie i dumnie uniosła podbródek.

– W przeciwieństwie do waszej dwójki, ja mam kilka ważnych spraw do załatwienia.

– Nie chcesz obejrzeć obrazu?

Miała chwilę wahania, ale gdyby okazała ciekawość, zepsułaby cały efekt odejścia. Tak więc przemaszerowała ku drzwiom i wyszła, nie oglądając się za siebie.

Faktycznie miała do załatwienia kilka spraw. Po pierwsze ulepić woskową laleczkę przedstawiającą Jordana i powbijać szpilki w najbardziej wrażliwe miejsca.

– Musiałeś ją tak wkurzyć? – spytał Flynn.

– Ją wkurza sam fakt, że oddycham. – Jordan poczuł nagle w sobie dziwną pustkę. – Dlaczego Dana nie mieszka z tobą? Przecież ten dom jest wystarczająco duży.

– Nie chce. – Flynn wzruszył ramionami, kierując się do kuchni. – Potrzebuje własnej przestrzeni, bla, bla, bla. Znasz Danę. Jak

wbije sobie coś do głowy, nie ruszysz jej z miejsca nawet podnoś-
nikiem.
– No to opowiedz mi o wszystkim.
Moe tańczył dookoła, więc Flynn poszukał psiego biskwita
i rzucił psu, zanim wyjął piwo.
– Przywiozłeś obraz?
– Tak. Pojęcia nie mam, co on ma ci powiedzieć.
– Ja też nie. Mam nadzieję, że powie coś Malory.
– No to kiedy poznam tę Malory? – Jordan oparł się o kuchen-
ny blat.
– Nie wiem. Wkrótce.
– Wydawało mi się, że w tej sprawie istnieje nieprzekraczalny
termin?
– No, owszem. Ale nadal mamy jeszcze dwa tygodnie.
– Jakiś problem, brachu?
– Nie. Może. Zaplątaliśmy się i wszystko potoczyło się choler-
nie szybko. Nie mam czasu na myślenie.
– Jaka ona jest?
– Inteligentna. Zabawna. Seksy.
– Postawiłeś seksy na trzecim miejscu. – Jordan zatoczył łuk
butelką piwa. – To poważna sprawa. Jaka jeszcze?
– Celowa w działaniu – Flynn zaczął chodzić tam i z powrotem
– uporządkowana, szczera. Nie bawi się w żadne zagrywki. Mocno
trzyma się ziemi. I właśnie to, iż tak realnie patrzy na świat, spra-
wia, że człowiek zaczyna wierzyć w wiarygodność tej całej historii
z kluczami. Bo skoro ona się zaangażowała... Ma niebieskie oczy.
Wielkie niebieskie oczy – westchnął.
– Znowu cechy fizyczne na końcu listy. Wpadłeś.
Flynn niepewnym ruchem podniósł swoje piwo.
– Można wpaść w różnym stopniu.
– Owszem, ale jeśli udało jej się spowodować, że się tym drę-
czysz, powiedziałbym, że wpadłeś po kolana i nadal się zagłębiasz.
Najlepiej do niej zadzwoń. Ona przyjdzie obejrzeć obraz, a ja przy
okazji obejrzę sobie ją.
– Wolałbym odłożyć to do jutra.
– Boisz się. No to wpadłeś po pas i nie przestajesz się pogrążać.
– Zamknij się. Moim zdaniem lepiej będzie, jeśli Brad przynie-
sie swój obraz do mnie i najpierw przyjrzymy im się dokładnie we
trójkę. Zobaczymy, co uda nam się z nich wyczytać, bez wprowa-
dzania babskiego elementu.

– Może być. Masz w domu jakieś żarcie?

– Niespecjalnie. Za to znam numery telefonów wszystkich lokali, gdzie sprzedają na wynos.

– Zdumiewasz mnie. No to idę po rzeczy.

Było zupełnie tak jak dawniej, w czasach ich młodości, jeśli pominąć fakt, że teraz rozłożyli się w salonie należącym do jednego z nich, a nie do rodziców. Wybór jedzenia zostawili Flynnowi, stąd raczyli się pizzą, i tylko piwo zostało zastąpione butelką johnny walker blue, przyniesioną przez Brada.

Siedzieli na podłodze, na wprost obrazów, ustawionych obok siebie i opartych o ścianę. Moe okupował kanapę.

– Nie znam się specjalnie na sztuce – zaczął Flynn.

– Ale wiem, co mi się podoba – dokończył Brad.

– Nie miałem zamiaru zniżać się do takich frazesów.

– Ależ to bardzo istotne stwierdzenie – zauważył Jordan. – Sztuka jest ze swojej natury subiektywna. Warhola „Puszka zupy Campbella", „Miękkie zegarki" Dalego, „Mona Liza" Leonarda, to wszystko rozgrywa się w oku patrzącego.

– A porównywanie „Nenufarów" Moneta z „Błękitną Damą" Picassa jest tak samo bezsensowne jak porównywanie Dashiella Hammetta z Johnem Steinbeckiem. Wszystko jest kwestią stylu, celu i percepcji.

Flynn popatrzył na Brada, przewracając oczami.

– Zanim wy dwaj wspięliście się na intelektualne wyżyny, miałem po prostu zamiar powiedzieć, że moim zdaniem oba obrazy namalowała ta sama osoba, a jeśli dwie różne, to druga naśladowała styl pierwszej.

– Och – Brad potrząsnął trunkiem w swojej szklaneczce i uśmiechnął się – kupuję. I co nam to daje?

– Jeśli biegli dokonaliby ekspertyzy obrazu Jordana, może to nam dać bardzo wiele. Wiemy, że obraz ze Wzgórza Wojownika i twój dzieli pięćset lat. Teraz musimy się dowiedzieć, jak do tego pasuje ten trzeci.

– Piętnasty wiek.

Flynn odwrócił głowę i wlepił wzrok w przyjaciela.

– Zleciłeś ekspertyzę?

– Tak, w jakieś dwa lata po zakupie. Była niezbędna do ubezpieczenia. Okazało się, że płótno warte jest kilkakrotnie więcej, niż za nie dałem. To aż dziwne, zważywszy, że galeria słynie raczej z windowania cen.

– A dlaczego go kupiłeś? – zapytał Brad.

– Nawet nie wiem, ile razy sam się nad tym zastanawiałem. Pojęcia nie mam, co mnie zaniosło wtedy do galerii. Zwykle nie było mi tam po drodze. Zobaczyłem obraz i poczułem, że coś mnie w nim porywa. Ta chwila, ten ostatni oddech, zanim dopełni się przeznaczenie, cezura między niewinnością a mocą. Artur wyciągnie miecz; to wiemy. Jest to moment, w którym cały świat się zmienia. Rodzi się Camelot, a los Artura zostaje przypieczętowany. Zjednoczy naród, dozna zdrady od kobiety i przyjaciela, pocznie tego, który go zabije. W tym momencie jest jeszcze chłopcem, w następnym – będzie królem.

– Niektórzy utrzymują, że był królem od momentu narodzin.

Słysząc słowa Brada, Jordan tylko potrząsnął głową.

– Nie, nie był władcą, dopóki nie położył ręki na rękojeści Ekskalibura. Mógł odejść. Zastanawiam się, czy uczyniłby to, gdyby wiedział, jaki los go czeka. Sława i wielkość; chwila pokoju. A później już tylko oszustwo, zdrada, wojna. I przedwczesna śmierć.

– Jakie to pocieszające – zauważył Flynn, rozlewając następną kolejkę. Zamarł na chwilę, po czym ponownie spojrzał na oba płótna. – Poczekaj, niewykluczone, że właśnie na coś trafiłeś. Drugi obraz przedstawia rezultat – coś, co nastąpiło po momencie przeznaczenia, o którym mówiłeś. Czy bóg-król poślubiłby kobietę śmiertelną i spłodził trzy córki, gdyby znał ich późniejszy los? Kwestia wyboru, kwestia kierunku, w jakim podążamy.

– Nawet jeśli tak – zwrócił mu uwagę Brad – niewiele nam to daje.

– Daje nam temat. Jeśli założymy, że obrazy stanowią wskazówki, musimy skupić się na temacie. Może pierwszy z kluczy został ukryty w miejscu podjęcia decyzji, takiej, która odmieniła bieg czyjegoś życia?

– Flynn? – Jordan zawahał się, potrząsając szklaneczką z drinkiem. – Czy ty naprawdę wierzysz w istnienie tych kluczy?

– Tak. I zaręczam wam, że gdybyście uczestniczyli we wszystkich wydarzeniach od samego początku, też byście uwierzyli. Nie istnieje inny sposób wytłumaczenia całej tej historii, podobnie jak ty, Jordan, nie potrafiłbyś wyjaśnić, dlaczego ten chłopiec był jedyną osobą w całym świecie, zdolną wyciągnąć Ekskalibura ze skały.

– A ty? – Jordan zwrócił się do Brada.

– Nie wykluczam takiej możliwości. Weź pod uwagę te wszystkie zbiegi okoliczności albo to, co wydaje się czystym przypadkiem. Ty i ja weszliśmy w posiadanie obrazów. Obydwaj wróciliśmy do Valley – z obrazami. Flynn ma osobiste powiązania z dwiema kobietami, które zostały zaproszone na Wzgórze Wojownika. Jordan i Dana stanowili dawniej parę. A ja kupiłem obraz, ponieważ urzekła mnie na nim jedna twarz – twarz Zoe. Dosłownie jakbym dostał kopa w tyłek. Ale może niech ten drobny szczególik pozostanie między nami.

– Jesteś zainteresowany Zoe? – zapytał Flynn.

– Tak, i to się świetnie składa, ponieważ ona od pierwszej chwili poczuła do mnie antypatię. Czego nie rozumiem – dodał zaperzając się. – Zwykle kobiety nie uprzedzają się do mnie tak od razu.

– Nie – zgodził się Jordan. – Z reguły zajmuje im to nieco więcej czasu.

– Właśnie że wręcz przeciwnie. Jestem bardzo zręcznym graczem. Najczęściej.

– O tak. Doskonale pamiętam, jak zręcznie ci poszło z Marshą Kent.

– Odpieprz się. Miałem wtedy siedemnaście lat.

– Czy twój tyłek nadal nosi ślad jej kopniaka? – ironizował Jordan.

– A twoje jaja ślad kopniaka Dany?

Jordan skrzywił się.

– Remis. A teraz pytanie. Czy Zoe i Malory są równie podobne do postaci na obrazie jak Dana?

– Zdecydowanie – powiedział Flynn. – Są inaczej poubierane, ale twarze mają identyczne.

– I żadnych wątpliwości co do datowania obrazu, Brad?

– Najmniejszych.

Jordan przez chwilę siedział w milczeniu, pieszcząc w dłoniach szklaneczkę i wpatrując się w twarz Dany. Spokojną, bladą, pustą.

– Okay, zbaczam ze szlaku wytyczonego przez logikę i zapuszczam się na ten grząski teren. Jest nas sześcioro i trzy klucze. Oraz niewiele ponad dwa tygodnie czasu na odnalezienie pierwszego. – Sięgnął po butelkę. – To będzie pestka.

Zagadka zagadką, ale dobrze mieć przyjaciół znowu przy sobie, myślał Flynn. Dobrze wiedzieć, że kiedy on pakuje się do łóżka, niemal nad ranem, Jordan w pokoju gościnnym właśnie układa się na materacach, a Brad już chrapie na sofie na dole, pilnowany przez Moego.

Zawsze wydawało mu się, że nie ma takiej rzeczy, której we trójkę nie daliby rady. Wszystko jedno, czy chodziło o pokonanie wyimaginowanej armii wrogich najeźdźców, naukę rozpinania biustonosza jedną ręką, czy jazdę po wertepach rozlatującym się buickiem kupionym z drugiej ręki. W potrzebie zawsze służyli sobie pomocą.

Kiedy umierała matka Jordana, on i Brad czuwali w szpitalu całe noce. Kiedy Lily wystawiła go do wiatru, Flynn wiedział, że przyjaciele go nie zawiodą.

W dobrych chwilach i w tych złych zawsze wspieraliśmy się wzajemnie, pomyślał ze wzruszeniem. Fizyczna odległość nie miała znaczenia. Ale kiedy byli razem, od razu czył się lepiej. O wiele lepiej. Mieć ich tutaj znaczyło, że pierwszy klucz praktycznie tkwi już w zamku.

Zamknął oczy i natychmiast zapadł w sen.

W domu panowała ciemność i lodowate zimno. Wędrując bez celu mrocznymi, skręcającymi nieoczekiwanie korytarzami, Flynn widział swój oddech, wydobywający się w postaci białych, delikatnych obłoczków pary. Na zewnątrz szalała burza; huk grzmotów wstrząsał powietrzem, szybkostrzelne, wściekłe błyskawice przecinały ciemność.

We śnie wiedział, że znalazł się w holu Wzgórza Wojownika. Niewiele dostrzegał w mroku, a jednak rozpoznał znany sobie zakręt korytarza; macając dłonią, wyczuwał znajomą fakturę ściany. A przecież nigdy przedtem nie szedł tędy.

Przez okno na drugim piętrze widział strugi deszczu, jarzące się niebieskawo w świetle kolejnych błyskawic. W szybie mignęło mu zamazane odbicie jego twarzy – niczym duch.

Zaczął wołać. Głos niósł się echem, rozlewał jak fala. Nikt nie odpowiedział. Mimo to był przekonany, że nie jest sam. Oprócz niego coś jeszcze wędrowało korytarzami, skradało się tuż za nim. Poza zasięgiem wzroku, poza zasięgiem dotyku. Coś, co zmuszało go, aby kierował się do góry, ku schodom.

Poczuł strach, podpełzający do serca.

Wzdłuż korytarza znajdowały się drzwi. Wszystkie zamknięte. Próbował je otwierać po kolei, usiłując przekręcać gałki zesztywniałymi z zimna palcami.

Cokolwiek go śledziło, podkradało się coraz bliżej. Słyszał oddech tej dziwnej istoty; przerażające płynne poruszenia powietrza, które zlewały się z jego urywanym oddechem. Musi wyjść stąd, musi się jakoś wydostać. Zaczął biec, przedzierał się przez wstrząsaną nawałnicą ciemność, a jego prześladowca za nim, z odgłosem przypominającym szybkie uderzenia chciwych pazurów o drewno.

Wypadł na zewnątrz, na gzyms. Prosto w burzę, gdzie błyskawice spadały z nieba niczym włócznie, spowijając kamień dymem. Powietrze zdawało się płonąć i zamarzać jednocześnie, strugi deszczu, ostre jak szklane szczerby, raniły jego skórę.

Dalej nie miał już gdzie uciekać, więc choć lęk wpełzał mu do żołądka jak wąż, odwrócił się, żeby walczyć.

Cień. Ogromny, całkiem blisko. Nakrył go, zanim jeszcze zdążył unieść pięść. Straszliwe zimno przeniknęło go na wskroś, powaliło na kolana.

Poczuł dziki, niewyobrażalny ból, a jednocześnie tępy, obłędny strach. Coś z niego wyszarpywano. Jego własną duszę.

Obudził się drżący z zimna, spocony ze strachu. Słońce świeciło mu prosto w twarz. Usiadł na łóżku, z trudem łapiąc powietrze. Nie po raz pierwszy śniły mu się koszmary, nigdy jednak aż tak realistyczne i dojmujące. We śnie nigdy nie odczuwał prawdziwego bólu. Teraz nadal go czuł, uświadomił sobie nagle. Ostre ukłucia przeszywały mu brzuch i klatkę piersiową.

Próbował sobie tłumaczyć, że to efekt połączenia whiskey i pizzy z siedzeniem do późna w nocy, ale tak naprawdę sam w to nie wierzył.

Kiedy ból zelżał, ostrożnie wysunął się z łóżka i powoli starczym krokiem poczłapał do łazienki. Odkręcił prysznic, puszczając maksymalnie gorącą wodę. Trząsł się z zimna.

Sięgnął po aspirynę do lustrzanej szafki. Kiedy ją otwierał, przelotnie zobaczył odbicie swojej twarzy. Przeraźliwie blada skóra i mętny, szklisty wzrok wydawały się niczym w porównaniu z resztą. Był kompletnie przemoczony. Włosy miał nasiąknięte wodą, która spływała mu po skórze. Zupełnie jakbym znalazł się na dworze podczas burzy, pomyślał, siadając na toalecie, gdyż nogi nagle odmówiły mu posłuszeństwa.

To nie był koszmar senny. Naprawdę przebywał na Wzgórzu Wojownika. Naprawdę stał na zewnętrznym gzymsie. I nie był tam sam.

A więc to nie tylko zwyczajne poszukiwanie kluczy, puzzle do ułożenia, z nagrodą w postaci garnka pełnego złota, kiedy już ostatni kawałek spocznie na swoim miejscu. W tej historii kryło się coś więcej. Jakaś siła, mroczna i potężna. Musi, musi się dowiedzieć, co to takiego, zanim ktokolwiek z nich pogrąży się głębiej.

Wszedł pod prysznic, pozwalając strumieniowi gorącej wody biczować się tak długo, aż całe zimno nie ustąpiło z ciała. Już spokojniejszy, połknął kilka tabletek aspiryny i naciągnął spodnie od dresu. Teraz zejdzie na dół, zaparzy kawy i spróbuje zebrać myśli. Potem obudzi przyjaciół, niech wspólnie coś uradzą. Może nadszedł czas, aby we trójkę wybrali się na Wzgórze Wojownika i wydobyli prawdę od Pitte'a i Roweny.

Był w pół drogi na dół, kiedy zadzwonił dzwonek u drzwi. Moe wypadł pędem, ujadając niczym piekielna sfora.

– Dobrze już, dobrze, przymknij się. – Po johnnym walkerze Flynn nie miał kaca, ale koszmar nocny dał mu się we znaki równie mocno. Złapał Moego za obrożę i odciągnął od drzwi, otwierając je jednocześnie drugą ręką.

Promień słońca. Była to jedyna klarowna myśl, jaką udało mu się sformułować, kiedy spoglądał na Malory. Miała na sobie ładny niebieski kostium, odsłaniający dość wysoko nogi, i uśmiechała się do niego. Potem uczyniła krok do przodu i objęła go ramionami.

– Dzień dobry – powiedziała i przycisnęła wargi do jego ust, wysysając z mózgu nawet tę jedną myśl.

Palce Flynna, zaciśnięte na obroży Moego, najpierw rozluźniły się, potem puściły ją całkiem, wreszcie powędrowały do góry, by zanurzyć się we włosach Malory. Ból i strach, z którymi się obudził, odpłynęły gdzieś w niebyt.

Moe zaprzestał próby wciśnięcia się między nich, skakał tylko dookoła i szczekał, dopraszając się uwagi.

– Jezu Chryste, Hennessy, nie mógłbyś zabrać tego psa... – U szczytu schodów Jordan Hawke zatrzymał się gwałtownie. Na dole jego przyjaciel i jakaś kobieta stali przytuleni do siebie, oblani strumieniem słonecznego światła.

Kiedy wreszcie Flynn uwolnił się z objęć i spojrzał w górę, wyglądał niczym człowiek po raz trzeci idący pod wodę. A przy tym szczęśliwy.

– Dzień dobry. Przepraszam, że przeszkodziłem. Ty musisz być Malory.

– Tak, ja jestem Malory. – Umysł miała lekko zamroczony pocałunkiem, ale jednego była przecież pewna: oto spoglądała w górę na niezmiernie przystojnego faceta mającego na sobie wyłącznie bokserki. – To ja przepraszam. Nie wiedziałam, że Flynn ma gości... Och – zaskoczyła nagle – ty jesteś Jordan Hawke. Jestem twoją wielbicielką.

– Dzięki.

– Pohamuj. – Flynn podniósł rękę, bo Jordan już zaczął schodzić na dół. – Może byś najpierw założył spodnie?

– Jasne.

– Chodź do kuchni. Muszę wypuścić Moego. – Szarpnięciem za rękę Flynnowi udało się oderwać Malory od miejsca, w którym skamieniała, wpatrzona w Jordana. Ale za chwilę utknęła ponownie, tym razem w drzwiach do salonu.

Na sofie, rozciągnięty na brzuchu, leżał Brad, ze zwieszoną jedną ręką i jedną nogą. Ubrany był identycznie jak Jordan, z tą tylko różnicą, że jego bokserki były białe.

Potomek imperium Vane'ów ma idealny tyłek, pomyślała Malory. Co za interesujące spostrzeżenie.

– Piżamkowe party? – zaryzykowała.

– Faceci nie urządzają piżamkowych party. Po prostu party. Moe – zawołał psa, który już mknął, żeby polizać tę część twarzy Brada, która nie była zagrzebana w poduszkach. – Brad zawsze potrafił spać w każdych warunkach.

– Na to wygląda. To chyba miłe uczucie znowu mieć przyjaciół przy sobie, prawda?

– Tak. – Pociągnął ją do kuchni. Moe wyprzedził ich i niecierpliwie tańczył przy drzwiach, zupełnie jakby czekał od kilku godzin. Wystrzelił na dwór, ledwo Flynn zdołał je otworzyć.

– A może zaparzę kawę? – zaofiarowała się Malory.

– Co? Ty zaparzysz kawę?

– Tak, to jest wliczone w całą usługę. – Dojrzawszy na kuchennym blacie puszkę z kawą, odsypała ilość potrzebną do zaparzenia całego dzbanka. – Jeśli się ze mną ożenisz, będę codziennie rano parzyła kawę. Oczywiście od ciebie oczekuję, że codziennie wyniesiesz śmieci. – Zerknęła przez ramię, uśmiechając się. – Jestem zwolenniczką równego podziału obowiązków domowych.

– Aha.

– I nieograniczonego dostępu do seksu.

– A, to duży plus.

Roześmiała się, nalewając wodę.

– Lubię drażnić się z tobą. Do tej pory żaden mężczyzna nie reagował na mnie tak nerwowo. Ale przecież... – włączyła ekspres i odwróciła się – nigdy tak nikogo nie kochałam. Nie w ten sposób.

– Malory...

– Jestem bardzo zdeterminowaną kobietą, Flynn.

– O tak, to widać absolutnie jasno i klarownie. – Zbliżyła się do niego, więc odsunął się trochę. – Myślę, że powinniśmy...

– Co? – oparła się dłońmi o jego pierś.

– Widzisz, kiedy spoglądasz na mnie w ten sposób, od razu wszystko zapominam.

– Uważam to za dobry znak. – Lekko pocałowała go w usta.

– Zdaje się, że przeszkadzanie wam weszło mi w nawyk – powiedział Jordan, pojawiając się w kuchni. – Przepraszam.

– Wszystko w porządku. – Malory przygładziła włosy, rozejrzała się w poszukiwaniu czystych kubków. – Wpadłam tylko, żeby zaproponować Flynnowi małżeństwo. Miło mi przy tej okazji poznać jego przyjaciół. Na długo zawitałeś do Valley?

– To zależy. I co odpowiedział, kiedy wystąpiłaś z tą propozycją?

– Cóż, ilekroć poruszam ten temat, Flynn zaczyna mieć kłopoty ze skleceniem pełnego zdania. To trochę dziwne, zważywszy, że jest dziennikarzem.

– Wiecie co, przecież ja tego wszystkiego słucham – zwrócił im uwagę Flynn.

– Co, jest kawa? – Brad wpadł do kuchni, zamrugał oczami na widok Malory i błyskawicznie się ulotnił.

Roześmiana Malory wycierała kubki.

– Ten dom pełen jest atrakcyjnych mężczyzn, a ja wszystkich ich widziałam bez ubrania. Moje życie z pewnością się odmieniło. Jordan, jaką kawę pijesz?

– Czarną. – Oparł się biodrem o blat, podczas gdy Malory napełniała kubki. – Flynn powiedział, że jesteś inteligentna, zabawna i seksowna. Miał rację.

– Dzięki. Muszę już lecieć. Mam spotkanie w sprawie podpisania papierów.

– Jakich papierów? – zainteresował się Flynn.

– Przystępuję do spółki z Daną i Zoe. Sądziłam, że Dana ci powiedziała.

– O czym?

– Że kupujemy lokal i otwieramy wspólny biznes.

– Jaki lokal? Jaki biznes?

– Dom na Oak Leaf. A biznes nasz. Choć może powinnam powiedzieć, biznesy. Moja galeria, Dany księgarnia i salon kosmetyczny Zoe. Nazwiemy to wszystko „Pokusa".

– Chwytliwa nazwa – uznał Jordan.

– Wprost nie mogę uwierzyć, że porywam się na coś takiego. – Malory przycisnęła ręce do żołądka. – To do mnie zupełnie niepodobne. No dobrze, nie chciałabym się spóźnić. – Postąpiła krok do przodu, objęła dłońmi zdumioną twarz Flynna i pocałowała go ponownie. – Wpadnę później. Mam nadzieję, że napiszesz artykuł o naszym przedsięwzięciu. Do widzenia, Jordan, miło mi było cię poznać.

– Mnie również. – Spoglądał za nią, idącą przez hol. – Świetne nogi, ogień w oczach, a światła tyle, że wystarczyłoby do rozjaśnienia jaskini. Facet, dostał ci się prawdziwy przewód pod napięciem.

Wargi Flynna ciągle jeszcze wibrowały od dotknięcia ust Malory.

– A teraz, kiedy mi się dostała, co mam z nią zrobić?

– Coś będziesz musiał wymyślić. – Jordan sięgnął po kubek z kawą. – Albo też ona coś wymyśli.

– Właśnie. – Flynn położył dłoń na sercu. Trzepotało. Może dlatego, że dotykał przewodu pod napięciem?

– Potrzebuję więcej kawy i potrzebuję pogadać z tobą i Bradem. To nieprawdopodobne, co mi się śniło ostatniej nocy.

Rozdział trzynasty

Nie mogę uwierzyć, że ci go nie pokazali. – Dana grzebała w torebce w poszukiwaniu klucza do domu Flynna.

– Ja też nie. Zresztą nawet o tym nie pomyślałam. – Wściekłość dosłownie wyrzuciła Malory z samochodu i zapędziła prosto pod drzwi frontowe. – Przypuszczałam, że Jordan nadał go na bagaż. A na dodatek wszyscy byli prawie nadzy i to rozpraszało moją uwagę.

– Już się tak nie obwiniaj. – Zoe poklepała ją po plecach. – Obejrzysz go teraz.

– Oni coś knują – mruknęła Dana. – Po prostu czuję to. Zawsze coś knują, ilekroć są we trójkę. – Przekręciła klucz w zamku i otworzyła drzwi. Odczekała chwilę. – Nikogo nie ma.

– Kiedy byłam tu dwie godziny temu, właśnie wstawali. – Malory wkroczyła do środka bez najmniejszych wyrzutów sumienia. – Kiedy teraz o tym myślę, dochodzę do wniosku, że Flynn faktycznie miał minę, jakby coś szykował.

– Będą się starali wyeliminować nas z gry. – Gotowa rozprawić się z całym rodzajem męskim, Dana wepchnęła klucz z powrotem do torebki. – Ich gatunek tak się właśnie zachowuje. Typowe. „Och, przecież my wiemy lepiej, a ty, dziecino, nie zawracaj sobie ślicznej główki".

– Nienawidzę tego. – Zoe z wściekłością wypuściła powietrze przez zęby. – Was pewnie też to spotyka; mechanik samochodowy, który patrzy na człowieka z ironicznym uśmieszkiem i mówi, że cały problem wytłumaczy mężowi.

Dana pociągnęła nosem.

– A mnie się od razu woda gotuje w tyłku.

– Jeśli chcecie znać moje zdanie, to prowodyrem z pewnością był ten Bradley Vane. – Z oczami zwężonymi w szparki, Zoe podparła się rękami pod boki. – To taki typ, który od razu bierze się do rządzenia, wszystkimi i wszystkim. Z miejsca go rozszyfrowałam. – Nie, to Jordan. – Dana kopnięciem usunęła z drogi jakąś zawadzającą jej parę butów. – Urodzony podżegacz.

– A właśnie, że to sprawka Flynna – sprzeciwiła się Malory. – Jego dom, jego przyjaciele i... O mój Boże.

Promienie słońca padały ukośnie na dwa obrazy, oparte niedbale o ścianę, tak jak je zostawił Flynn. Na ich widok serce Malory ścisnęło się z podziwu i zazdrości.

Powoli zbliżyła się do płócien, zupełnie jakby podchodziła do kochanka, oszołomiona i podniecona jednocześnie. Uklękła przed nimi na podłodze, czując bolesne ściskanie w gardle.

– Jakie piękne – powiedziała Zoe, stając za nią.

– Więcej niż piękne. – Malory delikatnie podniosła portret młodego Artura i skierowała go do światła. – Nie chodzi o talent. Ten bywa często umiejętnością czysto techniczną, rodzajem perfekcji w kompozycji i proporcjach.

To niemal udało jej się osiągnąć, kiedy jeszcze malowała. Techniczną perfekcję, o mile odległą od magii, czyniącej ze zwykłego odwzorowania prawdziwą sztukę.

– Z geniuszem mamy do czynienia wówczas, kiedy twórca potrafi wyjść poza samą technikę, przez nią wyrazić uczucia – ciągnęła. – Uczucia, przesłanie albo po prostu piękno. Ktoś, kto posiadł tę umiejętność, rozświetla świat. Czy czujecie, jak jego serce bije? – mruknęła, studiując postać młodego Artura. – Jak jego mięśnie drżą, kiedy sięga rękojeści miecza?

Tak właśnie przejawia się potęga artysty. Oddałaby wszystko, naprawdę wszystko, za umiejętność stworzenia podobnego dzieła.

Poczuła dreszcz, jednocześnie zimny i gorący, który ogarnął całe ciało. Przez chwilę, trwającą tyle co uderzenie serca, jej palce zaczęły płonąć, myśli stały się niezwykle jasne, w nagłym błysku światła ujrzała, jak to można zrobić. Jak to trzeba zrobić. W jaki sposób uczucia i namiętności przenieść na płótno, by porażały siłą wyrazu.

I w następnej chwili – wszystko przeminęło.

– Mal, Malory. – Zoe pochyliła się, dotykając jej ramienia. – Co się stało?

– Co takiego? Nic, nic. Po prostu zakręciło mi się w głowie.

– Miałaś takie dziwne oczy. Ogromne i nagle pociemniałe.

– To pewnie od światła. – Ale kiedy sięgała po torebkę i wyjmowała szkło powiększające, czuła dziwną słabość.

Wykorzystując naturalne światło, zaczęła studiować obraz, metodycznie i powoli.

Na nim także ukazano cień, ledwo widoczny zarys na odległym planie, w zielonej gęstwinie lasu. I dwie postacie – mężczyzny i kobiety – z oddali przyglądające się chłopcu, mieczowi i skale. Kobieta miała u pasa łańcuszek, a na nim trzy klucze.

– I co o tym sądzisz? – Chciała wiedzieć Dana.

– Sądzę, że do wyboru mamy dwie możliwości. – Malory usiadła i skrzyżowała ramiona, rozważając każdą z nich. – Możemy namówić Brada i Jordana, żeby oddali obrazy do ekspertyzy, niech znawcy przeprowadzą analizę porównawczą, zweryfikują datowanie. Ale decydując się na taki krok, ryzykujemy, że cała historia stanie się głośna.

– A druga możliwość? – zapytała Zoe.

– Poprzestajemy na mojej opinii. Wiedza zdobyta podczas studiów i doświadczenie praktyczne mówią mi, że oba płótna są dziełem tej samej ręki. Tej, która stworzyła także obraz ze Wzgórza Wojownika

– A jeśli przyjmiemy, że tak jest, dokąd nas to zaprowadzi? – drążyła Dana.

– Postaramy się rozszyfrować, co przekazują nam portrety. A potem jeszcze raz odwiedzimy Wzgórze Wojownika i zapytamy Rowenę i Pitte'a, jak to możliwe, by przynajmniej dwa z tych obrazów dzieliło ponad sto lat.

– Przyjęcie takiego założenia oznacza coś jeszcze – powiedziała Zoe spokojnie. – Akceptujemy magię. Wierzymy w nią.

– Dla tak przystojnych mężczyzn zawsze znajdę czas – powiedziała miękko Rowena, prowadząc Flynna, Brada i Jordana do salonu, w którym królował portret Szklanych Cór. Zawiesiła głos, czekając, aż oczy całej trójki skoncentrują się na nim. – Sądzę, że to płótno może pana zainteresować, panie Vane. Mówiono mi, że pańska rodzina zgromadziła wspaniałą i różnorodną kolekcję dzieł sztuki.

Brad przypatrywał się postaci z mieczem i szczeniakiem na obrazie. Z malowidła spoglądały na niego oczy Zoe.

– Istotnie.

– Czy odziedziczył pan te zainteresowania?

– Odziedziczyłem. Jeśli idzie o ścisłość, jestem przekonany, że wszedłem w posiadanie innego dzieła tego samego artysty. Rowena usiadła, rozkładając fałdy długiej, białej spódnicy. Na jej ustach igrał tajemniczy uśmieszek.

– Naprawdę? Jakiż ten świat jest mały.

– Robi się coraz mniejszy – wtrącił Jordan. – Ja kupiłem inny obraz, przypuszczalnie także autorstwa tego samego malarza.

– Ach, fascynujące. – Rowena uczyniła gest ręką, kiedy pokojówka wtoczyła barek z zastawą. – Napijecie się kawy? Przypuszczam, że wolicie kawę od herbaty. Amerykanie nie są zbytnimi miłośnikami herbaty, prawda?

– Nie pytasz, co przedstawiają tamte obrazy – zauważył Flynn, siadając obok niej.

– Jestem pewna, że mi powiecie. Śmietanka? Cukier?

– Dla mnie czarna. Mówienie ci wydaje mi się stratą czasu, gdyż jestem pewien, że wiesz. Kto je namalował, Roweno?

Nie spuszczając wzroku z twarzy Flynna, kobieta pewną ręką napełniała filiżanki, nalewając płynu dokładnie na pół cala od ich krawędzi.

– Czy to Malory cię prosiła, żebyś tu dziś przyjechał?

– Nie. Dlaczego?

– Bo to jej zadanie i jej pytania. Takie są reguły. Gdyby zwróciła się do ciebie, żebyś ją reprezentował, kwestia przedstawiałaby się inaczej. Przywiozłeś Moego?

– Tak, czeka na zewnątrz.

Twarz Roweny przybrała tęskny wyraz.

– Niech wejdzie.

– Biała suknia i wielki czarny pies. Lepiej zastanów się. Roweno, Malory nie prosiła nas, abyśmy tu przyjeżdżali, ale zarówno ona, jak i Dana oraz Zoe wiedzą, że im pomagamy w poszukiwaniach. Akceptują to.

– Ale nie powiedzieliście im, że zamierzacie porozmawiać ze mną. Mężczyźni często popełniają ten błąd. Zakładają, że kobiety pragną, by ktoś uwolnił je od odpowiedzialności, wyręczył w drobiazgach. – Rowena spoglądała otwarcie i przyjaźnie, a w jej głosie czaił się cień uśmiechu. – Skąd się to bierze?

– Nie przyjechaliśmy tu rozmawiać o stosunkach damsko-męskich – zaczął Jordan.

– A na czym polega życie tak naprawdę? Mężczyzna z mężczyzną, kobieta z kobietą – ciągnęła Rowena, pełnym gracji ruchem rozkładając ręce. – W rzeczywistości wszystko sprowadza się do tego, kim ludzie są dla siebie nawzajem, co gotowi są dla siebie uczynić. Nawet sztuka jest tego wyrazem, w tej czy innej formie. Jeśli Malory ma jakieś wątpliwości albo pytania dotyczące obrazu – bądź obrazów – musi zapytać sama. Nie znajdziesz za nią klucza, Flynn. To nie jest twoje zadanie.

– Ostatniej nocy śniło mi się, że znalazłem się w tym domu. Ale to nie był tylko sen. To coś znacznie więcej.

Zobaczył, że źrenice Roweny rozszerzają się nagle pod wpływem szoku. Albo czegoś potężniejszego nawet niż szok.

– W podobnych okolicznościach taki sen nie jest niczym nadzwyczajnym.

– W tym domu widziałem tylko hol i dwa pokoje na parterze. Przynajmniej do ostatniej nocy. Teraz mogę ci powiedzieć, ile pomieszczeń jest na drugim piętrze, że w skrzydle wschodnim znajduje się klatka schodowa prowadząca na trzecią kondygnację, z rzeźbionym słupem balustrady w kształcie smoka. Po ciemku nie widziałem go wprawdzie, ale wyczułem palcami jego kształt.

– Poczekaj. Proszę.

Rowena podniosła się pośpiesznie i niemal wybiegła z pokoju.

– Flynn, tu naprawdę coś się dzieje. – Jordan sięgnął do ciastek, misternie ułożonych na szklanej paterze i wybrał jedno. – W tej kobiecie jest coś znajomego. Ja ją już gdzieś widziałem.

– Gdzie? – Chciał wiedzieć Brad.

– Nie wiem, ale przypomnę sobie. Cholernie ładna. Takich twarzy się nie zapomina. Dlaczego tak się wściekła, że coś ci się śniło? Bo przecież jest wkurzona – na swój sposób.

– Ona się boi. – Brad zbliżył się do portretu. – W jednej chwili z przebiegłej zmieniła się w przerażoną. Zna odpowiedź na pytanie, kto namalował obrazy, i świetnie się bawiła, wodząc nas za nos, dopóki Flynn nie wspomniał o swoim śnie.

– A przecież najlepszego kawałka nie zdążyłem jeszcze opowiedzieć. – Flynn wstał, żeby rozejrzeć się trochę po pokoju, zanim Rowena wróci. – Za tym wszystkim coś się kryje.

– Dopiero teraz na to wpadłeś, synku?

Otwierając sekretarzyk z laki, Flynn popatrzył na Jordana.

– Niejasne, nie do końca sprecyzowane coś. Tamta kobieta – pokazał kciukiem w stronę drzwi – kontrolowała każdy swój ruch, była zimna, pewna siebie i opanowana. Ta, która stąd wybiegła, stanowiła jej całkowite przeciwieństwo. Człowieku, niektóre alkohole tutaj to prawdziwa klasa.

– Ma pan ochotę na drinka, panie Hennessy?

Flynn drgnął, ale odwrócił się do drzwi i odparł swobodnie:

– Nie, dziękuję. Odrobinę za wcześnie dla mnie. Jak się pan miewa?

Zanim Pitte zdążył odpowiedzieć, Rowena położyła mu rękę na ramieniu.

– Dokończ – zażądała od Flynna. – Dokończ opowiadać swój sen.

– W takim razie _quid pro quo_ – Flynn skłonił głowę, zajmując swoje miejsce na sofie. – Wy chcecie się dowiedzieć, co mi się śniło, my czegoś o obrazach. Ja pokazuję swoje karty, wy odsłaniacie wasze.

– Pan chce się z nami targować?

Flynn zdumiał się, słysząc w głosie Pitte'a prawdziwą wściekłość.

– Tak.

– To nie jest dozwolone. – Rowena ponownie położyła rękę na ramieniu Pitte'a. Widząc gniewne, niecierpliwe spojrzenie, jakim ją obdarzył, Flynn uznał, że zbyt długo nie powstrzyma go w ten sposób. – Nie możemy wam odpowiedzieć wyłącznie dlatego, że pytacie. Istnieją granice, ściśle wytyczone drogi. Musimy się dowiedzieć, co cię spotkało.

– Dajcie nam coś w zamian.

Pitte wyrzucił z siebie jedno słowo, a chociaż język, w jakim przemówił, był dla niego kompletnie niezrozumiały, Flynn bez trudu domyślił się przekleństwa. Słowu towarzyszył ostry błysk, niczym wyładowanie elektryczne, przecinający powietrze. Ostrożnie zerknął w dół. Na jego kolanach spoczywały paczki studolarówek.

– O, przyjemna sztuczka.

– Wy chyba żartujecie. – Jordan zerwał się na równe nogi i chwycił pakiet banknotów. Przetasował go, a potem, uderzając nim o wnętrze dłoni, skierował wzrok na Pitte'a. – Zdecydowanie nadszedł czas udzielenia kilku odpowiedzi.

– Domagacie się więcej? – zapytał Pitte.

Rowena wpadła w furię. Zasypali się gradem niezrozumiałych słów. Gaelik albo walijski, pomyślał Flynn. Samo przesłanie było jednak aż nadto czytelne. Gniew tych dwojga dosłownie rozsadzał pokój.

- Okay, zróbcie sobie przerwę. - Brad uczynił trzy zdecydowane kroki do przodu i stanął pomiędzy nimi. - Kłótnia prowadzi donikąd.

Mówił spokojnym, pełnym opanowania tonem. Rowena i Pitte spoglądali na niego z wściekłością, Brad jednak stał nieporuszony.

- Ile zaoferował ci nasz gospodarz? - zwrócił się do Flynna.

- Szacuję, że pięć tysięcy.

- Pięć tysięcy prosto z powietrza... człowieku, znam kilku akcjonariuszy, którzy chętnie zamieniliby z tobą słówko. Nasz gospodarz zdaje się przypuszczać, że chcesz gotówki w zamian za informacje. Faktycznie chcesz?

- Nie, nie chcę, chociaż wciska mi do ręki magiczne pięć tysięcy prosto z nieba. - Pieniądze kusiły, jednak odłożył je na stół. - Niepokoję się o trzy kobiety, które nikomu nie uczyniły krzywdy. O siebie też się trochę boję. Chcę poznać kulisy tej całej historii.

- Opowiedz nam do końca swój sen, a my ci powiemy tyle, ile nam wolno. Powiedz nam z własnej woli - wtrąciła Rowena, podchodząc do Flynna. - Wolałabym nie zmuszać cię do mówienia.

Poirytowany Flynn wychylił się do przodu.

- Zmuszać mnie?

Kiedy się odezwała, jej głos, kontrastujący z gwałtownością jego słów, był lodowato zimny.

- Mój drogi, mogłabym sprawić, że zacząłbyś kwakać jak kaczka, ale wyobrażam sobie, że twój rozsądny i odważny przyjaciel powiedziałby, że to prowadzi donikąd. Myślisz, że chcemy skrzywdzić ciebie albo którąś z twoich kobiet? Nie. Nie pragniemy niczyjej krzywdy. To mogę ci powiedzieć otwarcie. Pitte? - uniosła się lekko i odwróciła głowę. - Obraziłeś naszego gościa swoją demonstracją. Przeproś go teraz.

- Przeprosić?

- Tak. - Rowena usiadła, wygładzając fałdy spódnicy. Czekała.

Pitte zacisnął zęby, niespokojnie bębniąc palcami po udach.

- Kobiety to dla mężczyzny prawdziwa plaga.

- Prawda? - mruknął Jordan.

- Przykro mi, jeśli pana obraziłem. - Pitte lekko poruszył przegubem. Pieniądze zniknęły. - Lepiej teraz?

- Rozsądna odpowiedź na to pytanie po prostu nie istnieje, wobec czego postawię inne. Kim wy, u licha, jesteście? - rzucił Flynn.

- Nie przybyliśmy tu, by odpowiadać na wasze pytania. - Pitte zbliżył się do srebrnego imbryka i nalał kawy do filiżanki z drezdeńskiej porcelany. – Nawet dziennikarz... ostrzegałem cię, że taki okaże się prawdziwym utrapieniem – dodał na stronie do Roweny – powinien być świadom pewnych reguł zachowania, kiedy odwiedza czyjś dom.

– To może ja sam powiem, kim jesteście – zaczął Flynn, ale urwał, gdyż w salonie dało się słyszeć pełne zachwytu szczekanie, a zaraz potem w drzwiach pojawił się sam Moe. – Do licha!

– Przyszedł tutaj! – Rowena szeroko otworzyła ramiona na powitanie i z całej siły ściskała psa, kiedy do środka weszły trzy kobiety. – Cudownie, wspaniale, teraz mamy prawdziwe przyjęcie.

– Przepraszam, że przyszłyśmy bez uprzedzenia – Malory powiodła oczami po pokoju i zatrzymała wzrok na Flynnie – ale to rezultat postępowania pewnych facetów, którym wydaje się, że mogą odsunąć kobiety od wszystkiego.

– To niezupełnie tak.

– Czyżby? Więc jak to jest naprawdę?

– Po prostu podjęliśmy trop. Wy byłyście pochłonięte pośpiesznym zakładaniem spółek partnerskich i kupowaniem domów na łeb na szyję.

– Ostatnio pochłaniało mnie wiele spraw. Może powinniśmy przedyskutować też fakt, że na łeb na szyję wskoczyłam do twojego łóżka.

Wściekły i jednocześnie zakłopotany Flynn zerwał się na nogi.

– Jasne, o tym też możemy pogadać, proponowałbym jednak w bardziej stosownym miejscu i czasie.

– Mówisz o stosownym miejscu i czasie, podczas gdy ty sam i twoja testosteronowa drużyna usiłujecie przejąć moje obowiązki i wszystko, co należy do mnie. Fakt, że cię kocham i sypiam z tobą, bynajmniej nie oznacza, że będę siedziała cicho i pozwolę ci, abyś pokierował całym moim życiem.

– Kto tu kieruje czyim życiem? – Flynn, poirytowany, wyrzucił w górę ramiona. – To ty nakreśliłaś cały plan, jak ma wyglądać moje. Malory, bez względu na to, czy mi to odpowiada czy nie, zostałem wmieszany w ową historię. Przyszedłem tutaj, bo chcę się dowiedzieć, do czego jest ona przykrywką. Jeśli to wszystko ma nas zaprowadzić tam, gdzie przypuszczam, wychodzisz z gry. Wszystkie trzy wychodzicie – rzucił ostre spojrzenie Danie i Zoe. – Z miejsca.

– A ciebie kto tu zrobił szefem? – obruszyła się Dana. – Mogłeś mi dyktować, co mam robić, kiedy miałam dziesięć lat, ale teraz, do cholery, skończyło się twoje dyrygowanie.

– Oho, uważaj. Z poszukiwań kluczy uczyniłaś rodzaj gry – wystrzelił oskarżeniem w stronę Roweny. – Romantyczne wyzwanie. Ani jednym słowem nie wspomniałaś, że istnieje ryzyko.

– O czym ty mówisz? – Malory szarpnęła Flynna za ramię.

– Sny. – Flynn nadal zwracał się do Roweny, kompletnie ignorując Malory. – Stanowią ostrzeżenia, prawda?

– Nie skończyłeś opowiadać nam swojego. Może powinniśmy wszyscy usiąść i zacząć od początku?

– Miałeś sen? Podobny do mojego? – Malory znów szarpała go za ramię. – Dlaczego mi nie powiedziałeś?

– Zamknij się choć na jedną pieprzoną minutę. – Wyprowadzony z równowagi Flynn popchnął ją w kierunku sofy. – Po prostu siedź cicho. Nie chcę słyszeć ani jednego słowa, dopóki nie skończę.

Zaczął opowiadać od samego początku, jak wędrował po domu, mając poczucie, że coś go obserwuje, coś go śledzi. Opowiedział o przeżyciu na zewnętrznym parapecie, o swoim strachu i bólu, wreszcie zakończył, jak obudził się we własnym łóżku, mokry od deszczu.

– On, to coś, chciał mojej duszy. Pokazał mi, że taka może być cena za udział w tej rozgrywce.

– To nie tak. – Pitte zacisnął dłoń na dłoni Roweny i mówił tylko do niej, jakby w pokoju nie było nikogo. – To nie ma prawa odbywać się w ten sposób. Ich nie można skrzywdzić. Taka była pierwsza i najświętsza z obietnic.

– Nie wiemy. Skoro zakazano nam powrotu za Zasłonę, nie wiemy, co się tam teraz dzieje. Jeśli złamał przysięgę, musi być przekonany, że uda mu się uniknąć konsekwencji. Musi wierzyć... że one – dodała szeptem. – To może się dokonać, im może się udać. Otworzył Zasłonę, aby je powstrzymać. Przeszedł na tę stronę.

– Jeśli zawiodą...

– Nie mogą zawieść... – Rowena rozejrzała się dookoła z wyrazem zdecydowania na twarzy. – Będziemy was ochraniać.

– Będziecie? – Malory, drżąc cała, splotła dłonie na kolanach, zaciskając palce tak mocno, aż ból przywrócił jej zdolność rozumowania. – W podobny sposób, jak strzegliście Szklanych Cór? Guwernantka i Strażnik. Bo nimi właśnie jesteście. – Wstała i zbliżyła się do portretu. – Jesteście tutaj – wskazała parę w tle. – I tutaj także, w tym pokoju, w tym domu. Uważacie też, że to, co przedstawiono tam, w cieniu drzew, jest tutaj także. Nie pokazaliście jego twarzy.

– Ma więcej niż jedną twarz. – Rowena mówiła chłodnym, rzeczowym tonem.

– Namalowałaś ten obraz i pozostałe dwa. – przyznała. – Malarstwo stanowi jedną z moich pasji – przyznała. – Pomaga mi przetrwać. Pitte – odwróciła się do swojego towarzysza – oni wiedzą tak wiele.

– Ja tam nie wiem ani jednej cholernej rzeczy – mruknęła Dana.

– Zapraszam do mnie, z korzyścią dla wiedzy – skwitował Jordan.

– W tej chwili liczy się to, co wie Malory. – Rowena uniosła rękę. – Wszystko, czym dysponuję, zostanie użyte, aby zapewnić wam bezpieczeństwo.

– To nie wystarczy. – Flynn potrząsnął głową. – Ona rezygnuje. Rezygnują wszystkie trzy. Jeśli chcecie zwrotu pieniędzy, to...

– Przepraszam, ale sama potrafię decydować za siebie. To nie jest kwestia pieniędzy, prawda? – Malory zwróciła się do Roweny.

– Tu nie ma odwrotu, nie ma powiedzenia: „och, ryzyko jest większe, niż przypuszczałam, więc rezygnuję, gra skończona".

– Została zawarta umowa.

– Nie ujawniono wszystkich informacji – wtrącił Brad. – Jakikolwiek kontrakt podpisały z wami te kobiety, nie ma on mocy prawnej.

– To nie jest kwestia prawna – powiedziała Malory niecierpliwie. – To kwestia etyczna. Więcej, to przeznaczenie. A ja stanowię jego część. Zanim upłyną cztery tygodnie. Jeśli odnajdę pierwszy klucz, przyjdzie kolej na którąś z nich – popatrzyła na Danę i Zoe. – Jedna z nich świadomie zaryzykuje podczas następnej fazy księżyca.

– Tak.

– Wy wiecie, gdzie są klucze – wybuchnął Flynn. – Po prostu dajcie im. Skończcie tę zabawę.

– Czy myślisz, że gdyby istniała taka możliwość, pozostawalibyśmy nadal w tym więzieniu? – Pitte wyrzucił w górę ramiona, demonstrując niesmak i gorycz. – Przez całe lata, wieki, tysiąclecia, uwięzieni w świecie, który nie jest naszym własnym. Czy myślicie, że żyjemy tu z własnego wyboru? Że zdecydowaliśmy się na taki los, że oddaliśmy się w wasze ręce, ponieważ takie było nasze pragnienie? Nas tu trzyma wyłącznie to jedno, jedyne zadanie. A teraz was także.

– Nie możecie wrócić do domu. – Po wybuchu Pitte'a spokojny głos Zoe zabrzmiał niczym uderzenie młotem. – My w domu jesteśmy. Nie macie prawa wmanewrowywać nas w coś, nie uprzedzając jednocześnie o istnieniu ryzyka.

– Sami nie wiedzieliśmy. – Rowena rozłożyła ręce.

– Jak na parę bogów, cholernie dużo nie wiecie i cholernie dużo nie potraficie.

Oczy Pitte'a zdawały się płonąć, kiedy spoglądał na Flynna.

– A może chciałby pan obejrzeć małą próbkę tego, co potrafimy? Flynn wystąpił naprzód, zaciskając pieści.

– Panowie. – Ciężkie westchnienie Roweny podziałało niczym strumień zimnej wody, schładzając temperaturę w pomieszczeniu.

– Mężczyźni, niezależnie od pochodzenia, pod pewnymi względami pozostają żałośnie przewidywalni. Nikt tu nie wystawia na próbę niczyjej dumy i męskości. Flynn, w każdym świecie istnieją prawa, wplecione w materię, która go tworzy.

– Rozerwij materię. Złam prawo.

– Nawet gdyby to leżało w mojej mocy, przekazanie kluczy niczego by nie zmieniło.

– Klucze byłyby nieużyteczne – potwierdziła Malory, zyskując pełne aprobaty skinienie Roweny.

– Ty rozumiesz.

– Myślę, że tak. Jeśli zaklęcie... bo to jest zaklęcie, prawda?

– To najprostsze słowo – zgodziła się Rowena.

– Jeśli zaklęcie ma zostać zdjęte, musi to uczynić któraś z nas. Ziemianka. Posługując się własnym rozumem, odwagą, siłą, wszystkim, czym dysponuje. W naszym świecie. Inaczej klucze nie otworzą szkatułki. Ponieważ... to my jesteśmy prawdziwymi kluczami. Odpowiedź tkwi w nas samych.

– Jesteś naprawdę blisko rozwiązania. – Z twarzą przepełnioną wzruszeniem Rowena wstała z miejsca i położyła ręce na ramionach Malory. – Bliżej niż ktokolwiek do tej pory.

– Ale nie wystarczająco blisko. A połowa wyznaczonego mi czasu już minęła. Muszę ci zadać kilka pytań. Na osobności.

– Hej, jeden za wszystkich, wszyscy za jednego – wmieszała się Dana.

Malory popatrzyła na przyjaciółkę błagalnie.

– No dobra, zaczekamy na zewnątrz.

– Zostanę z tobą. – Flynn chwycił Malory za ramię. Strząsnęła jego dłoń.

– Powiedziałam, na osobności. Nie chcę, abyś tu był.

Spojrzenie Flynna stało się zimne i puste.

– W porządku, wobec tego usuwam ci się z drogi.

Rowena lekko uścisnęła Moego, rozstając się z nim z wyraźnym żalem. Kiedy za Flynnem z ostrym trzaśnięciem zamknęły się drzwi, wymownie uniosła brwi.

– Twój mężczyzna ma wrażliwe serce. Łatwiej go zranić niż ciebie.

– Czy on jest moim mężczyzną? – Zanim Rowena zdążyła odpowiedzieć, Malory potrząsnęła głową. – Zacznijmy od rzeczy najważniejszych. Dlaczego zostałam wysłana za Zasłonę?

– Chciał ci pokazać swoją moc.

– Kim on jest?

Rowena zawahała się, ale kiedy Pitte przyzwalająco skinął głową, powiedziała:

– To Kane, czarnoksiężnik. Ten z ciemnej strony.

– Ten z cienia, ten, którego widziałam w moim śnie. To on ukradł dusze.

– Objawił ci się, żeby cię wystraszyć. Gdybyś nie była bliska celu, nie miałby powodów napędzać ci stracha.

– Dlaczego skrzywdził Flynna?

– Ponieważ go kochasz.

– Czy rzeczywiście go kocham – głos Malory drżał z emocji – czy może tylko sprawiono, abym tak myślała? Nie jest to aby kolejny trik?

– Och – Rowena westchnęła lekko. – Może nie jesteś aż tak blisko rozwiązania, jak przypuszczałam. Nie znasz własnego serca, Malory?

– Znam Flynna od dwóch tygodni, a czuję się tak, jakby bez niego moje życie miało pozostać niepełne. Ale czy jest to prawdziwe uczucie? Czy po upływie czterech tygodni nadal będę odczuwała w taki sam sposób, czy też zostanie mi to odebrane? Czy gorzej jest, kiedy zabiorą ci duszę czy kiedy pozbawią cię serca?

– Dusza i ciało nawzajem stanowią dla siebie strawę. Nie mogę ci odpowiedzieć, ponieważ ty już znasz odpowiedź. Musisz tylko mieć odwagę, by to dostrzec.

– Więc powiedz mi coś innego. Czy Flynn będzie bezpieczny, jeśli odejdę od niego? Czy będzie bezpieczny, jeśli zamknę przed nim moje serce?

– Rzuciłabyś Flynna, aby go chronić? – zapytał Pitte.

– Tak.

Zamyślony, podszedł do szafki z laki, otworzył ją i wyjął butelkę brandy.

– I powiedziałabyś mu to?
– Nie. Przecież on nigdy...
– Ach tak, oszukałabyś go. – Z leciutkim uśmieszkiem napełnił kieliszek. – A kłamstwo usprawiedliwiłabyś jego własnym dobrem. Kobiety, obojętnie, z którego świata się wywodzą, są takie przewidywalne – stwierdził, żartobliwie skłaniając się swojej towarzyszce.
– To miłość – poprawiła Rowena. – Stanowi siłę niezmienną w każdym uniwersum. Twoje decyzje, twoje wybory muszą pochodzić od ciebie samej – powiedziała do Malory. – Ale twój mężczyzna nie podziękuje ci za żadną ofiarę, jaką uczynisz, aby go chronić. – Żartobliwie odkłoniła się Pitte'owi. – Oni nigdy tego nie czynią. A teraz idź. – Dotknęła policzka Malory. – Niech twój mózg chwilę wypocznie, żebyś znowu potrafiła logiczne rozumować. A ja ci obiecuję, że uczynimy wszystko, aby zapewnić bezpieczeństwo tobie, twojemu mężczyźnie i twoim przyjaciołom.
– Nie znam ich – Malory wskazała postacie na obrazie – znam natomiast tych, którzy czekają na mnie na zewnątrz. Wiedz, że jeśli przyjdzie mi wybierać, wybiorę tych, którzy są mi bliscy.
Pitte odczekał, aż zostaną sami. Podał Rowenie napełniony kieliszek.
– Kocham cię. Od wieków, w każdym ze światów.
– I ja ciebie.
– Ale nigdy cię nie rozumiałem. Mogłaś odpowiedzieć na jej pytania o miłość, rozproszyć jej rozterki.
– Będzie szczęśliwsza, jeśli sama znajdzie odpowiedź. Co jeszcze możemy dla nich uczynić?
Pochylił się i pocałował ją w czoło.
– Wszystko, co w naszej mocy.

Rozdział czternasty

W końcu musiała przyznać, że rzeczywiście potrzebuje odpoczynku. Od pierwszego dnia tego miesiąca jej życie przypominało jazdę rollercoasterem, z dreszczem ekscytacji towarzyszącym szalonym szusom w dół i ostrym zakrętom. Teraz jednak przyszedł czas na chwilę wytchnienia.

Może życie nie jest już takie jak przedtem, pomyślała, wchodząc do mieszkania. Uprzednio zawsze znajdowała oparcie w trwałości, w niezmienności, teraz pozwoliła, by ten właśnie element wyśliznął się jej z palców.

A może raczej, pod wpływem impulsu, został odsunięty gdzieś na bok.

Nie miała już galerii. Nie była całkiem pewna swojego zdrowia psychicznego. Podczas jednego z szaleńczych szusów w dół przestała być rozsądną, niezawodną Malory Price, a stała się irracjonalną, emocjonalną, rozkapryszoną kobietą, która wierzyła w magię i w miłość od pierwszego wejrzenia.

No dobrze, może od trzeciego wejrzenia, poprawiła się. Zaciągnęła zasłony i wśliznęła się do łóżka. W gruncie rzeczy na jedno wychodzi.

Podjęła pieniądze, które mogły jej służyć przez wiele chudych miesięcy, i zainwestowała we wspólne przedsięwzięcie z kobietami, które znała niecały miesiąc.

Bo wierzyłam im bez zastrzeżeń, uświadomiła sobie teraz.

Niebawem miała otworzyć własny interes, bez najskromniejszego choćby zabezpieczenia finansowego, bez solidnego planu, bez rozpiętej nad nią siatki. I wbrew wszelkiej logice ten pomysł napełniał ją zachwytem.

W dodatku serce łomotało, a żołądek kurczył się na samą myśl, że mogłaby nie być zakochana, że ta bezgraniczna pewność i poczucie błogości, jakie czerpała z istnienia Flynna, mogłyby się okazać wyłącznie iluzją. Gdyby to uczucie miało zniknąć, do końca życia nie przestałaby go opłakiwać.

Uklepała poduszkę pod głową i zwinęła się w kłębek, modląc się o sen.

Kiedy się obudziła, było ciepło i słonecznie, a w powietrzu unosił się zapach róż. Przeciągnęła się w nagrzanych prześcieradłach, pachnących leciutko jej mężczyzną, rozkoszując się ciszą. Leniwie przewróciła się na bok i otworzyła oczy. Miała wrażenie, jakby jej umysł spowijała zasłona utkana z mgły. Ale to nie było nieprzyjemne odczucie. Po prostu dziwne.

Sen. Najosobliwszy ze snów.

Usiadła i przeciągnęła się, czując przyjemne napięcie w mięśniach. Naga i zupełnie nieskrępowana tym faktem wysunęła się z łóżka, zanurzając twarz w żółtych różach na toaletce, zanim sięgnęła po szlafrok. Przy oknie przystanęła, z zachwytem spoglądając na ogród, przesycony wonnym powietrzem. Mocniej pchnęła okienną ramę. Śpiew ptaków wtargnął do sypialni i towarzyszył jej, gdy wychodziła z pokoju.

Kiedy schodziła po schodach, przesuwając dłonią po gładkim drewnie poręczy, niezwykłe wrażenie blakło, rozwiewało się – podobnie jak sen w chwili przebudzenia.

Barwne światło, wpadające przez okno nad drzwiami wejściowymi, kładło się plamami na podłodze. W holu też stały kwiaty; egzotyczne pędy białych orchidei wylewały się z antycznego wazonu na stole niedaleko wejścia. Obok, w niewielkiej majolikowej czarce, którą kupiła właśnie z myślą o przechowywaniu kluczy, leżał ich komplet.

Wszedłszy do kuchni, uśmiechnęła się szeroko. On już tam był; zajęty robieniem grzanek. Na stoliku czekała zastawiona taca, z wysoką szklaneczką pełną musującego soku, pojedynczym pączkiem różanym w wazoniku i jej ulubioną filiżanką do kawy.

Przez otwarte drzwi dobiegał z zewnątrz śpiew ptaków i radosne naszczekiwanie psa. Pełna zachwytu podeszła cicho do mężczyzny, objęła go wpół i pocałowała w kark.

– Uważaj, moja żona może się obudzić w każdej chwili.

– Zaryzykujemy.

Odwrócił się, otoczył ją ramionami i pocałował, długo, namiętnie. Poczuła mocniejsze uderzenia serca. To jest cudowne, pomyślała, wręcz idealne.

– Chciałem ci sprawić niespodziankę. – Flynn przebiegł dłońmi po jej plecach, po czym uwolnił ją z objęć. – Śniadanie do łóżka, specjalność Hennessy'ego.

– No to spraw mi jeszcze większą i zjedz je w łóżku razem ze mną.

– Może uda ci się mnie namówić. Zaczekaj. – Porwał łopatkę i zaczął odwracać grzanki na drugą stronę.

– Już po ósmej. Powinieneś obudzić mnie wcześniej.

– Nie wyspałaś się zbytnio ostatniej nocy. – Mrugnął znacząco. – Wydawało mi się fair pozwolić ci dłużej poleniuchować z rana. Tak ciężko pracujesz nad przygotowaniem tej wystawy.

– Już prawie finiszuję.

– Kiedy wreszcie będzie po wszystkim, mam zamiar zabrać moją niewiarygodnie piękną i utalentowaną żonę na zasłużone wakacje. Pamiętasz nasz tydzień we Florencji?

Dnie przepełnione słońcem, noce – miłością.

– Jak mogłabym zapomnieć? Jesteś pewien, że dasz radę wyrwać się na trochę? W naszym związku nie tylko ja pracuję.

– Na pewno mi się uda. – Zsunął grzanki na talerz. – Łap gazetę i zagrzebiemy się jeszcze w łóżku na godzinkę... albo i dwie.

Z monitora stojącego na kuchennym blacie dobiegł ich odgłos sennego popłakiwania. Flynn zerknął w tamtą stronę.

– Albo i wcale.

– Ja pójdę. Spotkamy się na górze.

Pospieszyła na piętro, jakąś częścią umysłu rejestrując obrazy wiszące na ścianach. Scena uliczna, którą namalowała we Florencji, pejzaż morski z Outer Banks, portret Flynna siedzącego za biurkiem w redakcji.

Weszła do pokoju dziecinnego; tutaj ściany też zdobiły jej obrazy, baśniowe sceny w pastelowych barwach, których tworzeniem zajmowała się przez całą niemal ciążę.

A w kołysce, za błyszczącymi wrzecionowatymi prętami, jej mały synek płakał, niecierpliwie domagając się uwagi.

– No już dobrze, już dobrze, serduszko. Mama jest przy tobie. – Podniosła go i przytuliła mocno.

Włosy odziedziczył po ojcu, pomyślała, pieszcząc i kołysząc synka. Ciemne, a w miejscach, gdzie padało na nie słońce, połyskujące niczym łupina kasztana.

Był piękny. Nieskazitelny w każdym calu. Ale kiedy niosła go w stronę blatu do przewijania, nagle nogi ugięły się pod nią.

Jak on miał na imię? Jak miało na imię jej dziecko? W nagłym ataku paniki mocniej przycisnęła je do siebie. Słysząc Flynna wchodzącego do pokoju, odwróciła się ku drzwiom.

– Malory, wyglądasz przepięknie. Kocham cię.

– Flynn. – Czuła, że dzieje się z nią coś dziwnego. Mogła widzieć przez niego, zupełnie jakby był przezroczysty, sylwetka rozpływała się. – Tu jest coś nie w porządku.

– Ależ skądże znowu. Wszystko układa się dokładnie tak, jak tego pragnęłaś.

– To nie jest rzeczywiste. – Łzy zaczęły napływać jej do oczu. – To wcale nie jest prawdziwe.

– Ale może się takie stać.

Nagły błysk i oto znajdowała się w pracowni, skąpanej w świetle, wypełnionej obrazami opartymi o ściany. Jeden, skrzący się od barw i kształtów, umieszczony był na sztaludze, a ona stała przed nim, zanurzając w farbie trzymany w ręku pędzel.

– To ja stworzyłam – szepnęła, wpatrując się w scenę przedstawiającą las, przesycony mglistym, zielonkawym światłem. Ścieżką wędrowała samotna postać. Nie, nie samotna, poprawiła się, po prostu sama. Gdzieś na końcu ścieżki znajdował się dom, a człowiek na obrazie po prostu rozkoszował się ciszą i magicznym urokiem leśnej gęstwiny.

Jej ręka to stworzyła. Jej umysł, jej serce. Czuła to, podobnie jak czuła i pamiętała każde pociągnięcie pędzla na wszystkich płótnach w tym pokoju.

Moc, potęga kreowania, a także ból i rozkosz.

– Potrafię malować. – Nie przestawała kłaść farb, przepełniona wszechogarniającym uczuciem radości. – Mogę to robić.

Oszałamiająca radość upajała niczym narkotyk; pożądała jej więcej i więcej. Wszystko było proste. Wiedziała, jak uzyskać właściwy odcień, gdzie dodać, gdzie odjąć koloru, żeby uzyskać delikatność szczegółu.

Jak stworzyć światło, jak stworzyć cień, tak aby patrzącemu wydawało się, że możliwe jest wślizgnięcie w świat wyobrażony na płótnie, przespacerowanie ścieżką, odnalezienie domu, do którego wiodła.

Ale teraz, kiedy malowała, łzy spływały jej po policzkach.

- To nie jest prawdziwe.
- Może się takie stać.

Odwróciła się gwałtownie. Pędzel wypadł jej z ręki, znacząc podłogę rozbryzgami farby. Stał za nią. Promienie słońca przenikały przez niego, opływały dookoła, a mimo to pozostawał mroczny. Miał czarne lśniące włosy opadające na ramiona niczym skrzydła, subtelną, szczupłą twarz, w której uwagę zwracały oczy, szare, niezwykle wyraziste i zmysłowe usta o idealnym wykroju.

Jest piękny, pomyślała. Jak to możliwe, aby był taki piękny?

- Sądziłaś, że wyglądam jak demon? Albo jakieś koszmarne widziadło? - Uśmiechnął się, a rozbawienie tylko dodało mu uroku.
- Niby dlaczego? To przez to, czego ci nagadali, miałaś o mnie takie marne wyobrażenie, prawda?
- Ty jesteś Kane. - Strach zacisnął lodowatą obręcz na jej gardle. - To ty skradłeś dusze Szklanych Cór.
- Tym naprawdę nie musisz zaprzątać sobie głowy. - Głos także miał piękny. Melodyjny, łagodny. - Jesteś zwyczajną kobietą, mieszkanką zwyczajnego świata. O mnie ani o moim świecie nie masz pojęcia. Nie pragnę twojej krzywdy, wręcz przeciwnie. - Krążył po pokoju z gracją tancerza; jego miękkie buty nie wydawały żadnego odgłosu w zetknięciu ze splamioną farbą podłogą. - Te wszystkie prace są twoje.
- Nie.
- Ależ tak, wiesz o tym. - Uniósł obraz, studiując płynne linie syrenki odpoczywającej na skale. - Pamiętasz, jak malowałaś ten i wszystkie pozostałe. Wiesz, jak to jest odczuwać radość tworzenia. Sztuka czyni bogów z mężczyzn i z kobiet. - Odstawił płótno na miejsce. - Tym właśnie jesteśmy w moim świecie: artystami, bardami, czarownikami i wojownikami. Czy pragniesz zatrzymać tę moc, Malory?

Uniosła rękę do policzka i poprzez łzy popatrzyła na swoje obrazy.

- Tak.
- Możesz zachować to wszystko i posiąść jeszcze więcej. Mężczyznę, którego pożądasz, życie, rodzinę. To wszystko mogę ci ofiarować. Dziecko, które trzymałaś w ramionach. To wszystko może stać się prawdziwe, może należeć do ciebie.
- A jaka jest cena?
- Niewielka. - Przesunął dłonią po jej wilgotnym policzku, kradnąc jedną łzę, która rozgorzała ogniem na czubku jego palca. - Bar-

dzo niewielka. Musisz tylko pozostać we śnie. Budzić się i zasypiać w nim, chodzić, rozmawiać, jeść, kochać. Będzie w nim wszystko, czego zapragniesz, wszystko dla ciebie. Perfekcja, bez bólu, bez śmierci. Westchnęła ciężko.

– W tym śnie nie ma kluczy.

– Jesteś mądrą kobietą. Dlaczego miałabyś przejmować się kluczami i jakimiś bękarcimi boginiami, niemającymi nic wspólnego z tobą? Dlaczego miałabyś wystawiać na ryzyko siebie i bliskie ci osoby z powodu jakichś głupich dziewcząt, które nigdy nie powinny były się narodzić? Dlaczego miałabyś oddawać swój własny sen obcym istotom?

– Ja nie chcę snu. Chcę prawdziwego życia. Nie przehandluję własnego życia za twoje iluzje.

W jednej chwili jego skóra stała się kredowobiała, a oczy zasnuły czernią.

– A zatem tracisz to wszystko!

Krzyknęła, kiedy wyciągał do niej rękę, i drugi raz, kiedy poczuła zimno przenikające ciało. A potem coś ją szarpnęło, uwolniło, aż wreszcie obudziła się we własnym łóżku, krzycząc.

Usłyszała czyjeś walenie w futrynę i krzyk. Paniczny strach dosłownie wyrzucił ją z pościeli i pchnął do salonu. Po zewnętrznej stronie drzwi prowadzących na patio stał Flynn, zamierzający się na szklaną taflę jednym z ogrodowych krzeseł. Kiedy odblokowała zamek, odstawił krzesło na bok.

– Kto tu jest? – Poderwał ją do góry i odsunął na bok. – Kto cię skrzywdził?

– Nikogo nie ma.

– Krzyczałaś. Słyszałem, jak krzyczysz.

Wpadł do sypialni z zaciśniętymi pięściami.

– Śniły mi się koszmary. Ale to był tylko zły sen. Nikogo tu nie ma oprócz mnie. Muszę usiąść. – Oparła dłoń o łóżko i pochyliła się.

Flynn poczuł, że drżą mu nogi. Przed chwilą krzyczała tak, jakby coś rozszarpywało ją na kawałki. Poprzedniej nocy jemu także dostała się spora dawka horroru, ta jednak była niczym w porównaniu ze strachem, którego doświadczył po drugiej stronie szklanych drzwi.

Poszedł do kuchni i nalał wody do szklanki.

– Masz, wypij, ale powoli.

– Zaraz dojdę do siebie. Obudziłam się, a ty waliłeś w drzwi i krzyczałeś. Nadal niezupełnie rozumiem, co się ze mną dzieje.

– Ty drżysz cała. – Rozejrzał się i sięgnął po pled. Otulając jej ramiona, usiadł obok na łóżku. – Opowiedz mi o swoim śnie.

Potrząsnęła głową.

– Nie chcę opowiadać teraz, nie chcę nawet o nim myśleć. Przez chwilę chcę zostać sama. Nie chcę, abyś tu był.

– Już drugi raz dzisiaj mówisz mi coś takiego. Tym razem jednak nie ustąpię. Zaraz dzwonię do Jordana i mówię mu, że zostaję tu na noc.

– To moje mieszkanie. Nikt nie zostanie w nim na noc bez mojego zaproszenia.

– I znowu się mylisz. Kładź się do łóżka. Ugotuję ci zupę.

– Nie chcę żadnej zupy. Nie chcę ciebie. A nade wszystko nie chcę, żebyś koło mnie skakał.

– Do diabła, to czego ty chcesz? – Poderwał się gwałtownie, trzęsąc ze zdenerwowania i wściekłości. – W jednej chwili wariujesz za mną, wyznajesz mi miłość, pragniesz spędzić ze mną całe życie, a w następnej każesz mi iść w cholerę. Mam powyżej uszu kobiet z ich zmiennymi sygnałami, kapryśnymi umysłami i z ich pieprzonymi oczekiwaniami wobec mnie. W tej chwili będziesz robiła to, co powiem, czyli położysz się do tego pieprzonego łóżka, a ja przygotuję ci coś do zjedzenia.

Patrzyła na niego. Słowa złe, nikczemne same pchały jej się na usta. I nagle wszystkie utonęły w potoku łez.

– O Chryste. – Flynn przesunął rękami po twarzy. – Dobra robota, Hennessy, przyjmij wyrazy podziwu.

Podszedł do okna i wyglądał na zewnątrz, podczas gdy za jego plecami Malory zanosiła się szlochem.

– Przykro mi. Nie mam pojęcia, jak z tobą postępować. Nie potrafię się z tym uporać. Nie życzysz sobie mnie tutaj, dobrze, zatelefonuję po Danę. Ale nie chcę, żebyś zostawała sama.

– Ja też nie wiem, jak mam postępować sama ze sobą. – Malory sięgnęła do szuflady po chusteczki. – Wysyłając ci sprzeczne sygnały, naprawdę nie robiłam tego celowo. – Wytarła twarz, ale łzy nie przestawały płynąć. – Nie jestem kapryśna z natury, przynajmniej do tej pory nie byłam. I nie wiem, jakie są moje pieprzone oczekiwania wobec ciebie. Nie wiem nawet, jakie są moje pieprzone oczekiwania wobec mnie samej. A zawsze to wiedziałam. Jestem przerażona tym, co dzieje się wokół mnie i we mnie. Jestem przerażona, bo nie wiem, zwyczajnie nie wiem, co z tego wszystkiego istnieje realnie. Nie wiem nawet, czy ty naprawdę stoisz przy oknie.

Usiadł obok niej na łóżku.

– Jestem tutaj – powiedział, mocno trzymając za rękę. – To istnieje naprawdę.

– Flynn. – Uspokajała się z wolna, patrząc na ich połączone dłonie. – Przez całe życie pragnęłam określonych rzeczy. Chciałam malować. Odkąd sięgam pamięcią, pragnęłam być artystką. Prawdziwą artystką. Studiowałam, pracowałam ciężko, ale nigdy tego nie osiągnęłam. Nie miałam daru. Przymknęła oczy.

– Pogodzenie się z tym bolało bardziej, niż potrafię wyrazić. – Już spokojniejsza, odetchnęła głęboko i spojrzała na niego. – Najlepsze, co mogłam zrobić w tej sytuacji, to wybrać pracę z dziełami sztuki, otoczyć się nimi, znaleźć jakiś cel dla mojej miłości. – Zacisnęła dłoń na sercu. – I w tym okazałam się dobra.

– A nie sądzisz, że jest coś szlachetnego w robieniu rzeczy, w których jesteśmy dobrzy, nawet jeśli nie jest to nasz pierwotny wybór?

– To miła myśl. Ale ciężko jest zrezygnować z marzeń. Zresztą sam pewnie wiesz.

– Tak, wiem.

– A druga rzecz, której pragnęłam, to kochać i być kochaną. W pełni, bez zastrzeżeń. Wiedzieć, że kiedy wieczorem kładę się do łóżka, a rano wstaję, jest przy mnie ktoś, kto mnie rozumie, kto mnie pragnie. Pod tym względem również nie miałam szczęścia. Spotykałam kolejnego mężczyznę i wydawało się, że wszystko gra. Ale to nigdy nie była prawdziwa miłość. Nie czułam tego szaleńczego porywu, tego płomienia, który przemienia się w łagodne, wszechogarniające ciepło. Kiedy po prostu wiesz, że to jest to, na co czekałeś. Aż spotkałam ciebie. Nic nie mów – dodała szybko. – Niech najpierw skończę.

Sięgnęła po szklankę z wodą i zwilżyła gardło.

– Kiedy czekasz na coś przez całe życie i wreszcie oczekiwanie się spełni, to tak jakby zdarzył się cud. Wszystko, co do tej pory żyło w tobie w uśpieniu, budzi się i zaczyna pulsować. Przedtem nie było ci źle, miałeś cel, jakiś wytyczony kierunek w życiu, czułeś się po prostu fajnie. Ale teraz pojawia się coś więcej. Nawet nie potrafisz wytłumaczyć, na czym to właściwie polega, ale wiesz, że jeśli to utracisz, nigdy nie wypełnisz powstałej pustki. Przenigdy. I to jest przerażające. A teraz boję się, że to, co czuję, to kolejny trik. Że kiedy się jutro obudzę, to, co we mnie pulsuje, przestanie uderzać. I znowu nastąpi cisza. Przestanę doświadczać uczucia, na które czekałam przez całe życie.

Oczy miała teraz suche, ręka nie drżała, kiedy odstawiała szklankę.

– Mogę pogodzić się z tym, że mnie nie kochasz. Zawsze istnieje nadzieja, że pokochasz kiedyś. Ale nie wiem, czy zniosę świadomość, że ja nie kocham ciebie. To byłoby jakby... jak wyrwanie mi czegoś ze środka. Nie wiem, czy mogłabym ponownie stać się taką, jaką byłam przedtem.

Pogładził ją po włosach, potem przyciągnął do siebie, tak że głowa Malory spoczywała teraz na jego ramieniu.

– Nikt nigdy nie kochał mnie w ten sposób. Nie wiem, co mam zrobić z tym uczuciem, ale ja też nie chcę go utracić.

– Żyłam w świecie ziszczonych marzeń, ale nic w nim nie było prawdziwe. Zwykły dzień, tak idealny, że zdawał się klejnotem spoczywającym we wnętrzu mojej dłoni. On sprawił, że czułam i widziałam rzeczy. I pożądałam ich.

Odchylił się do tyłu, zwracając jej twarz ku sobie.

– Sen?

Skinęła głową.

– Zranił mnie bardziej niż cokolwiek, czego doświadczyłam w życiu. To straszliwa cena, Flynn.

– Opowiesz mi?

– Chyba będę musiała. Czułam się taka zmęczona, zupełnie jakby mnie przekręcono przez „emocjonalną" wyżymaczkę. Chciałam położyć się na chwilę, odsunąć od siebie wszystkie sprawy.

Opowiedziała mu wszystko.

Jak się zbudziła z poczuciem całkowitego spełnienia, jak wędrowała przez dom pełen światła i kolorów, jak w końcu spotkała go w kuchni, zajętego przygotowywaniem dla niej śniadania.

– Już to powinno zaprowadzić cię na trop. Ja gotujący. Oczywisty omam.

– Robiłeś grzanki, moje ulubione śniadanie, idealny początek leniwego poranka. Rozmawialiśmy o wyjeździe na wakacje, a ja pamiętałam wszystkie miejsca, które odwiedzaliśmy razem, wszystko, co robiliśmy wspólnie. Te wspomnienia tkwiły we mnie. A potem dziecko obudziło się.

– Dziecko? – Flynn pobladł raptownie. – Mieliśmy... czy było tam dziecko?

– Tak, poszłam na górę i wyjęłam go z kołyski.

– Jego?
– Mieliśmy syna. Na ścianach wisiały moje obrazy. Wspaniałe płótna i doskonale pamiętałam, jak je malowałam, podobnie jak te zdobiące pokój dziecinny. Wyjęłam dziecko z kołyski, ogarnięta miłością, prawdziwą miłością. To uczucie przepełniało mnie całą. I nagle... nagle uświadomiłam sobie, że nie znam jego imienia. Nie znałam imienia własnego dziecka. Czułam kształt jego ciała w moich ramionach, gładkość i ciepło skóry, ale nie znałam imienia. Stanąłeś w drzwiach, a ja mogłam spoglądać poprzez ciebie, zupełnie jakbyś był przezroczysty. Wiedziałam, że nie jesteś realny. Nic nie było realne.

Musiała wstać, musiała się poruszyć. Podeszła do okna i odsunęła zasłony.

– Kiedy poczułam ból, znalazłam się w pracowni. W mojej pracowni, wypełnionej moimi obrazami. Czułam zapach farby i terpentyny, w ręku trzymałam pędzel i wiedziałam, jak się nim posłużyć. To cudowne uczucie, podobnie jak trzymanie w ramionach dziecka, które było ze mnie. I tak samo fałszywe. On też tam był.

– Kto?

Gwałtownie wciągnęła powietrze i odwróciła się.

– Nazywa się Kane. To on ukradł dusze. Rozmawiał ze mną. Mogłam posiąść wszystko, co wykreował, życie, miłość, talent. To wszystko mogło stać się realne. Zatrzymam to, pod warunkiem, że pozostanę we śnie. Będziemy się kochali, będziemy mieli syna, ja będę malowała, wszystko ułoży się idealnie. Będę żyła we śnie, który stanie się moją rzeczywistością.

– Czy on cię dotknął? – Przesunął rękami po jej ciele, jakby sprawdzając, czy nie ma na nim ran. – Czy skrzywdził cię w jakiś sposób?

– Ten świat czy tamten? – mówiła, znowu uspokojona. – Mój wybór. Chciałam zostać, ale nie potrafiłam. Ja nie chcę snu, Flynn, choćby nie wiem jak doskonałego. Sen nie jest realny, sen nic nie znaczy. Gdybym w nim została, czy nie byłby to po prostu inny sposób oddania duszy?

– Krzyczałaś.

– Próbował mi ją zabrać, ale usłyszałam ciebie, wołającego coś do mnie. Dlaczego przyszedłeś?

– Byłaś na mnie zła. Nie chciałem, żebyś się na mnie złościła.

– Raczej poirytowana – poprawiła, otaczając go ramieniem. – Nadal jestem odrobinę. Po prostu z trudem mi przychodzi upora-

nie się z tym wszystkim, a to drażni. Chcę, żebyś został teraz ze mną. Boję się zasnąć, boję się, że tamten sen mógłby powrócić i być może nie okazałabym się na tyle silna, by się z niego wydostać.
  – Jesteś wystarczająco silna. A jeśli zajdzie potrzeba, pomogę ci wyrwać się z niego.
  – To także mogłoby się okazać nierealne. – Zbliżyła wargi do jego ust. – Potrzebuję ciebie.
  – To jest realne. – Uniósł jej dłonie i ucałował. – To jedyna rzecz, której jestem pewien w tym cholernym bałaganie. Cokolwiek czuję do ciebie, Malory, to jest realne.
  – Jeśli nie potrafisz zdefiniować swoich uczuć, okaż je. – Przyciągnęła go do siebie. – Okaż mi teraz.
  Wszystkie targające nim emocje, wszystkie pragnienia, potrzeby, wątpliwości były w tym pocałunku. Przyjęła je, zaakceptowała go bez reszty, i wówczas poczuł, że spływa na niego spokój. Tulił ją w ramionach, przepełniony czułością.
  – Chcę, żebyś była bezpieczna i nie obchodzi mnie, że może cię irytować moje zachowanie. – Zaniósł ją do sypialni, położył na łóżku i zaczął rozbierać. – Będę postępował tak, jak uznam za słuszne.
  – Nie potrzebuję kogoś, kto by się mną opiekował. – Podniosła jego rękę do swego policzka. – Potrzebuję ciebie.
  – Malory, opiekowałem się tobą od samego początku, zanim jeszcze pojawiłaś się przy mnie.
  Uśmiechnęła się, lekko wyginając tułów, tak by mógł ściągnąć bluzkę.
  – To brzmi niedorzecznie, ale miło. Połóż się obok mnie.
  Leżeli przytuleni, zwróceni do siebie twarzami.
  – Teraz czuję się zupełnie bezpiecznie i nie jest to jakoś szczególnie denerwujące.
  – Może czujesz się odrobinę zbyt bezpiecznie. – Przesunął czubkiem palca po jej naprężonej piersi.
  – Może – westchnęła, kiedy zaczął pieścić jej kark. – To wcale mnie nie przeraża. Będziesz musiał spróbować czegoś o wiele mocniejszego.
  Obrócił się błyskawicznie i kiedy była już pod nim, zamknął jej usta pocałunkiem.
  – O, niezła sztuczka – udało jej się wykrztusić.
  Skórę miała zaróżowioną i gorącą. Chłonął ją całym sobą, by wreszcie zatracić się w głębokim, porywającym pragnieniu obdarzenia rozkoszą.

Był z nią połączony. Może nawet ta więź istniała, zanim jeszcze spotkał Malory? Czy jest możliwe, aby wszystkie błędy, które popełniał, wszystkie zmiany kierunku były wyłącznie środkami mającymi go przywieść do tej chwili, do tej kobiety? Czy nigdy nie miał prawdziwego wyboru?

Wyczuła jego rozterki.

– Nie, nie odchodź – wyszeptała. – Pozwól mi cię kochać. Muszę cię kochać.

Oplotła go ramionami, uwodząc pieszczotą warg. Czuła drżenie jego ciała.

Uniosła się nad nim, zamknęła dłonie w uścisku swoich rąk i wchłonęła go w siebie, powolnym, płynnym ruchem.

– Malory.

Potrząsnęła głową i znowu nachyliła się nad nim, pocierając wargami jego usta.

– Pragnij mnie.

– Pragnę.

– Pozwól mi siebie posiąść. – Czuł jej ciepły oddech na swoich ustach. – I patrz, patrz, jak cię biorę.

Przechyliła się do tyłu, wyginając ciało w łuk, przesunęła dłońmi po brzuchu, potem po piersiach, wreszcie uniosła je, burząc włosy. I rozpoczęła jazdę.

Poczuł uderzenie gorąca, niczym podmuch z paleniska, który mięśnie przemienił w galaretę, a kości uprażył. Tymczasem ona unosiła się nad nim, wiotka i silna, biała i złota. Otoczyła go sobą, posiadła, poprowadziła ku szaleństwu.

Poczucie mocy i rozkoszy pochłonęło ją bez reszty. Wiozła ich oboje, coraz szybciej, coraz gwałtowniej, aż wszystko przed jej oczami zlało się w jedną barwną plamę. Była żywa, o tym tylko potrafiła teraz myśleć. Byli żywi oboje. Krew płonęła jej w żyłach, wypełniała rozszalałe serce, zdrowy pot wilżył skórę. Smakowała kochanka ustami, czuła pulsowanie jego ciała tuż przy swoim.

To było życie.

Chwytała się tego, chwytała ze wszystkich sił, chociaż napawała rozkoszą momentami wręcz nie do zniesienia.

I tak aż do chwili, kiedy ciało Flynna zwiotczało.

Uwolniła go.

Ugotował zupę, choć wiedział, jak bardzo ją bawi, że stoi przy kuchence i miesza w garnku. Włączył muzykę i przygasił wszystkie światła. Nie miał zamiaru uwodzić jej ponownie, po prostu bardzo chciał, żeby się wreszcie odprężyła.

Na usta cisnęło mu się tyle pytań, dotyczących snu. Ta część jego natury, która uważała zadawanie ich wręcz za obowiązek, walczyła teraz z drugą, za wszelką cenę pragnącą dla Malory spokoju i odpoczynku, choćby na krótko.

– Mógłbym wyskoczyć na chwilę – zaproponował – przynieść jakąś kasetę. Pogapilibyśmy się.

– Nigdzie nie idź. – Mocniej przylgnęła do niego. – Nie musisz odwracać mojej uwagi od tamtego. W końcu musimy porozmawiać.

– Ale niekoniecznie teraz.

– Myślałam, że dziennikarz stara się jak najszybciej dotrzeć do wszystkich faktów, by zebrać materiały do publikacji.

– Skoro „Dispatch" nie przewiduje artykułu o celtyckich bogach w Valley, dopóki cała sprawa się nie zakończy, mamy czas.

– A gdybyś pracował dla „New York Timesa"?

– To byłoby co innego.

Pogładził ją po włosach i sięgnął po wino.

– Byłbym wówczas twardy, zaprawiony w bojach i cyniczny, gotów nadziać na rożen ciebie i każdego innego, byleby tylko uzyskać jakiś smakowity kąsek. Prawdopodobnie miałbym nerwy w strzępach i problemy alkoholowe. Ciężko pracowałbym na mój drugi rozwód, pokazując się wszędzie z jakimś rudzielcem u boku.

– Jak myślisz, jak by to wyglądało naprawdę, gdybyś pojechał do Nowego Jorku?

– Nie wiem. – Zaczął machinalnie bawić się końcówkami jej włosów. – Lubię myśleć, że wykonywałbym dobrą robotę. Sensowną robotę.

– A swojej pracy tutaj nie uważasz za sensowną?

– Służy swojemu celowi.

– Ważnemu celowi. Dostarczasz ludziom informacji i rozrywki, uświadamiasz im ciągłość tradycji, a ponadto wielu z nich dajesz pracę. Tym, którzy pracują w gazecie, którzy trudnią się dystrybucją, ich rodzinom. Dokąd by poszli, gdybyś ich zostawił?

– Nie tylko ja mógłbym kierować tą gazetą.

– Ale może tobie jednemu było przeznaczone kierowanie nią? Czy gdybyś mógł, wyjechałbyś do Nowego Jorku?

Zastanowił się.

– Nie. Dokonałem wyboru i generalnie jestem z niego zadowolony. Czasami tylko mam chwile wahania.

- Ja nie potrafiłam malować. Nikt mi nie powiedział, że nie potrafię, że powinnam zrezygnować. Wiem, że nie byłam wystarczająco dobra. To zasadnicza różnica, jeśli jesteś dobry, tylko ktoś ci zabrania.
- To niezupełnie było tak.
- A jak było?
- Musiałabyś znać moją matkę. Zawsze miała konkretnie zdefiniowane plany. Kiedy ojciec zmarł, cóż, jego śmierć nieźle namieszała w jej Planie A. Nie twierdzę, że go nie kochała albo że nie opłakiwała jego odejścia. Wszyscy przeżyliśmy to bardzo. Ojciec potrafił sprawić, że się śmiała. Zawsze umiał doprowadzić ją do śmiechu. Po jego śmierci chyba z rok nie słyszałem, aby się śmiała naprawdę szczerze.
- Flynn, tak mi przykro.
- Matka jest twarda. Jedyną rzecz, jaką z całą pewnością można powiedzieć o Elizabeth Flynn Hennessy Steele, to że nie jest mięczakiem.
- Kochasz ją. - Malory pogładziła go po włosach.
- Jasne, że ją kocham, ale nie usłyszysz ode mnie, że życie z nią jest łatwe. W każdym razie, kiedy wreszcie otrząsnęła się z żałoby, nadszedł moment realizacji Planu B, którego zasadnicza część polegała na przekazaniu gazety mnie - w odpowiednim czasie. Nie miałem nic przeciwko temu; wyobrażałem sobie, że tak właśnie ma wyglądać moja droga życiowa. Zajmę się gazetą - i matką - skoro muszę. Zresztą lubiłem pracę w „Dispatchu", lubiłem poznawać robotę nie tylko dziennikarską, ale i wydawniczą.
- Ale przecież to wszystko chciałeś robić w Nowym Jorku.
- Bo wydawałem się sobie zbyt wielki na takie zapyziałe miasteczko jak Pleasant Valley. Miałem zbyt wiele do zakomunikowania światu, zbyt wiele do zrobienia, Pulitzery do zdobycia. A potem moja matka poślubiła Joego. To wspaniały facet, ojciec Dany.
- Czy potrafi sprawić, by się śmiała?
- Tak, potrafi. Stworzyliśmy szczęśliwą rodzinę, cała nasza czwórka. Nie jestem pewien, czy wówczas umiałem to docenić. Ale skoro pojawił się Joe, sądziłem, że nie jestem już pod taką presją. Wyobraziłem sobie - zresztą pewnie wszyscy tak sobie imaginowaliśmy - że razem poprowadzą „Dispatcha" jeszcze z parę dziesiątków lat.
- Joe jest dziennikarzem?
- Przepracował w „Dispatchu" całe lata. Żartował, że poślubił szefową. Tworzyli zgrany zespół, więc wydawało się, że wszystko

pójdzie jak po maśle. Planowałem, że po ukończeniu college'u popracuję w Valley jeszcze ze dwa lata, nabiorę doświadczenia, a potem zaoferuję moje nieocenione usługi Nowemu Jorkowi. Spotkałem Lily i to już było niczym lukier na ciasteczku.

– I co się stało?

– Joe zachorował. Kiedy przyglądam się temu z perspektywy czasu, dochodzę do wniosku, że moja matka popadła w obłęd na samą myśl, że mogłaby ponownie stracić kogoś, kogo kochała. Ona nie jest szczególnie wylewna w ujawnianiu emocji; raczej pełna rezerwy i opanowana. Naprawdę nie wiem, jak by zniosła ponowną stratę. Musieli wyjechać. Szansą dla Joego była zmiana klimatu i spokojny tryb życia, bez żadnych stresów. Tak więc albo ja zostanę, albo gazetę się zamknie.

– Oczekiwała, że zostaniesz.

Przypomniał sobie, co przedtem mówił o kobiecych oczekiwaniach.

– Tak. Że spełnię swój obowiązek. Przez cały rok byłem na nią wściekły, przez następny już tylko zły. Gdzieś w trzecim mi przeszło... nawet nie wiem dokładnie kiedy. Pewnie powiesz, że polubiłem swoją pracę. No więc polubiłem. Mniej więcej w tym samym czasie kupiłem dom. Potem wziąłem Moego.

– Powiedziałabym, że w tym momencie przestałeś realizować plan matki i rozpocząłeś swój.

Wydał z siebie zduszony śmiech.

– Skurwysyn ze mnie. Prawdopodobnie na tym to właśnie polegało.

Rozdział piętnasty

Niewiele rzeczy było w stanie wyciągnąć Danę z łóżka. Przede wszystkim praca – to oczywiste. Ale każdy wolny ranek poświęcała spaniu. Rezygnacja z tej rozrywki – na prośbę Flynna – stanowiła w odczuciu Dany wyraz najwyższego siostrzanego oddania, takiego, które powinno przynieść jej mnóstwo punktów do wykorzystania przy najbliższej nadarzającej się okazji.

Punktualnie o siódmej trzydzieści, ubrana w T-shirt Groucho Marx, postrzępione dżinsy i parę Oakleys, pukała do drzwi Malory. Otworzył jej Flynn. Znając swoją siostrę, z miejsca wcisnął jej w ręce kubek z parującą kawą.

– Jesteś kapitalna. Prawdziwy klejnot. Jesteś moją najwspanialszą skrzynią pełną skarbów.

– Wypchaj się. – Dana weszła do środka, usiadła na tapczanie i zaczęła wdychać zapach kawy.

– Gdzie Mal?

– Jeszcze śpi.

– Bajgle ma?

– Nie wiem, nie sprawdzałem. A powinienem był sprawdzić – dodał z mocą. – Jestem samolubnym bękartem, myślącym wyłącznie o sobie.

– Przepraszam, ale ja to chciałam powiedzieć.

– Oszczędziłem ci czasu i energii. Muszę iść. Muszę być w redakcji za... cholera, za dwadzieścia sześć minut – rzucił, spoglądając za zegarek.

– Powiedz mi tylko, dlaczego jestem w mieszkaniu Malory, mając nadzieję, że w kuchni znajdę jakieś bajgle, podczas gdy ona śpi.

- Za mało czasu, żeby się nad tym rozwodzić. Miała ciężkie przejścia i nie chcę, żeby była sama, to wszystko.
- Jezus, Flynn, co się stało? Ktoś ją pobił?
- Można to i tak nazwać. Pobił w sensie emocjonalnym. Ale to nie ja – dodał szybko, kierując się ku wyjściu. – Po prostu bądź z nią, dobrze? Wyrwę się, jak tylko będę mógł, ale akurat dzisiaj jestem zawalony robotą. Pozwól jej spać, a potem nie wiem, zajmij ją czymś. Zadzwonię.

Kiedy wychodził przez drzwi prowadzące na patio, Dana zawołała za nim jeszcze:

- Jak na reportera, jesteś cholernie skąpy, jeśli idzie o szczegóły.

Doszedłszy do wniosku, że nic innego jej nie pozostaje, podniosła się z kanapy, z zamiarem zrobienia nalotu na kuchnię Malory. Właśnie z entuzjazmem odgryzała pierwszy kęs bajgla z makiem, kiedy w drzwiach pojawiła się Malory.

Oczy podkrążone, cera blada, włosy rozwichrzone, zanotowała Dana w myślach. To ostatnie jest pewnie dziełem Flynna.

- Cześć, zjesz pół?

Półprzytomna Malory tylko zamrugała powiekami.

- Cześć, a Flynn gdzie?
- Musiał biec. Obowiązki dziennikarza i tak dalej. Chcesz kawy?
- Tak. – Potarła oczy, usiłując zebrać myśli. – A ty co tu robisz, Dana?
- Pojęcia nie mam. Flynn zadzwonił do mnie jakieś czterdzieści minut temu, o zupełnie barbarzyńskiej porze, i prosił, żebym przyszła. Był raczej lakoniczny, jeśli idzie o szczegóły, za to błagał tak kwieciście, że podniosłam tyłek z łóżka i przywlokłam się tutaj. O co chodzi?
- Zdaje się, że twój brat martwi się o mnie. – Przez chwilę rozważała tę myśl, wreszcie doszła do wniosku, że taka troska wcale jej nie przeszkadza. – To jest nawet słodkie.
- O tak, Flynn to sam miodzio. A dlaczego się martwi?
- Lepiej usiądźmy.

Opowiedziała Danie każdy szczegół swojego snu.

- Jak on wyglądał? – dopytywała się Dana.
- Cóż... ciekawa twarz, nawet piękna, powiedziałabym. Poczekaj chwilę, chyba dam radę go naszkicować.

Wstała, wyjęła z szuflady papier, ołówek i usiadła na powrót.

– Miał bardzo zdecydowane rysy, więc naszkicowanie go nie powinno być trudne. Ale to nie jego wygląd był najważniejszy, raczej sposób, w jaki oddziaływał. Był porywający, miał charyzmę.
– A dom, w którym się znalazłaś? – indagowała Dana, podczas gdy Malory pochłonięta była rysowaniem.
– Nie wiem, odnosiłam wrażenie... we śnie wydawał mi się znajomy... po prostu mój dom. Nie zwracałam uwagi na szczegóły. Parter, piętro, za domem trawnik, ładny ogród, słoneczna kuchnia.
– To nie był dom Flynna?
Malory uniosła głowę.
– Nie – powiedziała powoli. – Nie był. O tym nie pomyślałam. Bo powinien być, prawda? Jeśli sen stanowił swego rodzaju urzeczywistnienie moich marzeń, dlaczego nie mieszkaliśmy w domu Flynna, tak jak to sobie wielokrotnie wyobrażałam?
– Może Kane nie mógł posłużyć się domem Flynna, bo ten jest już zajęty? Nie mam pojęcia. Może to zresztą wcale nie jest ważne?
– Myślę, że wszystko jest ważne. Każda rzecz, którą widziałam, słyszałam i czułam. Tylko na razie nie wiem, w jaki sposób. Masz – podała Danie kartkę. – To surowy szkic, najlepszy, na jaki potrafię się zdobyć. Ale podobieństwo uchwycone znakomicie, nawiasem mówiąc.
– A niech to – Dana gwizdnęła przez ściśnięte wargi – gorący typek z tego Kane'a czarodzieja.
– Dana, on mnie przeraża.
– Tak naprawdę nie był w stanie wyrządzić ci najmniejszej krzywdy. Nie mógł ci uczynić nic złego.
– Tym razem rzeczywiście nie. Ale był w mojej głowie. Wtargnął we mnie. – Malory zacisnęła wargi. – To rodzaj gwałtu. Wiedział, co czuję i czego pragnę.
– Powiem ci, czego nie wiedział. Nie wiedział, że mu powiesz, żeby się pocałował w tyłek.
Malory usiadła.
– Masz rację. Nie wiedział, że odmówię i że nawet we śnie rozumiem, iż chce mnie wciągnąć w pułapkę, zamknąć w jakimś miejscu, być może wspaniałym, w którym jednak nie mogłabym odnaleźć klucza. Obie te rzeczy zdumiały go i wprawiły we wściekłość. A to znaczy, że on także nie wie wszystkiego.

Kiedy Malory zaproponowała, żeby popracować u Flynna, Dana przystała na to dopiero po dłuższym ociąganiu. Owszem, propozycja miała sens, skoro właśnie w domu Flynna znajdowały się oba obrazy. Ale tam również znajdował się Jordan Hawke.

Nadzieja Dany, że może gdzieś się ulotnił, rozwiała się szybko na widok starego modelu thunderbirda stojącego na podjeździe.

– Zawsze miał bzika na punkcie samochodów – mruknęła, wykrzywiając się w stronę auta, choć w głębi duszy podziwiała jego kształt, elegancką linię karoserii i błysk chromu. Wiele by dała, żeby móc zasiąść za kierownicą i wcisnąć gaz do dechy. – Nie wiem, po co temu draniowi taki wóz, skoro mieszka na Manhattanie.

Słysząc ten ton, przepojony urazą i goryczą, Malory przystanęła pod drzwiami.

– Jakiś problem, Dana? Bo jeśli tak, przyjdziemy obejrzeć obrazy innym razem, kiedy Jordana nie będzie.

– Nie ma problemu. W mojej rzeczywistości ten gość po prostu nie istnieje. Już dawno utopiłam go w kadzi pełnej wirusa ebola. Ubabrałam się po łokcie, ale satysfakcji miałam mnóstwo.

– No to w porządku. – Malory podniosła rękę, żeby zapukać, ale Dana odsunęła ją na bok.

– Nie pukam, wchodząc do domu mojego brata. – Włożyła klucz do zamka. – Nieważne, jaki idiota akurat u niego pomieszkuje.

Wtargnęła do środka, gotowa do natychmiastowej konfrontacji. Nie doszło do niej, gdyż Jordana nie było, co trochę ją rozczarowało. Ze złości z całej siły trzasnęła drzwiami.

– Dana.

– Hop, przypadek. – Zatknąwszy kciuki za kieszenie spodni, skierowała się do salonu. – Dokładnie w tym miejscu, gdzie je zostawiłyśmy – powiedziała, wskazując obrazy. – I wiesz co, nie widzę, żeby zmieniły się specjalnie od wczoraj. Robota na dzisiaj odwalona, chodźmy lepiej powłóczyć się po sklepach albo coś w tym stylu.

– Chcę je dokładnie przestudiować, porównać z notatkami. Ale faktycznie nie ma sensu, żebyś tkwiła tu razem ze mną.

– Obiecałam Flynnowi.

– Flynn wpadł w histerię.

– Może, ale obiecałam mu. – Zesztywniała, słysząc czyjeś kroki. – W przeciwieństwie do niektórych mam zwyczaj dotrzymywania obietnic.

– Z takim samym entuzjazmem, z jakim piastuję urazy – dokończył Jordan. – Dzień dobry, moje panie, czym mogę wam służyć?

– Chciałabym jeszcze raz przyjrzeć się obrazom i przeglądnąć moje notatki – wyjaśniła Malory. – Mam nadzieję, że nie masz nic przeciwko temu?

– A kim on jest, żeby mógł mieć? W końcu to nie jego dom.

– To prawda. – Jordan, wysoki i szczupły, w czarnych dżinsach i czarnym T-shircie, oparł się o futrynę. – Proszę, rozgośćcie się.

– Nie masz nic innego do roboty, tylko tu szpiegować? – naskoczyła na niego Dana. – Żadnej książki do napisania, żadnego wydawcy do obłupienia ze skóry?

– Och, wiesz, jak to jest z nami, wyrobnikami literackiej komercji. W dwa tygodnie trzaskamy książkę, a potem już tylko tantiemy i błogie lenistwo.

– Jeśli o mnie chodzi, możecie się czubić, ile wlezie – Malory rzuciła na blat wypełnioną notatkami teczkę – ale czy nie moglibyście pójść do drugiego pokoju?

– Ależ my się wcale nie czubimy. – Jordan się uśmiechnął. – To zaledwie przygrywka.

– W twoich snach.

– Długa, w moich snach najczęściej jesteś o wiele bardziej skąpo odziana. Malory, jeśli tylko będziesz czegoś potrzebowała, daj mi znać. – Wyprostował się i opuścił pokój.

– Zaraz wracam. – Dana wystrzeliła za nim jak rakieta. – Do kuchni, ważniaku. – Wyszła na prowadzenie, a potem czekała, zaciskając zęby, aż nadrobi stratę.

Temu nigdy się nie spieszy i nie spieszyło, pomyślała. Kiedy pojawił się w drzwiach, krew w niej zagrała. Już szykowała pierwszą salwę, kiedy Jordan zbliżył się do niej, objął w pasie i pocałował.

Poczuła przenikającą na wskroś falę gorąca.

Jak dawniej. Jak zawsze.

Ogień, błysk, obietnica, to wszystko naraz eksplodowało w mózgu niczym rozżarzona kometa, siejąc spustoszenie w całym ciele. Nie tym razem. Nie tym razem. Nigdy więcej.

Odepchnęła go z całej siły. Nie, nie spoliczkuje go. Byłaby to zbyt kobieca, zbyt przewidywalna reakcja. Ona przywali pięścią.

– Przepraszam, myślałem, że właśnie po to mnie tutaj wezwałaś.

– Spróbuj jeszcze raz, a zalejesz się krwią, przy czym każda rana będzie śmiertelna.

Wzruszył ramionami, wziął kawę, kubek i wolno podszedł do ekspresu.

– Mój błąd.

– Masz cholerną rację. Wszystkie prawa do dotykania mnie, jakie kiedykolwiek posiadałeś, wygasły już dawno temu. Możesz do nas przyłączyć, ponieważ tak się złożyło, że kupiłeś ten cholerny obraz, więc będę cię tolerowała. I ponieważ jesteś przyjacielem Flynna. Ale jak długo pozostajesz z nami, musisz przestrzegać pewnych reguł.

– Więc wymień je.

– Nigdy więcej mnie nie dotkniesz. Nawet gdybyś widział, że ładuję się prosto pod jakiś pieprzony autobus, nie waż się wyciągać ręki, żeby mnie zawlec z powrotem na chodnik.

– Okay, wolisz raczej, żeby przejechał cię samochód, niż żebym miał cię dotknąć. Przyjęte. Co dalej?

– Jesteś skurwysynem.

Coś, jakby cień żalu, przemknęło po jego twarzy.

– Wiem. Słuchaj, zostawmy tamto na chwilę na boku. Flynn jest ważny dla nas obojga, a cała sprawa jest ważna dla Flynna. Kobieta w tamtym pokoju jest ważna dla niego i dla ciebie również. Wszystko to nas łączy, bez względu na to, czy nam się podoba czy nie. Spróbujmy więc jakoś się ułożyć. Rano Flynn wpadł do domu jak po ogień i natychmiast się ulotnił. A kiedy wczoraj wieczorem dzwonił, udało mi się wyciągnąć od niego tylko tyle, że Malory ma kłopoty. Wytłumacz mi, o co chodzi.

– Jeśli Malory będzie chciała, żebyś wiedział, sama ci opowie. Wyciągnij do niej gałązkę oliwną, a wtłoczy ci ją do gardła, pomyślał.

– Twardziel z ciebie. Nic się nie zmieniło.

– To prywatna sprawa – warknęła. – Intymna. Malory cię nie zna.

– Mimo tysięcy przysiąg poczuła, że jej oczy napełniają się łzami. – Ja też nie.

Od tego jednego spojrzenia, przepojonego smutkiem, poczuł, że serce w nim zamiera.

– Dana.

Kiedy uczynił krok w jej kierunku, porwała nóż do chleba.

– Jeszcze raz położysz na mnie ręce, a odetnę ci je w nadgarstkach.

Zatrzymał się, wciskając dłonie do kieszeni.

– Najlepiej od razy ugodź mnie w serce i problem będzie z głowy.

– Po prostu trzymaj się ode mnie z daleka. Flynn nie chce, żeby Malory pozostawała sama. Możesz uznać, że to twój dyżur, ponieważ ja wychodzę.

– Jeśli mam robić za stróża, chyba byłoby dobrze, gdybym wiedział, przed czym mam ją chronić.
– Przed wielkim złym czarownikiem. – Szarpnęła kuchenne drzwi. – Jeśli spotka ją coś przykrego, nie tylko ugodzę cię w serce, ale wyszarpię je i rzucę psom na pożarcie.
– Zawsze ponosiła ją wyobraźnia– mruknął, kiedy zatrzaskiwała drzwi.

Pomasował dłonią żołądek, zaciśnięty w tysiące węzłów. Kolejna rzecz, w której była cholernie dobra. Popatrzył na kawę, której nawet nie tknęła. I choć podobne manifestacje zawsze wydawały mu się idiotyczne, złapał kubek i wylał do zlewu całą zawartość.
– Do ścieku z tobą, Długa. Do ścieku z nami.

Malory wpatrywała się w obrazy, aż oczy zaszły jej mgłą. Zanotowawszy kilka kolejnych spostrzeżeń, wyciągnęła się na podłodze i utkwiła wzrok w suficie. W myślach analizowała nagromadzone do tej pory wiadomości, w nadziei że ułożą się w jakiś nowy, czytelny wzór.

Śpiewająca bogini, światło i mrok, coś wewnątrz niej i poza nią. Patrzeć i widzieć to, czego nie dostrzegała. Miłość klucz sfałszuje.

A niech to licho.

Trzy obrazy, trzy klucze. Czy każdy obraz kryje wskazówkę umożliwiającą odnalezienie jednego z nich, czy też wszystkie trzy, odczytane razem, umożliwią dotarcie do pierwszego klucza, tego przeznaczonego dla niej?

Tak czy inaczej, nie potrafiła rozszyfrować ich znaczenia.

Wszystkie trzy płótna miały elementy wspólne. Mitologiczny temat – to oczywiste. Poza tym las i cień, kryjące postać.

Kane.

Skąd Kane na portrecie Artura? Czy rzeczywiście uczestniczył w tym wydarzeniu, czy też umieszczenie go w tej scenie – podobnie jak postaci Pitte'a i Roweny – miało wymiar symboliczny?

Nawet jeśli wziąć pod uwagę wszystkie elementy wspólne, scena arturiańska nie mogła stanowić części cyklu, o którego istnieniu była przekonana. A zatem powinien istnieć jeszcze jeden obraz, zamykający triadę Szklanych Cór.

Gdzie go szukać i co jej powie, jeśli go odnajdzie?

Przewróciła się na bok i znowu utkwiła wzrok w postaci młodego Artura. Biała gołębica u góry po prawej. Symbol Ginewry? Zapowiedź zmierzchu tej chwili pełnej chwały?

Zdradzony przez miłość. Skutki miłości.

A ona sama, czy nie zmagała się teraz z konsekwencjami tego uczucia? Dusza, tak samo jak serce, była symbolem miłości i piękna. Uczucie, poezja, sztuka, muzyka. Magia. Wszystko to elementy symbolizowane przez duszę.

Bez duszy nie istniało ani samo piękno, ani nic, co brało się z piękna.

A skoro bogini śpiewała, czy oznaczało to, że nie pozbawiono jej duszy?

Klucz mógł zostać ukryty w miejscu, gdzie znajduje się sztuka. Albo miłość. Piękno albo muzyka. A może w takim, gdzie dokonuje się wyboru, czy je zatrzymać, czy odrzucić.

Muzeum? Jakaś galeria? Galeria, pomyślała nagle, zrywając się na równe nogi.

– Dana!

Rzuciła się w kierunku kuchni. Na widok Jordana siedzącego przy ohydnym, piknikowym stoliku i piszącego coś na laptopie, przyhamowała gwałtownie.

– Przepraszam. Myślałam, że Dana jest tutaj.

– Wyszła parę godzin temu.

– Godzin? – Malory przetarła ręką twarz, jakby budziła się ze snu. – Straciłam poczucie czasu.

– Mnie to się zdarza nagminnie. Chcesz kawy? – Zerknął na pusty kubek na kontuarze. – Musisz ją tylko zaparzyć i to wszystko.

– Nie, ja naprawdę powinnam... Ty pracujesz. Przepraszam, przeszkodziłam ci.

– Nic mi się nie stało. Bywają dni, kiedy zastanawiam się nad zmianą zawodu. Dzisiaj znowu pojawiły się takie myśli. Marzy mi się na przykład posada drwala albo barmana w jakimś tropikalnym kurorcie.

– Masz spory rozrzut.

– Tak, każda z tych możliwości wydaje mi się ciekawsza niż to, czym się obecnie param.

Zauważyła pusty kubek po kawie i do połowy zapełnioną popielniczkę obok laptopa na ogrodowym stoliku z wyprzedaży w niewiarygodnie szkaradnej kuchni.

– A może tutejsze otoczenie nie sprzyja kreatywności?

– Nie, kiedy idzie dobrze, potrafiłbym pisać nawet w kanałach, bylebym miał notatnik i kilka ołówków.

– Jestem gotowa przyznać ci rację, ale jednocześnie zastanawiam się, czy nie usadowiłeś się w tym niezbyt pięknym pomieszczeniu, ponieważ mnie pilnujesz.

– To zależy. – Jordan rozsiadł się wygodniej, obracając w palcach pomiętą paczkę papierosów. – Jeśli ci to nie przeszkadza, to owszem. Natomiast gdyby miało cię to wnerwić, to nie mam pojęcia, o czym mówisz.

Przechyliła głowę.

– A jeśli powiem, że muszę teraz wyjść? Chciałabym sprawdzić jedną rzecz.

Posłał jej swobodny uśmiech, który na mniej złośliwej twarzy mógłby nawet uchodzić za niewinny.

– Powiem, że wszystko w porządku, pod warunkiem że będę mógł ci potowarzyszyć. Wyrwanie się stąd na chwilę nawet dobrze mi zrobi. Dokąd idziemy?

– Do galerii. Przyszło mi na myśl, że miejsce ukrycia klucza ma coś wspólnego ze sztuką, pięknem, obrazami. W tej sytuacji galeria wydaje się najbardziej oczywistym wyborem.

– Hm, masz zamiar wejść do publicznej instytucji, w godzinach otwarcia, i sądzisz, że nikt nie zareaguje, kiedy zaczniesz przeczesywać sale wystawowe i biura w poszukiwaniu skarbu?

– No tak, skoro stawiasz kwestię w ten sposób. – Opadła na krzesło, jakby nagle uszło z niej powietrze. – Czy sądzisz, że cała ta sprawa to szaleństwo?

Jordan przypomniał sobie kilka tysięcy dolarów, które pojawiały się i znikały jak za dotknięciem czarodziejskiej różdżki.

– Niekoniecznie.

– A gdybym powiedziała, że znam sposób, aby dostać się do galerii po godzinach otwarcia?

– Wówczas odparłbym, że nie zostałabyś wybrana do tego zadania, gdybyś nie była kobietą twórczą, z otwartym umysłem, nieobawiającą się ryzyka.

– Podoba mi się ta charakterystyka. Nie jestem pewna, czy zawsze do mnie pasuje, ale w tej chwili jak najbardziej. Idę zatelefonować w kilka miejsc. I wiesz co, Jordan? Myślę, że to dowód silnego charakteru i lojalności mężczyzn stracić cały dzień na pilnowanie kogoś całkowicie obcego, tylko dlatego że prosił o to przyjaciel.

Malory odebrała klucze z rąk Toda i mocno uścisкała przyjaciela.

– Jestem ci winna buziaka.

- Zgadza się, choć chętnie go zamienię na jakiekolwiek wyjaśnienia.
- Jak tylko będę mogła, obiecuję.
- Kwiatuszku, to już naprawdę jakieś wariactwo. Najpierw zostajesz stąd zwolniona, potem włamujesz się do plików Pameli, następnie odrzucasz propozycję powrotu do domu – ze sporą podwyżką – a na koniec planujesz zakraść się do środka po godzinach.
- Wiesz co? – Podrzuciła klucze na dłoni. – To jeszcze nie jest najbardziej wariacka część całej historii. Mogę ci tylko powiedzieć, że uczestniczę w czymś niezmiernie ważnym i mam najlepsze zamiary. Nie wyrządzę żadnej szkody galerii, Jamesowi ani tobie.
- Nigdy bym cię o to nie posądził.
- Klucze zwrócę jeszcze dziś wieczorem, a najpóźniej jutro z samego rana.
Tod wyjrzał przez okno i popatrzył na Flynna spacerującego po chodniku.
- Czy ma to może coś wspólnego z seksualnymi fetyszami albo fantazjami?
- Nie.
- Jaka szkoda. No dobra, już się zmywam. Mam zamiar wypić martini lub nawet dwa i zapomnieć o wszystkim.
- Tak właśnie zrób.
Wychodząc, odwrócił się jeszcze.
- Mal, cokolwiek planujesz, bądź ostrożna.
- Będę ostrożna, obiecuję.
Widziała, jak przed odejściem Tod zatrzymuje się na chodniku, żeby zamienić kilka słów z Flynnem. Otworzyła drzwi, gestem przywołała Flynna do środka, po czym zamknęła je i nastawiła kod alarmowy.
- Co Tod ci powiedział?
- Że jeśli cię wpakuję w jakąś kabałę, najpierw powiesi mnie za jaja, a potem nożyczkami do manikiuru poobcina różne inne części ciała.
- Niezłe.
- Właśnie. – Flynn wyjrzał przez okno za odchodzącym Todem.
- Zapewniam cię, że gdyby chodziło mi po głowie wpakowanie cię w kłopoty, przypomnienie tej groźby stanowiłoby niezwykle skuteczny środek odstraszający.
- Jeśli z naszej obecności tutaj miałyby wyniknąć jakieś kłopoty, to dla ciebie. Przekroczenie prawa, współuczestniczenie w prze-

stępstwie, kwestia twojej reputacji reportera i wydawcy „Dispatcha". Nie musisz brać w tym udziału.
  – Już w tym tkwię. Nożyczki do manikiuru to te małe z zakrzywionymi ostrzami, czy tak?
  – Zgadza się.
  Flynn gwizdnął przez zęby.
  – Tego się właśnie obawiałem. Od czego zaczynamy?
  – Myślę, że najlepiej od piętra i potem stopniowo będziemy schodzili. Zakładając, że klucz na obrazie przedstawiono we właściwych proporcjach, powinien mieć około trzech cali długości.
  – Nieduży kluczyk.
  – No owszem, niewielki. Z jednej strony zakończony pojedynczym, prostym ząbkiem – tłumaczyła, wręczając Flynnowi szkic. – Ucho jest dekoracyjne, z takim skomplikowanym wzorem. To celtycki motyw, potrójna spirala, tak zwany *triskeles*. Zoe odnalazła go w jednej z książek Dany.
  – Wy trzy stanowicie znakomity zespół.
  – Też tak uważam. Klucz jest złoty, prawdopodobnie z litego złota. Nie wyobrażam sobie, żebyśmy go mogli nie rozpoznać, kiedy na niego natrafimy.
  Flynn zerknął w stronę głównego pomieszczenia, ze sklepionym sufitem i rozległą przestrzenią, mieszczącą obrazy, rzeźby i inne dzieła sztuki, wypełnioną gablotami, stołami, szufladami, kuframi i komodami, zawierającymi niezliczone skrytki.
  – Mnóstwo miejsca, gdzie można wetknąć taki kluczyk.
  – Poczekaj, aż zobaczysz magazyny i pakowalnię.
  Zaczęli od biur. Malory przetrząsała szuflady, grzebała w osobistych rzeczach pracowników, starając się stłumić poczucie winy. Teraz nie czas na delikatność, przekonywała samą siebie. Na czworakach obeszła biurko Jamesa, sprawdzając pod nim.
  – Czy sądzisz, że tacy ludzie jak Pitte i Rowena czy którykolwiek z bogów odpowiedzialny za ukrycie kluczy przyklejałby jeden z nich pod spód szuflady biurka?
  Malory rzuciła Flynnowi ponure spojrzenie i wsunęła szufladę z powrotem na miejsce.
  – Nie sądzę, abyśmy mogli sobie pozwolić na przeoczenie którejkolwiek z możliwości.
  Jaka ona śliczna, kiedy tak siedzi na podłodze, z włosami zebranymi do tyłu i z nadąsaną miną, pomyślał Flynn. Ciekawe, czy

ubrała się na czarno, bo uznała, że tak będzie najodpowiedniej do okoliczności? To byłoby do niej podobne.

– Racja, ale szybciej by nam poszło, gdyby ściągnąć cały zespół.

– Nie, to niemożliwe, żeby kręcił się tu cały tabun ludzi. To nie byłoby w porządku. – Poczucie winy z powodu tego, co robi, przeorało jej sumienie niczym ostre pazury. – Nawet fakt, że ty się tutaj znalazłeś, nie jest w porządku. Nie będziesz mógł wykorzystać w swoim artykule niczego, co tu zobaczysz.

Spojrzał na nią przenikliwie lodowatym wzrokiem.

– Czy naprawdę sądzisz, że mógłbym?

– To przecież zupełnie naturalne, że tak właśnie pomyślałam.

– Zdjęła obraz ze ściany. – Jesteś dziennikarzem – ciągnęła, obmacując ramę i oglądając płótno z drugiej strony. – Ale jestem coś dłużna Jamesowi i temu miejscu. Nie chciałabym, aby został w coś wplątany, i tyle.

Odwiesiła obraz i sięgnęła po następny.

– A może powinnaś sporządzić listę rzeczy oraz spraw, o których mogę i o których nie mogę pisać? Zgodnie z twoim rozeznaniem.

– Nie ma powodu do irytacji.

– Owszem, jest taki powód. W poszukiwania zainwestowałem mnóstwo czasu i energii i nie opublikowałem ani jednego słowa. Malory, nie podważam zasad mojej etyki tylko dlatego, że masz zastrzeżenia do swojej. I nigdy nie mów mi, co mam pisać, a czego mi nie wolno.

– To tylko kwestia jednego stwierdzenia, że coś jest nie do druku.

– O nie. To kwestia twojego zaufania i szacunku do kogoś, kogo podobno darzysz miłością. Zacznę szukać w tamtym pokoju. Chyba lepiej, żebyśmy pracowali osobno.

Zaczęła się zastanawiać, jak to się stało, że tak namieszała. Zdjęła ze ściany ostatni obraz, nakazując sobie jednocześnie skoncentrowanie się na pracy.

Flynn najwyraźniej był nadwrażliwy. Przedstawiła mu absolutnie usprawiedliwioną, rozsądną prośbę. Chce się nabzdyczać – jego problem.

Następne dwadzieścia minut spędziła, przeszukując każdy cal kwadratowy pokoju i pocieszała się, że Flynn jest przewrażliwiony i niepotrzebnie się unosi. Przez kolejną godzinę nie odzywali się do siebie; dwoje ludzi zajętych tą samą czynnością, w tej samej przestrzeni, unikających wzajemnych kontaktów.

Przenosząc się na parter, mieli już wypracowany wspólny rytm, nadal jednak ze sobą nie rozmawiali.

Poszukiwania były żmudne i frustrujące. Sprawdzić każdy obraz, każdą rzeźbę, każdy postument, każdy wyrób rzemiosła. Obmacać schody, stopień po stopniu, przeczołgać się wzdłuż każdej listwy podłogowej.

Malory przystąpiła do penetrowania magazynu. Doznawała bolesnego, choć zarazem fascynującego uczucia, kiedy napotykała nowo nabyte przedmioty albo takie, które zostały sprzedane już po tym, jak opuściła galerię, i teraz czekały na zapakowanie i wysyłkę. Dawniej była wtajemniczona w każdy etap sprzedaży, miała prawo do ustalania i negocjowania cen. W sercu traktowała galerię jak swoją własność. Nie potrafiła nawet policzyć, ile razy przychodziła tu po godzinach, tak jak teraz. Dawniej nikt nie kwestionowałby jej obecności. Nie musiałaby żebrać o klucze ani czuć się winna.

Nie musiałaby kwestionować swojej własnej etyki, przyznała w końcu.

Nie czułaby tego okropnego żalu, uświadomiła sobie nagle, żalu, że ta część życia została jej odebrana. Może była szalona, odmawiając powrotu? Może popełniła błąd, odwracając się od tego, co było rozsądne i konkretne? Mogłaby jeszcze porozmawiać z Jamesem i powiedzieć mu, że zmieniła zdanie. Powrócić do znanych sobie spraw, ponownie zająć się tym, czym zajmowała się do tej pory. Jednak to już nigdy nie byłoby to samo.

Poczuła ukłucie w sercu. Jej życie się zmieniło. W nieodwracalny sposób. A ona ani przez chwilę nie opłakiwała poniesionej straty. Czyniła to teraz, z każdym dziełem, którego dotykała, z każdą minutą spędzoną w przestrzeni, która kiedyś stanowiła dla niej najważniejszą przestrzeń życia.

Przywołała tysiące wspomnień, wiele dotyczyło spraw zupełnie błahych, wydarzeń, które przedtem nic dla niej nie znaczyły. Wszystkich, które jej odebrano.

Flynn szarpnął drzwiami.

– Gdzie chcesz teraz... – urwał, kiedy odwróciła się ku niemu. Oczy miała suche, ale przepełnione rozpaczą. W ramionach trzymała chropawą, kamienną rzeźbę, zupełnie jakby tuliła dziecko.

– Co jest?

– Tak bardzo brakuje mi tego miejsca. To tak, jakby coś umarło. – Ostrożnie odstawiła rzeźbę na półkę. – Kupiłam ją jakieś cztery miesiące temu. Twórcą jest nieznany do tej pory artysta, młody, ale pełen ognia i temperamentu, co zresztą widać po tym dziele. Pochodzi z niewielkiej mieściny w Marylandzie. Lokalne uznanie już zdobył, ale jak dotąd nie zainteresowała się nim żadna z większych galerii. Mnie zawdzięczał pierwszy prawdziwy przełom. To było takie wspaniałe móc wyobrażać sobie, co mógłby jeszcze osiągnąć, co my moglibyśmy osiągnąć?

Przebiegła palcami po kamieniu.

– Ktoś kupił jego rzeźbę, a ja nie miałam z tym nic wspólnego. Nie rozpoznaję nawet nazwiska z rachunku. To już nie jest moje.

– Gdyby nie ty, figura nigdy by się nie znalazła w galerii ani nie zostałaby sprzedana.

– Może, ale to przeszłość. Dla mnie nie ma tu już miejsca. Przykro mi z powodu tego, co powiedziałam przedtem. Przykro mi, że zraniłam twoje uczucia.

– Zapomnij.

– Nie. – Odetchnęła głęboko. – Nie mam zamiaru utrzymywać, że nie obawiałam się, w jaki sposób możesz potraktować tę historię. Nie mogę twierdzić, że mam do ciebie absolutne zaufanie, co pozostaje w pewnej sprzeczności z moją miłością do ciebie, i nie potrafię tego wytłumaczyć. Tak samo jak nie potrafię wytłumaczyć, skąd wiem, że klucza tutaj nie ma. Wiedziałam o tym już w chwili, kiedy tu weszłam. Oczywiście nadal muszę go tutaj szukać, muszę skończyć to, co zaczęłam. Ale klucza tutaj nie znajdę, Flynn. W tym miejscu dla mnie nie ma już nic.

Rozdział szesnasty

Flynn zamknął się w swoim gabinecie, co oznaczało, że pisze i nie chce, aby mu przeszkadzano. Oczywiście nikt zbytnio nie zwracał uwagi na takie sygnały, ale zasada pozostawała zasadą. Przygotowując cotygodniowy felieton, pozwalał myślom płynąć swobodnie, niczym tocząca się meandrami rzeka. Przy redakcji tekstu nada słowom bardziej zdyscyplinowaną formę. Co definiuje artystę? Czy artystą jest ktoś, kto tworzy rzeczy uznane za piękne bądź szokujące, twórca, którego dzieła budzą silne emocje? W malarstwie, muzyce, literaturze, teatrze? A jeśli tak, to czy reszta ludzkości stanowi wyłącznie widownię, składa się z biernych obserwatorów, których jedynym wkładem jest aplauz bądź krytyka?

Co stałoby się z artystą, gdyby zabrakło widowni?

Temat raczej odbiegający od spraw, jakie zwykł poruszać w swoich felietonach. Pomysł zrodził się tamtej nocy, kiedy wraz z Malory przeszukiwali galerię, i tkwił w jego głowie do tej pory. Najwyższy czas pomóc mu się wydostać.

Nie potrafił się uwolnić od obrazu Malory w magazynie. W ramionach kamienna postać, w oczach ból. Przez następne trzy dni trzymała go – i wszystkich innych – na odległość wyciągniętego ramienia. Oczywiście towarzyszyły temu zwykłe wymówki: jest zajęta, sprawdza kolejne wątki związane z poszukiwaniami, na nowo porządkuje swoje życie.

Choć z jego punktu widzenia życie miała doskonale uporządkowane.

Po prostu uporczywie odmawiała wyjścia na zewnątrz. Albo wpuszczenia go do środka.

Może ten felieton był po prostu wołaniem do niej? Ściągnął ramiona i zabębnił palcami po krawędzi biurka, ponownie koncentrując się na tekście.

Czyż twórcą nie było dziecko, które po raz pierwszy składało z liter swoje imię? Artystą odkrywającym swój intelekt, umiejętność koordynacji, własną osobowość? Czy kiedy ściskając w rączce gruby ołówek albo kolorową kredkę, stawiało na papierze kolejne literki, nie tworzyło z nich jednocześnie symbolu swojego istnienia? Oto, kim jestem, i nikt inny nie jest taki sam jak ja.

W tym stwierdzeniu, w tym akcie twórczym kryła się sztuka.

A co z kobietą, która wieczorem postawiła na stole gorący posiłek? Dla szefa kuchni w eleganckiej restauracji nie byłby to wyczyn, ale dla tych, których nieustannie znosiło w stronę zupek z puszki, klops, ziemniaki purée i fasolka szparagowa, unisono pojawiające się na stole, stanowiły naprawdę wspaniałą i pełną tajemnic sztukę.

– Flynn?

– Pracuję – burknął, nie podnosząc nawet głowy.

– Nie ty jeden. – Rhoda zamknęła za sobą drzwi, wpakowała się do środka i usiadła. Krzyżując ramiona na piersi, utkwiła w nim groźne spojrzenie zza szkieł w prostokątnych oprawkach.

Ale bez widowni, chętnej i gotowej do konsumpcji, sztuka stałaby się jedynie resztkami krzepnącymi na talerzu, nadającymi się wyłącznie do wyrzucenia... Cholera.

Odwrócił się od klawiatury.

– O co chodzi?

– Wyciąłeś cal mojego tekstu.

Ręce aż go świerzbiły, żeby złapać Slinky i zacisnąć sprężyste zwoje wokół jej pomarszczonej szyi.

– Tak?

– Powiedziałeś, że mam dać dwanaście cali.

– Dałaś jedenaście cali konkretnego tekstu i jeden cal piany. Wywaliłem pianę. To był dobry artykuł, Rhoda. Teraz stał się jeszcze lepszy.

– No więc chciałabym się dowiedzieć, dlaczego zawsze mnie wybierasz na ofiarę, dlaczego zawsze obcinasz moje teksty. Tekstów Johna albo Carli nigdy się nie czepiasz, moich zawsze.

– John pisuje o sporcie. Od lat zajmuje się tym tematem i uczynił z niego niemal naukę.

Sztuka i nauka, pomyślał przelotnie, notując pomysł na skrawku papieru, by potem rozwinąć go w felietonie. Sport również.

...Jeśli ktoś przyglądał się, w jaki sposób miotacz na pozycji ubija stopą podłoże, dopóki nie uzyska właściwej powierzchni, odpowiedniego kąta nachylenia...

– Flynn!

– Co, co? – ocknął się, przewinął taśmę w mózgu. – Teksty Carli tnę, jeśli trzeba. Rhoda, mnie też w tej chwili termin goni. Skoro chcesz przedyskutować tę sprawę, umówmy się na jutro, ustalmy konkretną godzinę.

Zacisnęła usta.

– Jeśli tego problemu nie rozwiążemy natychmiast, od jutra nie ma mnie w redakcji.

Tym razem nie sięgnął po figurkę Luke'a Skywalkera, wyobrażając sobie rycerza Jedi, jak wyciąga świetlisty miecz i ściera nim pełen wyższości uśmieszek z twarzy Rhody. Zamiast tego wyprostował się w krześle.

Nadszedł czas, samodzielnie wykona pchnięcie.

– Dobra. W takim razie powiem ci, że mam już dosyć twoich wiecznych pogróżek o odejściu. Jeśli nie jesteś tutaj szczęśliwa, jeśli nie odpowiada ci sposób, w jaki kieruję gazetą, odejdź.

Twarz Rhody pokryła łuna.

– Twoja matka nigdy...

– Nie jestem moją matką. Ja kieruję „Dispatchem". Robię to już od czterech lat i mam zamiar popracować tu jeszcze długo, tak że lepiej pogódź się z owym faktem.

Teraz jej oczy wypełniły się łzami. Flynn zawsze uważał walkę na łzy za nieczystą, więc postanowił je zignorować.

– Jeszcze coś? – zapytał zimno.

– Pracowałam tu, zanim jeszcze potrafiłeś przesylabizować tę pieprzoną gazetę.

– I tu może tkwić przyczyna naszego problemu. Wolałaś, kiedy redakcją kierowała moja matka. Teraz też wolisz traktować mnie jak chwilowe utrapienie i osobę niekompetentną.

Autentycznie zdumiona Rhoda szeroko otworzyła usta.

– Nigdy nie uważałam cię za osobę niekompetentną. Sądzę natomiast...

234   *Nora Roberts*

– Że nie powinienem się wtrącać do twojej pracy. – Głos Flynna ponownie nabrał łagodnego brzmienia, ale oczy nadal spoglądały chłodno. – Że powinienem robić wszystko, co mi podyktujesz, a nie odwrotnie. Ale tak nie będzie.

– Jeśli uważasz, że źle pracuję...

– Siadaj – polecił, bo już podnosiła się z miejsca. Ten scenariusz znał na pamięć. Wypadnie z jego gabinetu jak burza, zacznie ciskać wszystkim dookoła, zerkając przy tym na niego przez szklaną przegrodę, a kolejny tekst dostarczy dosłownie w ostatniej chwili przed zamknięciem numeru.

– Tak się składa, że wysoko cenię twoją pracę. Co prawda moja opinia i tak dla ciebie nie ma znaczenia, skoro nie masz szacunku i zaufania do moich umiejętności i podważasz mój autorytet. Pewnie dlatego obecna sytuacja jest dla ciebie tak trudna do zniesienia. Jesteś dziennikarką, „Dispatch" to jedyna gazeta w naszym mieście i ja nią kieruję. Nie sądzę, aby w tym względzie cokolwiek miało się zmienić. Następnym razem, gdy zażądam od ciebie dwunastu cali tekstu, daj mi dwanaście konkretnych cali i nie będzie problemu.

Postukał końcem ołówka w blat biurka, podczas gdy Rhoda wybałuszała na niego oczy.

Perry White rozegrałby to znacznie lepiej, pomyślał przelotnie, wyobrażając sobie, że znajduje się na boisku do baseballa.

– Jeszcze coś?

– Biorę wolne na resztę dnia.

– Nie, nie bierzesz. – Obrócił się ku klawiaturze. – Przed drugą chcę mieć na biurku artykuł o szkole podstawowej. A wychodząc, zamknij za sobą drzwi.

Wrócił do pisania, z zadowoleniem konstatując, że słyszy delikatne zamykanie drzwi zamiast zwykłego trzaśnięcia. Odczekał trzydzieści sekund, po czym ostrożnie uniósł się z krzesła, na tyle by móc spojrzeć przez szklaną ścianę.

Rhoda siedziała przy biurku w stanie kompletnego osłupienia. Nienawidził podobnych konfrontacji. Kiedy jako dzieciak zachodził po lekcjach do redakcji, ta kobieta podkradała mu żelki. Co za piekło, pomyślał, udając, że koncentruje się na pracy. Piekło bycia dorosłym.

Po południu wyszedł na godzinę, by spotkać się z Bradem i Jordanem w The Main Street Diner. Lokal niewiele zmienił się od czasów, kiedy we trójkę zachodzili tu regularnie po każdym meczu futbolowym albo na długą, nocną nasiadówkę, poświęconą głównie kobietom i planom na przyszłość.

Powietrze nadal przesycał ten sam intensywny zapach, w którym dominowała woń pieczonego kurczaka, na ladzie jak dawniej piętrzyła się czterokondygnacyjna plastikowa konstrukcja z deserami dnia. Flynn popatrzył na hamburgera, którego zamówił z czystego przyzwyczajenia, zastanawiając się, czy to owa knajpka tak uparcie trzymała się przeszłości, czy raczej on sam czepiał się jej kurczowo.

Zmarszczył brwi, zerkając na firmowego sandwicza Brada.

– Zamień się ze mną.

– Chcesz mojego sandwicza?

– Chcę. Zamień się ze mną. – Zakończył dyskusję, przesuwając talerze.

– Skoro nie chciałeś burgera, dlaczego go zamawiałeś?

– Bo tak. Padłem ofiarą przyzwyczajenia i tradycji.

– A zjedzenie mojego sandwicza rozwiąże problem?

– To początek. Zaczynam przełamywać stare nawyki. Dziś rano rozprawiłem się z Rhodą. Jestem cholernie pewien, że gdy tylko otrząśnie się z szoku, zacznie planować mój upadek.

– A dlaczego nie zamieniłeś się ze mną na sandwicza, tylko z nim? – chciał wiedzieć Jordan.

– Bo nie lubię ruebenów*.

Jordan zastanowił się przez chwilę, po czym przesunął talerze, swój i Brada.

– Jezu, skończmy wreszcie z tą grą w talerzyki. – Brad podejrzliwie popatrzył na ruebena, w końcu jednak doszedł do wniosku, że wygląda całkiem apetycznie.

W tym momencie Flynn najbardziej pragnął odzyskać swojego hamburgera. Podniósł jednak do ust kanapkę Brada.

– Nie sądzicie, że jak człowiek przez całe życie nie wyściubia nosa z rodzinnego miasta, zbytnio przywiązuje się do przeszłości i z niechęcią poddaje się zmianom, przez co później gorzej funkcjonuje jako dorosły, dojrzały osobnik?

– Nie wiedziałem, że szykuje nam się filozoficzna dysputa – ucieszył się Jordan, wyciskając keczup na hamburgera. – Można

---

* Rodzaj sandwicza, najczęściej na pumperniklu, z peklowaną wołowiną i kapustą kiszoną.

uznać, iż pozostawanie przez całe życie w rodzinnym mieście oznacza, że czujesz się w nim swojsko, że zapuściłeś w nim korzenie, że wiele cię z nim wiąże. Albo że jesteś zbyt leniwy i zadowolony z siebie, by ruszyć gdzieś tyłek.

– Mnie się w Valley podoba. Choć trochę trwało, zanim do tego doszedłem. Jeszcze do niedawna byłem całkiem zadowolony ze swojego życia tutaj. Ale z początkiem tego miesiąca moje dobre samopoczucie gdzieś się ulotniło.

– Z powodu kluczy – zainteresował się Brad – czy z powodu Malory?

– Jedno wiąże się z drugim. Klucze to przygoda, mam rację? Sir Galahad i Święty Graal, „Indiana Jones" i „Zaginiona Arka".

– „Elmer Fudd" i „Bugs Bunny" – wtrącił Jordan.

– No właśnie. – Na Jordana zawsze można było liczyć, że zrozumie, o co człowiekowi chodzi, pomyślał Flynn. – Nikt z nas nie ucierpi tak naprawdę, jeśli ich nie odnajdziemy.

– Jeden rok – przypomniał mu Brad. – Dla mnie to dość surowa klauzula.

– Zgoda. – Flynn porwał ziemniaczanego chipsa z niewielkiego kopczyka obok kanapki. – Ale jakoś z trudem mi przychodzi wyobrazić sobie Rowenę albo Pitte'a karzących te kobiety.

– To wcale nie oni muszą ogłosić wyrok – zwrócił mu uwagę Jordan. – Mogą stanowić jedynie narzędzie, że się tak wyrażę, do uznania nagrody lub kary. Dlaczego zakładamy, że akurat do nich należy decyzja?

– Bo staramy się myśleć pozytywnie – odparł Flynn. – Porywa nas wizja tego, co nastąpi, kiedy już odnajdziemy klucze.

– Poza tym to jest łamigłówka, a cholernie trudno jest porzucić łamigłówkę w połowie.

Flynn skinął głową w stronę Brada, poprawiając się jednocześnie na siedzeniu.

– No i wreszcie magia. Zaakceptowanie, że magia, przynajmniej pewien jej rodzaj, istnieje realnie. Nie jako iluzja, tylko jako prawdziwy kopniak w tyłek naturalnego porządku. To coś wspaniałego, prawda? Ten rodzaj rzeczy, z których rezygnujemy, kiedy stajemy się dorośli. Naturalna wiara w magię. Przygoda z kluczami nam ją przywróciła.

– A tę wiarę postrzegasz jako dar czy jako brzemię? – zastanowił się Jordan. – Bo to można potraktować i tak, i tak.

– O, dzięki raz jeszcze, panie jasnowidzący. Tak, z tego także zdaję sobie sprawę. Zbliżamy się do wyznaczonego terminu. Zostało nam niewiele ponad tydzień. Jeśli nie znajdziemy klucza, może przyjdzie nam zapłacić, może nie. Ale nigdy się tego nie dowiemy.

– Nie możesz odrzucić potencjalnych konsekwencji porażki – upierał się Brad.

– Staram się wierzyć, że nikt nie będzie igrał z życiem trzech niewinnych kobiet tylko dlatego, że próbowały i nie powiodło im się.

– Przypomnij sobie, od czego się to wszystko zaczęło. Ktoś poigrał sobie z życiem trzech niewinnych kobiet – półbogiń czy też nie – wyłącznie dlatego, że istniały. – Jordan posolił należące wcześniej do Flynna frytki. – Przykro mi, brachu.

– Do tego dodaj jeszcze, że kobiety na obrazie wyglądają dokładnie tak samo, jak kobiety, które znamy. – Brad zabębnił palcami po stole. – Nie bez powodu. Dokładnie to czyni je celem ataku.

– Nie pozwolę, aby coś stało się Malory czy którejkolwiek z nich – zapowiedział Flynn.

Jordan uniósł szklankę z mrożoną herbatą.

– Jak bardzo ci na niej zależy?

– To zupełnie inna kwestia. Sam jeszcze nie wiem.

– O, w tym punkcie ci pomożemy. – Jordan mruknął do Brada. – W końcu od czego jesteśmy twoimi przyjaciółmi? Jak tam seks z nią?

– Dlaczego zawsze zaczynasz od seksu? – obruszył się Flynn. – Odwieczny schemat.

– Bo jestem facetem. A jeśli sądzisz, że kobiety nie umieszczają seksu na wysokim miejscu swojej listy, to mogę cię nazwać głupim, godnym pożałowania smutasem.

– No więc jest wspaniale. – Flynn odpowiedział uśmiechem na uśmiech Jordana. – Też chciałbyś przeżyć taki seks z piękną kobietą. Ale nie tylko łóżko nas łączy. Rozmawiamy również, ubrani albo nie.

– Włączając w to rozmowy przez telefon trwające dłużej niż pięć minut? – upewnił się Brad.

– Tak, i co z tego?

– Po prostu przepytuję cię według listy. Czy ugotowałeś coś dla niej? Nie odgrzałeś w mikrofalówce, tylko ugotowałeś na kuchence?

– Zrobiłem jej zupę, kiedy...

– Wystarczy. Zabrałeś ją kiedyś na jakiś prawdziwy wyciskacz łez?

Flynn zmarszczył czoło, podnosząc do ust trójkąt sandwicza.
– Nie wiem, czy można to określić jako prawdziwy wyciskacz
łez. – Odłożył kanapkę. – Zgoda, zabrałem. Raz, ale to było...
– Żadnych wyjaśnień. W tej części kwizu odpowiadamy wyłącznie „tak" albo „nie". Teraz przechodzimy do części opisowej – zapowiedział Jordan. – Wyobraź sobie swoje życie, powiedzmy, przez
pięć najbliższych lat. Wystarczy? – zapytał Brada.
– Niektórzy wymagają dziesięciu, ale myślę, że możemy być
bardziej wyrozumiali. Dla mnie pięć wystarczy.
– Okay. No więc, czy potrafisz wyobrazić sobie pięć następnych
lat swojego życia bez niej, stanowiącej jego część?
– Nie wiem, jak mam sobie wyobrazić pięć kolejnych lat mojego życia, licząc od zaraz, skoro nie jestem nawet pewien, co będę
robił za pięć dni.
Ale potrafił. Widział swój dom, zmieniony nieco, tak jak to so-
bie zaplanował, widział siebie w redakcji, wyprowadzającego Mo-
ego na spacer, odwiedzającego Danę. I w każdym z tych miejsc wi-
dział też Malory. Schodzącą po schodach, przychodzącą po niego
do redakcji, wyganiającą Moego z kuchni.
Pobladł nieco.
– O, bracie.
– Jest tam, prawda? – zapytał Jordan.
– Tak, jest wszędzie.
– Gratuluję, synu. – Jordan poklepał Flynna po ramieniu. – Je-
steś zakochany.
– Hej, zaczekaj chwilę. A jeśli nie jestem jeszcze gotowy?
– No to nie miałeś szczęścia – podsumował Brad.

Na temat szczęścia Brad wiedział wszystko i kiedy wychodząc
z knajpy dostrzegł Zoe w samochodzie, który zatrzymał się na
światłach, uznał, że właśnie go spotkało.
Nosiła okulary przeciwsłoneczne i poruszała wargami, najwyraźniej śpiewając razem z samochodowym odtwarzaczem.
Nie, wcale nie chciał jej śledzić, po prostu tak się złożyło, że
wskoczył do auta, wmieszał się w ruch uliczny i ruszył za nią.
Fakt, że wymusił przy tym pierwszeństwo na ciężarówce, stanowił
absolutny przypadek.
Przecież powinni się bliżej poznać; to było logiczne, a nawet
istotne. Jeśli nie pozna dobrze kobiet, z którymi związał się
Flynn, jak będzie w stanie pomóc przyjacielowi?

Brzmiało sensownie.

I nie miało nic wspólnego z obsesją. Co prawda kupił obraz, który przedstawiał kobietę mającą rysy Zoe i nie mógł się uwolnić od widoku tej twarzy, ale to wcale nie oznaczało, że dręczyła go obsesja.

Naprawdę Zoe niewiele go interesowała.

A jeśli w myślach przepowiadał sobie rozmaite zwroty na przywitanie, to wyłącznie dlatego, że doceniał znaczenie komunikacji międzyludzkiej. No przecież nie denerwowała go perspektywa rozmowy z kobietą. Bez przerwy rozmawiał z jakimiś kobietami.

Właściwie to kobiety najczęściej rozmawiały z nim. Zaliczano go do czołówki najbardziej rozchwytywanych kawalerów – nienawidził tego określenia – w całym kraju i kobiety na jego widok zmieniały kierunek, sterując prosto w jego stronę.

Jeśli Zoe McCourt nie zechce poświęcić pięciu minut na uprzejmą rozmowę z nim, jej strata.

Zanim skręciła w podjazd, nerwy dosłownie go zżerały. Lekko gniewne spojrzenie, jakie mu rzuciła, kiedy parkował za jej samochodem, dokonało reszty.

Z uczuciem, że zrobił z siebie głupca, wysiadł z auta.

– Specjalnie jechałeś za mną? – zapytała.

– Przepraszam? – W odruchu samoobrony przybrał zimny, obojętny ton. – Wydaje mi się, że przeceniasz swoje uroki. Flynn niepokoi się o Malory. Zobaczyłem cię i pomyślałem, że dowiem się od ciebie, jak ona się czuje.

Otwierając bagażnik, Zoe nadal przyglądała mu się podejrzliwie. W mocno obcisłych dżinsach jej jędrny tyłeczek prezentował się nad wyraz intrygująco. Do tego nosiła równie obcisły, krótki, czerwony żakiet i taki sam prążkowany top, kończący się dobry cal powyżej paska spodni.

Zafascynowany zauważył, że pępek ma przekłuty i ozdobiony małym srebrnym ćwiekiem. Poczuł ciepło, rozlewające się w koniuszkach palców, ogarnięty pragnieniem dotknięcia go.

– Po drodze tutaj wpadłam ją odwiedzić.

– Tak? Co? Kogo? Ach, Malory. – Fala ciepła objęła także i kark. Zaklął w duchu. – I jak się czuje?

– Wygląda na zmęczoną, jest zamknięta w sobie.

– Przykro mi. – Zbliżył się, kiedy zaczęła wyładowywać rzeczy z samochodu. – Daj, pomogę ci.

– Potrafię sama dać sobie radę.

– Jestem pewien, że potrafisz. – Odebrał od niej dwa grube wzorniki z tapetami. – Ale nie widzę powodu, dla którego miałabyś to dźwigać sama. Remont?

Wyciągnęła jeszcze jakieś farby, niedużą skrzynkę z narzędziami, którą natychmiast wyjął jej z rąk, notes i parę próbek glazury.

– Kupujemy ten dom. Właśnie w nim zamierzamy otworzyć biznes. Ale najpierw remont.

Ruszył przodem, pozostawiając jej zamknięcie bagażnika. Tak, remont jest tu niezbędny, pomyślał. Ale sam budynek prezentował się nieźle i usytuowany był w dobrym punkcie. Odpowiednia lokalizacja, porządny parking.

– Konstrukcja sprawia wrażenie solidnej – zawyrokował. – Kazałyście sprawdzić fundamenty?

– Tak.

– Wszystkie instalacje zgodne z normą?

Wyciągnęła klucze odebrane od pośrednika nieruchomości.

– To, że jestem kobietą, nie oznacza, że nie wiem, jak należy kupować domy. Obejrzałam kilka posiadłości i ta miała najkorzystniejszą lokalizację i była w najlepszym stanie. – Z rozmachem otworzyła drzwi. – Rzuć to po prostu na podłogę. Dzięki. Powiem Malory, że pytałeś o nią.

Brad spokojnie szedł dalej, więc musiała się odsunąć. I chociaż wymagało to od niego sporej dyscypliny, nie pozwolił swojemu spojrzeniu powędrować w dół, do jej pępka.

– Zawsze tak się najeżasz, jeśli ktoś chce ci pomóc?

– Wnerwia mnie, kiedy ktoś uważa, że sama nie dam sobie rady. Słuchaj, przyszłam tu zrobić konkretne rzeczy i nie mam zbyt wiele czasu. Muszę brać się do roboty.

– Nie będę ci przeszkadzał.

Obejrzał sufit, podłogi i ściany w holu wejściowym.

– Niezłe miejsce.

Nie zauważył śladów wilgoci, chociaż chłód panował tu niewątpliwie. Nie był pewien, czy to kwestia wadliwego ogrzewania, czy może ta kobieta tak emanowała zimnem.

– Którą część bierzesz?

– Górę.

– Świetnie. – Ruszył na górę, rozbawiony jej niecierpliwym, z trudem powstrzymywanym westchnieniem. – Schody porządne. Biała sosna; nic nie ma prawa im się stać.

Niektóre stopnie wymagały wymiany, zauważył, a dwuskrzydłowe okno u szczytu schodów trzeba było poprawić. Będzie musiała się tym zająć, dać podwójną szybę dla lepszej izolacji. Na ścianach farba spełzła, w kilku miejscach widać było spękany gips. Ale temu łatwo będzie zaradzić. Podobał mu się rozkład pomieszczeń, jakby przenikających się wzajemnie. Zastanawiał się, czy usunie przynajmniej niektóre z ażurowych drzwi i zastąpi je czymś solidniejszym, a jednocześnie współgrającym z charakterem całości.

A co z oświetleniem? Nie znał się na urządzaniu salonów kosmetycznych, ale to przecież oczywiste, że wymagają dobrego światła.

– Przepraszam, ale potrzebne mi są narzędzia.

– Co? Ach, naturalnie. – Wręczył jej skrzynkę, po czym przebiegł palcami po łuszczącej się ramie okiennej. – Wiesz co, mogłabyś dać tu wiśnię dla odmiany. Połączyć różne gatunki drewna, zachowując naturalny rysunek słojów, to podkreślałoby ciepłe tony. Nie będziesz przykrywała niczym podłóg, prawda?

Wyjęła miarkę ze skrzynki.

– Nie.

Dlaczego on się wreszcie nie wyniesie? Miała tu tyle do zrobienia, nad mnóstwem spraw musiała się jeszcze zastanowić. Ale najbardziej chciała pobyć trochę sama w tym wspaniałym domu, rozmyślając o możliwościach, jakie się przed nią otwierały, coś zaplanować, coś postanowić, wyobrazić sobie, jak tu będzie po skończonym remoncie.

Kolory. Odcienie. Faktury. Zapachy. Wszystko.

Tymczasem on się kręcił, stawał jej na drodze, włazł w każdy kąt. Męski, przystojny, w nieskazitelnym garniturze i drogich butach, co ją tylko rozpraszało. A jak subtelnie pachniał – jakimś wyszukanym mydłem i wodą po goleniu. Za jeden kawałek mydła zapłacił pewnie więcej niż ona za dżinsy i koszulkę, które miała na sobie. Pewnie wyobraził sobie, że ma prawo spacerować tutaj i rozsiewać swoje zapachy w jej, tylko jej powietrzu, przez co czuła się gorsza i niezgrabna.

– A co chcesz urządzić w tym pomieszczeniu?

Zanotowała wymiary, ciągle obrócona do niego plecami.

– Tu będzie główny salon. Włosy i makijaż. – Kiedy nie odpowiadał, poczuła się zmuszona zerknąć przez ramię. Zamyślony wpatrywał się w sufit. – A bo co?

- Sprzedajemy takie minilampki-reflektorki. Bardzo praktyczne, choć wyglądają trochę zabawnie. Mają tę zaletę, że możesz je obracać na wszystkie strony. Jak tu ma być, elegancko czy swobodnie?
- Nie widzę powodu, dla którego nie miałabym połączyć jednego z drugim.
- Słusznie. Kolory łagodne czy zdecydowane?
- Zdecydowane tutaj, łagodne w pomieszczeniach do zabiegów. Słuchaj, Bradley...
- Zupełnie, jakbym słyszał swoją matkę. - Pochylając się nad wzornikiem, przesłał jej szybki uśmiech. - Czy wy, dziewczyny, macie jakieś specjalne centrum treningowe, gdzie uczą was, jak się przybiera taki miażdżący ton?
- Tego nigdy nie zdradzamy mężczyznom. Gdybym ci powiedziała, musiałabym cię potem zabić. A na to brak mi czasu. W ciągu miesiąca chcemy zakończyć formalności związane z kupnem, więc muszę się spieszyć, żeby wszystko dokładnie rozplanować, tak byśmy od razu mogły brać się do roboty.
- Mogę ci pomóc.
Jej oczy zmieniły się w dwa wulkany.
- Wiem, co robię, i w jaki sposób chcę mieć urządzony salon. Nie rozumiem, dlaczego przypuszczasz...
- Czekaj. Boże, ale ty jesteś drażliwa. - Po kobiecie, która nosi obcisłe dżinsy i dekoruje sobie pępek, człowiek miał prawo się spodziewać, że będzie choć odrobinę bardziej przystępna. - Nie zapominaj, że jestem z branży - postukał palcem w logo na wzorniku z próbkami. - Nie tylko to; lubię, by budynki prezentowały się z najlepszej strony. Mogę ci pomóc przy niektórych pracach i z niektórymi materiałami.
- Nie czekam na darowizny.
Odłożył próbki i podniósł się z wolna.
- Powiedziałem pomóc, nie podarować. Co jest we mnie takiego, że od razu się najeżasz?
- Wszystko. To niesprawiedliwe. - Wzruszyła ramionami. - Ale taka jest prawda. Nie rozumiem ludzi takich jak ty, więc im nie dowierzam.
- Ludzi takich jak ja?
- Bogatych, uprzywilejowanych, zarządzających amerykańskimi imperiami. Przykro mi, na pewno masz jakieś zalety, bo inaczej nie byłbyś przyjacielem Flynna. Ale ciebie i mnie nic tak napraw-

dę nie łączy. Poza tym naprawdę mam teraz tyle na głowie, że szkoda mi czasu na zabawy. Tak więc zanim przejdziemy dalej, postawmy sprawę jasno. Nie mam zamiaru kochać się z tobą.
– W takim razie nie mam już po co żyć.
Niewiele brakowało, a zaczęłaby się śmiać. Ale doświadczenie podpowiadało jej, że mężczyźni tacy jak Brad bywają bardzo przewrotni.
– Chcesz powiedzieć, że nie liczyłeś na seks ze mną?
Zanim odpowiedział, odetchnął głęboko, ostrożnie. Zoe zatknęła oprawkę okularów za wycięcie koszulki i teraz jej podłużne bursztynowe oczy spoglądały wprost na niego.
– I ty, i ja wiemy, że nie sposób, abym mógł odpowiedzieć poprawnie na to pytanie. To matka wszystkich podchwytliwych pytań. Inne z tej kategorii brzmią: czy wyglądam w tym grubo, czy sądzisz, że ona jest ładna, i jeszcze, jeśli tego nie wiesz, ja z pewnością ci tego nie powiem.
Musiała przygryźć wargę, żeby się nie roześmiać.
– To ostatnie nie jest pytaniem.
– Ale ciągle jest tajemnicą i zagadką. Więc może powiem po prostu, że uważam cię za szalenie atrakcyjną kobietę. I mamy więcej wspólnego, niż ci się wydaje, poczynając od wspólnych znajomych. Chętnie pomogę tobie, Malory i Danie urządzić dom i żadna z was w zamian za to nie musi się ze mną przespać. Ale gdybyście tak postanowiły urządzić jakąś miłą orgietkę, nie odmówiłbym. A teraz zostawiam cię z twoją pracą.
Skierował się ku wyjściu, na schodach rzucając jeszcze w przelocie.
– A właśnie. W przyszłym miesiącu HomeMakers urządza wyprzedaż materiałów do dekoracji ścian. Farby, tapety, piętnaście do trzydziestu procent obniżki.
Zoe podbiegła do szczytu schodów.
– Kiedy w przyszłym miesiącu?
– Dam ci znać.
A więc nie miała zamiaru się z nim przespać. Idąc do samochodu, Brad potrząsał głową. Nie powinna była się z tym zdradzać. Najwyraźniej nie miała pojęcia, że żaden z Vane'ów nie potrafił się oprzeć bezpośredniemu wyzwaniu. Do tej pory planował tylko zaprosić ją na obiad. Teraz, spoglądając w stronę okna na piętrze, zdecydował, że poświęci trochę więcej czasu i opracuje całą strategię.
Zoe McCourt musi mu ulec.

Tymczasem głowę Zoe zaprzątało zupełnie coś innego. Oczywiście była spóźniona – jak zwykle. Ilekroć zamierzała wyjść z domu, natychmiast pojawiało się mnóstwo spraw do natychmiastowego załatwienia.

– Dasz te ciastka matce Chucka. Ona je podzieli. – Skręciła na podjazd dwie przecznice od domu i rzuciła synowi łobuzerskie spojrzenie. – Mówię serio, Simon. Nie mam czasu zanosić ich sama. Jak wejdę do mieszkania, zatrzyma mnie na dwadzieścia minut, a ja już jestem spóźniona.

– Dobra, dobra, przecież mogłem iść pieszo.

– A wtedy ja nie mogłabym zrobić tego. – Przytrzymała Simona i wbiła mu palce pod żebra, aż wrzasnął wniebogłosy.

– Mamuś!

– Simon! – odpowiedziała równie egzaltowanym tonem.

Wysiadł i ze śmiechem porwał kurtkę z tylnego siedzenia.

– Słuchaj matki Chucka i nie trzymaj wszystkich na nogach do późnej nocy. Masz numer Malory?

– Tak, mam numer Malory, wiem też, jak wykręcić 911 i uciec z domu, który podpaliłem podczas nieostrożnej zabawy zapałkami.

– Mój ty mądraliński, chodź tutaj i daj matce buzi.

Podchodząc do samochodu od strony kierowcy odstawił całe przedstawienie z powłóczeniem nogami i opuszczaniem głowy, żeby ukryć uśmiech.

– Tylko szybko, bo jeszcze nas ktoś zobaczy.

– Wtedy powiesz, że wcale cię nie całowałam, tylko wrzeszczałam na ciebie. – Ucałowała go, z trudem powstrzymując się, żeby go nie uściskać. – Do zobaczenia jutro, baw się dobrze, dzieciaku.

– Ty też, dzieciaku. – Z chichotem pognał w kierunku domu kolegi.

Zoe z prawdziwie matczyną wprawą zawróciła na podjeździe, jednocześnie nie spuszczając oka z syna, dopóki nie zniknął bezpiecznie za drzwiami.

A potem ruszyła do Malory, na swoje pierwsze w dorosłym życiu piżamkowe party.

Rozdział siedemnasty

Malory doskonale wiedziała, co się dzieje. Jej nowi przyjaciele nie chcieli, żeby zostawała sama, martwili się o nią. Zoe z takim entuzjazmem roztaczała wizję burzy mózgów i całonocnego party dziewcząt, że Malory nie miała serca odmówić. Już samo to, że chciała się wykręcić i samotnie zagrzebać w norze, zmusiło ją do przyznania, że potrzebna jej jakaś odmiana.

W przeszłości nigdy nie była samotnicą ani melancholiczką. Kiedy miała zmartwienie, wychodziła, spotykała się z ludźmi, kupowała sobie coś nowego, urządzała przyjęcie.

Propozycja Zoe, aby cała ich trójka zorganizowała piżamkowe party, zmobilizowała Malory do działania. Kupiła jedzenie, piękne świece o cytrusowym aromacie, pachnące mydła, nowe, eleganckie ręczniki dla gości i wreszcie dobre wino. Wysprzątała zaniedbywane ostatnimi czasy mieszkanie i nasypała egzotycznego potpourri do czarek. Wreszcie ubrała się starannie, tak jak kobieta stroi się dla innych kobiet.

Kiedy pojawiła się Dana, miała już przyszykowany ser, owoce i misterne krakersy, pozapalane świece i włączoną nastrojową muzykę.

– Ależ tu elegancko. Powinnam była bardziej się odstawić.

– Wyglądasz świetnie. – Postanowiwszy za wszelką cenę okazywać dobry humor, Malory pochyliła się i pocałowała Danę w policzek. – Doceniam to, co dla mnie robicie.

– Co niby robimy?

– No, zajmujecie się mną, staracie się rozweselić na rozmaite sposoby. Faktycznie przez ostatnie dwa dni dopadła mnie chandra.

– Nikt z nas nie wyobrażał sobie, że poszukiwania kluczy okażą się tak wyczerpujące. – Dana wręczyła Malory torbę z zakupami i odstawiła na bok walizeczkę z rzeczami do spania. – Kupiłam trochę żarcia ekstra. Wino, ser, trufle czekoladowe i popcorn. Wiesz, cztery zasadnicze grupy żywnościowe. – Zaczęła grzebać w kasetach z filmami. – Wypożyczyłaś wszystkie wyciskacze łez, jakie kiedykolwiek nakręcono?

– Wszystkie aktualnie dostępne na DVD. Wina?

– Do tego nie musisz mnie nakłaniać. Nowe perfumy?

– Nie, to pewnie świece tak pachną.

– Przyjemnie. Oho, nadciąga Zoe. Nalej od razu dwa kieliszki.

W drzwiach na patio stanęła Zoe, obładowana paczkami.

– Krakersy – obwieściła lekko zdyszana – wideo, aromaterapia i kawowe ciasto na rano.

– Dobrze się sprawiłaś. – Dana odebrała od przyjaciółki jedną z toreb i wręczyła kieliszek z winem. Potem pochyliła się, mrużąc oczy. – Co ty robisz z rzęsami, że masz takie gęste i wywinięte?

– Pokażę ci potem. To świetna zabawa. Wiesz, wpadłam dzisiaj do naszego nowego domu wymierzyć parę rzeczy i na miejscu obejrzeć próbki. W tamtej przestrzeni i oświetleniu. Wzorniki z tapetami i farbami mam w samochodzie, jakbyście chciały później obejrzeć. Akurat napatoczył się Bradley Vane. Jaki on jest?

– Złoty młodzieniec, wrażliwy społecznie. – Dana zaatakowała kawałek brie. – W szkole średniej i college'u gwiazda lekkiej atletyki. Specjalność – biegi. Na studiach prymus. Parę razy omal nie został zaobrączkowany, ale zawsze udawało mu się wywinąć, zanim klamka zapadła. Z Flynnem zaprzyjaźniony od chwili narodzin. Ciało świetne; miałam szczęście oglądać je na różnych etapach rozwoju. Zainteresowana osobistym obejrzeniem?

– Niespecjalnie. Nie miałam zbytniego szczęścia do facetów i obecnie jedynym liczącym się w moim życiu gościem jest Simon. Uwielbiam tę piosenkę. – Poderwała się do tańca, zrzucając z nóg pantofle. – A jak ci idzie z Flynnem, Malory?

– Kocham go i to jest szalenie irytujące. Chciałabym tak tańczyć.

– Jak?

– No, tak poruszać nogami, wyluzować biodra.

– Chodź. – Zoe odstawiła wino i wyciągnęła ręce. – Popracujemy nad tym. Masz do wyboru jedno z dwóch. Albo wyobrażasz sobie, że nikt cię nie widzi, albo że przygląda ci się niewiarygodnie seksowny facet. W tę albo w tę, w zależności od nastroju, i do dzieła.

– Jak to się dzieje, że zawsze kończy się w ten sam sposób? Dziewczyny tańczą z dziewczynami – zastanawiała się Malory, usiłując jednocześnie sprawić, by jej biodra poruszały się niezależnie od reszty ciała, tak jak zdawały się to robić biodra Zoe.

– Bo jesteśmy w tym lepsze.

– Tak naprawdę – Dana uniosła do ust gałązkę winogron – taniec to pewnego rodzaju rytuał. Społeczny, seksualny. Samica prezentuje się, wabi, uwodzi, a samiec obserwuje, fantazjuje, wybiera. Albo zostaje wybrany. Bębny w samym sercu dżungli czy Dave Matthews Band, wszystko sprowadza się do tego samego.

– A ty zatańczysz? – zapytała Malory.

– Jasne. – Wrzucając do ust jeszcze jedno winne grono, Dana wstała. Biodra i ramiona poruszały się płynnie, kiedy zbliżała się do Zoe. Poddały się rytmowi, który Malory wydał się pełen swobody i namiętności.

– No, przy was ja zupełnie się nie liczę.

– Ależ skąd. Rozluźnij kolana. A skoro już mowa o rytuałach, mam pewien pomysł, ale... – Zoe chwyciła kieliszek z winem – zanim wam o nim opowiem, myślę, że powinnyśmy się jeszcze napić.

– Tak nie wolno – poskarżyła się Dana. – Jak ja tego nienawidzę. – Odebrała kieliszek z rąk Zoe i wychyliła pośpieszny łyk. – Widzisz, wypiłam więcej. Mów natychmiast.

– Zgoda, ale usiądźmy.

Pamiętając o swojej roli gospodyni, Malory przyniosła wino, tacę z jedzeniem i ustawiła wszystko na stoliku do kawy.

– Jeśli ten rytuał ma coś wspólnego z woskowaniem nóg, ja faktycznie potrzebuję więcej wina.

– Nie – roześmiała się Zoe. – Ale opanowałam bezbolesną technikę z gorącym woskiem. Nie uronisz łzy nawet przy brazylijce.

– Brazylijce?

– No wiesz, depilacja bikini. Zostaje elegancki, wąski paseczek, tak że możesz nosić najbardziej skąpe stringi, nie wyglądając jak... hm, nieuczesana.

– Och, nigdy – Malory odruchowo przycisnęła dłonie do krocza – nawet jeśli użyjesz morfiny i przykujesz mnie kajdankami.

– Serio, to tylko kwestia odpowiedniego ruchu przegubem. Ale wracając do tego, o czym mówiłam. Wszystkie szperałyśmy po książkach, prowadziłyśmy badania, próbowałyśmy rozmaitych teorii i pomysłów, żeby pomóc Malory odnaleźć pierwszy klucz.

- Byłyście w tym wspaniałe. Naprawdę. Wydaje mi się, że nadal coś mi umyka, jakiś drobiazg, zamykający całość.
- A może wszystkim nam coś umyka – ciągnęła Zoe. – Sama legenda. Kobieta śmiertelna poślubia celtyckiego boga i zostaje królową. Potęga kobiecości. Rodzi trzy córki. Znowu kobiety. Wśród
ich opiekunów jest kobieta.
- No, tu już tylko pół na pół – zaoponowała Dana.
- Poczekaj. A kiedy dusze owych córek zostają skradzione
i uwięzione przez mężczyznę, nawiasem mówiąc, legenda powiada, że klucze mogą odnaleźć trzy kobiety.
- Przepraszam, Zoe, ale nie nadążam za tobą. Przecież to już
przerabiałyśmy. – Malory machinalnie sięgnęła po winogrona.
- Popatrzmy na sprawy szerzej. Bogowie w celtyckiej mitologii
są... no, bardziej ziemscy niż bogowie greccy i rzymscy, przypomi-
nają raczej magów i czarodziejów niż... nie wiem jak to wyrazić...
wszechpotężne istoty. Przyznajesz mi rację? – zwróciła się do Dany.
- Niewątpliwie.
- Mają związek z ziemią, z naturą. Podobnie jak czarownice.
Istnieje czarna magia i biała magia, ale obie posługują się siłami
naturalnymi. No i może właśnie w tym miejscu my wyskakujemy
z pudełka.
- Nie byłyśmy w pudełku od czwartego września – przypo-
mniała jej Dana.
- A co, jeśli ... zostałyśmy wybrane... bo... bo jesteśmy czarow-
nicami.
Malory ze zgrozą popatrzyła na poziom wina w kieliszku Zoe.
- Ile wypiłaś przed przyjazdem tutaj?
- Ani kropli. Pomyśl tylko, wyglądamy tak samo jak one. Może... może w jakiś sposób jesteśmy z nimi spokrewnione... dziedzictwo krwi czy coś podobnego. Może dysponujemy mocą, tylko
nie zdajemy sobie z tego sprawy.
- Legenda mówi o kobietach śmiertelnych – przypomniała jej
Malory.
- Ale czarownice nie są nieśmiertelne, przynajmniej nie
wszystkie. To kobiety obdarzone większą mocą. Czytałam na ten
temat. W wikkanizmie wiedźma ma trzy wcielenia. Dziewica,
matka, starucha. Wszystkie oddają cześć bogini. Ona...
- Wikkanizm jest młodą religią, Zoe – sprzeciwiła się Dana.
- Ale korzenie ma stare. W dodatku trzy to liczba magiczna.
A nas jest trójka.

– Myślę, że gdybym była czarownicą, wiedziałabym o tym. – Malory w zamyśleniu sączyła wino. – A jeśli coś takiego umykało mojej uwagi przez niemal trzydzieści lat, jak mam się teraz przekonać. Zaczarować coś, rzucić zaklęcie?

– Zamień Jordana w koński zadek. Przepraszam. – Dana wzruszyła ramionami, kiedy przyjaciółka obrzuciła ją zdumionym spojrzeniem. – Śniłam na jawie.

– Możemy popróbować. We trójkę. Przyniosłam ze sobą parę rzeczy. – Zoe wstała i otworzyła torbę. – Rytualne świece – oznajmiła, grzebiąc w jej wnętrzu. – Sól stołowa.

– Sól? – Zdumiona Malory ujęła ciemnoniebieskie pudełeczko od Mortona i popatrzyła na roześmianą dziewczynę z parasolką na wieczku.

– Solą zakreśla się ochronny krąg, broniący wstępu złym duchom. Jesionowe różdżki. W każdym razie coś w rodzaju różdżek. Kupiłam kij baseballowy i pocięłam go.

– Martha Stewart spotyka Glendę, Dobrą Wróżkę. – Dana złapała cienką różdżkę i zaczęła nią wymachiwać. – Czy przypadkiem nie powinna rozsiewać czarodziejskiego pyłu?

– Napij się jeszcze – poradziła jej Zoe. – Kryształy. Ametyst i różowy kwarc. No i oczywiście wielka kula. – Podniosła globus.

– Gdzieś ty to wszystko dostała? – dopytywała się Malory.

– W tym sklepie z artykułami New Age w pasażu handlowym. Karty do tarota. Celtyckie, bo te wydawały mi się najodpowiedniejsze. I...

– Plansza do ouija. – Dana aż podskoczyła. – O ludzie, nie widziałam takiej od dzieciństwa.

– Znalazłam ją w sklepie w zabawkami, bo w New Age nie mieli.

– Kiedy byłam mała, często urządzałyśmy piżamkowe party. Pepsi, M&M popalane po kryjomu, płonące świece. Wszystkie dziewczyny oczywiście pytały o imię swojego przyszłego. Mnie wyszedł PTZBAH. – Dana westchnęła z rozrzewnieniem. – To były czasy. Zróbmy najpierw ouija – poprosiła. – Przez pamięć o przeszłości.

– Zgoda, ale wszystko musi się odbyć jak należy. Serio. – Zoe podniosła się, żeby zgasić światło i wyłączyć muzykę.

– Ciekawa jestem, czy PTZBAH ciągle tam siedzi. – Dana zsunęła się na podłogę i otworzyła pudełko.

– Poczekaj. Musimy odprawić rytuał. Mam tu książkę.

Usiadły w kręgu na podłodze.

– Musimy oczyścić umysły – instruowała Zoe – otworzyć nasze czakry.

– Nigdy nie otwieram czakr przy świadkach – roześmiała się Dana, wcale nieskruszona, kiedy Malory trzepnęła ją w kolano.

– Najpierw zapalimy rytualne świece. Białą symbolizującą czystość, żółtą pamięć i czerwoną moc. – Przygryzając wargi Zoe ostrożnie rozniecała płomień. – Potem rozłożymy kryształy. Ametyst, aby... zaraz – sięgnęła po książkę i przekartkowała kilka stron – o, tutaj, ametyst, aby wspomóc intuicję, różowy kwarc dla wzmożenia psychicznej siły i wieszczenia. I jeszcze kadzidło.

– Wygląda ładnie – uznała Malory. – Wycisza.

– Myślę, że wszystkie powinnyśmy odwrócić karty tarota i może spróbować jakichś zaklęć, ale na początek zajmijmy się ouija. Niech się Dana cieszy. – Zoe rozłożyła planszę między nimi, ustawiając wskaźnik na jej środku.

– Najpierw musimy się skoncentrować – zapowiedziała. – Skupić umysły i siły na jednym pytaniu.

– Czy może ono dotyczyć miłości mojego życia? Stawiam na Ptzbaha.

– Nie. – Zoe zdusiła uśmiech, starając się przybrać poważny wyraz twarzy. – To sprawa serio. Chcemy zlokalizować pierwszy klucz. Pytać będzie Malory, ale ty i ja musimy ją wspierać myślami.

– Powinnyśmy zamknąć oczy. – Malory wytarła palce o spodnie i głęboko zaczerpnęła powietrza. – Gotowe?

Siedziały w milczeniu, dotykając strzałki.

– Czy nie powinnyśmy zacząć od przyzywania innego świata albo czegoś w tym rodzaju? – wyszeptała Malory. – Okazać nasz szacunek jego mieszkańcom, zapytać o wskazówki? Jak myślicie?

Zoe otworzyła jedno oko.

– Może powinnaś wezwać tych spoza Zasłony Snów?

– Zamieszkujących – podsunęła Dana. – To dobre słowo. Poproś zamieszkujących za Zasłoną Snów o przewodnictwo i wskazówki.

– Dobra, zaczynamy. Cisza, spokój i pełna koncentracja. – Malory odczekała w milczeniu dziesięć sekund. – Wzywam zamieszkujących za Zasłoną Snów, aby nas wspomagali i prowadzili w naszych... hm... poszukiwaniach.

– Powiedz im, że jesteś jedną z wybranych – szepnęła Zoe i natychmiast została uciszona przez Danę.

– Jestem jedną z wybranych, jedną z poszukujących kluczy. Czasu pozostało niewiele. Wzywam was, abyście wskazali mi drogę do klucza, tak aby dusze zostały uwolnione i... Dana, nie popychaj strzałki.

– Nie popycham.

Malory otworzyła oczy, czując w ustach nagłą suchość. Wskaźnik przesuwał się pod ich palcami.

– Świece – szepnęła Zoe. – Jezu, popatrzcie na świece.

Trzy złociste płomienie z czerwonym obrębkiem wystrzeliły w górę, przygasły, znowu pojaśniały, z zadziwiającą regularnością. Przez pokój wionęło zimno.

– To szaleństwo! – krzyknęła Dana. – Prawdziwe, niekontrolowane szaleństwo.

– Rusza się. – Wskaźnik drgnął gwałtownie, a wraz z nim palce Malory. Patrzyła, jak przesuwa się od jednej litery do drugiej. Nie słyszała nic poza pulsowaniem krwi w głowie.

UMRZESZ

Jęk uwiązł jej w gardle, gdy pokój eksplodował światłem i nagłym podmuchem. Usłyszała czyjś krzyk i wyrzuciła w górę ramię, by osłonić oczy, kiedy z powietrznego wiru zaczął się wyłaniać jakiś kształt.

Plansza do ouija rozprysła się niczym szklana tafla.

– W co wy się zabawiacie? – Między nimi stała Rowena, cienkim obcasem pantofelka rozgniatając odłamki planszy. – Naprawdę nie starczyło wam rozsądku, by pojąć, że nie możecie otwierać drzwi siłom, których nie rozumiecie i przed którymi nie potraficie się bronić?

Z gniewnym westchnieniem wystąpiła z kręgu i podniosła butelkę z winem.

– Chętnie bym się napiła.

– Jak się tutaj dostałaś? Skąd wiedziałaś? – Malory wstała, choć nogi miała jak z waty.

– Miałyście szczęście w jednym i w drugim wypadku. – Rowena ujęła pudełeczko z solą i odwróciła do góry dnem nad resztkami planszy.

– Och nie, jeszcze jedna cholerna minuta.

– Zamieć to wszystko – zwróciła się do Zoe – a potem spal. Naprawdę byłabym wdzięczna za kieliszek wina. – Usiadła na sofie, wręczając Malory butelkę.

Dygocząc z oburzenia, Malory ruszyła do kuchni. Wyjęła z szafki kieliszek, wróciła do salonu i wcisnęła go Rowenie do ręki.

– Nie zapraszałam cię tutaj.

– Wręcz przeciwnie. Zaprosiłaś mnie i każdego, kto zapragnąłby przekroczyć próg.

– A więc jesteśmy czarownicami.

Rowena popatrzyła na przerażoną Zoe i złagodniała nieco.

– Nie w tym sensie, w jakim ci się wydaje. – Mówiła teraz tonem wyrozumiałego nauczyciela, napominającego ucznia. – Każda kobieta nosi w sobie magię. W połączeniu, wasze siły zostały potrojone. Waszych umiejętności i pragnień wystarczyło, by wystąpić z zaproszeniem. I nie ja jedna na nie odpowiedziałam. Czułaś go – zwróciła się bezpośrednio do Malory. – Przedtem też go czułaś.

– Kane. – Malory ściągnęła ramiona na wspomnienie ogarniającego ją zimna. – To on poruszał wskaźnikiem, nie my. Bawił się z nami.

– On groził Malory. – Zapominając o strachu, Zoe zerwała się na równe nogi. – Co masz zamiar z tym zrobić?

– Wszystko, co w mojej mocy.

– To może nie wystarczyć. – Dana wyciągnęła rękę i połączyła ją z ręką Malory. – Słyszałam, jak krzyczałaś. Widziałam twoją twarz. Czułaś coś, czego nie odbierałyśmy ani ja, ani Zoe. Prawdziwy strach i prawdziwy ból.

– To... to zimno. Nie potrafię tego opisać.

– Nieobecność wszelkiego ciepła – mruknęła Rowena – wszelkiej nadziei, wszelkiego życia. Ale on nie może cię dotknąć, dopóki mu nie pozwolisz.

– Pozwolić? Jak, u diabła, mogłaby...? – Zoe urwała, spoglądając na potrzaskaną planszę u swoich stóp. – O Boże, Malory, tak mi przykro.

– To nie twoja wina, naprawdę nie. – Malory ujęła ją za rękę i przez chwilę wszystkie trzy stały ze splecionymi dłońmi. Na ten widok Rowena uśmiechnęła się leciutko, kryjąc usta w kieliszku.

– Szukamy odpowiedzi, a ty miałaś pomysł. Ja przez ostatnie dwa dni nie zdobyłam się na nic. Próbowałyśmy czegoś. Może było to niewłaściwe – dodała, zwracając się do Roweny – ale to jeszcze nie daje ci prawa, żebyś pouczała nas w ten sposób.

– Masz absolutną rację. Przepraszam. – Rowena pochyliła się do przodu, ozdabiając krakers kawałkiem sera. Postukała palcami w talię kart tarota. Światło zabłysło nad nimi i zaraz przygasło. – To wam nie wyrządzi szkody. Może rozwiniecie w sobie umiejętność odczytywania znaczeń, a może nawet okaże się, że macie do tego prawdziwy talent.

– Ty... – Zoe zacisnęła usta. – Gdybyś się nie pojawiła w tym momencie...

– Jest moim obowiązkiem, a jednocześnie życzeniem ochraniać was przed wszelkim niebezpieczeństwem. Tam gdzie potrafię i jak potrafię. No, pójdę już, miejcie ten wieczór dla siebie. – Rozejrzała się dookoła. – Ładnie mieszkasz, Malory. To wnętrze pasuje do ciebie.

Czując, że zachowała się jak niegrzeczny dzieciak, Malory odetchnęła głęboko.

– Zostań jeszcze i napij się wina.

Na twarzy Roweny pojawił się wyraz zaskoczenia.

– To bardzo uprzejme z twojej strony. Chętnie zostanę. Dawno już nie przebywałam w towarzystwie kobiet i bardzo mi tego brakuje.

Po chwili początkowej niezręczności okazało się, że gościć u siebie kobietę, która żyła od tysięcy lat, i popijać z nią wino, wcale nie jest czymś nadzwyczajnym.

A kiedy razem dobrały się do czekoladowych trufli, stało się jasne, że kobiety – obojętnie, boginie czy śmiertelne – naprawdę wszystkie są takie same.

– Rzadko zaprzątam sobie tym głowę – mówiła Rowena, podczas gdy Zoe upinała jej bujne loki w elegancki kok. – Nie mam tak zręcznych rąk jak ty, więc najczęściej noszę rozpuszczone włosy. Od czasu do czasu przycinam, ale zawsze potem tego żałuję.

– Nie każdy z rozpuszczonymi włosami będzie wyglądał po królewsku, jak ty.

Przez chwilę Rowena studiowała swoje odbicie w ręcznym lusterku, podczas gdy Zoe układała jej fryzurę, potem przechyliła lusterko, żeby przypatrzyć się stylistce.

– Chciałabym mieć twoje włosy. Są takie olśniewające.

– A nie możesz? Mam na myśli... skoro chcesz wyglądać w jakiś określony sposób, możesz po prostu... – Zoe strzeliła palcami, na co Rowena roześmiała się perliście.

– To nie należy do moich talentów.

– A co z Pitte'em? – Dana poprawiła się na tapczanie. – Jakie są jego talenty?

– Jest wojownikiem, pełnym dumy, arogancji i woli. – Rowena opuściła lusterko. – Zoe, jesteś artystką.

– Och, lubię zajmować się włosami. – Zoe obeszła Rowenę dookoła i wysunęła kilka loków wokół jej twarzy. – Wspaniale się prezentujesz, zupełnie jakbyś wybierała się na jakieś ważne posiedzenie rady nadzorczej albo galę wręczania Oskarów. Seksowna, kobieca, a jednocześnie władcza. Chociaż ty zawsze tak wyglądasz, bez względu na uczesanie.

– Przepraszam, ale muszę zadać pytanie, które mnie szczególnie nurtuje – odezwała się Dana. – Jak to jest być z tym samym facetem, cóż, praktycznie na wieki?

– Jest jedynym mężczyzną, którego pragnę.

– Dobra, dobra, nie ściemniaj. Przez ostatnie dwa tysiące lat na pewno kilkaset razy fantazjowałaś na temat innych mężczyzn.

– Oczywiście. – Rowena odłożyła lusterko, a jej wargi ułożyły się w pełen zadumy uśmiech. – Był kiedyś taki młody kelner w Rzymie. Jaką on miał twarz, jakie ciało. Czarne oczy, w których cały świat zdawał się tonąć. Podawał mi kawę i bułeczki. Nazywał mnie *bella donna*, i uśmiechał się przy tym znacząco. Jedząc bułkę, wyobrażałam sobie, że wgryzam się w jego apetyczną dolną wargę.

Zacisnęła usta, a potem wybuchnęła śmiechem.

– Poprosiłam go, żeby mi pozował, i pozwoliłam się uwodzić bez opamiętania. A kiedy skończyłam portret, wyprosiłam młodzieńca z pracowni, oderwałam Pitte'a od tego, czym się akurat zajmował, i posiadłam go.

– Nigdy nie oszukiwałaś.

– Kocham mojego mężczyznę. Jesteśmy połączeni, ciałem, duszą, sercem. To magia, potężniejsza niż jakiekolwiek zaklęcie, silniejsza nad wszelkie klątwy. – Przykryła dłonią dłoń Zoe. – Kochałaś chłopca, a on obdarzył cię synem, więc nigdy nie przestaniesz go kochać, choć okazał się słaby i zawiódł cię.

– Simon jest całym moim światem.

– A ty uczyniłaś ten świat promiennym i pełnym miłości. Zazdroszczę ci twojego dziecka. Ty – Rowena podniosła się i przesunęła palcami po włosach Dany – ty kochałaś kogoś, kto przestał być chłopcem, a jeszcze nie całkiem stał się mężczyzną. Dlatego nigdy mu nie wybaczyłaś.

– Dlaczego miałabym wybaczyć?

– To właśnie jest pytanie – mruknęła Rowena.

– A co ze mną? – zapytała Malory. Rowena przysiadła na oparciu kanapy i dotknęła jej ramienia.

– Ty kochasz mężczyznę. Tak głęboko i z taką siłą, że to każe ci powątpiewać o swoim sercu. Dlatego mu nie ufasz.

– Jak mam mu ufać, skoro to nie ma sensu?

– Jak długo musisz pytać, tak długo nie uzyskasz odpowiedzi. – Pochyliła się, dotykając wargami czoła Malory. – Dziękuję za ugoszczenie mnie w swoim domu, za czarujące towarzystwo. Weź to. Wyciągnęła rękę i podała Malory bladoniebieski kamyk, spoczywający w zagłębieniu dłoni.

– Co to jest?

– Talizman. Połóż go pod poduszkę dzisiejszej nocy, a będziesz znakomicie spała. Muszę już iść. – Uśmiechnęła się lekko, poprawiając dłonią włosy i skierowała w stronę oszklonych drzwi. – Ciekawa jestem, co Pitte powie na nowe uczesanie. Dobranoc. – Otworzyła drzwi i wyśliznęła się w noc.

Zoe odczekała trzy sekundy, po czym podbiegła do wejścia. Osłaniając twarz rękami, przycisnęła ją do szyby.

– Pudło. Myślałam, że się rozwieje albo coś w tym rodzaju, tymczasem ona zwyczajnie idzie. Jak całkiem normalna osoba.

– Wygląda też całkiem normalnie. – Dana sięgnęła po popcorn.

– Wcale nie jak bogini, która dźwiga na karku kilka tysięcy lat.

– Ale jest smutna. – Malory obracała w ręku niebieski kamyk.

– Na zewnątrz wyrafinowana, pełna ironicznego rozbawienia, ale pod tą powłoką kryje się straszliwy smutek. Kiedy mówiła, że zazdrości Zoe Simona, naprawdę tak myślała.

– To zabawne. – Zoe odeszła od drzwi, wybrała szczotkę, grzebień, spinki i stanęła za oparciem sofy. – Mieszka w ogromnym domu, pałacu prawie, otoczona samymi wspaniałościami. – Zaczęła rozczesywać włosy Dany. – Jest piękna. Jest mądra, jak mi się wydaje. Jest bogata. Ma mężczyznę, którego kocha, wiele podróżowała i potrafi malować wspaniałe obrazy. – Podzieliła włosy Dany na pasma i zaczęła splatać warkocz. – A zazdrości komuś takiemu jak ja, ponieważ mam dziecko. Jak sądzicie, czy ona nie może mieć dzieci? To zbyt osobiste, więc nie chciałam pytać. Ale zastanawiam się, dlaczego nie może. Skoro potrafi stworzyć tyle różnych rzeczy, dlaczego nie może mieć dziecka?

– Może Pitte nie życzy sobie dzieci. Niektórzy ludzie wcale ich nie pragną. – Dana wzruszyła ramionami. – Co ty tam wyrabiasz za moimi plecami, Zoe?

– Nowe uczesanie. Splatam warkocz. Będziesz wyglądała młodo i frywolnie. A ty chcesz?

– Co czy chcę?

– Czy chcesz mieć dzieci?

Dana w zadumie żuła popcorn.

– Tak, chciałabym mieć dwójkę. Postanowiłam, że jeśli w ciągu kilku najbliższych lat nie znajdę faceta, którego byłabym w stanie zdzierżyć na dłużej, zrobię to sama. No wiecie, wykorzystując osiągnięcia nauki.

– Zrobiłabyś to? – Zafascynowana Malory sięgnęła do miseczki z popcornem. – Zdecydowałabyś się na samotne macierzyństwo? Mam na myśli, świadomie – dodała, zerkając w stronę Zoe. – No wiesz, co chcę powiedzieć.

– Oczywiście, że zrobiłabym. – Dana ustawiła miseczkę między nimi. – Dlaczego nie? Jestem zdrowa. Myślę, że byłabym dobrą matką, miałabym dziecku wiele do zaoferowania. Tylko najpierw musiałabym się upewnić, że dysponuję solidnym zapleczem finansowym. Jak już będę zbliżać się, powiedzmy, do trzydziestu pięciu lat, a na widoku nadal nie będzie żadnego faceta, zdecyduję się na taki krok.

– Ale w ten sposób zatracasz cały romantyzm – sprzeciwiła się Malory.

– Może, za to zyskuję rezultat. Popatrz na to z pewnej perspektywy. Jeśli czegoś bardzo pragniesz, nic nie zdoła cię powstrzymać przed sięgnięciem po to.

Malory przypomniała sobie sen, dziecko trzymane w ramionach, światło wypełniające jej świat, jej serce.

– Nawet jeśli czegoś bardzo pragnę, istnieją pewne granice.

– Owszem. Morderstwo, rozmyślne okaleczenie, tego typu sprawy. Mówimy o dokonywaniu ważnych wyborów i ponoszeniu konsekwencji. A ty, Zoe, zrobiłabyś to po raz drugi? Samotnie wychowała dziecko?

– Nie sądzę, bym odważyła się ponownie. To bardzo ciężko. Nie masz nikogo, kto pomógłby ci dźwigać brzemię, które czasami dla jednej osoby stanowi ciężar naprawdę ponad siły. A co ważniejsze, nie masz nikogo, kto patrzyłby na dziecko i czuł dokładnie w taki sam sposób, w jaki ty czujesz. Nikogo, kto dzieliłby twoją miłość i dumę i, och, nie wiem, twoje zaskoczenie.

– Bałaś się? – zapytała Malory.

– Jeszcze jak. Nadal się boję. Myślę, że macierzyństwo powinno przerażać do pewnego stopnia, ponieważ jest czymś tak ważnym. A ty chcesz dzieci, Malory?

– Tak. – Delikatnie pogładziła kamień palcami. – Bardziej niż to sobie uświadamiałam do tej pory.

O trzeciej nad ranem, kiedy Dana i Zoe dawno już spały w jej łóżku, Malory usuwała pozostałości po przyjęciu, zbyt niespokojna, by położyć się na sofie. Zbyt wiele myśli, zbyt wiele obrazów tłoczyło się w jej głowie. Jeszcze raz popatrzyła na mały, niebieski kamyk. Może zadziała? Zaakceptowałaby o wiele więcej niż okruch skały pod poduszką, jeśli miałoby to pomóc na trapiącą ją bezsenność. A może nie zaakceptowałaby? Nie z prawdziwym wewnętrznym przekonaniem, o jakim mówiła Dana. Mimo zmęczenia nie wkładała kamyka pod poduszkę, żeby wypróbować jego działanie.

Twierdziła, że kocha Flynna, a przecież jakąś cząstką swojej osobowości czekała, aż to uczucie przeminie. Jednocześnie było jej przykro, czuła się zraniona, że on nie zakochał się w niej bez pamięci.

Jak miała żyć w równowadze, układać plany, realizować je skrupulatnie, jeśli między nimi nie było równości?

Przecież wszystko ma wyznaczone sobie miejsce, przestrzeń, w której się mieści. A jeśli tam nie pasuje, nie ty masz dokonywać zmian; to zadanie twojego partnera.

Z westchnieniem opadła na tapczan. Upierała się po maniacku przy karierze historyka sztuki, gdyż – skoro los nie zechciał się poddać i nie obdarzył talentem – za nic w świecie nie chciała przyznać, że lata studiów, lata wytężonej pracy okazały się stracone.

Dopasowała je do modelu.

Kurczowo trzymała się galerii, ponieważ takie rozwiązanie było bezpieczne, rozsądne i wygodne. Od czasu do czasu przebąkiwała o założeniu czegoś własnego – pewnego dnia. Ale nie myślała serio. Za duże, za ryzykowne, zbyt wiele bałaganu. Gdyby nie pojawienie się Pameli, nadal tkwiłaby w galerii.

Ale dlaczego tak pogardzała Pamelą każdym najdrobniejszym nawet włókienkiem swojego ego? Zgoda, baba była bezczelna i miała tani gust, ale kobieta bardziej giętka niż Malory Price poradziłaby sobie z tym bez trudu. Jej uraza do żony szefa brała się przede wszystkim stąd, że Pamela burzyła spokój, naruszała granice.

Nie pasowała.

Weźmy ten interes, który miała otwierać wspólnie z Daną i Zoe. Siłą trzeba było ją do tego wciągać. Oczywiście w końcu przystała, ale ile razy kwestionowała później swoją decyzję? Ile razy zastanawiała się nad tym, żeby się jeszcze wycofać, tylko nie wiedziała, jak to zrobić gładko i bezboleśnie.

Nie uczyniła nic, żeby popchnąć sprawę do przodu. Nie odwiedziła lokalu, który kupiły, nic w nim nie zaplanowała, nie nawiązała kontaktów z artystami i rzemieślnikami. Do diabła, nie wystąpiła nawet o wymaganą licencję. Ponieważ z chwilą, gdyby to uczyniła, klamka by zapadła.

Klucza używała jako wymówki do tego, by nie stawiać ostatecznego kroku. Oczywiście szukała go, poświęcając temu zajęciu czas i energię. Swoje obowiązki zawsze traktowała bardzo poważnie.

Ale teraz, o trzeciej nad ranem, kiedy leżała samotnie, nie mogąc spać, zrozumiała, że nadeszła chwila zaakceptowania faktu, którego dłużej już negować nie mogła.

Być może jej życie w ciągu ostatnich kilku tygodni zmieniło się na tysiąc różnorodnych i fascynujących sposobów.

Natomiast ona nie zmieniła się wcale.

Włożyła pod poduszkę niebieski kamyk.

– Ciągle jeszcze mam czas – mruknęła, układając się do snu.

Rozdział osiemnasty

Kiedy się obudziła, w mieszkaniu było cicho jak w grobowcu. Przez chwilę leżała bez ruchu, przypatrując się pojedynczej smudze słonecznego światła, które wpadało przez szparę w zasłonach drzwi wiodących na patio i kładło ciepłym blaskiem na podłodze. Poranek, pomyślała. Późny poranek. Nie pamiętała, o której zasnęła. Co więcej, nie pamiętała nawet, żeby przedtem kręciła się i przewracała z boku na bok w oczekiwaniu na sen. Z uśmiechem wsunęła rękę pod poduszkę, chcąc dosięgnąć kamyka. Zmarszczyła brwi, pomacała dokładniej, wreszcie usiadła i uniosła poduszkę. Kamyka nie było. Sprawdziła pod zagłówkiem, na podłodze, pod tapczanem. Skonfundowana, opadła z powrotem na sofę.

Kamienie nie znikają tak po prostu.

A może jednak? Kiedy już wypełnią swoje zadanie.

Przecież spała i to spała smacznie. Tak jak miała obiecane. Czuła się wyśmienicie, niczym po udanych wakacjach.

Dzięki, Roweno.

Wyprostowała ramiona, głęboko wciągając powietrze. Kawa, ten charakterystyczny zapach, niedający się pomylić z żadnym innym.

Albo talizman zaparzył także poranną kawę, albo ktoś już był na nogach.

W kuchni czekała ją niespodzianka.

Na stole, na efektownym talerzu, leżało kawowe ciasto Zoe, zabezpieczone przezroczystą folią, na podgrzewaczu stał wypełniony w trzech czwartych dzbanek z kawą, czekała też starannie złożona poranna gazeta.

Wzięła do ręki liścik, wciśnięty pod talerz z ciastem, i zaczęła odcyfrowywać pismo Zoe, egzotyczną mieszankę liter prostych i pochyłych.

Dzień dobry. Musiałam wyjść – wywiadówka o dziesiątej. Malory machinalnie popatrzyła na kuchenny zegar i szeroko otworzyła usta. Dochodziła jedenasta. To chyba niemożliwe. *Nie chciałam budzić żadnej z Was, więc starałam się zachowywać cicho.* Musiałaś poruszać się jak duszek, mruknęła Malory. *Dana idzie do pracy na drugą. Na wszelki wypadek nastawiłam w Twoim pokoju budzik dla niej. Na dwunastą, żeby nie musiała się śpieszyć i żeby miała czas w spokoju zjeść śniadanie. Bawiłam się świetnie. Chciałam Ci jeszcze powiedzieć, chciałam powiedzieć Wam obu, że jestem naprawdę szczęśliwa, że Was poznałam, że odnalazłyśmy się wzajemnie. Bez względu na to, jak się wszystko zakończy, cieszę się, że jesteście moimi przyjaciółkami. Może następnym razem urządzimy coś u mnie?*

Zoe.

Zapowiada się dzień wypełniony prezentami. Malory uśmiechnęła się, wsuwając list z powrotem pod talerz, tak by Dana też mogła go przeczytać. Dla podtrzymania dobrego nastroju ukroiła kawałek ciasta, nalała sobie kawy, ułożyła to wszystko na tacy, dodała jeszcze szklaneczkę soku i gazetę, po czym udała się na patio.

W powietrzu pachniało jesienią. Zawsze lubiła ów słaby, jakby przydymiony zapach, jaki ze sobą niosła, i tę porę, kiedy liście zaczynały znaczyć pierwsze smużki barw, których prawdziwa feeria miała dopiero nadejść.

Będzie potrzebowała kilku doniczkowych chryzantem. Właściwie już była spóźniona z ich zakupem. I parę ozdobnych dyń. Nazbiera liści klonowych, gdy tylko się zaczerwienią. Przygotuje też jakąś zabawną dekorację na ganek domu Flynna.

Popijała kawę, przeglądając pierwszą stronę „Dispatcha". Odkąd poznała Flynna, czytanie gazety stało się zupełnie innym doświadczeniem. Teraz lubiła się zastanawiać, w jaki sposób Flynn decydował, co gdzie umieścić i jak to wszystko poukładać – teksty, reklamy, zdjęcia, nagłówki – w jedną spójną całość.

Czytała, skubiąc ciasto i popijając kawę, gdy nagle serce zabiło jej gwałtowniej, kiedy jej wzrok padł na cotygodniowy felieton Flynna.

Przecież przedtem też widywała tę rubrykę. Tydzień po tygodniu. Usiłowała sobie przypomnieć, co wówczas myślała podczas jej przeglądania. Przystojny facet, miłe spojrzenie. Drobnostki bez znaczenia, natychmiast ulatniające się z pamięci. Czytała felieton i albo się z nim zgadzała, albo nie. Ani przez chwilę nie zastanawiała się nad pracą, jaką w niego wkładał, nad tym, czym się kierował przy wyborze tematu. Wszystko się zmieniło, odkąd go poznała.

Teraz słyszała głos Flynna, wypowiadający odczytywane przez nią słowa, wyobrażała sobie jego twarz i malujące się na niej uczucia, do pewnego stopnia potrafiła nawet odtworzyć bystry, rwący nurt jego myśli.

Co definiuje artystę? – przeczytała.

Kiedy doszła do końca i zabrała się za ponowną lekturę, czuła, jak fala miłości do Flynna ogarnia ją po raz drugi.

Flynn przysiadł na skraju biurka, podczas gdy jeden z dziennikarzy usiłował go namówić na zamieszczenie reportażu o mieszkańcu Valley kolekcjonującym klaunów.

Najrozmaitsze: szmaciane lalki, posążki, obrazy przedstawiające klaunów. Klauny porcelanowe, plastikowe, z psami, tańczące, śpiewające, siedzące za kierownicą malutkich klaunich samochodów.

– Ma ich ponad pięć tysięcy, nie licząc innych drobiazgów, z nimi związanych.

Flynn zamarł na moment; wizja pięciu tysięcy klaunów w jednym miejscu wydała mu się cokolwiek przerażająca. Wyobraził sobie, jak łączą się w potężną, klaunią armię i wyruszają na wojnę z plastikowymi butelkami i kijami.

Wielkie czerwone nosy, maniakalny śmiech, szerokie, przerażające usta.

– Dlaczego? – zapytał w końcu.

– Co dlaczego?

– Dlaczego zebrał pięć tysięcy klaunów?

– Och, wiesz – Tim, młody reporter, który zwyczajowo nosił szelki i używał w nadmiarze żelu do włosów, zakołysał się w krześle – kolekcję zapoczątkował jego ojciec, mniej więcej w latach dwudziestych. Dziedzictwo pokoleń. Rozumiesz, w latach pięćdziesiątych nasz facet sam zaczął podrzucać tatusiowi rozmaite egzemplarze, a potem, po śmierci ojca, wszystko trafiło z powrotem do niego. Wiesz, niektóre figurki mają wartość muzealną. Na aukcjach eBaya taki towar chodzi za prawdziwą forsę.

– Dobra, puszczamy to. Weź fotografa. Chcę zdjęcie całej kolekcji i faceta na jej tle. A potem on prezentujący ze dwa najciekawsze okazy. Niech ci opowie ich historię, jakieś związane z nimi ciekawostki. Rozegraj to połączenie ojciec–syn, ale zacznij od liczb; pokaż po jednym przykładzie z każdego końca skali cenowej. Pójdzie w dodatku weekendowym. Aha, Tim, i postaraj się wywalić te wszystkie „wiesz", „rozumiesz", jak będziesz z nim rozmawiał.

– Jasne.

Flynn rozejrzał się. Między biurkami stała Malory, dźwigając potężną donicę rdzawych chryzantem. Błysk jej oczu sprawił, że cały pokój jakby zblakł, poszarzał.

– Cześć. Postanowiłaś zająć się ogrodnictwem?

– Może. Źle wybrałam moment odwiedzin?

– Nie, wejdź. Co sądzisz o klaunach?

– Sportretowane na tle czarnego aksamitu emanują gniewem.

– Świetne. Tim! – zawołał za reporterem. – Jak będzie tam jakiś klaun sportretowany na tle czarnego aksamitu, to też go pstryknij. Skontrastuj do absurdu, wysublimuj i tak dalej. Efekt może być niezły – mruknął.

Malory weszła przed nim do gabinetu i zaczęła ustawiać donicę na parapecie okiennym.

– Chciałam…

– Zaczekaj. – Ostrzegawczo uniósł palec, podstrajając policyjny odbiornik, z którego dochodziło wezwanie. – Zapamiętaj, co chciałaś mi powiedzieć – rzucił, wystawiając głowę przez drzwi. – Shelley, WD, blok 500 Crescent, policja i pogotowie już na miejscu. Weź Marka.

– WD? – powtórzyła Malory, kiedy odwrócił się do niej.

– Wypadek drogowy.

– Och. Tak się właśnie zastanawiałam dzisiaj rano, jak musisz żonglować, układać, przypasowywać, żeby codziennie wydać gazetę. – Poklepała Moego, który pochrapywał przez sen. – A jednocześnie dajesz radę prowadzić normalne życie.

– Powiedzmy.

– Ależ nie, twoje życie naprawdę jest wspaniałe. Przyjaciele, rodzina, praca, która przynosi satysfakcję, dom, ten śmieszny pies. Podziwiam to. – Wyprostowała się. – Podziwiam cię.

– Jestem pod wrażeniem. Rzeczywiście musiałaś się świetnie bawić ostatniej nocy.

– Owszem, ale o tym opowiem ci później, bo nie chcę, żeby opowieść o naszym party przysłoniła mi to, z czym przyszłam.

– Więc wal, z czym przyszłaś.

– Już. – Przekroczyła leżącego psa i położyła dłonie na ramionach Flynna. Potem, patrząc mu prosto w oczy, obdarzyła go długim, pełnym ciepła pocałunkiem. – Dziękuję.

Poczuł mrowienie skóry.

– Za co? Bo wiesz, jeśli zrobiłem coś naprawdę wspaniałego, może powinnaś podziękować mi jeszcze raz.

– Chętnie. – Tym razem oplotła rękami jego głowę, a do ciepła dorzuciła trochę żaru.

Odpowiedział im aplauz z drugiego pokoju.

– Cholera, muszę tu wstawić jakieś żaluzje. – Spróbował efektu psychologicznego, polegającego na zamknięciu drzwi. – Nie mam nic przeciwko byciu bohaterem, ale zdradź mi, jakiego to smoka pokonałem.

– Czytałam twój felieton dziś rano.

– Tak? Normalnie, jak komuś się podoba moja pisanina, mówi mi: niezła robota, Hennessy. Twój sposób podziękowań odpowiada mi o wiele bardziej.

– *Obraz tworzy nie tylko artysta, który trzyma pędzel i kreuje wizję* – zacytowała – *lecz także ten, kto patrząc na płótno, dostrzega w nim moc, piękno, pasję i zaangażowanie. On również obdarza życiem pociągnięcia pędzla i układ barw.* Dziękuję ci.

– Ależ proszę.

– Ilekroć przyjdzie mi do głowy użalać się nad sobą, że nie mieszkam w Paryżu i nie wprawiam w zadziwienie całego artystycznego światka, przeczytam twój artykuł i przypomnę sobie, co posiadam i kim jestem. Dziękuję.

– Myślę, że jesteś nadzwyczajna.

– O tak, dzisiaj tak. Obudziłam się w naprawdę lepszym nastroju, niż miałam przez ostatnie dni. To zdumiewające, ile może zdziałać porządny sen... albo niewielki, błękitny kamyk pod poduszką.

– Zgubiłem się.

– To nieważne. Po prostu drobiażdżek od Roweny. Dołączyła do nas ostatniej nocy.

– Naprawdę? W co była ubrana?

Malory roześmiała się, przysiadając na skraju biurka.

– Nie została na tyle długo, by przebierać się w piżamkę. Ale spadła nam jak z nieba. Akurat zabawiałyśmy się planszą ouija.

– Żartujesz chyba?

– Wcale nie. To Zoe wymyśliła, że może my trzy jesteśmy czarownicami, tylko nie wiemy o tym. I właśnie dlatego zostałyśmy wybrane. Wiesz, wtedy nie brzmiało to wcale głupio. Nagle zrobiło się niesamowicie. Płomienie świec wystrzeliły w górę, powietrze zawirowało i wszedł Kane. Rowena powiedziała, że otworzyłyśmy mu drzwi, że same zaprosiłyśmy go do środka.

– Cholera, Malory, niech to jasna cholera. Jak mogłaś tak po prostu zabawiać się tymi... tajemnymi siłami? Już raz cię dopadł. Mógł cię przecież skrzywdzić.

Jaką on ma twarz, pomyślała. Wspaniałą, naprawdę wspaniałą. W jednej chwili zmieniającą wyraz, od zainteresowania i rozbawienia po gniew.

– Rowena już nam to dobitnie wyklarowała ostatniej nocy. Nie ma powodu, żebyś wściekał się na mnie teraz.

– Nie miałem okazji wściekać się na ciebie wcześniej.

– To prawda. – Chrząknęła znacząco, kiedy Moe, obudzony podniesionym głosem Flynna, usiłował wgramolić jej się na kolana. – Masz absolutną rację, nie powinnyśmy zabawiać się czymś, czego nie rozumiemy. Przykro mi. Nigdy już nie wpakuję się w coś podobnego, obiecuję.

Wyciągnął rękę i lekko szarpnął ją za włosy.

– Usiłuję się z tobą pokłócić, i ostatnia rzecz, jakiej od ciebie oczekuję, to żebyś przyznawała mi rację.

– Ale ja jestem zbyt szczęśliwa, żeby kłócić się z tobą akurat dzisiaj. Taką rozrywkę zaplanuj raczej na przyszły tydzień. Poza tym przyniosłam ci kwiaty. Wystarczająco już zaburzyłam twój porządek dnia.

Popatrzył na chryzantemy – drugi bukiet, który otrzymał od niej.

– Jesteś dzisiaj szczególnie promienna.

– Dlaczego nie miałabym być? Tak wygląda kobieta zakochana, która czuje, że właśnie podjęła słuszną decyzję.

– W sprawie? – zapytał szybko, z oczami bez wyrazu.

– Wyborów – mruknęła. – Momentów decyzji, momentów prawdy. Dlaczego nie pomyślałam o tym wcześniej? Może to był twój dom, tylko we śnie odbierałam go jako miejsce idealne. Dopasowałam do moich wyobrażeń, uczyniłam bardziej moim niż twoim. Oczywiście mogę się mylić, może chodzi tu wyłącznie o ciebie samego.

– O czym ty mówisz?

– O kluczu. Muszę przeszukać twój dom. Czy masz coś przeciwko temu?

– Och.

Uczyniła niecierpliwy gest, jakby chciała odpędzić jego wahanie.

– Słuchaj, jeśli masz tam coś osobistego albo krępującego, usuń
to. Mocne pisemka, gadżety porno; dam ci czas, żebyś je pochował.
Albo obiecuję, że nie będę zwracała uwagi.

– Pisemka i zabawki porno trzymam schowane w sejfie. Obawiam się, że nie mogę ci ujawnić szyfru.

Podeszła do niego i przesunęła rękami po jego piersi.

– Wiem, że proszę o wiele. Mnie też by się nie podobało, gdyby
pod moją nieobecność ktoś grzebał w moich rzeczach.

– Grzebać za bardzo nie będziesz miała w czym, bo do tej pory
jakoś nie obrosłem w rzeczy. Ale nie życzę sobie żadnego gadania,
że mam sobie sprawić nową bieliznę, a tę, którą posiadam, prze-
znaczyć na szmaty do podłogi.

– Nie jestem twoją matką. Uprzedzisz Jordana, że przyjdę?

– Jordan wybył gdzieś na cały dzień. – Flynn wyjął z kieszeni
klucze i odpiął z łańcuszka ten od frontowych drzwi. – Jak sądzisz, będziesz tam jeszcze, kiedy wrócę do domu?

– Mogę po prostu zaczekać na ciebie.

– Jasne. To ja dzwonię do Jordana i mówię mu, żeby się nie po-
kazywał. Może przekimać u Brada, a ja będę miał cię całą dla siebie.

Zabrała klucz i lekko przycisnęła wargi do jego ust.

– Już się nie mogę doczekać, kiedy cała znajdę się w twoim po-
siadaniu.

Figlarny błysk w jej oczach sprawił, że uśmiechał się jeszcze
przez godzinę po jej wyjściu.

Malory pokonała biegiem kilka schodków wiodących do frontowych drzwi Flynna. Będzie systematyczna, powolna i dokładna,
obiecała sobie.

Powinna wcześniej się zorientować. To było niczym pójście prosto za strzałkami.

Obrazy przedstawiały momenty zmiany, momenty przeznaczenia. Jej życie z pewnością uległo zmianie, odkąd pokochała Flynna.
A to jest dom Flynna, pomyślała, wchodząc do środka. Czyż nie powiedział, że kupił go, kiedy zaakceptował swoje przeznaczenie?

„Szukać w środku i na zewnątrz", przypomniała sobie słowa
wskazówek; stojąc bez ruchu, wchłaniała atmosferę otaczającego

ją wnętrza. Czy „w środku" oznaczało w domu, a „na zewnątrz" w ogrodzie? A może bardziej metaforycznie? Może powinna dostrzec siebie w tej przestrzeni? „Światło i cień". Dom był pełen jednego i drugiego. Za to mogła być wdzięczna, że nie był pełen rzeczy. Dzięki spartańskiemu trybowi życia Flynna oszczędzi sobie sporo wysiłku. Zaczęła od salonu, automatycznie wzdrygając się na widok sofy. Zajrzała pod poduszki, odkryła osiemdziesiąt dziewięć centów drobnymi, zapalniczkę, kieszonkowe wydanie powieści Roberta Parkera i okruchy ciastek.

Nie mogła na to patrzeć. Wyszukała odkurzacz oraz trzepaczkę i zaczęła sprzątać, w miarę jak posuwała się w poszukiwaniach. Obie te czynności, wykonywane jednocześnie, zatrzymały ją w kuchni na ponad godzinę. Kiedy skończyła, była cała spocona, ale kuchnia lśniła. Natomiast klucza ani śladu.

Z nowym przypływem energii ruszyła na górę, przypominając sobie, że przecież jej sen zaczynał się i kończył na piętrze. Może to też miało znaczenie symboliczne? I na górze z pewnością nie będzie tak skomplikowanego pomieszczenia jak kuchnia.

Jeden rzut oka na łazienkę pozbawił ją tego złudzenia. Nawet miłość – do mężczyzny i do porządku – ma swoje granice, zdecydowała, zamykając drzwi, bez próby nawet wejścia do środka. Za to znalazłszy się w gabinecie, z miejsca poddała się urokowi tego pomieszczenia. Ponure myśli, w których wyzywała Flynna od prosiaków, błyskawicznie gdzieś się ulotniły.

Pokój bynajmniej nie był schludny. Bóg świadkiem, że wymagał solidnego odkurzenia, a psich kłaków zalegających każdy kąt wystarczyłoby na pokaźnych rozmiarów dywan. Ale ściany miały słoneczną barwę, biurko szlachetną sylwetkę, a oprawione w ramki plakaty zdradzały styl i smak, o jakie nigdy by Flynna nie podejrzewała.

Masz te wszystkie wspaniałe cechy, prawda? Przesunęła palcami po blacie biurka, zdumiona ilością zalegających go papierzysk, zachwycona rozmaitością nagromadzonych na nim figurek. Idealna przestrzeń do pracy, znakomita do rozmyślań. Flynn nie zawracał sobie głowy kuchnią. Sofa służyła mu wyłącznie jako mebel, na którym ucinał sobie drzemki albo oddawał się lekturze. Ale tam, gdzie to było dla niego istotne, zwracał baczną uwagę na otoczenie.

„Piękno, wiedza, odwaga". Wskazówki mówiły, że będzie potrzebowała wszystkich trzech elementów. W jej śnie występowało piękno – miłość, dom, sztuka. Wiedza, że to wszystko było złudzeniem. I wreszcie odwaga, żeby przełamać iluzję.

Może to właśnie stanowiło część całego schematu?

A miłość sfałszuje klucz.

Kochała Flynna. Zaakceptowała tę miłość. No więc gdzie się podziewa ten cholerny klucz?

Okręciła się dookoła i zbliżyła do plakatów. *Pin-up girls*. Flynn był taki męski. Niewiarygodnie męski facet, pomyślała.

Zdjęcia miały podtekst erotyczny, ale mocno wysublimowany. Nogi Betty Grable, bujne sploty Rity Hayworth, niezapomniana twarz Monroe.

Legendy, dzięki urodzie i talentowi. Boginie srebrnego ekranu. Boginie.

Palce jej drżały, kiedy zdejmowała ze ściany pierwszą fotkę. Na pewno miała rację. To musiało być tu.

Ale obejrzała każde zdjęcie, każdą ramkę, każdy cal kwadratowy pokoju i nic.

Nie poddając się, usiadła przy biurku. Była blisko. Jeszcze tylko jeden krok, w tym albo w tamtym kierunku, dzielił ją od celu. Trzyma w ręku wszystkie elementy układanki, teraz tylko musi odnaleźć odpowiedni wzór, żeby je do siebie dopasować.

Wyjdzie na chwilę na powietrze, niech jej umysł ochłonie.

Zajmie się czymś najzwyczajniejszym w świecie.

Nie, niczym zwyczajnym, pomyślała, nagle zainspirowana. Sztuką.

Flynn doszedł do wniosku, że nadszedł czas, aby przywrócić pierwotny porządek, więc po drodze do domu zatrzymał się i kupił Malory kwiaty. W powietrzu czuć już było podmuchy jesieni, zmieniające kolor liści; wśród zieleni otaczających miasteczko wzgórz przebłyskiwały pierwsze plamki złota, czerwieni i brązu.

Nad tymi wzgórzami wzejdzie dziś księżyc w trzeciej kwadrze. Zastanawiał się, czy Malory będzie o nim myślała. Myślała i martwiła się.

Oczywiście, że będzie. Kobieta pokroju Malory Price nie potrafiłaby zareagować inaczej.

Ale przecież kiedy odwiedziła go w redakcji, była szczęśliwa. Postara się, żeby jej nastrój utrzymał się jak najdłużej. Zabierze ją na kolację. Może pojadą do Pittsburgha, żeby zmienić scenerię. Długa jazda, elegancki lokal, może to na nią podziała, oderwie jej myśli od...

Z chwilą, kiedy przekraczał próg domu, wiedział już, że coś się szykuje.

Ten zapach... taki apetyczny.

Odrobinę korzenny, lekko cytrynowy, pomyślał, zbliżając się do salonu. Czy taki zaczynają wydzielać kobiety, przebywając przez kilka godzin w jakimś pomieszczeniu?

– Mal?

– Jestem w kuchni.

Pies wyprzedzał go o milę. Już dostawał biskwit i pieszczotę, już znikał, wypchnięty stanowczo przez kuchenne drzwi. Flynn nie był pewien, co sprawiło, że ślinka napłynęła mu do ust. Czy zapach bijący od piekarnika, czy może ta kobieta w białym, skąpym fartuszku?

Boże, kto by przypuszczał, że fartuszki potrafią być tak seksowne.

– Cześć, co robisz?

– Gotuję. – Malory zamknęła drzwi za psem. – Wiem, że to dość ekscentryczne użycie kuchni, więc możesz nazwać mnie wariatką. Kwiaty – oczy jej złagodniały – jakie ładne.

– Ty też jesteś ładna. Gotujesz? – Bez żalu zdusił kiełkujące w nim plany związane z dzisiejszym wieczorem. – Czyżby oznaczało to coś przypominającego obiad?

– Owszem. – Wzięła kwiaty i pocałowała go. – Postanowiłam cię zaskoczyć moimi talentami kulinarnymi, więc poszłam do sklepu. Nie miałeś w domu nic zbliżonego do produktów spożywczych.

– Płatki, całe mnóstwo płatków.

– Zauważyłam je. – Ponieważ nie miał wazonu, napełniła wodą plastikowy pojemnik. Fakt, że nie utyskiwała przy tym, wprawił ją w niemałą dumę.

– Nie wyglądało też na to, abyś posiadał choćby najbardziej podstawowe kuchenne utensylia. Nie znalazłam ani jednej drewnianej łyżki.

– Nie rozumiem, dlaczego nadal robią łyżki z drewna. Czyż nie poczyniliśmy pewnego postępu od czasów, kiedy posługiwano się drewnianymi narzędziami? – Ujął w rękę jedną z łyżek spoczywających na blacie i zmarszczył czoło. – Coś tu się zmieniło.

– Jest czysto.

Zaszokowany, rozejrzał się dookoła.

– Tu jest czysto. Coś ty zrobiła, zatrudniłaś brygadę krasnoludków? Ile one biorą za godzinę?

– Przyjmują wynagrodzenie w kwiatach. – Zanurzyła nos w bukiecie, dochodząc do wniosku, że w plastikowym pojemniku prezentuje się równie okazale. – Nie jesteś im nic winien.

– Ty posprzątałaś. To takie... nieprawdopodobne.

– Raczej impertynenckie, ale już więcej nie będę.

– Nie, w żadnym wypadku nie nazwałbym tego impertynencją.

– Ujął jej dłoń i pocałował końce palców. – Już prędzej powiedziałbym: a niech to. Czy teraz powinienem czuć się zakłopotany?

– Jeśli ty nie będziesz, ja także przestanę.

– Zgoda. – Przyciągnął ją do siebie i przylgnął twarzą do jej policzka. – I jeszcze gotowałaś. I piekłaś.

– Chciałam oderwać się od męczących spraw.

– Też miałem taki zamiar. Planowałem zaprosić cię na wytworny obiad, tymczasem ty pobiłaś atutem mojego asa.

– Możesz schować swojego asa do rękawa i wyciągnąć przy innej okazji. Sprzątanie pomaga mi uporządkować myśli, a tu było sporo do sprzątania. Nie znalazłam klucza.

– Tak, zdążyłem się zorientować. Przykro mi.

– Ale jestem blisko. – Wpatrywała się w parę unoszącą się z garnka, jakby spodziewając się wyczytać z niej jakieś wskazówki. – Wydaje mi się, że gdzieś po drodze przeoczyłam jeden drobny element. Ale o tym jeszcze porozmawiamy. Obiad już prawie gotowy. Rozlej wino. Powinno pasować do klopsa.

– Jasne. – Ujął butelkę, którą postawiła na blacie, żeby wino oddychało, i nagle odstawił ją z powrotem. – Klops? Ty przyrządziłaś klops.

– Ziemniaki purée będą gotowe za chwilę – dodała, włączając mikser, który przyniosła od siebie z domu. – I zielona fasolka. Jakoś mi się to wszystko wydało harmonijne, biorąc pod uwagę twój felieton. Uznałam, że skoro posłużyłeś się akurat takim przykładem, musisz lubić klops.

– Jestem facetem. My, faceci, żyjemy dla klopsa. – Dziwnie poruszony, pogładził ją po policzku. – Powinienem był kupić więcej kwiatów.

Roześmiała się, pochłonięta przyrządzaniem ugotowanych przed chwilą ziemniaków.

– Tych wystarczy, dzięki. Tak naprawdę, jest to mój pierwszy w życiu klops. Ja jestem raczej od spaghetti, sosu i kurczaka. Ale dostałam przepis od Zoe, która przysięgała, że sprawdzony, prosty i przyjazny dla mężczyzn. Mówiła, że Simon dosłownie wchłania go w siebie.

– Postaram się pamiętać, żeby starannie żuć.

Ze zmarszczoną brwią i skupionym spojrzeniem wziął ją w ramiona, obrócił ku sobie i wolno powiódł rękami po jej ciele, aż palce zatrzymały się na podbródku. Przyłożył wargi do jej ust i zaczął całować, delikatnie, jakby układał ją na łożu wypełnionym puchem.

Malory wydawało się, że jej serce wykonuje długi, powolny obrót, a umysł zasnuwa się mgłą. Wypuściła łopatkę z bezwładnych palców.

Flynn wyczuwał jej drżenie, jej uległość, kiedy poddawała się pieszczotom. Spojrzał z zachwytem w niebieskie, zamglone miłosnym uniesieniem oczy. Ta kobieta potrafi sprawić, aby mężczyzna poczuł się jak bóg, przemknęło mu przez myśl.

– Flynn.

Przesunął wargami po jej czole.

– Malory.

– Ja... ja zapomniałam, co robię.

Pochylił się i podniósł łopatkę.

– Zdaje się, że przyrządzałaś ziemniaki purée.

– Ach tak, ziemniaki. – Czując, że nadal kręci jej się w głowie, podeszła do zlewu, żeby opłukać łopatkę.

– To będzie najmilsza rzecz, jaką ktoś kiedykolwiek dla mnie zrobił.

– Kocham cię. – Zacisnęła wargi i popatrzyła w okno. – Nic nie mów. Nie chcę, abyśmy czuli się niezręcznie, żadne z nas. Dużo o tym myślałam. Wiem, że naciskałam, choć to normalnie do mnie niepodobne. – Mówiła w pośpiechu, uruchamiając jednocześnie mikser.

– Malory.

– Naprawdę nie musisz nic mówić. Wystarczy, naprawdę wystarczy, jeśli teraz tylko zaakceptujesz, jeśli ucieszysz się odrobinę. Miłość nie powinna być bronią ani nakładanym na kogoś brzemieniem. Powinna stanowić samo piękno, być darem, któremu nie towarzyszą żadne zobowiązania. To tak jak ten posiłek.

Uśmiechnęła się, choć spokój, z jakim ją obserwował, wprawiał ją w lekkie zaniepokojenie.

– Cieszmy się nim oboje.

– Zgoda.

Tamto niech zaczeka, pomyślał Flynn. Może rzeczywiście jeszcze nie nadszedł czas. Zresztą w porównaniu z prostotą jej słów, te wypowiadane przez niego zabrzmiały, jakby napisano je w zupełnie innej tonacji.

Zaraz zasiądą do wspólnego posiłku, który przygotowała w tej brzydkiej, dziwacznej kuchni, ozdobionej teraz świeżymi kwiatami w plastikowym pojemniku. Pierwszy posiłek, na którym oboje odcisnęli swoje piętno. Uzupełniali się, czy to nie było wspaniałe? – Myślę, że gdybyś sporządziła listę rzeczy, które powinienem posiadać, pewnie pognałbym je kupować.

Uniosła brwi, ujęła podawany sobie kieliszek, wyciągając jednocześnie z kieszeni fartuszka niewielki notatnik.

– Jest już w połowie gotowa. Planowałam zaczekać z nią, dopóki nie zwiedzie cię doskonałość klopsa i ziemniaków.

Przekartkował notes, zauważając, że podzieliła listę na kilka grup, opatrzonych nagłówkami: Jedzenie, Środki czystości – tu istniały też podgrupy: Kuchnia, Łazienka, Pralnia – Sprzęty domowe.

Jezus, ta kobieta była niesamowita.

– Zdaje się, że będę musiał wziąć pożyczkę.

– Potraktuj to jako inwestycję. – Wyjęła mu z ręki notes, włożyła do kieszonki na piersi i ponownie zajęła się ziemniakami. – A tak przy okazji, podoba mi się twoja wystawka na górze.

– Wystawka? – Zabrało mu dłuższą chwilę, zanim się zorientował, o czym mówi. – A, moje dziewczyny. Serio?

– Uroda, seks, nostalgia, styl. To w ogóle wspaniale urządzony pokój, co – przyznaję – sprawiło mi pewną ulgę, zważywszy na wygląd innych części domu. Wystarczyło, żebym nie wpadła w depresję, kiedy mój wspaniały pomysł z kluczem nie wypalił. – Odcedziła fasolkę, dodała do niej bazylii, wyłożyła na jeden z własnych półmisków i podała mu. – Monroe, Grable, Hayworth i tak dalej. Boginie ekranu. Boginie. Klucz.

– Dobre skojarzenia.

– Tak mi się wydawało, niestety, nic z tego nie wyszło. – Wręczyła mu półmisek z ziemniakami, a potem, posługując się jedną z nowo kupionych rączek do garnków, wyciągnęła klops z piekarnika. – Ale nadal uważam, że jestem na właściwym tropie. Ponadto miałam możność obejrzenia miejsca, w którym myślisz.

Usiadła, obrzuciła wzrokiem stół.

– Mam nadzieję, że jesteś głodny.

Zaczęli jeść. Z pierwszym kęsem klopsa Flynn wyszczerzył zęby.

– Miałaś rację, wywalając Moego za drzwi. Dużo by mu się z tego nie dostało, a nienawidzę dręczyć psa. Moje najwyższe uznanie dla kunsztu artystki.

To sprawia przyjemność, odkryła Malory, gdy patrzysz, jak ktoś, kogo kochasz, je coś, co dla niego przygotowałaś. Przyjemność dzielenia prostego posiłku przy kuchennym stole, na zakończenie dnia.

Nigdy nie czuła się pokrzywdzona, że musiała jadać w samotności albo w towarzystwie przyjaciół. Za to teraz jak łatwo było wyobrazić sobie siebie, spędzającą tę wieczorną godzinę z Flynnem, dzień za dniem, rok za rokiem.

– Flynn, powiedziałeś, iż kiedy pogodziłeś się z faktem, że zostajesz w Valley, kupiłeś ten dom. Czy w jakiś sposób wyobrażałeś sobie... czy nadal sobie wyobrażasz, jak chcesz, aby on wyglądał. Czy miałeś jakąś wizję?

– Nie wiem, czy nazwałabyś to wizją. Podobała mi się jego sylwetka i spory ogród. W dużych ogrodach jest coś, co sprawia, że czuję się zamożnie i bezpiecznie. – Zawahał się przez kilka sekund. – Myślę, że prędzej czy później będę musiał urządzić dom, umeblować pokoje, przygotować na nowe millennium. Ale jakoś mi się nie spieszy. Pewnie dlatego, że mieszkamy tu tylko we dwoje, ja i Moe. – Ponownie napełnił kieliszki. – Natomiast gdybyś miała jakieś pomysły, jestem otwarty na wszelkie sugestie.

– Ja zawsze mam jakieś pomysły, więc powinieneś być ostrożniejszy, zanim pozwolisz mi z czymkolwiek wystartować. Ale nie dlatego pytałam. Bo kiedy we trójkę z Daną i Zoe kupiłyśmy tamten dom, od razu miałam jego wizję. Wystarczyło, abym znalazła się w środku, a już wiedziałam, w jaki sposób pragnę go zmienić, czego on potrzebuje ode mnie, co mogę mu dać. I od tego czasu ani razu tam nie zajrzałam.

– Byłaś zajęta.

– To nie tak. Nie chodziłam tam celowo. Aż sama sobie się dziwię, bo zwykle jeśli mam jakiś pomysł, nie mogę się doczekać, kiedy na przykład zabiorę się do wymiany mebli czy sporządzenia listy spraw do załatwienia. Uczyniłam pierwszy krok – złożyłam swój podpis na wykropkowanej linii – ale nie zdecydowałam się na następny.

– Mal, to poważne zobowiązanie.

– Nie boję się zobowiązań. Normalnie podejmuję je bez wahania. Ale tego trochę się obawiam. Pójdę tam jutro jeszcze raz obej-

rzeć dom. Poprzedni właściciel zostawił na strychu jakieś rzeczy, których nie chciało mu się zabierać ze sobą. Zoe prosiła, żebym rzuciła na nie okiem, zanim zacznie się ich pozbywać.
– A jaki tam jest strych? Ponury, ciemny, pełen duchów czy przestronny, wesoły strych babuni?
– Pojęcia nie mam. Nie wchodziłam na górę – przyznała zawstydzona. – Nie weszłam wyżej niż na parter, co jest aż śmieszne, skoro jestem, a właściwie niebawem zostanę, właścicielką jednej trzeciej całości. Muszę to zmienić. W zmianach niestety nie jestem najmocniejsza.
– Chcesz, żebym poszedł z tobą? Zresztą sam chętnie obejrzałbym wasz nabytek.
– Miałam nadzieję, że tak powiesz. – Wyciągnęła rękę i uścisnęła jego dłoń. – Dzięki. A teraz, skoro zapytałeś, czy mam jakieś pomysły odnośnie do twojego domu... Proponuję, żebyś zaczął od salonu, stanowiącego, jak rozumiem, już z definicji niejako główną przestrzeń mieszkalną.
– Czyżbyś znowu miała zamiar obrażać moją sofę?
– Nie starczyłoby mi inwencji na wymyślenie odpowiednio obraźliwego określenia dla tej sofy. Ale może zastanowiłbyś się nad wyborem jakiegoś stołu z prawdziwego zdarzenia, lamp, dywanów, zasłon.
– Myślałem, żeby zamówić wszystko hurtem z katalogu.
Obdarzyła go zimnym, przeciągłym spojrzeniem.
– Usiłujesz mnie wystraszyć, ale to ci się nie uda. Skoro tak hojnie zaoferowałeś się z pomocą jutro, z przyjemnością ci się odwdzięczę i pomogę przekształcić to pomieszczenie w prawdziwy pokój mieszkalny.
Ponieważ dwukrotnie wylizał talerz do czysta, powstrzymał się przed uczynieniem tego po raz trzeci.
– Czy to był ten sprytny trik, żeby zaciągnąć mnie do sklepu z meblami?
– Nie, nie był, ale przecież w pewien sposób się przysłużył, prawda? Chodź, podczas zmywania zdradzę ci kilka moich pomysłów.
Podniosła się, chcąc zebrać talerze, ale Flynn chwycił ją za rękę.
– Chodźmy najpierw do salonu, pokażesz mi, gdzie tkwią błędy w moim prostym i minimalistycznym podejściu do przestrzeni mieszkalnej.
– Najpierw naczynia.

– Nie, teraz. – Zaczął wyciągać ją z kuchni, rozbawiony walką toczącą się na jej twarzy, kiedy spoglądała na stół. – Kiedy wrócimy, wszystkie naczynia nadal będą tu stały, możesz mi wierzyć. Nic im się nie stanie, jeśli zaburzymy trochę logiczny porządek.
– Owszem, trochę im się stanie. Zgoda, ale tylko pięć minut. Skondensowane konsultacje. Po pierwsze, kwestię ścian rozwiązałeś prawidłowo. Pokój jest przestronny i zdecydowany kolor dobrze to podkreśla. Powinieneś wzmocnić ten efekt dodatkiem innych, równie intensywnych barw w zasłonach i... Co ty wyrabiasz? – zapytała, kiedy zaczął rozpinać jej bluzkę.
– Rozbieram cię.
– Przepraszam – trzepnęła go po palcach – za konsultacje nago biorę podwójnie.
– Proszę przysłać mi rachunek.
– To był właśnie ten trik, prawda? Żebyś mógł pozbawić mnie ubrania i zrobić ze mną, co zechcesz.
– Znakomicie mi się udał, może nie?
Rzucił ją na sofę i przykrył sobą.

Rozdział dziewiętnasty

$\mathcal{K}$iedy zaczął skubać zębami jej podbródek, przytrzymując jednocześnie, gdy usiłowała się wyrwać, musiała się roześmiać.

– Smakujesz lepiej niż klops.

– Jeśli to wszystko, na co cię stać, ty zmywasz naczynia.

– Twoje groźby mnie nie przerażają. – Błądził dłońmi po jej ciele, zmierzając ku piersiom. – W tej kuchni stoi gdzieś zmywarka.

– Owszem, stoi. Przechowywałeś w niej torbę z psim żarciem.

– A więc tam zawędrowała? – uszczypnął ją w koniuszek ucha.

– Teraz znajduje się w szafce, tam, gdzie jej miejsce. – Lekko odwróciła głowę, a on pocałował ją w szyję. – Jesteś wyraźnie nieświadomy, że istnieją bardzo praktyczne, a nawet ładne pojemniki, służące między innymi do przechowywania takich rzeczy jak psie żarcie.

– Nie żartujesz? Ja najwidoczniej zostałem stworzony do zupełnie innych rzeczy, do sprawiania, abyś zapominała o wszystkich domowych drobiazgach. Po dobrym posiłku lubię prawdziwe wyzwania. Pozbądźmy się tego. – Ściągnął jej bluzkę i przesunął palcem po łososiowej koronce biustonosza.

– A to mi się podoba. To chwilowo zostawimy.

– Lepiej chodźmy na górę. Odkurzałam pod tymi poduchami i wiem, co ten potwór potrafi pochłonąć. Możemy się okazać następni do pożarcia.

– Ja cię obronię.

Zastąpił palce wargami, wodząc nimi po ciele i po koronkach.

Utonęli w potężnych poduchach, które zakołysały się pod nimi. Smakował ją ustami, wymykającą mu się w żartobliwych przekomarzaniach, tak bardzo podniecających ich oboje.

– Co sądzisz o brazylijkach?

Zdumiony podniósł głowę.

– Co takiego? O kobietach czy o orzechach?

Spojrzała na niego, zaskoczona, że wymówiła to głośno, zachwycona jego odpowiedzią. Wybuchnęła szalonym śmiechem, biorącym swój początek gdzieś w żołądku i wędrującym coraz wyżej. Chwyciła jego twarz w dłonie i okrywała pocałunkami.

– Nic, nieważne, tutaj. – Ściągnęła mu koszulę przez głowę. – O, teraz jest sprawiedliwie.

Kochała dotykać dłońmi jego skóry, jego zwartych ramion i twardych mięśni. Kochała czuć jego dłonie błądzące po niej, chwilami szorstkie, pośpieszne, chwilami delikatne i pełne cierpliwości.

Kiedy wieczorne światło zaczęło zaglądać do okna, a Flynn nie przerywał wędrówki po jej ciele, przymknęła oczy, oddając się we władanie zmysłom, owym trzepotaniom i napięciom, falom zimna i gorąca, pojedynczym, odrębnym, z wolna zlewającym w jeden ciągły spazm. Drżała, czując, jak palce Flynna wędrują po jej brzuchu i zsuwają z bioder bieliznę.

Przesuwał językiem coraz niżej, wreszcie dotarł do wnętrza, a wówczas fala wyniosła ją na sam szczyt.

Tak samo jak przedtem w tym zdumiewającym momencie w swojej kuchni, Flynn zapragnął ofiarować jej wszystko. I to, czego pożądała, i czego potrzebowała, więcej nawet, niż potrafiła sobie wyobrazić. Do tej pory nie miał pojęcia, jak to jest otrzymać miłość bezwarunkową, mieć świadomość, że czeka na niego właśnie taka. Nigdy nie czuł się jej pozbawiony, ponieważ nie wiedział nawet, że taka istnieje.

A teraz trzymał w objęciach kobietę, która mu ją ofiarowywała. Była jego cudem, jego magią. Jego kluczem.

Całował jej barki, szyję, oszołomiony dawką nowych, niewiarygodnych doznań, kiedy ramiona Malory zamknęły się wokół niego. W głowie wirowały mu tysiące słów, ale żadne z nich nie było wystarczające. Smakował rozkosznie słodkie wargi, a gdy uniosła biodra, wypełnił ją całą.

Wtuliła się w niego, ciepła, rozluźniona, senna, całym sercem pragnąc pozostać w kokonie tego cudownego, miłosnego oparu, wsłuchiwać się w dźwięki rozwibrowanej skóry. Obowiązki niech czekają, nawet całą wieczność, jak długo mogła tulić się do Flynna, czując uderzenia jego serca tuż przy swoim.

Zastanowiła się, dlaczego nie odpływają w krainę snu, nadzy, rozgrzani, otuleni kwiatem miłości, nakrywającym ich niczym miękka, jedwabna chmura.

Przeciągnęła się leniwie pod ręką, gładzącą jej plecy.

– Zostańmy tu przez całą noc; dwa niedźwiedzie w jaskini.

– Jesteś szczęśliwa?

Uniosła twarz i uśmiechnęła się.

– Oczywiście, że jestem. – Z powrotem wtuliła się w niego. – Jestem taka szczęśliwa, że aż udaję, że w kuchni nie ma żadnych naczyń do umycia i resztek do wyrzucenia.

– Przez ostatnie dni nie byłaś.

– Nie, nie byłam. – Wygodniej ułożyła głowę na jego ramieniu. – Czułam się tak, jakbym straciła kierunek, a wokół mnie wszystko poruszało się i zmieniało tak szybko, że nie potrafiłam nadążyć. Aż wreszcie uświadomiłam sobie, że jeśli to ja się nie zmienię, a przynajmniej nie otworzę na zmiany, kierunek i tak nie ma najmniejszego sensu, ponieważ zmierzam donikąd.

– Jest parę rzeczy, które chciałbym ci powiedzieć, jeśli zniesiesz jeszcze kilka zmian.

Niepewna, bo jego głos zabrzmiał nagle bardzo poważnie, przymknęła oczy, zbierając siły.

– Dobrze.

– O Lily.

Poczuł, jak momentalnie napina mięśnie.

– To może nie jest najlepszy moment, abyś opowiadał mi o innej kobiecie, zwłaszcza takiej, którą kochałeś i pragnąłeś poślubić.

– Myślę, że jest. Najpierw znaliśmy się przelotnie przez kilka miesięcy, potem spędziliśmy ze sobą niemal rok. Pasowaliśmy do siebie pod wieloma względami – zawodowo, społecznie, seksualnie…

Z jej cudownego kokonu pozostały teraz tylko strzępy. Poczuła nagły chłód.

– Flynn…

– Wysłuchaj mnie. Był to najdłuższy w moim dorosłym życiu związek z kobietą. Poważny związek, z planami na przeszłość. Myślałem, że się kochamy.

– Zraniła cię, wiem. Przykro mi, ale…

– Spokój. – Palcem dotknął czubka jej głowy. – Nie kochała mnie, albo – jeśli nawet kochała – tej miłości brakowało owych cech szczególnych. Nie mogłabyś nazwać jej darem.

Zamilkł na chwilę, a potem podjął, starannie dobierając słowa.

– Nie jest łatwo spojrzeć w lustro i zaakceptować, że brakuje ci
czegoś, jakiegoś elementu, który sprawiłby, by osoba, której pragniesz, cię kochała.
Próbowała zachować spokój.
– Nie, to nie jest łatwe.
– A nawet jeśli już się z tym pogodzisz i jednocześnie uświadomisz
sobie, że tej drugiej osobie też czegoś brakowało, że czegoś brakowało całemu waszemu związkowi, i tak czujesz się wytrącony z rytmu.
Uczysz się ostrożności, bronisz przed ponownym zaangażowaniem.
– Rozumiem.
– I kończysz, idąc donikąd – wymamrotał, parafrazując jej
wcześniejsze słowa. – Kilka dni temu Jordan powiedział coś, co
sprawiło, że na nowo zacząłem się zastanawiać. Czy ja rzeczywiście potrafiłem sobie wyobrazić życie z Lily, wiesz, naszą wspólną
drogę, rok po roku. Najbliższą przyszłość – bez trudu. Wyjazd do
Nowego Jorku, rozpoczęcie wymarzonej pracy, znalezienie mieszkania. I nagle uświadomiłem sobie, że to już wszystko. Tyle tylko
byłem w stanie zobaczyć. Ani jak żyjemy, ani co robimy – poza tym
jednym, dość mglistym obrazem – ani jak nam się ułoży za dziesięć lat. Wcale nietrudno było wyobrazić sobie życie bez niej,
znacznie trudniej rozpocząć je w tym miejscu, w którym mnie po-
rzuciła. Miałem mocno posiniaczone ego, czułem się zagniewany
i zraniony. A na dodatek dręczyłem się myślą, że może wcale nie
nadaję się do miłości i do małżeństwa.
Jej serce ścisnął żal, nad nim, nad sobą samą.
– Nie musisz mi tłumaczyć.
– Nie skończyłem jeszcze. Jakoś się z tym uporałem. Moje życie było uporządkowane. Ty pewnie myślałabyś inaczej, ale mnie
ono odpowiadało. Potem Moe rozłożył cię na chodniku i wszystko
zaczęło się zmieniać. Nie jest tajemnicą, że od pierwszej chwili mi
się spodobałaś i miałem nadzieję, że prędzej czy później wyląduje-
my nago na tej sofie. Ale początkowo było to wszystko, co mogłem
sobie wyobrazić, jeśli idzie o nas dwoje.
Uniósł jej twarz. Chciał, by w tym momencie patrzyła na niego, sam chciał ją widzieć.
– Znam cię niecały miesiąc. Do wielu zasadniczych spraw pod-
chodzimy zupełnie inaczej. Ale potrafię sobie wyobrazić życie z tobą, w podobny sposób, w jaki człowiek spogląda przez okno i widzi
rozciągający się za nim świat. Widzę, jak to będzie za rok albo za
dwadzieścia lat, widzę ciebie, siebie i wszystko, co robimy.

Przesunął palcami po jej policzkach.
– Czego natomiast nie potrafię dostrzec: jak mam podjąć życie od tego punktu, w którym ty miałabyś mnie opuścić.
Patrzył na łzy w jej oczach, powoli spływające w dół.
– Kocham cię. – Zaczął ścierać je palcami. – Nie mam żadnych superplanów na przyszłość, wiem tylko, że cię kocham.
Wezbrała w niej fala uczuć, jasna i potężna, niemal wytryskująca kolorowymi smugami. Przerażona, że jeszcze chwila, a eksploduje, zmusiła się do uśmiechu.
– Chciałabym poprosić cię o coś bardzo ważnego.
– Wszystko, czego zapragniesz.
– Obiecaj mi, że nigdy nie pozbędziesz się tej sofy.
Roześmiał się i pogładził ją po policzku.
– Będziesz tego żałowała.
– Nie będę. Nie będę żałowała niczego.

Z dwiema kobietami – jej przyjaciółkami i partnerkami jednocześnie – Malory siedziała na ganku domu, mającego niebawem w jednej trzeciej stanowić jej własność.
Odkąd tu przyjechała, nie przestawały zasnuwać nieba coraz to nowe chmury, piętrzące się jedna nad drugą, skłębioną, szarą masą. Nadciąga burza, pomyślała, radując się perspektywą znalezienia się wewnątrz domu, podczas gdy deszcz będzie walił o dach. Ale przedtem chciała jeszcze chwilę posiedzieć na dworze, gdzie powietrze było już naelektryzowane, a drzewa pochylały się w pierwszych podmuchach wiatru. Czuła potrzebę podzielenia się z przyjaciółkami swoją radością.
– On mnie kocha. – Nigdy nie znudzi jej się powtarzanie tego na głos. – Flynn mnie kocha.
– Jakie to romantyczne. – Zoe wygrzebała chusteczkę z torebki i wydmuchała nos.
– O tak. Wiecie, dawniej bym tak nie pomyślała. Wszystko miałam opracowane w najdrobniejszych szczegółach. Światło świec, muzyka, idealny facet, wytworne wnętrze. Albo gdzieś na dworze, w wyszukanej scenerii. Wszystko starannie wyreżyserowane.
Potrząsnęła głową, śmiejąc się z tamtych wyobrażeń.
– Stąd też wiem, że to prawdziwe uczucie. Bo nic nie musiało być eleganckie i wymuskane. Po prostu musiało być. Po prostu to musiał być Flynn.

– Jezu, trudno mi pogodzić te gwiazdy w twoich oczach z Flynnem. – Dana oparła podbródek na pięści. – Miły i w ogóle, i przecież też go kocham. Ale to jest Flynn, mój ukochany głupek. Nigdy nie wyobrażałam go sobie w romantycznej roli. Co, do diabła, siedzi w tym klopsie? – zwróciła się do Zoe. – Może ja też powinnam wypróbować przepis.

– Sama mam zamiar ponownie go wypróbować. – Zoe poklepała Malory po kolanie. – Naprawdę cieszę się z waszego szczęścia. Od samego początku podobaliście mi się jako para.

– Hej, wprowadzasz się do niego? – ożywiła się Dana. – To by zmusiło Jordana, żeby zabierał swój tyłek, i to szybko.

– Przykro mi, do tego etapu jeszcze nie doszliśmy. Na razie wystarcza nam, że się kochamy. We mnie zaszły ogromne zmiany. Nie układam żadnych planów, nie spisuję list. Po prostu żyję. A czuję się tak, jakbym mogła cały świat zawojować. Co sprowadza mnie do następnego punktu naszej sesji. Przepraszam, że do tej pory nie wniosłam żadnego wkładu w planowanie urządzenia domu. W niczym wam nie pomogłam.

– Myślałam już, że masz zamiar się wycofać – rzuciła Dana.

– Zastanawiałam się nad tym. Przepraszam, że nie powiedziałam wam tego wcześniej. Chyba najpierw sama musiałam dokładnie rozważyć, co robię i dlaczego. Teraz wreszcie wiem. Otwieram własne przedsiębiorstwo, bo przecież im dalej odsuwasz marzenie, tym mniejszą masz szansę je urzeczywistnić. Wchodzę w spółkę z dwiema kobietami, które bardzo lubię. Nie zawiodę ich i siebie nie zawiodę także.

Wstała i z rękami na biodrach odwróciła się w kierunku domu.

– Nie wiem, czy dojrzałam do tego, ale jestem gotowa spróbować. Nie wiem, czy znajdę klucz w czasie, jaki mi wyznaczono, ale wiem, że będę próbowała.

– Wiesz, co o myślę? – Zoe wstała także i dołączyła do Malory. – Gdyby nie klucz, Flynn i ty nie zakochalibyście się w sobie, my we trójkę nie znałybyśmy się wcale ani nie kupiłybyśmy tego domu. To z powodu kluczy otrzymałam szansę uczynienia czegoś wyjątkowego dla siebie i dla Simona. Ale bez was byłabym jej pozbawiona.

– No to grupowy uścisk. – Dana podeszła do przyjaciółek. – Czuję dokładnie tak samo. Nie miałabym szansy na to wszystko bez was obu. Mój brat-idiota zdobył świetną dziewczynę, która jest w nim zakochana. A wszystko zaczęło się od klucza. Mówię ci, że go odnajdziesz.

Popatrzyła w górę. Pierwsze krople deszczu uderzyły w ziemię.
– Zwiewajmy stąd, zanim lunie.
Znalazłszy się w środku, stanęły w luźnym półkolu.
– Razem czy osobno? – zapytała Malory.
– Razem – odparła Zoe.
– Góra czy dół?
– Góra. – Dana rozejrzała się, notując potakujące skinięcia głów. – Mówiłaś, że Flynn się do nas wybiera?
– Tak, miał wpaść na godzinkę.
– Świetnie, użyjemy go jako jucznego muła do wywleczenia wszystkiego, czego będziemy się chciały pozbyć ze strychu.
– Ale tam są różne świetne rzeczy. – Twarz Zoe płonęła entuzjazmem. – Wiem, że na pierwszy rzut oka strych wygląda jak śmietnik, ale jak już przekopiemy się przez zwały rupieci, znajdziemy niejeden przedmiot nadający się do użytku. Na przykład jest tam taki stary fotel bujany. Wystarczy dać mu nowe plecione siedzenie i pomalować. Znakomicie będzie się prezentował na ganku. Albo lampy stojące. Abażury są do wymiany, ale podstawy tylko do oczyszczenia.

Głos Zoe zamierał, w miarę jak Malory wspinała się po schodach. Okno na ostatnim podeście było zalane deszczem, zasnute kurzem. Serce Malory zaczęło bić jak oszalałe.
– To jest to miejsce – szepnęła.
– O tak, to jest to. – Dana ujęła się pod boki i rozejrzała po piętrze. – Za kilka tygodni, jak załatwimy wszystkie formalności w banku, definitywnie będzie nasze.
– Nie. To jest to miejsce. To ten dom. Jak mogłam być taka głupia, żeby nie wiedzieć tego wcześniej? – Głos Malory pulsował podnieceniem; słowa wypływały pośpiesznie. – To nie miało należeć do Flynna, tylko do mnie. To ja jestem kluczem. Czy nie tak mówiła Rowena?

Odwróciła się, spoglądając na przyjaciółki roziskrzonymi oczami.
– „Piękno, wiedza, odwaga". To my trzy, a to jest to miejsce. Mój sen, moje marzenie, moje wyobrażenie o ideale. Tak więc to musiało być miejsce należące do mnie.

Przycisnęła ręce do serca, w obawie że wyskoczy jej z piersi.
– Klucz znajduje się w tym domu.

W następnej chwili była sama. Schody za nią wypełniała słaba, niebieska poświata. Podpływała ku niej niczym mgła, pełzła po podłodze, do jej stóp, spowijając aż po kostki zimną wilgocią. Przerażona Malory zaczęła wołać, ale jej głos odbił się tylko szyderczym echem.

Z bijącym sercem popatrzyła na pomieszczenia po prawej i po lewej. Świetlista niebieska mgła wiła się i rozlewała po ścianach, po szybach, blokując dostęp nawet mrocznemu światłu nawałnicy.

Biegnij, rozległ się w jej głowie gorączkowy szept. Biegnij, uciekaj stąd, zanim będzie za późno. To nie była jej walka. Ona była zwyczajną kobietą, wiodącą zwyczajne życie.

Chwyciła się poręczy i uczyniła pierwszy krok w dół. Przez przezroczystą, błękitną kurtynę, błyskawicznie pożerającą prawdziwe światło, wciąż jeszcze dostrzegała drzwi wejściowe. Za nimi rozciągał się świat realny, jej świat. Musi je tylko otworzyć i wyjść na zewnątrz, tam, gdzie wszystko jest normalne, gdzie wszystko znajduje się na swoim miejscu.

Tego właśnie pragnęła. Normalnego życia. Jej sen stanowił przecież odbicie jej pragnień. Małżeństwo i rodzina. Chrupiące grzanki na śniadanie i kwiaty na toaletce. Piękno prostych przyjemności, życie w miłości i przywiązaniu.

To właśnie czekało na nią za drzwiami.

Schodziła po schodach jak w transie. Jej wzrok potrafił przeniknąć przez drzwi, za którymi rozciągał się idealnie piękny, jesienny dzień. Ozłocone słońcem drzewa, powietrze czyste i ostre. I chociaż serce w piersi nadal galopowało obłąkańczo, uśmiechnęła się w rozmarzeniu, sięgając klamki.

– To jest fałsz. – Usłyszała własny głos, dziwnie płaski i bez wyrazu. – To kolejny trik. – Kiedy odwracała się od drzwi, od idealnego życia czekającego na zewnątrz, zadrżała. – Świat za drzwiami wcale nie jest realny, prawdziwe jest to, co otacza mnie tutaj. Tu jest teraz moje miejsce.

Oszołomiona, jak niewiele brakowało, by zdradziła przyjaciółki, znowu zaczęła nawoływać Danę i Zoe. Dokąd je zabrał? Jaką iluzją je rozdzielił? Pełna obaw, pośpiesznie wbiegła na schody, rozdzierając niebieskie mgły, które natychmiast zamykały się za nią, układając w ohydne wstęgi.

Dla lepszej orientacji podeszła do okna u szczytu schodów i rozgarnęła lodowate opary. Czubki palców zdrętwiały jej natychmiast, ale teraz przynajmniej coś widziała. Na dworze nadal szalała burza. Z ciemnego nieba lały się strugi wody, na podjeździe stał jej samochód, tam, gdzie go zostawiła, po przeciwnej stronie ulicy kobieta z czerwoną parasolką i torbą wypełnioną zakupami zmierzała w stronę domu.

To było realne, powiedziała do siebie. To było życie, nieuporządkowane, dokuczliwe. Musi je odzyskać. Musi odnaleźć drogę z powrotem. Ale przedtem musi wykonać zadanie.

Ruszyła w prawo, czując przenikliwe zimno, ogarniające całe ciało. Marzyła o żakiecie, o świetle latarki, tęskniła do przyjaciół, do Flynna. Zmusiła się do tego, żeby nie pędzić na oślep. Pokój przekształcił się w labirynt nieprawdopodobnie splątanych korytarzy.

To bez znaczenia. Kolejny trik, żeby ją oszołomić i wystraszyć. Gdzieś w tym domu znajduje się klucz. I jej przyjaciółki. Odnajdzie wszystko.

Szła do przodu, starając się nie ulec panice. Wokół było idealnie cicho; samotne kroki tłumiła błękitna mgła. Cóż może być bardziej przerażającego dla ludzkiego serca niż zimno, samotność i poczucie zagubienia? Używał tego przeciwko niej, grając na jej instynktach.

Ponieważ nie mógł jej dotknąć, dopóki mu na to nie zezwoli.

– Nie zmusisz mnie do biegu! – krzyknęła. – Wiem, kim jestem, gdzie jestem i nie zmusisz mnie do tego, żebym zaczęła biec.

Usłyszała czyjś głos, wołający jej imię. Drobna szczelina w nieprzeniknionym powietrzu. Kierując się nią niczym drogowskazem, zawróciła znowu.

Zimno wzmogło się jeszcze, wilgotny opar zawirował. Ubranie jej przemokło, skóra zlodowaciała. Wołanie mogło być kolejną sztuczką, pomyślała. Teraz nie słyszała nic poza pulsowaniem krwi w głowie.

To bez znaczenia, który kierunek wybierze. Może bez końca kręcić się w kółko albo stać zupełnie bez ruchu. Nieważne, czy odnajdzie drogę, czy da się wywieść na manowce. Teraz był to wyłącznie pojedynek woli.

Klucz znajdował się tutaj. Ona chciała go odnaleźć. On usiłował jej w tym przeszkodzić.

– To musi być dla ciebie poniżające mierzyć się z osobą śmiertelną. Marnotrawić całą swoją moc i wszystkie talenty na kogoś tak niepozornego jak ja. I co, wszystko, na co cię stać, to te drażniące, niebieskie efekty świetlne?

Gdzieś na krawędzi mgły rozbłysła gniewna czerwień. Malory zadrżało serce, jednak zacisnęła zęby i szła dalej. Może nie było to najrozsądniejsze drażnić czarownika, jednak poza ryzykiem przyniosło też pewną korzyść. Tam, gdzie czerwone i niebieskie światła przenikały się wzajemnie, dostrzegła parę drzwi. Strych, pomyślała. To tam. Nie żadne wyczarowane iluzją korytarze i zakręty, tylko prawdziwa substancja domu. Skupiła na nim całą uwagę i ruszyła do przodu. Mgła podniosła się, zgęstniała i zaczęła wirować, ale zignorowała ją, w umyśle odtwarzając obraz tamtych drzwi.

Wstrzymując oddech, przebiła ręką mgłę, zaciskając dłoń na starej, szklanej gałce, i przekręciła. Ciepło ogarnęło ją cudowną falą. Wkroczyła w ciemność, a niebieski opar czaił się tuż za nią.

Flynn jechał mimo szalejącej burzy, wychylony do przodu w fotelu kierowcy, usiłując przeniknąć wzrokiem kurtynę deszczu, którą wycieraczki ledwo nadążały odsuwać. Na tylnym siedzeniu Moe skomlił jak dziecko.

– Przestań wreszcie, ty tchórzu, przecież to tylko odrobina wody. – Błyskawica przecięła czarne niebo, a towarzyszył jej grzmot ogłuszający niczym wystrzał armatni. – I trochę światła.

Zaklął i mocniej ścisnął kierownicę, kiedy samochodem ostro zarzuciło.

– I trochę wiatru – mruknął. Nadciągającego z całym impetem.

Kiedy wychodził z redakcji, zapowiadało się zaledwie na przelotny deszcz, jednak dosłownie z każdym calem drogi burza przybierała na sile. Podobnie jak skomlenie Moego, które teraz przekształciło się w żałosne wycie. Flynn bał się, że Malory, Danę lub Zoe – czy nawet wszystkie naraz – zaskoczyła nawałnica.

Na pewno są już w środku, próbował się uspokoić. Był gotów przysiąc, że na tym krańcu miasta burza szalała znacznie gwałtowniej. Ze wzgórz nadciągała mgła, przykrywająca je szarą, grubą, całkowicie nieprzeniknioną, mięsistą zasłoną. Widoczność pogarszała się z każdą chwilą, zmuszając do ostrożnej jazdy. Samochód ledwo się wlókł, a i tak miotało nim na każdym zakręcie.

– Musimy się zatrzymać – powiedział do Moego. – Musimy stanąć i przeczekać.

Czuł strach pełznący mu wzdłuż kręgosłupa. Kiedy zaparkował przy krawężniku, lęk bynajmniej nie złagodniał, przeciwnie, ostrymi szponami wbił mu się w kark. Łomot deszczu o dach samochodu odbijał się w jego głowie ogłuszającym echem.

– Coś jest nie tak.

Wyjechał z powrotem na ulicę, zaciskając ręce na kierownicy, kiedy wiatr miotnął samochodem. Z wysiłku i zdenerwowania pot spływał mu po plecach. Pokonując trzy kolejne przecznice, czuł się jak człowiek toczący ciężką walkę. Na widok samochodów zaparkowanych na podjeździe poczuł ulgę. Zatem nic im się nie stało, pomyślał. Są w środku. Nie ma problemu. Zachował się jak idiota.

– Tłumaczyłem ci, że nie ma strachu – powiedział do Moego. – A teraz wybieraj, albo się sprężysz i wejdziesz ze mną do środka, albo zostaniesz tutaj, piszcząc i dygocząc. To już tylko zależy od ciebie.

Zaparkował przy krawężniku i popatrzył na dom. Znowu ogarnęło go przerażenie.

Jeśli burza miała serce, znajdowało się ono właśnie tutaj. Czarne chmury niemal gotowały się nad domem, pompując gniew z niesłabnącą siłą. Na jego oczach błyskawica poszybowała ku ziemi niczym ognista strzała, godząc w trawnik i rysując na nim czarną, zygzakowatą ścieżkę.

– Malory.

Sam nie wiedział, czy wypowiedział to imię na głos, wykrzyczał je, czy może tylko wymówił w myślach. Pchnął drzwi i rzucił się w szalejącą burzę. Wiatr cisnął nim do tyłu z niewiarygodną siłą. Flynn poczuł krew w ustach. Błyskawice pluły ogniem niczym moździerze, dosłownie o krok od niego, powietrze przesycał zapach spalenizny. Oślepiony siekącym deszczem pochylił się i ruszył w kierunku domu.

Na schodach potknął się. Nawoływał Malory bez końca, powtarzając jej imię niczym litanię, kiedy ujrzał ostre, niebieskie światło, przesączające się przez drzwi frontowe.

Gałka parzyła mrozem i nie dawała się przekręcić. Cofnął się, zaciskając zęby, naparł na drzwi, raz i drugi. Za trzecim razem ustąpiły.

Wpadł do środka, prosto w niebieską mgłę.

– Malory! – Odrzucił z twarzy mokre włosy. – Dana!

Zachwiał się, kiedy coś otarło się o jego nogi, podniósł pięści i opuścił je z przekleństwem, gdyż owo „coś" okazało się kompletnie przemoczonym psem.

– Cholera, Moe, nie mam czasu...

Urwał, bo Moe zawarczał z głębi gardła, szczeknął wściekle i rzucił się ku schodom.

Flynn puścił się za nim... i znalazł się w swoim biurze.

– Jeśli mam napisać wyczerpującą relację z jesiennego festiwalu, potrzebuję całej pierwszej strony dodatku weekendowego i dodatkowej kolumny na wydarzenia towarzyszące. – Rhoda przybrała wojowniczą pozę, krzyżując ramiona. – Wywiad Tima z tym facetem od klaunów może iść na drugą stronę.

W uszach dzwoniło mu lekko, w dłoniach trzymał filiżankę z kawą. Kiedy wpatrywał się w poirytowaną twarzy Rhody, czuł aromat kawy i zapach perfum White Shoulders, którymi zwykła się skrapiać. Za nim popiskiwał skaner, a Moe chrapał niczym silnik parowy.

– To wszystko jest gówno.

– Nie masz prawa posługiwać się takim językiem w rozmowie ze mną – oburzyła się Rhoda.

– To wszystko jest gówno. Mnie tutaj nie ma, ciebie też nie.

– Najwyższy czas, aby zaczęto traktować mnie z szacunkiem. Kierujesz „Dispatchem" wyłącznie dlatego, że twoja matka nie chciała dopuścić, żebyś zrobił z siebie głupca w Nowym Jorku. Wielkie miasto, wielki reporter, patrzcie państwo. Jesteś mały, ugrzązłeś w małej mieścinie. Zawsze tak było i zawsze tak będzie.

– Pocałuj mnie w dupę – powiedział Flynn i cisnął filiżankę z kawą prosto w twarz Rhody.

Krzyknęła krótko, a on na powrót znalazł się we mgle. Drżąc cały, skierował wzrok w tę stronę, skąd naszczekiwał Moe. Przez wirujące opary zobaczył klęczącą Danę, kurczowo obłapiającą psa za szyję.

– Och, dzięki Bogu, Flynn. – Zerwała się i zarzuciła mu ręce na szyję, jak przedtem Moemu. – Nie mogę ich znaleźć. Nie mogę ich znaleźć. Najpierw byłam tutaj, potem mnie nie było, a teraz znowu tu wylądowałam. – W jej głosie brzmiała histeria. – Byłyśmy razem, dokładnie w tym miejscu, a potem nas nie było.

– Przestań, przestań. – Potrząsnął nią gwałtownie. – Oddychaj.

– Przepraszam. – Zadrżała i potarła rękami twarz. – Byłam w pracy, a jednocześnie nie byłam. Nie mogłam być. Coś mnie otumaniło, miotałam się na wszystkie strony i za nic nie mogłam ustalić, co jest nie tak. Usłyszałam szczekanie Moego. Wtedy przypomniałam sobie, że przecież byłyśmy w tym domu, i dokładnie w tym samym momencie znowu się w nim znalazłam, otoczona tym... Bóg jeden wie, co to takiego. Ale Zoe i Malory nigdzie nie ma.

Próbowała odzyskać równowagę.

– Klucz. Malory powiedziała, że klucz jest tutaj. Myślę, że miała rację.

– Idź. Wyjdź na dwór. Zaczekaj na mnie w samochodzie.

Dana odetchnęła głęboko i zadrżała znowu.

– Boję się, ale nie zostawię ich tutaj, Ciebie także nie. Jezu, Flynn, wargi ci krwawią.

Przejechał dłonią po ustach.

– Nic takiego. Chodź, trzymajmy się razem.

Ujęli się za ręce, splatając palce. Jednocześnie usłyszeli walenie w drewno. Wyprzedzani przez Moego pobiegli w stronę, skąd dochodził odgłos. Pod drzwiami stała Zoe, okładając je pięściami.

– Tam, tam – wołała – ona tam jest. Wiem, że ona tam jest, ale nie potrafię się do niej dostać.

– Odsuń się – zakomenderował Flynn.

– Wszystko z tobą w porządku? – Dana chwyciła przyjaciółkę za ramię. – Nic ci się nie stało?

– Nie. Dana, ja byłam w domu. Kręciłam się po kuchni, radio grało, zastanawiałam się, co zrobić na obiad. Mój Boże, jak długo to trwało? Jak długo byłyśmy rozdzielone? Jak długo Malory jest tam sama?

Rozdział dwudziesty

*B*ała się. Ale przyznanie do strachu, uświadomienie sobie, że choć boi się bardziej niż kiedykolwiek w życiu, jednocześnie zaś jest tak zdeterminowana, że nie ulegnie, w jakiś sposób pomagało.

Zimne niebieskie światło pochłonęło całe ciepło, palce mgły skradały się wzdłuż odsłoniętej więźby dachowej, pełzały po niewykończonych ścianach i zakurzonej podłodze.

Poprzez mgłę dostrzegła własny oddech, wydobywający się w postaci białych obłoczków pary. To rzeczywistość, powiedziała do siebie. To jest rzeczywistość, znak życia, dowód jej własnego człowieczeństwa.

Pomieszczenie było długie i obszerne, z dwoma wąskimi okienkami w ścianach szczytowych i ukośnymi połaciami dachu, opadającymi ostro z obu stron.

Mimo to rozpoznała je. W jej śnie w dachu znajdował się rząd świetlików, szczytowe okna były ogromne, o ściany w lekko kremowym odcieniu stały oparte jej obrazy, a odkurzoną podłogę zdobiły wesołe rozbryzgi farby we wszystkich kolorach tęczy. W powietrzu unosiło się ciepło letniego poranka i zapach terpentyny.

Teraz było tu wilgotno i zimno. Pod ścianami zamiast obrazów piętrzyły się kartonowe pudła, stare krzesła, kanapy i rozmaite rupiecie, pozostałości po poprzednich lokatorach. Mimo to widziała – och, i jeszcze jak wyraźnie – jak by tu mogło być.

Stopniowo wizja stawała się coraz bardziej wyrazista.

Ciepłe pomieszczenie, rozjaśnione światłem, ożywione kolorem. Na roboczym stole pędzle, nożyki malarskie i niewielki biały wazonik, pełen różowych lwich paszczy, które zerwała w ogrodzie dziś rano. Pamiętała ten moment. Flynn udał się już do redakcji, a ona wyszła jeszcze do ogrodu nazbierać tych słodkich, delikatnych kwiatków, żeby dotrzymały jej towarzystwa podczas pracy.

Pomyślała w rozmarzeniu, że miała swoją pracownię, gdzie czekało na nią białe płótno. Wiedziała, czym je zapełnić. Zbliżyła się do sztalug, ujęła paletę i zaczęła mieszać farby. Słońce wlewało się przez okna. Część z nich była pootwierana, z powodów czysto praktycznych – dla lepszej wentylacji – i dla przyjemności rozkoszowania się lekkim wietrzykiem. Z głośników stereo płynęła głośna muzyka. Obraz, który miała namalować dzisiaj, wymagał pasji i oddania.

W wyobraźni widziała go już wykończony; siła bijąca z tej wizji wzbierała w niej niczym nawałnica. Podniosła pędzel i zanurzyła w farbie, czyniąc pierwsze pociągnięcie.

Jej serce uderzało mocno, przepełnione radością niemal nie do zniesienia, uczuciem tak silnym, że gdyby nie przeniosła go na płótno, eksplodowałoby w niej.

Całą kompozycję miała wypaloną w mózgu, na podobieństwo scen wytrawianych na szkle. Z każdym ruchem pędzla, z każdą kładzioną plamą koloru, przenosiła ją do życia.

– Wiesz, to zawsze było moim największym pragnieniem – zaczęła tonem konwersacji, nie przerywając pracy. – Odkąd sięgam pamięcią, zawsze chciałam malować. Pożądałam talentu, wizji, umiejętności, pragnęłam stać się uznaną artystką.

– Teraz posiadasz to wszystko.

Zmieniła pędzel, spoglądając z ukosa na Kane'a, po czym z powrotem przeniosła wzrok na płótno.

– Tak, posiadam.

– Wreszcie okazałaś się mądra i na koniec dokonałaś właściwego wyboru. Sprzedawczyni w sklepie – roześmiał się, zbywając tę wizję lekceważącym machnięciem ręki. – Czy w tym jest jakaś potęga? Co to za zaszczyt sprzedawać to, co stworzyli inni, skoro samemu można tworzyć. Jeśli teraz wybierzesz, kim chcesz być i co chcesz posiadać, otrzymasz to.

– Tak, rozumiem. To ty mi pokazałeś drogę. – Rzuciła mu kose spojrzenie. – Co jeszcze mogę mieć?

– Chcesz mężczyzny? – Kane nonszalancko wzruszył ramionami. – Jest z tobą związany, prawdziwy niewolnik miłości.

– A gdybym wybrała inaczej?

– Mężczyźni to kapryśne stworzenia. Jak mogłabyś być pewna jego uczuć? Możesz sama namalować swój świat, tak jak zamalowujesz to płótno, według osobistych życzeń i upodobań.

– Sława? Bogactwo?

Wykrzywił usta.

– Śmiertelnicy – zawsze ta sama historia. Utrzymują, że miłość znaczy dla nich więcej niż życie. Ale to bogactwa i sławy pożądają naprawdę. Możesz je mieć.

– A ty? Co ty wybierasz?

– Ja już wybrałem.

Skinęła głową, ponownie zmieniając pędzel.

– A teraz wybacz, muszę się skoncentrować.

Malowała, obmywana ciepłym, słonecznym światłem, przy głośnym akompaniamencie muzyki.

Flynn naparł ramieniem na drzwi i ujął gałkę, przygotowując się do następnego pchnięcia. Gładko obróciła się pod jego dłonią.

Zoe rzuciła mu zawstydzony uśmiech.

– Musiałam ją wcześniej obluzować.

– Zostańcie tutaj.

– Nie gadaj tyle, bo się zmęczysz – poradziła Dana, następując mu na pięty.

Światło zdawało się pulsować, zupełnie jakby ożyło. Warczenie Moego przekształciło się w zduszony skowyt.

Flynn dostrzegł Malory, stojącą w odległym kącie strychu. Ulga, jaką odczuł w tym momencie, była niczym walnięcie młotem prosto w serce.

– Malory, Bogu dzięki... – Rzucił się do przodu i uderzył w nieprzeniknioną ścianę mgły.

– To jak przegroda – mówił gorączkowo, napierając i waląc pięściami. – Ona jest tam uwięziona.

– A my jesteśmy uwięzieni tutaj. – Zoe przycisnęła dłonie do mgły. – Ona nas nie słyszy.

– Musimy sprawić, żeby nas usłyszała. – Dana zaczęła się rozglądać za czymś do rozbicia przeszkody. – W myślach pewnie przebywa zupełnie gdzie indziej, podobnie jak my przedtem. Musimy sprawić, żeby nas usłyszała i wyrwała się stamtąd.

Moe szalał, rzucając się na mgłę i szarpiąc ją zębami. Jego szczekanie grzmiało niczym karabinowe salwy, ale Malory, nieporuszona niczym rzeźba, stała odwrócona do nich plecami.

– Musi istnieć jakaś droga. – Zoe opadła na kolana, przesuwając palcami wzdłuż ściany mgły. – To jest lodowate. Zobaczcie, Malory trzęsie się z zimna.

– Malory! – Ogarnięty bezsilnym gniewem Flynn walił w przegrodę, aż dłonie zaczęły mu krwawić. – Nie pozwolę, aby coś ci się stało. Musisz mnie usłyszeć. Kocham cię. Cholera, Malory, kocham cię. Usłysz mnie.

– Czekaj. – Dana złapała go za ramię. – Poruszyła się. Widziałam, jak się poruszyła. Mów do niej, Flynn, po prostu nie przestawaj do niej mówić.

Flynn przycisnął czoło do ściany, za wszelką cenę starając się zachować spokój.

– Kocham cię, Malory. Musisz dać mi szansę zobaczyć, dokąd nas to zaprowadzi. Potrzebuję cię, więc albo wyjdź stamtąd, albo wpuść mnie do siebie.

Malory zacisnęła usta, w miarę jak obraz nabierał kształtu na płótnie.

– Słyszałeś coś? – rzuciła od niechcenia.

– Nic. – Kane uśmiechnął się, patrząc na trójkę śmiertelnych po drugiej stronie ściany mgły. – Nic a nic. Co tam malujesz?

– No, no – żartobliwie pogroziła mu palcem. – Potrafię się zdenerwować. Nie lubię, kiedy ktoś podgląda moje dzieło, zanim jest skończone. Mój świat – przypomniała mu, kładąc kolejny kolor – moje prawa.

Skłonił się z gracją.

– Jak sobie życzysz.

– Och, nie obrażaj się. Już prawie skończyłam. – Pracowała szybko, całą wolą przenosząc na płótno wizję swojego umysłu. Jej najlepsze dzieło. Nic, co namalowała do tej pory, nie znaczyło tyle, ile ten właśnie obraz.

– Sztuka nie powstaje wyłącznie w oku patrzącego – mówiła. – Sztukę tworzy i artysta, i temat, i cel, i wreszcie ten, który ją ogląda.

Puls walił jej jak oszalały, ale ręka pozostawała pewna. Przez jeden, bezczasowy moment zatrzasnęła swój umysł przed wszystkim, co nie było barwą, kształtem, fakturą.

Kiedy odstępowała od sztalug, jej oczy błyszczały triumfalnie.

– To najwspanialsze dzieło, jakie kiedykolwiek stworzyłam – oznajmiła. – Może też i najwspanialsze, jakie kiedykolwiek stworzę. Zastanawiam się, jaka będzie twoja opinia.

Wykonała zapraszający gest.

– Światło i cień – mówiła, kiedy zbliżał się do sztalug. – Spoglądanie do środka i na zewnątrz. Z wnętrza mnie samej na to, co mnie otacza, i na płótno. Tam, gdzie przemawia moje serce. Nazwałam ten obraz „Śpiewająca bogini".

Twarz, którą namalowała, była jej twarzą. Jej i jednocześnie twarzą najstarszej ze Szklanych Cór. Bogini stała wśród lasu, wypełnionego migotliwym złotym światłem, złagodzonym zielonkawymi cieniami, nad rzeką spływającą ze skały niczym strumień łez. Za nią, na ziemi, siedziały jej siostry, splótłszy razem dłonie. Venora – teraz już znała jej imię – trzymała harfę. Śpiewała, zwracając twarz ku niebu, a jej pieśń zdawała się rozbrzmiewać w powietrzu, słyszalna dla patrzącego.

– Czy sądziłeś, że zadowolę się tą zimną iluzją, kiedy miałam szansę zdobycia czegoś prawdziwego? Że przehandluję swoje życie za sen? Nie doceniasz śmiertelnych, Kane.

Kiedy rzucił się ku niej, tryskając płomieniami gniewu, odmówiła szybką modlitwę. Czy aby nie przeceniła swoich sił? Ona albo Rowena?

– Pierwszy klucz jest mój. – Wypowiadając te słowa, wyciągnęła rękę w stronę płótna, zanurzyła ją w obrazie. Oszałamiający podmuch ciepła ogarnął ją aż po ramię, kiedy zaciskała palce na kluczu, namalowanym przez nią u stóp bogini.

Klucz lśnił w promieniach światła, przecinających cień na podobieństwo złocistych mieczy.

Czuła jego kształt, jego ciężar i z triumfalnym okrzykiem wyciągnęła go na zewnątrz.

– Oto, co wybieram. A ty możesz iść do piekła.

Mgła zakotłowała się. Ze straszliwym przekleństwem Kane uniósł rękę do ciosu. W tej samej chwili Flynn i Moe z impetem przelecieli przez ścianę. Szczekając ostro, urywanie, Moe skoczył… Kane rozwiał się w ciemności niczym cień i zniknął.

Flynn poderwał Malory w górę. W tej samej chwili przez maleńkie okienko błysnęło słońce. Na zewnątrz krople deszczu miarowo spadały z okapu. Pomieszczenie było tylko starym strychem, zakurzonym, zawalonym rupieciami.

Obraz, stworzony przez nią z miłości, wiedzy i odwagi, zniknął.

– Mam cię. – Flynn zanurzył twarz w jej włosach, podczas gdy Moe obskakiwał ich oboje. – Nic ci się nie stało. Mam cię.

– Wiem, wiem. – Zaczęła szlochać cicho, spoglądając na klucz trzymany w zaciśniętych palcach. – Namalowałam go – powiedziała, wyciągając rękę w kierunku Zoe i Dany. – Znalazłam klucz.

Ponieważ nalegała, Flynn zawiózł ją od razu na Wzgórze Wojownika, a Dana i Zoe jechały za nimi. Chociaż włączył ogrzewanie na maksimum i otulił ją wyciągniętym z bagażnika, dość cuchnącym pledem Moego, Malory nie przestawała drżeć.

– Potrzebna ci gorąca kąpiel albo coś podobnego. Herbata, zupa, sam nie wiem co. – Ręką, której daleko było do spokoju, przejechał po włosach. – Najlepiej brandy.

– Dobrze, zażyję to wszystko, jedno po drugim – obiecała Malory. – Gdy tylko zwrócimy klucz tam, gdzie jego miejsce. Jak długo go trzymam, nie jestem w stanie się odprężyć.

Mocniej przycisnęła do piersi zaciśniętą dłoń.

– Ciągle nie rozumiem, jak to się stało, że go posiadłam.

– Ja tym bardziej nie. Może kiedy opowiesz mi wszystko po kolei, razem jakoś to pozbieramy.

– Rozdzielając nas, Kane usiłował mnie zdezorientować i wystraszyć, sprawić, żebym poczuła się zagubiona i samotna. Najwyraźniej jednak jego moc też ma swoje granice. Nie potrafił utrzymać w tej iluzji jednocześnie nas trzech i jeszcze ciebie. Nie wszystkich naraz. Jesteśmy ze sobą związani i przez to silniejsi, niż przypuszczał. Tak mi się przynajmniej wydaje.

– Dotąd pojmuję. Trzeba przyznać, że Rhoda nieźle mu wyszła.

– Musiałam go sprowokować. Wiedziałam, że klucz znajduje się gdzieś w domu. – Malory mocniej otuliła się pledem, szukając choćby odrobiny ciepła. – Zdaje się, że nie relacjonuję wydarzeń w dobrym dziennikarskim stylu.

– Nie przejmuj się tym. Już ja to wszystko powygładzam. Skąd wiedziałaś?

– Strych, gdzie dokonałam wyboru, gdzie pokazał mi te wszystkie rzeczy, których tak bardzo pragnęłam. Kiedy tylko wyruszyłyśmy na górę, Dana, Zoe i ja, od razu sobie uświadomiłam, że to właśnie jest miejsce z mojego snu. A pracownia malarska znajdowała się na najwyższej kondygnacji. Na strychu. No więc klucz musiał znajdować się tam – w miejscu podjęcia decyzji – podobnie jak na obrazach. Z początku wydawało mi się, że kiedy zaczniemy grzebać w zalegających poddasze rupieciach, z pewnością natrafimy na coś, co będzie pasowało do wskazówek. Tymczasem rzeczywistość okazała się inna – bardziej skomplikowana, a jednocześnie prostsza.

Westchnęła, przymykając oczy.
– Jesteś zmęczona. Odpoczywaj, dopóki nie znajdziemy się na Wzgórzu. Później mi opowiesz.
– Nie, nie, nic mi nie jest. Flynn, to wszystko było takie dziwne. Kiedy już weszłam na górę, wówczas dotarła do mnie cała prawda. Że to moje miejsce – we śnie i w rzeczywistości. I wtedy on jeszcze raz przywołał mój sen i próbował mnie wciągnąć w swój świat. Pozwoliłam mu wierzyć, że mu się to udało. Pomyślałam o wskazówkach i wówczas w wyobraźni ujrzałam obraz. Wiedziałam, jak go namalować, w każdym szczególe. Trzeci obraz cyklu. Klucza nie było w świecie, który on dla mnie stworzył – dodała, obracając się w stronę Flynna. – Był natomiast w świecie, który mogłam stworzyć sama, pod warunkiem że wystarczy mi odwagi. Pod warunkiem że ujrzę jego piękno i uczynię je realnym. Ale to Kane obdarzył mnie mocą, dzięki której potrafiłam wykreować go na płótnie. Sfałszować, dodała w myślach. Dzięki miłości.
– A to go musi teraz parzyć zadek.
Malory roześmiała się.
– No popatrz, jaki świetny skutek uboczny. Słyszałam cię.
– Jak to?
– Słyszałam, jak mnie wołałeś. Słyszałam was wszystkich, ale przede wszystkim ciebie. Nie mogłam ci odpowiedzieć. Przepraszam, wiem, że umierałeś z niepokoju. Ale nie mogłam mu pokazać, że wasze głosy docierają do mnie.
Położył rękę na jej dłoni.
– Nie potrafiłem przedostać się do ciebie. Nie wiedziałem, co to jest strach, aż do tej chwili, kiedy nie mogłem się do ciebie dostać.
– Początkowo obawiałam się, że to kolejna z jego sztuczek. Bałam się, że jeśli się odwrócę i zobaczę ciebie, to się załamię. Twoje biedne ręce. – Uniosła dłoń Flynna i delikatnie pocałowała poharatane knykcie. – Mój bohater. Bohaterowie – poprawiła się, spoglądając do tyłu na Moego.
Kiedy wjeżdżali w bramę Wzgórza Wojownika, nadal trzymała dłoń w jego dłoni.
Z domu wyszła Rowena, w płomiennoczerwonym swetrze, z rękami założonymi na piersi. Malory widziała łzy błyszczące w jej oczach, kiedy szła pod portykiem na ich spotkanie.
– Cała i bezpieczna? – zwróciła się do Malory, dotykając jej policzka. Chłód, którego nie była w stanie z siebie strząsnąć, rozpłynął się teraz w błogosławionym cieple.

- Tak, wszystko jest dobrze. Mam...
- Nie teraz. Twoje ręce. – Rowena podłożyła dłonie pod ręce Flynna i uniosła je do góry. – Zostanie blizna – powiedziała – o, tutaj, na trzeciej kostce lewej ręki. To symbol. Flynn, herold i wojownik.

Osobiście otworzyła tylne drzwi samochodu, tak by Moe mógł wyskoczyć i przywitać ją lizaniem i radosnym machaniem ogona.

- A oto nasz dzielny i nieustraszony Moe. – Wyściskała psa, a potem kucnęła i z uwagą wysłuchała jego szczekania. – Tak, przeżyłeś prawdziwą przygodę, wiem. – Wstała i głaszcząc Moego uśmiechnęła się do Dany i Zoe. – Wszyscy przeżyliście. Wejdźcie, proszę.

Moemu nie trzeba było dwa razy powtarzać zaproszenia. Z miejsca ruszył po kamiennych płytach, kierując się prosto w stronę drzwi, w których stał Pitte.

Na widok psa ślizgającego się po posadzce holu Pitte uniósł brew i odwrócił się ku Rowenie. Roześmiała się tylko, biorąc Flynna pod rękę.

- Jeśli pozwolisz, przygotowałam prezent dla wiernego i odważnego Moego.
- Oczywiście. Słuchaj, dziękujemy za gościnę, ale Malory jest wykończona, więc...
- Nic mi nie jest, naprawdę.
- Nie zatrzymamy was długo. – Pitte gestem wskazał im drogę do pomieszczenia, które Malory w myślach ochrzciła Pokojem Szklanych Cór. – Jesteśmy ci winni więcej, niż kiedykolwiek będziemy ci w stanie wypłacić. Twój wyczyn nigdy nie zostanie zapomniany, bez względu na to, co przyniesie jutrzejszy dzień. – Smukłym palcem uniósł podbródek Malory i przycisnął usta do jej ust.

Zoe trąciła Danę.

- Fatalnie wyszłyśmy na tym układzie, jeden za wszystkich.

Pitte obejrzał się, a jego uśmiech był pełen uroku.

- Moja partnerka jest zazdrosnym stworzeniem.
- Nie w takich wypadkach – sprzeciwiła się Rowena.

Podniosła ze stołu kolorową, haftowaną obrożę.

- Te symbole mówią o odwadze i szczerym sercu. Kolory także są symboliczne. Czerwony oznacza męstwo, niebieski przyjaźń, a czarny zapewnia ochronę.

Pochyliła się, zdjęła spłowiałą i wystrzępioną obrożę Moego i zapięła nową.

Siedzi podczas tej ceremonii z niezłomną godnością żołnierza nagradzanego medalem, przemknęło Flynnowi przez głowę.
– Ale jesteś teraz przystojny. – Rowena pocałowała Moego w nos i wyprostowała się. – Przywieziesz go do mnie od czasu do czasu? – zapytała Flynna.
– Jasne.
– Kane was nie docenił. Was wszystkich – waszych serc, ducha, ciał.
– Mało prawdopodobne, by popełnił ten sam błąd po raz drugi – wtrącił Pitte, ale Rowena tylko potrząsnęła głową.
– Teraz nastał czas radości. Jesteś pierwsza – zwróciła się do Malory.
– Wiem. Chciałam ci to dać od razu. – Wyciągnęła rękę z kluczem i nagle zatrzymała się. – Zaraz, co masz na myśli, mówiąc, że jestem pierwsza? Że jestem pierwszą osobą, która kiedykolwiek odnalazła klucz?

Rowena bez słowa odwróciła się do Pitte'a. Ten podszedł do rzeźbionej skrzyni stojącej pod oknem i uniósł wieko. Z wewnątrz wypłynął strumień błękitnego światła. Malory poczuła skurcz w żołądku. Ale to światło było inne niż tamta mgła. Jaśniejsze, bardziej intensywne.

Pitte wydobył ze skrzyni szklaną szkatułkę, pulsującą jasnością. Malory poczuła ściskanie w gardle.
– Szkatuła Dusz.
– Ty jesteś pierwsza – powtórzył Pitte, stawiając szkatułkę na marmurowym piedestale. – Jesteś pierwszą Ziemianką, która obróci klucz.

Odsunął się, stając obok szkatuły. Teraz jest żołnierzem, pomyślała Malory, wojownikiem trzymającym straż. Rowena stanęła po przeciwnej stronie, tak że oboje flankowali szkatułę i światła wirujące w jej wnętrzu.
– To twoje zadanie – powiedziała cicho Rowena. – Zawsze było przeznaczone tylko dla ciebie.

Malory mocniej zacisnęła klucz w dłoni. Nie potrafiła zapanować nad bólem przepełniającym piersi, sercem galopującym jak oszalałe. Próbowała się wyciszyć, zaczerpnąć głęboko powietrza, ale oddech pozostawał krótki i urywany. Kiedy podeszła bliżej, światła zdawały się wypełniać całe jej pole widzenia. Potem cały pokój. Wreszcie cały świat.

Uspokoiła rozedrgane dłonie. Takiego zadania nie wykonuje się drżącą ręką.

Włożyła klucz w pierwszy z trzech zamków zatopionych w szkle. Jasne niczym nadzieja światło rozlało się po metalu i po jej palcach. Obróciła klucz w zamku.

Usłyszała dźwięk – a może tak jej się tylko wydawało – jakby ciche westchnienie. Kiedy przebrzmiało, klucz rozpłynął się w jej palcach.

Pierwszy z zamków zniknął. Pozostały tylko dwa.

– Zniknął. Zniknął po prostu.

– To kolejny symbol – powiedziała Rowena, łagodnie kładąc dłoń na szkatule. – Dla nas, dla nich. Dwa pozostały.

– Czy my...? – Z tej szkatuły dochodzi szlochanie, pomyślała Dana. Niemal je słyszała i serce jej się kroiło. – Czy będziemy wybierać, na którą z nas przypada teraz kolej?

– Nie dzisiaj. Wasze serca i umysły potrzebują odpoczynku. – Rowena odwróciła się do Pitte'a. – W salonie czeka szampan, zaprowadź tam naszych gości. Ja chciałabym zamienić słowo z Malory na osobności.

Podniosła szklaną szkatułę i pieczołowicie umieściła z powrotem w skrzyni. Kiedy zostały same, odwróciła się do Malory.

– Pitte powiedział, że jesteśmy ci winni więcej, niż kiedykolwiek będziemy w stanie ci zapłacić. To prawda.

– Zgodziłam się szukać klucza i zapłacono mi – poprawiła Malory. Spojrzała na skrzynię, wyobrażając sobie ukrytą w niej szkatułkę. – Teraz wydaje mi się niewłaściwe, że wzięłam pieniądze.

– Uwierz mi, że pieniądze nic dla nas nie znaczą. Były takie, które też je wzięły i nie uczyniły nic. Inne próbowały i zawiodły. A ty za pomocą pieniędzy uczyniłaś coś dobrego i interesującego. – Rowena podeszła bliżej i ujęła dłoń Malory w swoje dłonie. – Cieszy mnie to. Ale mówiąc o długu, nie miałam na myśli dolarów i centów. Gdyby nie ja, nie byłoby Szkatuły Dusz, kluczy ani zamków. Nie musiałabyś stawać twarzą w twarz z tym, z czym przyszło ci się zmierzyć.

– Kochasz je – Malory wskazała gestem skrzynię.

– Kocham je jak siostry. Słodkie, młodsze siostry. Cóż... – zbliżyła się do obrazu – mam nadzieję, że kiedyś ujrzę je znowu. Mogę ofiarować ci dar, Malory. Mam prawo to uczynić. Kiedy Kane chciał cię obdarować, odmówiłaś.

- Tamto nie było prawdziwe.
- Teraz może być. – Rowena odwróciła się. – Mogę uczynić to prawdziwym. Wszystko, co czułaś, wiedziałaś, co nosiłaś w sobie. Mogę obdarzyć cię mocą, którą posiadałaś w tamtej iluzji. Oszołomiona Malory chwyciła się oparcia krzesła i usiadła wolno.
- Możesz dać mi... talent malarski.
- Rozumiem potęgę i radość, i ból, kiedy nosisz w sobie piękno, kiedy czujesz, jak ono z ciebie wypływa. – Roześmiała się. – Albo jak musisz walczyć, aby je wydać na świat, co jest równie fascynujące. Możesz to mieć. To mój prezent dla ciebie.

Wizja, upajająca niczym wino, uwodzicielska niczym miłość przez moment pochłonęła ją całą. Ale popatrzyła na obserwującą ją Rowenę, taką spokojną, taką nieporuszoną, z łagodnym uśmiechem na wargach.

- Oddasz mi swój – uświadomiła sobie nagle. – To właśnie masz na myśli. Dasz mi swój talent, swoje umiejętności, swoją siłę imaginacji.
- Staną się twoimi.
- Nigdy nie staną się moimi. Zawsze pamiętałabym o tym. Ja... namalowałam je, ponieważ je widziałam. Tak jak je zobaczyłam w moim pierwszym śnie. Tak jakbym znalazła się w tym obrazie. I namalowałam klucz. Sfałszowałam klucz. Potrafiłam to uczynić, ponieważ kochałam na tyle, aby z tamtego zrezygnować. Wybrałam światło zamiast cienia. Czy tak?
- Tak.
- Dokonawszy wyboru, wiedząc, że był on słuszny, nie mogę odebrać ci tego, co należy do ciebie. Ale dziękuję ci – powiedziała, wstając. – Mam tę cudowną świadomość, że mogę być szczęśliwa, robiąc to, co robię. Będę miała znakomicie prosperujący sklep. I cholernie dobre życie – dodała jeszcze.
- W to nie wątpię. A ten dar przyjmiesz? – Rowena uczyniła gest i uśmiechnęła się, kiedy Malory jęknęła, zaskoczona.
- „Śpiewająca bogini". – Podbiegła do oprawionego w ramy płótna, opartego o stół. – Obraz, który namalowałam, kiedy Kane...
- To ty namalowałaś. – Rowena zbliżyła się do Malory i położyła jej rękę na ramieniu. – Jakikolwiek trik zastosował, to była twoja wizja. To twoje serce znalazło odpowiedź. Ale jeśli posiadanie tego obrazu, jeśli jego oglądanie sprawiłoby ci ból, mogę go zatrzymać.
- Nie, to wcale nie boli. Roweno, to cudowny prezent. To przecież także było złudzeniem. Uczyniłaś je rzeczywistością, sprawi-

łaś, że mój obraz naprawdę zaistniał. – Odstąpiła do tyłu, nie spuszczając wzroku z Roweny. – Czy... czy potrafiłabyś uczynić to samo z uczuciami?

– Zastanawiasz się, czy twoje uczucie do Flynna jest prawdziwe? – Nie. Wiem, że jest. – Malory przyłożyła dłoń do serca. – W tym nie ma złudzenia. Ale jego do mnie... jeśli miałoby stanowić rodzaj nagrody dla mnie... to... to nie byłoby w porządku wobec niego. Tego nie potrafiłabym zaakceptować.

– Zrezygnowałabyś z niego?

– Nigdy w życiu. – Twarz Malory przybrała wojowniczy wyraz. – Do diabła, nie. Wzięłabym go w obroty, dopóki by się we mnie nie zakochał. Jeśli potrafię odnaleźć tajemniczy klucz, do cholery, potrafię też sprawić, żeby Michael Flynn Hennessy uświadomił sobie, że jestem czymś najlepszym, co mogło go spotkać. Bo jestem bez wątpienia – zakończyła.

– Szalenie cię lubię. – Rowena roześmiała się. – Jedno mogę ci obiecać. Kiedy Flynn wejdzie do tego pokoju, wszystkie jego uczucia będą prawdziwym odbiciem jego serca. Reszta zależy od ciebie. Zaczekaj, przyślę go tutaj.

– Roweno, kiedy zacznie się kolejna tura?

– Niebawem – odparła, opuszczając pokój. – Już niebawem.

Która z nich będzie następna, zastanawiała się Malory, przyglądając się obrazowi. Czym będzie ryzykowała? Co wygra albo co straci?

– Przyniosłem ci trochę tego fikuśnego szampana – odezwał się Flynn, wchodząc z dwoma napełnionymi po brzegi kieliszkami. – Opuściłaś przyjęcie. Pitte nawet się roześmiał. To była chwila.

– Potrzebowałam kilku minut samotności. – Odstawiła obraz i sięgnęła po kieliszek.

– Co to jest? Jedno z dzieł Roweny? – Swobodnym gestem ujął ją pod ramię. Kiedy prawda zaczęła do niego docierać, poczuła, że sztywnieje. – To twoje? To ten obraz, który namalowałaś na strychu? Ten z kluczem. Znalazł się tutaj. – Musnął palcami klucz leżący u stóp bogini. – Zdumiewające.

– A jeszcze bardziej zdumiewające jest, kiedy okazujesz się tym, który może sięgnąć do obrazu i wydobyć z płótna magiczny klucz.

– Nie to miałem na myśli. To znaczy, owszem, to też. Ale ja myślałem raczej o całej tej historii. Do licha, ten obraz jest olśniewający. I ty zrezygnowałaś z talentu – dodał miękko, spoglądając na nią. – To ty jesteś zdumiewająca.

- Zachowam ten obraz. Rowena zatupała obcasami trzewiczków, zmarszczyła nos czy co tam jeszcze i wyczarowała go dla mnie. To naprawdę wiele – móc go posiadać, Flynn... Musiała się czegoś napić, musiała odsunąć się od niego. Tak jak powiedziała Rowenie, teraz w jej życiu nadchodził moment o wiele ważniejszy niż rezygnacja z talentu malarskiego.

- To był dziwny miesiąc dla nas wszystkich.

- Tak – zgodził się.

- Spotkało nas coś, co przekraczało nasze zdolności rozumowania, w co kilka tygodni wcześniej nigdy byśmy nie uwierzyli. To, co się stało, zmieniło mnie. Całkowicie – dodała, zwracając się ku niemu. – Lubię myśleć, że ta zmiana wyszła mi na dobre.

- Jeśli w ten sposób dajesz mi do zrozumienia, że przekręciłaś w zamku klucz, a teraz już mnie nie kochasz, to masz cholernego pecha, ponieważ jesteś na mnie skazana.

- Nie, chciałam powiedzieć coś innego. Zaraz, jestem... skazana? – powtórzyła. – Co masz na myśli, mówiąc skazana?

- Skazana na mnie, na mój paskudny tapczan, na mojego niemądrego psa. Nie wykręcisz się z tego, Malory.

- Nie przybieraj takiego tonu, rozmawiając ze mną – powiedziała, odstawiając kieliszek. – I nie myśl ani przez chwilę, że możesz stać tutaj i mówić mi, że jestem na ciebie skazana, ponieważ to ty jesteś skazany na mnie.

Flynn również odstawił kieliszek.

- Czy to prawda?

- Jak najbardziej. Dopiero co przechytrzyłam diabelskiego celtyckiego boga. Ty jesteś dla mnie zabawką.

- Chcesz walczyć?

- Może.

Roześmiali się oboje, chwytając w objęcia. Malory przywarła do niego z całej siły. Potem odsunęła się odrobinę, ciągle jednak trzymając ramiona zaplecione wokół jego szyi.

- Jestem stworzona dla ciebie, Flynn.

- A to się znakomicie składa, bo jestem w tobie zakochany. Jesteś moim kluczem, Mal. Jedynym kluczem do wszystkich zamków.

- Wiesz, czego pragnę w tej właśnie chwili? Gorącej kąpieli, zupy i drzemki na tej ohydnej sofie.

- No to dziś masz swój szczęśliwy dzień, ponieważ akurat to wszystko mogę ci ofiarować.

Ujmując ją za rękę, wyprowadził z pokoju.

Z głową na ramieniu Pitte'a Rowena spoglądała za odjeżdżającymi samochodami.
– Dzisiejszy dzień był dobry – szepnęła. – Wiem, że to jeszcze nie koniec, ale dzisiejszy dzień był dobry.
– Mamy odrobinę czasu przed rozpoczęciem następnej tury.
– Kilka dni, a potem kolejne cztery tygodnie. Teraz Kane będzie uważniej śledził ich poczynania.
– My też będziemy ostrożniejsi.
– Piękno zwyciężyło. Nadchodzi czas próby dla wiedzy i męstwa. Tak niewiele możemy uczynić, aby im pomóc. Ale te Ziemianki są mądre i silne.
– Dziwne stworzenia – skonstatował Pitte.
– Tak – Rowena uśmiechnęła się do niego – dziwne i nieskończenie fascynujące.
Weszli do domu, zamykając za sobą drzwi. Na końcu podjazdu żelazna brama zamknęła się bezszelestnie. Strzegący jej wojownicy mieli czuwać przez cały następny cykl księżyca.

Rozpoczyna się poszukiwanie drugiego klucza...

Klucz wiedzy

$\mathcal{N}$ie co dzień człowiek jadał przecież pieczeń baranią w zamku położonym na jednym ze wzniesień Pensylwanii, a fakt, że posiłek podano w wysokiej na dwanaście stóp jadalni, w której trzy kandelabry skrzyły białymi i czerwonymi kryształkami, a kominek z czerwonego granitu był tak wielki, że mógł z powodzeniem pomieścić całą populację Rhode Island, jeszcze dodawał splendoru całej sytuacji.

Mogło więc się wydawać, że atmosfera będzie sztywna i oficjalna, tymczasem okazała się bardzo miła. Nie było to miejsce, gdzie człowiek w pośpiechu przełykał pizzę pepperoni, uświadomiła sobie Dana, lecz otoczenie stworzone do spożywania wykwintnych potraw w towarzystwie interesujących ludzi.

Rozmowa toczyła się swobodnie – mówiono o podróżach, książkach, interesach. Uzmysłowiło to Danie, jaką mocą obdarzeni są gospodarze. Dla bibliotekarki z położonego w dolinie małego miasteczka nie było chlebem powszednim ucztowanie przy jednym stole z celtyckimi bóstwami, ale Rowena i Pitte sprawili, że wydawało się to czymś zupełnie naturalnym.

A to, co miało nastąpić, czyli kolejny etap w poszukiwaniach, stanowiło temat, którego nikt nie podejmował.

Ponieważ Danę posadzono pomiędzy Bradem a Jordanem, zwróciła się w kierunku pierwszego z nich i siedziała tak cały czas, ignorując swojego drugiego partnera.

– Czym tak rozwścieczyłeś Zoe?

Brad popatrzył przez stół.

– Najwyraźniej tym, że żyję.

– Daj spokój. – Dana szturchnęła go łokciem. – Zoe nie jest taka. Co zrobiłeś? Dotknąłeś ją czymś?

– Niczym jej nie dotknąłem. – Lata praktyki sprawiły, że mówił spokojnym głosem, w którym jednak dawało się wyczuć szczyptę goryczy. – Być może zdenerwowało ją, że odmówiłem babrania się w silniku jej samochodu i jej też na to nie pozwoliłem, ale w końcu byliśmy ubrani na przyjęcie i już trochę spóźnieni.

Dana uniosła brwi.

– Zdaje się, że Zoe też cię rozzłościła.

– Nie chcę być nazywany bezwzględnym i apodyktycznym tylko dlatego, że stwierdzam oczywiste fakty.

Uśmiechnęła się, pochyliła w jego stronę i uszczypnęła w policzek.

– Ależ skarbie, ty jesteś bezwzględny i apodyktyczny. I za to cię kocham.

– Jasne. – Brad wykrzywił usta. – Więc jak to się stało, że nigdy nie uprawialiśmy dzikiego, namiętnego seksu?

– Nie mam pojęcia. Pozwolisz, że wrócimy jeszcze do tego tematu. – Ugryzła kolejny kęs mięsa. – Pewnie często bywasz na takich wystawnych przyjęciach i w równie wytwornych miejscach jak to.

– Drugie takie miejsce nie istnieje.

Łatwo zapominała, że jej kumpel Brad to w rzeczywistości Bradley Charles Vane IV, dziedzic imperium drzewnego, do którego należała sieć największych i najpopularniejszych w kraju sklepów HomeMakers, sprzedających artykuły służące do wyposażania i remontowania domów.

Ale widząc, z jaką swobodą odnajduje się w tak szczególnych sytuacjach jak ta, zdała sobie sprawę, że był dużo więcej niż tylko chłopakiem z sąsiedztwa.

– Czy to prawda, że twój ojciec kupił kilka lat temu ogromy zamek w Szkocji?

– Tak, Manor House w Kornwalii. Jest niewiarygodnie piękny. Ona nie je zbyt dużo – mruknął, lekkim ruchem głowy wskazując Zoe.

– Jest po prostu zdenerwowana. Ja zresztą też – dodała, biorąc kolejny kęs mięsa. – Ale nic nie jest w stanie zabić mojego apetytu. – Usłyszała, jak siedzący obok Jordan zaśmiał się, a jego głęboki męski głos zdawał się dotykać jej skóry. Nie zważając na to, spokojnie jadła baraninę. – Absolutnie nic.

Dana ignorowała go zupełnie, od czasu do czasu tylko rzucając pod jego adresem jakąś kąśliwą uwagę. Jordan wiedział, że było to jej normalne zachowanie w stosunku do niego. Powinien się już przyzwyczaić. Problem polegał jednak na tym, że nie potrafił. Postanowił, że zrobi wszystko, aby było tak jak dawniej. Kiedyś przecież byli przyjaciółmi. Więcej niż przyjaciółmi. A winę za to, że już nimi nie są, ponosił wyłącznie on. Ale jak długo mężczyzna ma płacić za to, że odszedł? Czy w tej kwestii nie obowiązują przepisy o przedawnieniu?

Wygląda wspaniale, stwierdził w myślach, gdy wrócili do salonu na kawę i koniak. Koniec końców, zawsze mu się podobała, nawet kiedy była dzieckiem, nad wiek wyrośniętym, z pucołowatymi jak u niemowlaka policzkami. Teraz po dziecięcym tłuszczyku nie pozostało nawet śladu. Nigdzie. Jedynie zaokrąglenia, mnóstwo cudownych zaokrągleń.

Uświadomił sobie, że zrobiła coś w włosami, że jakieś kobiece sztuczki dodały im blasku. Dzięki temu jej oczy wydawały się teraz ciemniejsze i bardziej wyraziste. Dobry Boże, ileż to razy zdarzało mu się zatonąć w tych oczach koloru ciemnej czekolady?

Czy nie zasługiwał na to, by mu wreszcie wybaczyła?

W każdym razie pamiętał, co wcześniej powiedział Danie. Wrócił, a ona po prostu musi się z tym pogodzić. I z faktem, że on również bierze udział w grze, w którą się wplątała.

Zmuszona będzie z nim współpracować. A on już z przyjemnością postara się o to, by ich wzajemne kontakty były jak najczęstsze.

Rowena wstała. W jej ruchach i spojrzeniu było coś, co wydało się Jordanowi znajome. Wrażenie to rozmyło się, gdy uśmiechnąwszy się, ruszyła naprzód.

– Jeżeli jesteście gotowi, powinniśmy zacząć. Myślę, że drugi salon będzie bardziej odpowiednim miejscem do naszych dalszych działań.

– Ja jestem gotowa. – Dana zerwała się i spojrzała na Zoe. – A ty?

– Ja też. – Zoe, chociaż zbladła nieco, mocno ścisnęła dłonie przyjaciółki. – Poprzednim razem myślałam wyłącznie o tym, żeby tylko nie pójść na pierwszy ogień. Teraz sama już nie wiem.

– Ja też nie.

Przez ogromny hol udali się do salonu obok. Jordan wiedział, że w tym pomieszczeniu trudno mu będzie odzyskać równowagę. To samo nieprzyjemne uczucie, jakiego doznał, gdy po raz pierwszy zobaczył portret, towarzyszyło mu i teraz. Niesamowita jaskrawość barw, piękno prezentowanego tematu i doskonałość wy-

308 _____ Nora Roberts

konania. I szok – wywołany widokiem postaci Dany, jej twarzy
i oczu spoglądających na niego z ram obrazu.
„Szklane Córy".
Znał już imię każdej z nich. Venora, Niniane, Kyna. On jednak,
patrząc na portret, widział Danę, Malory i Zoe.
Otaczał je świat pełen słońca i kwiatów.
Malory, ze złotymi lokami sięgającymi niemal pasa, ubrana
w lazurowobłękitną suknię, trzymała harfę. Zoe, szczupła i wy-
prostowana, w połyskliwej zielonej szacie, stała ze szczenięciem
na rękach i mieczem przytroczonym do biodra. Dana, której czarne oczy błyszczały radośnie, miała na sobie ognistoczerwoną suknię. Siedziała, trzymając w dłoniach zwój i pióro.
Stanowiły jedność w tym szczególnym momencie, w kryształo-
wo czystym świecie za Zasłoną Snów, w którym wyczuwało się
nadciągający powoli kres beztroski. W ciemnej zieleni lasów czaił
się cień człowieka. Na srebrzystą, mozaikowa posadzkę wpełzał
wąż. Daleko w tle, pod uroczymi gałęziami drzew siedzieli obję-
ci kochankowie. Guwernantka i wojownik, zbyt mocno wtuleni
w siebie, by wyczuć niebezpieczeństwo zbliżające się do ich pod-
opiecznych.
W obrazie zostały także ukryte trzy klucze.
Jeden miał postać ptaka wznoszącego się ku nienaturalnie błę-
kitnemu niebu, kształt drugiego odbijał się w wodzie znajdującej
się za plecami dziewcząt fontanny, trzeci ukryty był w gałęziach
drzew pobliskiego lasu.
Jordan wiedział, że Rowena namalowała ten obraz z pamięci,
a pamięć miała doskonałą.
Z doświadczeń i odkryć Malory wiedział też, że obraz przedstawiał ledwo uchwytny moment tuż przed tym, zanim dusze dziewcząt zostały skradzione i zamknięte w szklanej szkatule.
Pitte przyniósł rzeźbione puzderko i otworzył pokrywę.
– Wewnątrz znajdują się dwa krążki. Na jednym zamieszczono
wizerunek klucza. Która go wyciągnie, musi odnaleźć drugi klucz.
– Tak jak poprzednio, dobrze? – Zoe mocno chwyciła Danę za
rękę. – Sprawdzimy jednocześnie.
– Zgoda. – Dana wzięła głęboki oddech, kiedy Malory zbliżyła
się i położyła dłonie na jej ramieniu, a potem na ramieniu Zoe.
– Chcesz losować pierwsza? – zapytała.
– Myślę, że tak. – Zamknąwszy oczy, Zoe sięgnęła do pudełka
i zacisnęła palce na krążku.

Dana, nie odrywając wzroku od portretu, wyciągnęła drugi krążek.

Jednocześnie pokazały sobie trzymane w rękach przedmioty.

– No cóż – Zoe zerknęła najpierw na swój, potem na krążek Dany – zdaje się, że ja zamykam pochód.

Dana musnęła kciukiem klucz wyżłobiony na jej krążku. Był to mały, prosty pręcik o spiralnym zakończeniu. Wyglądał bardzo pospolicie, ale widziała już wcześniej prawdziwy klucz – ten szczerozłoty, który miała w ręce Malory, i doskonale wiedziała, że klucz wcale zwyczajny nie jest.

– W porządku, jestem gotowa. – Chciała usiąść, ale jej dygocące kolana zrobiły się zupełnie sztywne. Cztery tygodnie, pomyślała. Miała cztery tygodnie – od nowiu do nowiu – żeby dokonać rzeczy, nawet jeżeli nie niemożliwej, to z pewnością niesamowitej.

– Otrzymam jakieś wskazówki, prawda?

– Otrzymasz. – Rowena wzięła arkusz pergaminu i przeczytała: „Znasz przeszłość i szukasz przyszłości. Co było, co jest, co będzie, wplecione jest w kobierzec życia. Z pięknem łączy się brzydota, z wiedzą ignorancja, a z męstwem tchórzostwo. Siła jednego zależy od istnienia drugiego.

Aby znaleźć klucz, umysł musi rozpoznać serce, a serce – czcić umysł. Znajdź swoją prawdę w jego kłamstwach, a to co realne – w świecie fantazji.

Gdzie jedna bogini się przechadza, inna czeka, a marzenia to tylko wspomnienia, które nadejdą".

Dana podniosła kieliszek napełniony brandy i opróżniła go szybko, aby pozbyć się nieprzyjemnego ucisku w żołądku.

– Bułka z masłem – powiedziała nonszalancko.